# 탁란조의 비밀

## – 센타크논 제2권 –

# 탁란조의 비밀

센타크논 제2권

**초판** 2017년 10월 17일 발행

**지은이**_ 임웅
**펴낸곳**_ 도서출판 창조와 지식
**인쇄처**_ (주) 북모아

**출판등록번호**_ 제2015-000037호
**주소**_ 서울 성동구 성수이로18길 31 풍림테크원 1,4층
**전화**_ 1644-1814
**팩스**_ 02-2275-8577

ISBN 979-11-6003-060-0 03810

지식의 가치를 창조하는 도서출판 **창조와 지식**
www.mybookmake.com

# 탁란조의 비밀

임웅 장편소설

# 차례

탁란조의
비밀

CENTAKNON

제1편

# 센타크논과 지구인 II

## 제1장 수인(囚人) 유용국과 귀인(貴人) 허종기

제29화
센타크논이 무기금고형을 선고받은 지구인 유용국의 이야기를
듣게 되다.

센타크논이 죽은 이의 잠이라고 할 만큼 깊은 잠에서 깨어난다.
깨어났으나 잠시 정신을 차릴 수가 없다. '여기가 어딘가? 올림포스
국인가? 지금 우주항해 중에 깨어난 것인가? 아니지! 행성 지구의
깊은 바다에 정박한 우주선 함장실에서 깨어난 거야!' 워낙 깊은 잠
이었던 까닭에 이제서야 센타크논은 잠에서 깨어난 현실감을 갖는
다. 우주선 아칸투스호가 심해에서 심하게 흔들린 원인을 마로스 대
원으로부터 보고받기로 한 것이 생각난다. 반시간 후 마로스 대원이
센타크논의 호출을 받고 함장실로 들어선다.

"마로스 대원! 며칠 전 우주선이 세 차례 크게 요동쳤던 원인을 보
고하겠다고 했지요. 도대체 고요한 심해에 정박하고 있던 이 대형
우주선이 어떻게 그처럼 심하게 흔들릴 수가 있었습니까?"

"대장님, 우주선이 요동칠 당시에 우주선의 외부 관찰 카메라에
어렴풋이 보이는 거대한 물체가 포착되었습니다. 빛이 들어오지 않
는 심해이고 물체가 멀리 떨어진 거리에 있었기에 카메라에 흐릿하
게 찍힌 그 대상이 무엇인지를 확인하는 데에는 퓨타고스 대원과 더
불어 분석해야 할 시간이 좀 더 필요합니다. 일찍 보고드릴 수 있을

줄 알았으나 지연이 불가피하게 되어 죄송합니다."

"아! 그래요? 시간이 얼마나 더 소요될 것 같습니까?"

"지금 정확히 예상하기는 어렵습니다. 대충 파악하기로 열흘 정도 시간을 주시면 고맙겠습니다."

"우주선이 크게 흔들린 사건은 결코 가볍게 여길 일이 아닙니다. 한시 바삐 그 원인을 규명해야 합니다. 열흘을 넘기지 않도록 하세요."

"잘 알겠습니다. 전력을 기울여 최단시일 내에 임무를 완수하도록 하겠습니다."

마로스 대원이 나간 후 센타크논은 앞으로 열흘 가량 해야 할 일을 떠올린다. 그것은 우주선이 보유하고 있는 제3의 인체에너지 감지기를 사용하여 선정한 지구인 R—c와 B—c에 대해 담당 대원들로부터 추적 결과를 보고받는 일이다. 탐욕에너지가 넘치는 지구인 R—c의 추적관찰은 클라네스 대원이 맡았고, 분노에너지가 넘치는 지구인 B—c는 헤레스 대원이 맡았다. 그동안 다른 대원들에 의하여 화가 장업과 밀레니엄 대학교수 3인에 대한 추적관찰 및 보고 작업이 행해지는 사이에, 이 두 대원은 제각기 맡은 지구인의 뇌에 심어 놓은 나노 칩을 통해 센타크논에게 보고할 내용을 정리해놓았다. 이제 그들과 센타크논이 매일 저녁 함장실에 모여 두 사람의 지구인에 대한 이야기를 펼쳐나갈 순서가 온 것이다. 센타크논은 A—6 대원 클라네스와 A—7 대원 헤레스를 불러, 내일부터 두 지구인에 관한 대화 모임을 갖기로 약속한다. 다음 날 저녁에 센타크논은 함장실로 들어서는 두 대원을 맞이한다.

"이리 와서 자리에 앉읍시다. 앞으로 지구인 이야기를 나누게 되는데, 모쪼록 짜임새 있게 들려주기 바랍니다. 그리고 두 지구인 R—c와 B—c가 서로 관련이 있다고 해서, 두 대원이 함께 이야기할 자리를 마련해달라고 했지요? 이 지구인 두 사람은 어떤 관계인가요?"

"화가 장업과 손마마가 부부로 맺어진 뗄 수 없는 관계, 또 밀레니엄 대학교의 윤태수, 왕치지, 차봉구 세 교수가 직장 동료로서 맺어진 끈끈한 관계처럼, 저희 둘이 맡은 R—c와 B—c 두 사람은 친구이지만 악연으로 얼키설키 얽힌 관계에 있습니다. 그래서 저와 헤레스 대원이 함께 대장님을 만나 지구인 이야기를 나누게 해달라고 청을 드린 것입니다."

"그렇게 하지요. 윤태수 교수의 경우에는 대원 3명과 더불어 네 사람이 매일 저녁 한 자리에 모여 이야기를 나누었습니다. 이번에는 세 사람이 자리를 함께 하게 되는 거네요. 그럼 지구인 R—c와 B—c에 관한 이야기를 지금 시작하겠습니까?"

"예, 준비가 다 되어 있는 터라 곧바로 시작하겠습니다. 서울에 살고 있는 지구인 R—c의 이름은 허종기(許鍾基)이고, B—c의 이름은 유용국(劉龍國)입니다. 저희 둘이서 허종기과 유용국의 이야기를 한 권의 소설처럼 엮어서 대장님께 들려드리도록 하겠습니다. 두 사람이 살아온 인생 역정의 시간적 선후를 저희들이 적절히 넘나들면서,

또 두 사람 사이를 적절히 넘나들면서 엮어 나가겠습니다.”

이제부터 아칸투스호의 두 대원이 들려주는 지구인 두 사람의 이야기가 펼쳐진다.


서울에 위치한 대한민국 재무부 청사 내 사무실이다. 아침 일찍 출근한 사무관 직급의 공무원 유용국이 한창 일에 집중하고 있는 10시경이다. 그의 사무실에 갑자기 전투복 차림의 군인 네 명이 들이닥친다. 장교계급을 한 군인이 그의 책상 앞으로 바싹 다가가 단도직입으로 묻는다.

“성명이 유용국입니까?”

“그렇습니다만…”

“저희들과 함께 가주셔야겠습니다.”

“무슨 일인지요?”

“가보시면 압니다.”

“제가 지금 바쁜 일을 처리하고 있고, 이 일을 오후에 장관님께 보고해야 하는데요.”

“그 일은 저희가 상관할 바 아닙니다. 저희는 저희대로 상관의 명령을 받고 왔습니다. 즉시 함께 가주셔야겠습니다.”

“그래도 어디서 오셨는지? 무슨 일로 가야 하는지? 어디로 가는 건지? 알고는 가야 할 것 아닙니까?”

“그런 건 평시에나 하는 말입니다. 비상시국에는 그런 질문이 통하지 않습니다. 강제로 끌려가시렵니까?”

그렇다! 지금 시국은 비상사태다. 팔 개월 전 중앙정보부장 김재규가 저녁 연회자리에서 대통령 박정희와 경호실장 차지철을 살해하였고, 그 후 체포되어 사형선고를 받고 형장에서 목숨을 잃었으며, 보안사령관 전두환을 중심으로 한 신군부세력이 정권을 장악하고 계엄통치를 하고 있는 중이다. 정부 청사에서는 근무하던 공무원이 하루아침에 사라지곤 했다. 유용국에게도 청천벽력 같은 변고가 일어난 것이다. 그는 벗어두었던 양복 윗도리를 입으면서 험악한 분위기에 놀라 일어선 옆 자리 동료에게 국장실에 사정을 알리라고 이르고 군인들을 따라 나선다. 그는 청사 밖에 대기 중인 군용 지프(jeep)차에 올라 앉아 놀란 마음을 다스린다. 차량은 남산 아래 어딘가에 도착한다. 앞장선 군인들은 어떤 바라크(barrack) 양철 가건물로 들어간다. 군인들은 그를 데리고 바라크 안에 들어선 후 네 평가량의 방안에 유용국을 밀어 넣고 나가버린다. 혼자 남겨진 유용국은 방안을 휘둘러본다. 출입하는 문만 달려 있고, 사방에 창이라곤 하나도 없다. 작은 철제 책상 하나와 철제 의자 세 개가 놓여 있다. 구석에는 군용 간이침대와 소변통인 듯한 함석 양동이가 자리 잡고 있다. 으스스한 분위기이다. 한눈에 취조실이라는 것을 알 수 있다. 10여분 후에 전투복 차림의 군인 둘이 취조실에 들어온다. 둘 다 계급장도, 이름표도 붙이지 않은 군복을 입고 있다. 게다가 한명은 오른손에 몽둥이를 들고, 왼손에 낡은 작업복 한 벌을 들고 있다. 오싹 한기가 몰려온다. 공포는 정작 닥쳤을 때보다 닥치기 직전에 더욱 강력한 전율을 불러일으킨다. 공포가 임박한 시점에 무언지 모를 불길한 상상력은 공포를 뭉게구름처럼 키워내면서 온몸을 오싹하게 만든다. 배가된 공포의 정체는 그 실상이 상상이다. 현실로 도래한 공포는 상상이라는 옷을 벗었기에 공포 그 자체의 크기로 닥칠 따름이다. 몽둥이를 든 군인이 유용국에게 양복을 벗고 작업복으로 갈아입으라고 명령한다. 그리고 시계를 비롯한 일체의 소지품을 압수한다. 옷을 갈아입은 그를 의자에 앉게 한 후, 다른 군인이 취조를 시작한다. 걸쭉한 음성에 쉰 막걸리 냄새가 풍긴다.

"야! 이 자식아! 사실대로 불어!"

"무얼 말입니까?"

"어쭈, 모르는 척하고 있어? 다 알고 있으니까, 사실대로 불란 말이야."

"정말, 무얼 사실대로 불라는 말입니까?"

"우리는 네가 정직하게 말하는지를 알려는 거야. 그러니까 사실대로 말해."

"정말 뭐가 뭔지 모르겠습니다."

"너 같은 샌님은 맞아봐야 알지. 네가 모르는 것을 내가 알게 해주지."

의자에 앉아 취조하던 군인은 옆에 몽둥이를 들고 서있는 군인에게 고갯짓을 한다.

유용국의 어깨에 몽둥이가 떨어진다. 그는 의자에서 넘어져 바닥에 엎어진다. 그의 등에 몽둥이세례가 네댓 차례 퍼부어진다. 그의 등뼈가 바스러지는 듯하다. 엎어져 있는 그에게 또 질문이 떨어진다.

"이제 생각이 나겠지. 몽둥이가 날아들기 전에 빨리 사실대로 말해!"

유용국은 몽둥이가 무서운 것보다 무얼 말해야 하는지를 몰라서 겁이 난다. '그렇다! 내가 지금 당하고 있는 사실을 이야기해보자! 이건 생생한 사실이니까!'

"네, 사실대로 말하겠습니다. 조금 전에 이리로 끌려와서 사정없이 얻어맞고 사실대로 말하라는 말을 들은 것이 제가 알고 있는 사실입니다."

"어쭈, 이게 우리를 상대로 말장난하고 있어! 머리에 먹물이 좀 든 녀석들은 말장난 꽤나 한단 말이야. 우린 말로 안 되니까 주먹으로 해야지, 별 수 있나! 네 입이 센지, 내 주먹이 센지, 한번 두고 보자."

아까보다 더한 구타가 시작된다. 몽둥이질에, 주먹질에, 발길질에, 사방에서 폭력이 난무한다. 유용국은 이렇게 맞다가 혹시 병신이 될까 보아, 몸을 쪼그리고 급소를 커버하면서 어서 매타작이 끝나기만을 고대한다. 한참을 패다가, 군인 둘이 방을 나가 버린다. 잠시 아픈 몸을 추스르고 난 유용국은 자신이 왜 여기로 끌려와서 취조를 당하고 두들겨 맞는지 곰곰이 이유를 짚어본다. '내가 잘못한 것이 무엇인가? 뭔가 꼬투리가 있긴 있으니까, 내가 이 꼴을 당하는 거지! 그게 무얼까?'

'아! 무언가 있다! 내가 김재규와 저녁식사를 함께 한 적이 있지.

그게 문제가 될 수 있어.' 유용국은 김재규와의 인연을 머리에 떠올려본다. 그는 일류대학에서 경제학을 전공하고 졸업 후 대학원에 진학하여 학업을 계속하던 중, 육군사관학교 교관으로서 병역의무를 다하게 된다. 육사교관 채용공고를 보고 지원하였는데 다행히 교관시험에 합격하여, 육사생도들에게 경제학을 강의하는 선생이 된 것이다. 때로는 임관한 장교들에게 경제학을 강의하는 경우도 있다. 한번은 육사출신의 비밀조직인 '하나회' 소속 장성급 모임에서 경제학의 개요를 2시간짜리 특강으로 설명해달라는 요청을 받은 적이 있다. 그 특강에는 하나회 멤버뿐만 아니라 하나회 후원자들도 참석하였는데, 당시 중앙정보부장이던 김재규도 그 자리에 있었다. 수강한 현역 장성들의 별 개수만 해도 40개가 넘었었다. 그때 김재규 부장이 그의 강의를 듣고, 명석하고도 간단명료한 설명에 감명을 받았나 보다. 특강이 있은 다음 해 정초에 김 부장은 연하장을 보내왔다. 새해맞이 기원과 함께 자신이 들었던 경제학 강의에 감사하는 글이 친필로 적혀 있었다. 그로부터 3개월 후 어느 일요일 아침 육사 교관 숙소에서 쉬고 있는 그에게 김 부장의 수행비서로부터 전화가 왔다. 시간이 되면 그날 저녁에 김 부장이 식사를 같이 하고 싶어 한다는 전갈이었다. 그래서 어느 정갈한 한정식 집에서 김재규와 단둘이 저녁을 나누게 된 것이었다. 그 자리에서 김 부장은 유용국에게 학업이나 집안사정과 같은 개인사를 묻고, 나라의 전반적인 경제를 이야기하는 정도의 대화를 나눈 것으로 기억된다. 정치적인 내용이나 심각한 대화는 일체 없었다. 김 부장과는 그 한 번의 만남으로 끝이었다. 그러나 단 한 번의 만남이라고 하더라도 만난 상대가 누구인가! 훗날 대통령을 시해한 김재규가 아닌가! 저녁 식사자리에서 둘이 나눈 대화가 평범한 내용이었다고 주장하더라도 누가 믿어줄 것인가? 김재규의 폭넓은 포섭범위에 유용국이 들어간 것이라고 단정지울 소지가 충분하다. 단 둘이서만 식사를 나누었다는 것 자체가 의심을 사지 않을 수 없다. '옛날 김 부장과의 식사가 꼬투리가 되어, 지금 내가 이 고초를 겪고 있는 것이리라. 그래, 취조하는 군인들에게 이 사실을 실토하자. 식사 한 번 나눈 것은 김재규가 사형선고를 받은 죄목인 내란목적살인죄와는 상관없다는 것이 밝혀질 것이니까, 나는 곧 풀려날 거야!'

저녁 즈음에서 유용국을 취조하던 군인 두 사람이 바라크로 들어온다. 유용국에게 저녁을 먹이려고 밥을 말 만 설렁탕 한 그릇에 깍두기를 얹어 왔다. 오늘 기상천외한 변고를 당해 흠씬 뚜드려 맞은 데다가, 책상 앞에 앉아 빤히 쳐다보고 있는 군인 두 사람 앞에서 설렁탕이 입안에 넘어갈 리가 없다. 전혀 안 먹으면 또 얻어맞을 수 있으니, 몇 숟갈 뜨는 둥 마는 둥 식사를 마친다. 군인 중 하나가 묻는다.

"너, 담배 피워?"

"안 피웁니다."

"그럼, 신문을 계속한다. 생각해 본 게 있을 테니, 사실대로 불어보지 그래! 밤잠을 편하게 자야 하지 않겠어?"

"예, 생각난 게 있습니다."

앉아 있던 군인 둘이는 반색을 하며 상체를 앞으로 기울인다.

"그게 뭐야? 뭔가 있긴 있잖아!"

"김재규가 중앙정보부장으로 있을 때 단둘이 저녁을 먹은 적이 있습니다."

"허어! 대단한데. 니가 뭔데, 정보부장이 너하고 저녁을 먹지? 너를 왜 불렀다고 그래?"

"제가 육사 교관으로 있을 때 육군 장성들을 상대로 경제학 특강을 한 적이 있었는데, 김 부장이 거기에 참석했었습니다. 제 경제학 강의가 괜찮았던지, 한번 만나보고 싶어서 저녁 자리를 마련했다고 합디다."

"하! 우리 앞 샌님 머리에 먹물이 제대로 들었구먼! 우리한테도 돈 벌 수 있는 경제학 특강을 해주면 어때? 물론 신문이 끝나고 말이야. 그런데 김재규가 너한테 돈 버는 방법만 물어본 것은 아니었을 텐데?"

"그저 제 이력이나 신상을 궁금해 했고, 그밖에 나라 경제 돌아가는 가벼운 대화를 나눈 게 전부입니다."

"김재규가 너 같은 초짜하고 우국충정의 고민을 했을 리가 없지! 그런데 우리가 듣고 싶어 하는 사실은 그게 아냐! 네가 김재규하고 저녁 먹은 이야기를 들으려고 너를 불러온 게 아니란 말이야! 그러니까 오늘 밤 여기서 자면서 우리에게 들려줄 진짜 이야기를 생각해보란 말이야! 알아듣겠어? 이 새끼야! 니가 정보부장하고 밥 먹은 자랑 이야기를 들으려고 몽둥이를 휘두른 게 아니란 말이야! 이 개새끼야!"

취조하던 군인은 쌍소리를 하면서 주먹으로 유용국의 머리를 몇 대 갈기고 나간다. 그 군인은 나가기 직전에 한 마디 툭 던진다.

"너, 밤에 생각할 힌트를 하나 주지! 사람은 편지를 함부로 쓰면 안 돼!"


그 힌트를 들은 유용국은 화들짝 놀란다. 1년 7개월 전의 일이다. '그런데 저들이 어떻게 알았지? 내가 철두철미 비밀에 부친 일인데. 내가 꽁꽁 숨겨두고, 결코 밖으로 샐 일이 아니라고 믿은 일이잖아! 누가 밀고를 한 거야! 누가 밀고를 했을까? 그 자는 그 일을 어떻게 알게 된 걸까?'

그는 1년 7개월이 지난 일의 자초지종을 더듬어본다. 2년 전에 장관이 유용국을 집무실로 불렀다. 장관은 영국 케임브리지 대학교에서 세계 각국의 젊은 경제 관료를 위해 8개월간의 특별교육과정을 실시한다는 통지문을 받고, 유용국을 파견하고자 그를 부른 것이다. 장관은 인재를 키우고자 했다. 자신이 대학에서 경제학을 가르치던 교수 시절에 두각을 드러낸 학생 유용국을 준재(俊才)로 평가하고, 갓 관직에 들어선 젊은 유용국을 큰 그릇으로 키우려 했다. 케임브리지 대학교는 케임브리지학파로 불리는 경제이론의 산실인데, 그 전통을 계승·발전시키고자 하는 열의를 갖고 있었다. 마샬, 피구, 로버트슨, 케인스 같은 쟁쟁한 경제학자들이 활동했던 대학이며, 좀 낡은 이론으로 밀려 나긴 했어도 자유주의 경제체제를 옹호하면서 자본주의의 병폐와 모순을 극복하려는 학문적 노력을 이어온 대학이다. 장관의 촉망을 받는 유용국은 그렇게 해서 1년 9개월 전 영국 케임브리지에 도착했다.

영국에 도착한 때는 가을철이었다. 날씨가 고약하기로 소문난 영국이지만, 유용국이 도착한 날은 날씨가 그렇게 화창할 수가 없었다. 그는 공항 입국대에서 입국 수속을 마친 후, 수하물 집하장에서 부친 짐이 나오기를 기다리면서 하물을 점검하고 있는 공항 직원에게 물었다. "오늘 영국 날씨가 왜 이리 좋은가요?" "이게 영국의 날씨랍니다."라는 영국인의 대답이 돌아왔다. 그 대답에는 미묘한 뜻이 혼재되어 있었다. 날씨에 대한 이 짤막한 질문과 대답은 유용국이 영국에 도착하고서 사무적인 대화를 빼고 사사로이 나눈 최초의 말이었다. 영국에서의 첫날, 그리고 영국인과 나눈 첫말을 가지고, 그는 '궂은 곳에도 밝은 날이 있다.'라는 첫인상을 가슴에 새긴 채 설레는 영국생활을 시작하였다.

케임브리지 대학의 경제 관료를 위한 특별학습과정에는 세계 10여 개 국가에서 온 젊은 엘리트 공무원들이 참여했다. 유용국은 그 중 인도에서 온 공무원과 친하게 지냈다. 서로 강의실 옆자리에 앉아 부족한 영어실력을 도왔으며, 과외시간에는 이국에서의 애환과 외로움을 함께 나누었다. 유용국은 이 인도인과 믿을만한 신뢰관계로까지 발전했다. 그와 친구가 되었다. 이 친구와 알게 된지 두 달쯤 지나, 유용국은 모종의 모험을 해볼 생각이 들었다. 이북 출신인 어머니는 결혼한 남편을 따라 일가친척 하나 없는 남한에 정착하여 33년을 외로이 살아왔다. 유용국의 아버지는 아들을 하나 낳고 일찍 돌아가시어, 어머니는 더욱 외롭게 사셨다. 그동안 어머니는 자나 깨나 친정 부모님과 형제들을 그리워하고, 소식을 몰라 애타해 왔다. 6·25전쟁 이후 남북은 철문으로 굳게 닫혀 이산가족 상봉이나 서신연락이 일체 금지되었다. 국내에서나 국외에서나 마찬가지로 엄금되었다. 북한주민과의 서신연락을 금지한 반공법을 어긴 자는 세간에서 빨갱이로 취급되었다. 반공법 위반자는 조선시대의 역적이나 다름없는 간첩으로 단죄되어 말 못할 신고(辛苦)를 치르게 되며, 그 가족들까지 법적인 연좌제와 국민에 뿌리내린 연대책임의식에 묶여 망가(亡家)로 결딴나는 게 현실이었다. 남한사람이 북한사람과 개인적으로 서신연락을 하는 것은 그토록 위험천만한 일이었다. 유용국의 어머니는 명절이 되면 북한쪽을 하염없이 바라보면서 연신 눈물을 흘렸다. 유용국은 그러한 어머니의 눈물을 보고 자랐다. 어머니의 마음속에 서려있는 망향의 한과 친가의 소식에 목타하는 그리움이 유용국의 마음속에서도 깊이 똬리를 틀었다. 그는 이곳 영국에서 어머니의 원을 풀어주고 싶은 생각이 들었다. 인도인 친구에게 월남한 어머니의 애절한 사연과 고향 소식에 애타하는 심정을 털어놓고 도움을 청했다. 그 친구는 유용국의 간절한 청탁을 이해했을 뿐만 아니라, 어머니가 실향민으로서 또 남·북한 간의 이산가족으로서 오랜 세월 절억해온 슬픔을 마음 아파했다. 그 인도인의 부모는 식민시대의 압박을 인고하며 살았던 세대였고, 권력에 눌렸던 부모의 서러움은 자식 대까지 전이되었다. 그 친구 스스로도 태어나서부터 벵골어를 쓰고 자란 변방 민족에 속해있었다. 그는 기꺼이 유용국을 돕겠다고 나섰다. 인도는 중립국이다. 인도는 미국과 소련 사이의 냉전체제에서 국외자로 비켜나 있었고, 인도인이 하는 국제적 통신은 정보기관의 감시망에서 벗어나 있었다. 북한 주민과 편지를 주고받는 모험의 최대 관건은 유용국의 신분이 들어나지 않게 하는 보안유지에 있었는데, 인도인은 그 점에서 유리한 입장에 있었다. 인도인 친구에게 배후에 자신이 있다는 사실을 철저히 비밀에 부쳐 줄 것을 당부하고, 거사에 착수했다. 착수하고서도, 북한과의 서신연락을 자신이 부탁했다는 사실이 발각되면 자신과 자신의 가족 모두의 운명이 뒤바뀐다는 점을 누누이 강조했다. 유용국은 어머니의 고향 주소를 알고 있었다. 인도인 친구는 그 주소로 편지를 보냈다. 어머니의 친가는 아직 그 주소에 살고 있었던 모양으로 친구 앞으로 짤막한 답장이 왔다. 그렇게 외국 친구의 도움으로 알아낸 소식은 어머니에게 은밀한 표현으로 전달되었다. 어머니의 아버지, 그러니까 유용국의 외할아버지는 이 세상 사람이 아니었다. 어머니는 이 소식을 들은 날을 기일로 삼아 소복으로 갈아입고 종일 눈물을 쏟았다. 어머니의 맨 아래 남동생, 그러니까 유용국의 외삼촌은 북한의 어느 공과대학에 다닌다고 해서, 제도용구 일습을 구입하여 인도인 친구 편으로 부쳐주었다. 그 모험은 유용국이 생각하기에 감쪽같이 치러졌다. 이제 탄로 날 일 없이 끝났다고 생각했다. '그런데 그 일이 어떻게 밀고자에게 알려졌을까? 도대체 밀고자는

누구일까?'

　유용국은 밀고자가 누구인가를 추리하고자, 모험이 끝난 후 자신
을 둘러싼 행적을 세심히 복기해보았다. 떠오르는 인물이 있었다.
경제학과 대학동기로서 한솥밥을 먹고 있는 재무부 공무원 허종기
가 문제의 인물이었다. 그는 대학 4학년 때 행정고시에 합격한 재사
(才士)이고, 자신은 육사교관 말엽에 행정고시 준비를 시작하여 제
대 후에 합격한 늦깎이 공무원이다. 허종기는 자신과 친하다면 친하
다고 할 만한 친구이지만, 묘한 라이벌관계에 있는 적수(敵手)였다.
대학시절에 학과 내 최우수 학생 자리를 놓고 각축을 벌였고, 캠퍼
스 커플로 결혼한 자신의 아내 심보경(沈報慶)을 서로 차지하려고
다투었던 연적이었으며, 선임이긴 해도 재무부 엘리트 공무원으로
서 요직을 먼저 쟁탈하려는 호적수였다. 그런 그가 보경이를 자신에
게 빼앗겼고, 케임브리지 대학교 특별교육과정 참가자 선발에서 밀
려나, 유용국이 장관의 총애를 받는다는 입소문이 퍼지면서, 자신에
게 노골적인 시기심을 보이던 친구였다. 밀고자가 허종기라면, 그
는 자신과 경쟁하는 적수(敵手)에서 비열한 적수(敵讐)로 돌변하는
것이다. 인도인 친구가 북한으로 편지연락을 주고받은 지 한 달 후
쯤, 자신의 근무부서인 재무부 이재국(理財局)의 국장이 실무공무원
해외시찰단을 이끌고 케임브리지를 찾았다. 여섯 명의 시찰단에 허
종기가 끼어 있었다. 이재국장은 영국에 가면 유용국을 만나보고 오
라는 장관의 지시를 받았다. 케임브리지에 온 국장은 모처럼의 방문

기회를 이용하여 외국의 젊은 경제 관료들을 사귈 요량으로 특별교육과정생 모두를 저녁식사에 초대하였다. 그 자리에서 유용국은 인도인 친구를 국장에게 각별히 소개하였고, 인도인은 국장 맞은 자리에 앉아 극진한 대접을 받았다. 술과 담배를 즐겨하는 그 친구는 극진한 대접에 마음이 들떴던지, 술을 과하게 마시고 횡설수설하는 지경에 이르렀다. 그리곤 옆자리에 있던 허종기와 담배를 같이 피운다고 하면서 음식점에 딸린 정원으로 나가는 것이었다. 유용국은 담배를 피우고 자리로 돌아온 허종기의 눈이 묘하게 빛났던 것을 또렷이 기억한다. 국장이 이끄는 시찰단이 케임브리지를 떠난 후부터 인도인 친구는 극히 미세하기는 하지만 무언가 불편한 기색을 보여 왔다. 유용국은 당시에 좀 이상하다고 생각했다. 과음으로 보인 약간의 추태 때문에 그런가 보다 하고 넘어간 일이 이제 새삼 반추되었다. 사람의 허물은 명약관화하게 드러나는 수도 있지만, 아주 미약한 낌새로 포착될 수도 있다. 시찰단의 저녁식사 자리를 복기하는 순간, 허종기의 눈빛과 인도인의 낌새라는 아주 가느다란 실올이 유용국에게 해답의 실마리를 제공했다. 직감이 왔다. 아주 사소한 이상행동이었으나 그들이 보인 기색에서 떠오른 유용국의 직감은 밀고자가 허종기임에 틀림없다는 확신을 심어주었다. 추정은 나중에 확증을 필요로 하는 암중모색이지만, 직감은 머릿속이 일거에 환히 밝아오는 확신을 준다. 직감은 지리멸렬해 있는 사건의 연속을 단번에 한 장의 큰 그림으로 그려내 보인다. 유용국은 이제 자신이 당한 불행의 큰 그림을 읽어내었다. 술에 취한 인도인 친구는 자신을 깍듯이 모시는 허종기와 담배를 피우면서 이야기를 나누다가 말실수를 하게 되고, 북한과의 서신연락이라는 극비사항을 허종기에게 내비쳤음에 틀림없다. 그것이 지금 당하는 고초의 꼬투리가 된 것이다. 이제 유용국의 걱정은 이 일을 앞으로 어떻게 무마해야 할지에 미쳤다. 날이 새기 전에 수습책을 짜야 했다.

　'내가 북한과 서신연락한 사실 자체를 딱 잡아뗄 수는 없겠지! 취조하는 저 군인들이 최소한 그 사실만큼은 알고 있잖아! 그들은 서신연락을 단서로 해서 나한테서 알아낼 수 있는 최대한을 알아내려고 할 거야. 나는 인도인 친구를 시켜 북한의 외가와 편지를 주고받은 일밖에 없는데, 그들이 그 이상 알아내고자 하는 일은 무엇일까? 서신연락 후 북한에 약점을 잡힌 내가 북한 요원들과 은밀히 접촉하면서 국가기밀이라도 넘겨 준 것으로 몰아갈 거야. 북한으로부터 내가 돈을 지원받지 않았냐고 물어오겠지. 영국을 방문했던 이재국장이 책이나 사보라고 주고 간 500불이 내가 받은 유일한 가외 수입인데. 저들이 믿어줄까? 북한이 붙여준 여자와 관계를 맺지 않았나 하는 의심도 할 거야. 영국에서의 교육과정이수 중에 맞은 부활절 연휴 동안 유럽 몇 개 국가를 여행했었지. 그 때 무엇을 했는지 꼬치꼬치 캐물어 보겠지. 심지어 그 때를 이용하여 북한에 다녀오지 않았냐고 나를 족칠 거야! 그러나 내가 하지 않은 일을 했다고 할 수는 없어! 고문이 무서워 그들이 원하는 대답을 했다간, 나중에 엄청난 죄를 뒤집어 쓸 거야. 하지 않은 일은 끝까지 하지 않았다고 해야 해. 어려운 이 시기를 잘 이겨내야 할 거야.

그런데 허종기는 내 약점을 하필이면 이 시기에 밀고했을까? 내가 영국에서 귀국하자마자 밀고했을 수도 있는데. 그는 내 약점을 빌미로 결정타를 날릴 수 있는 시점을 기다렸을 거야. 대통령 박정희가 죽고, 작년 12·12 군사쿠데타로 신군부세력이 정권을 장악하면서 세상이 바뀌자, 나를 쳐낼 호기로 생각한 거지. 그러고 보니, 또 한 가지 떠오르는 게 있네. 허종기의 성이 김해 허(許)씨지. 그는 포항에 있는 허씨 집성촌에서 태어났다고 했어. 지금 신군부세력의 중심인물인 보안사령관의 오른팔로 위세를 떨치고 있는 허종양 대령이 동향 출신이라고 했지. 그는 박정희가 살해된 10·26 사태 전부터 허 대령과 교우하면서 김해 허씨 문중의 유력자들과 사귀어 왔어. 또 다른 김해 허씨 허영태 대령과도 친하게 지내면서 자신의 인맥을 은근히 과시하곤 했었지. 예로부터 잘 알고 지내던 이 두 허 대령이 지금 보안사령부에서 권력을 휘두르고 있잖아! 그래, 정권 실세인 이 두 사람과 친분이 있는 허종기가 호기를 만난거야. 이렇게 좋은 기회를 틈타, 그 두 사람에게 내 약점을 밀고한 거야! 내 사건의 뒤에 보안사령관의 최측근인 두 사람의 허 대령이 있는 거야. 나는 이 정권의 엄청난 실력자들에게 걸려든 거야. 내 사건은 순탄하게 끝나지 않을 것 같아. 걸려도 크게 걸려든 거야. 허종기는 이 판에 나를 완전히 끝장내려고 덤벼들 거야.'

여기까지 생각이 미치자, 유용국은 사지를 부르르 떨었다. 앞날이 암담하고 아찔했다. 잠이 오지 않았다.

다음 날 아침 신문을 맡은 군인 둘이 취조실로 들어섰다. 유용국은 그들을 보는 순간 염라대왕이라도 맞이하는 듯 했다. 기운이 쪽 빠지고, 애처롭기 짝이 없는 표정으로 그들을 올려다보았다. 그들에게 조금이라도 자비로운 구석이 있기를 빌면서 그들을 맞이했다. 한 사람이 취조를 시작했다.

"밤새 생각해보았겠지? 밤새우고 생각했을 테니, 사실이든 거짓말이든 술술 뱉어내겠지. 안 그래? 거짓말이라도 들어줄 테니, 이야기를 시작해봐!"라고 하면서, 유용국의 머리를 한 대 툭 쳤다. 그 자가 가볍게 툭 치는 한 대가 어제 낮에 얻어맞은 구타의 총량보다도 더 아프게 느껴졌다. 공포심이 만들어내는 상상력은 육체적 고통이 아니라 정신적 고통을 자꾸 퍼 올린다. '정신적 고통과 육체적 고통의 극한을 서로 비교한다면, 어느 쪽이 더 심할까? 사육신이 사로잡혀 고문을 당할 때, 육체적 고통이 더 컸을까? 아니면, 정신적 고통이 더 컸을까? 지금 염라대왕 앞에 있는 내겐 정신적 고통이 몇 배는 더 큰 것 같은데, 내가 겁이 많아서 그런 걸까? 어쨌든 진술을 시작하자. 이 자들이 믿든 안 믿든 사실대로 말해야겠지.'

유용국은 케임브리지에서 만나게 된 인도인 친구에게 부탁하여 북한에 사는 어머니 친가와 편지연락을 하고, 외삼촌에게 제도용구를 보내준 사실까지를 죽 털어놓았다. 진실이기에 그의 진술은 조용하면서 서글펐다. 고향 소식에 애타한 어머니의 심정을 이야기할 때에는 눈물을 쏟았다. 자식이 어머니의 원을 풀어주려고 한 효도가 자식에게 끔찍한 화가 된 것을 알게 되면, 어머니가 또 다시 뿌릴 눈물을 생각하게 되자, 입술을 깨물며 진술하던 유용국은 철제 책상에 머리를 박았다. 그의 진술은, 단순히 안부를 묻는 북한주민과의 편지연락조차 분단국의 이념대치로 말미암아 치르게 될 죄상이 너무 무서워, 그 간의 일을 일체 비밀로 한 것이라는 덧붙임으로 끝났다. 군인들은 가만히 듣고 있더니, 유용국의 진술이 끝나자 백지를 여러 장 주면서 방금 진술한 내용을 전부 적어내라고 명령했다. 점심때까지 시간을 주겠다고 하면서, 그들은 방을 나갔다.

낮에 설렁탕을 들고 들어와 먹으라고 내 주면서, 그들은 유용국이 쓴 자필 진술서를 읽었다. 그리고 나서 진술서 쪽마다 이름 쓰고 무지(拇指) 날인하게 했다. 대충 설렁탕을 먹고 난 유용국을 상대로 그들은 본격적인 신문을 시작했다.

"너, 심부름 시킨 인도인의 이름과 주소를 기억해? 아는 대로 이 종이에 적어! 그리고 편지 보냈다는 네 외가의 가족들 이름과 주소를 기억나는 대로 적어!"

유용국은 기억을 더듬어 적어냈다. 그런데 주소를 정확히 기억해 내기가 힘들었다. 적은 종이를 앞으로 내밀면서 유용국이 호소했다.

"주소만큼은 제대로 생각나지 않습니다."

"그래? 그렇겠지! 우리가 네 사무실과 집에서 압수해 온 네 수첩들과 기록물이 여기에 있으니까, 이걸 보고 주소를 적어내!"

그들은 압수한 물품과 기록의 일부를 책상 위에 내놓았다. 인도인 친구와 찍은 사진까지 가져온 것을 보고, 유용국은 맥이 쫙 빠졌다. 자신의 옛 수첩을 뒤져 주소를 적어냈다. 그 다음에 그들은 유용국이 예상했던 질문을 쏟아냈다.

"너 말이야, 북한으로 돈을 보내거나 북한으로부터 돈 받은 것은 없어?"

"그런 일은 전혀 없습니다."

"이재국장이 주고 간 돈 500불은 어디에 썼어?"

"그건 생활비에 보태어 썼습니다."

"너 영국 있을 때 부활절 휴가 동안 유럽여행을 했다는데, 어느 어느 나라를 다녀왔어?"

"이태리, 독일, 프랑스입니다."

"너 유럽여행하면서 동구도 들린 것 아니야?"

"아닙니다. 앞의 세 나라만 구경했습니다."

"너, 이 새끼야! 그 때 몰래 북한엘 다녀왔지? 알고 있으니까 다 불어!"

"절대 아닙니다. 맹세코 아닙니다."

취조하던 군인은 유용국의 눈을 정면으로 들여다보며, 거짓말을 하는지를 태도심증으로 짚었다. 그러더니 압수물 중에서 여권을 하나 꺼냈다.

"야! 이거 네 관용여권인데, 니가 유럽여행 했다는 부활절 연휴기간에 왜 스페인 입국 도장이 찍혀있어? 여기를 눈뜨고 잘 봐!"

정말 입국 날짜도 선명하게 스페인 입국 스탬프가 찍혀 있었다.

"아! 부활절 여행 때 스페인도 들렀습니다."

그 순간 취조하던 군인의 주먹이 유용국의 면상을 쳤다. 알싸한 통증과 함께 코피가 주르륵 흘렀다. 코를 다친 모양이었다.

"이 새끼가! 너 낱낱이 사실대로 말해야 하잖아! 왜 스페인에 간 사실을 빼놓았어? 너, 동구에 들러 북한에 다녀온 사실도 빼놓은 거 아니야? 너, 더 맞아보아야 정신 차릴 거야?"

옆에 있던 군인이 의자에 앉아 진술하던 유용국을 구둣발로 차서 땅바닥에 쓰러뜨렸다. 그 다음부터는 지독한 몽둥이질, 주먹질, 발길질이 이어졌다. 그들은 신음하는 유용국의 몸을 올려 세워, 다시금 의자에 앉혔다. 사실, 유용국이 들렀던 스페인을 빠뜨린 것은 별일이 아니었다. 그러나 군인들은 사소한 것을 빌미로 해서 사정없이 뚜드려 패고, 용의자를 공포에 몰아넣은 후, 진실만을 말하게 하는 심리조성을 노리는 것이다.

"야, 사실대로 말해! 너, 북한에도 들렀지? 순순히 자백하는 것이 좋아."

"아닙니다. 북한엔 정말 가지 않았습니다."

신문하는 군인은 대답하는 유용국의 눈을 뚫어지게 들여다보았다. 유용국의 눈동자는 이미 공포에 얼어붙어 있었다. 군인은 용국의 대답이 사실이라는 심증을 가졌다.

"너, 영국서 귀국한 후에 북한 쪽과 접촉하지 않았어?"

"아닙니다. 그런 일은 결코 없었습니다."

"그러면, 네 어머니가 북한 쪽과 접촉한 건 아니야?"

"아닙니다. 제가 아는 한, 그런 일은 없습니다. 그리고 만일 어머니에게 그런 일이 있었다면, 제가 눈치 챘을 겁니다."

"그건 나중에 알게 될 터이니 그렇다 치고, 너, 북한정권을 어떻게 생각해?"

"저는 정치인이 아닙니다. 경제통 공무원에 불과합니다. 저는 자본주의 경제체제를 옹호하는 사람입니다. 제 경제관념으로는 북한식 통치를 받아들일 수 없습니다."

"알았어! 길게 얘기하지 마!"

군인은 책상 위에 있던 압수물을 치우고, 백지 몇 장을 올려놓았다.

"여기 종이에 네가 가깝게 지내는 사람들 이름과 신분을 모조리 적어내! 친구, 친·인척, 학교 선·후배 등등 모두 다 적어! 재무부에 근무하는 친한 동료, 너를 끌어주는 상관, 네가 끌어주는 후배도 빠짐없이 적어!"

한 시간 가량이 지나, 유용국은 작성한 명단을 그들에게 건넸다. 신문이 계속됐다.

"너, 북한주민과 편지교환하면 처벌받는다는 걸 알고 있었어?"

"예, 알고 있었습니다."

"우리나라는 반공국가야! 공산국가와 통신 연락하는 건 중대한 범죄라는 걸 알고 있었지?"

"예, 지금도 잘 알고 있습니다."

"그럼, 니가 북한과 편지 연락한 거 후회하고 또 반성하고 있어?"

"예, 후회막급입니다."

"너, 말은 그렇게 하면서 또 기회가 되면 그런 짓 할 거지?"

"아닙니다. 두 번 다시 안합니다. 맹세합니다."

"좋아! 그럼, 너, 반성문을 하나 잘 써봐! 탄원서의 형식으로 써! 너의 죄를 반성하고, 전비(前非)를 뉘우치면서, 대한민국의 반공이념을 튼튼히 하는 데 앞장서겠으며, 조국 발전에 헌신할 터이니, 사법당국에 선처를 바란다는 내용으로 적어!"

"누구 앞으로 탄원서를 작성할까요?"

"국민 앞으로 해! 우린 아주 바빠. 너 같은 녀석이 하나 더 들어와 있어. 우린 이제 그 녀석을 작살내러 가야 해. 내일 아침에 올 테니, 그 때 탄원서를 읽어보겠어!"

그들이 취조실을 나갔다. 유용국은 혼자 앉아, 생애 최고의 문장으로 탄원서를 꾸미고자 진력했다. 탄원서라기보다 애원하는 호소문이었다. 좀 더 가벼운 죄목으로 처벌되기를, 또 조금이라도 더 가벼운 형량이 떨어지기를 바라면서, 감동적인 탄원서를 작성하기에 몰두하였다.

다음 날 아침이었다. 군인 둘이 취조실에 들어와, 책상 위에 반듯이 놓여 있는 유용국의 탄원서를 읽었다.

"뭐, 그런대로 썼구먼! 지금부터 내가 하는 말을 잘 들어! 오늘 오후에 너를 군 검찰에 넘길 거야. 거기 가면, 군 검찰이 네가 쓴 자술서와 우리의 신문을 기록한 조서내용이 사실인가를 물어 볼 거야. 모두 다 사실이라고 말해! 니가 하나라도 사실이 아니라고 부인하면, 그들은 사건을 재수사하라고 너를 우리에게 다시 보낼 거야. 니가 또 다시 우리에게 오면, 그땐 너를 정말 병신되도록 패줄 거야. 여기서 우리에게 맞고 나가, 애 못 낳게 된 남정네가 수두룩해! 너, 우릴 다시 보고 싶어? 다시 보고 싶지 않어?"

"다시 보고 싶지 않습니다."

"허어! 난 요 며칠 사이에 네게 정이 들었는데."

그러면서 그는 유용국의 머리를 한 대 툭 쳤다. 이번 주먹은 그리 아프지 않았다.

"아까 한 얘기 잘 알아들었지? 군 검찰에 가면, 모든 게 사실이라고 말할 거야?"

"예, '모두 사실입니다'라고 할 겁니다."

"그 대답을 한 번 더 크게 복창해!"

"예, 모두 사실입니다."

"이따 오후 1시에 너를 데리고 왔던 군인들이 너를 군 검찰로 호송할 거야. 잘 지내라구!"

군 검찰로 넘어간 유용국은 군 수사대가 작성한 조서 내용을 티끌한 점 부인하지 않았다. 군 검찰은 유용국이 북한과 서신왕래한 사실만을 확인했다. 그 이상 신문하는 일은 없었다. 유용국이 모든 걸 시인하니, 강압적인 분위기가 있을 리 없었다. 그러나 유용국에게 엄청난 죄목을 덮어씌울 음모가 진행되고 있었다. 유용국은 수사기관의 음흉한 계책을 전혀 짐작하지 못했다.

유용국이 끌려간 곳은 보안사령부 서울지구대였다. 보안부대의
군 수사관들은 몸담은 기관의 성격상 거물급 간첩이나 사상범을 검
거하려는 공명심이 강했다. 보안사령부의 전신은 육군방첩부대이
다. 방첩부대란 간첩 잡는 부대이다. 그러니 보안사령부는 간첩을
잡아 큰 공을 세워야 했다. 이번에 유용국을 취조한 군 수사관들은
유용국의 죄과를 한껏 부풀려, 혁혁한 공적을 과시해 보고자 했다.
그들은 유용국의 약점인 두 가지 사실을 엮어, 그를 대역 죄인으로
만들었다. 북한과 서신연락을 한 간첩이 내란죄를 범한 김재규와 접
촉했었다는 사실을 바탕으로 해서 그럴듯한 각본을 짰다. 두 가지
사실은 유용국이 이미 자백한 바 있다. 이 자백한 사실을 보강할 증
거가 필요하게 되면, 그들은 증거를 날조하기를 마다하지 않았다.
최종적으로 유용국에게 덮어씌울 범죄사실은 김재규에게 내란을 교
사한 것으로 꾸며졌다. 군 수사관은 인도주재 한국대사관의 무관으
로 하여금 적당한 인도인을 물색해서 영국 체류시 유용국의 친구로
서 북한에 편지심부름을 한 사실이 있다는 자인서를 만들어 보내게
했다. 명의가 위조된 인도인의 자인서는 법정에서 문제되지 않았다.
유용국과 그의 변호인은 자인서의 위조 여부를 다투지 않았다. 인도
인 친구에게 북한 외가로 보낼 편지를 부탁했던 엄연한 사실이 존재
하는 이상, 그런 사실이 있다는 내용의 자인서의 명의가 위조된 것
인가를 밝혀볼 생각이 아예 들지 않았다. 먼 인도 땅으로까지 알아
볼 능력도 없었다. 군 검찰과 군사법원은 유용국의 자백을 보강할
이 증거를 그대로 받아들였다. 유용국이 김재규를 만나 나라를 뒤엎

을 신념을 고취했다는 사실도 단둘이 저녁을 먹었던 한정식집 주인이 법정에 나와 위증하도록 만들었다. 그 주인은 김재규와 유용국 두 사람만이 식사를 하는 자리에 음식을 갖고 들어갔다가 나오는 참에 나직한 목소리로 밀담을 하는 것을 엿들었다고 했다. 그는 유용국이 엄지손가락을 치켜들면서 김재규를 향해 "부장께서 이걸 해치우시고 심복들로 하여금 요소를 장악하게 해서 국가를 위한 백년대계를 도모해보시지요. 부장님이 아니면 누가 하겠습니까?"라고 하더라는 증언을 했다. 이 증언이 위증이라는 사실을 밝혀줄 사람은 김재규뿐인데, 그는 내란목적살인죄로 이미 처형되었으니, 유용국은 막다른 골목에서 오도 가도 못하는 처지가 되었다.

비상계엄하의 군사재판은 일사천리로 진행되었다. 상고심의 판결이 선고되기까지 유용국은 번개같이 신속한 재판을 받았다. 격동하는 시국에 군사법원은 재판의 적정(適正)보다도 재판의 신속을 앞세웠다. 확정된 판결에서 유용국에게 선고된 죄명은 형법상 내란교사죄와 내란목적살인교사죄, 국가보안법상 반국가단체구성교사죄, 반공법상 반국가단체구성원과의 통신죄였다. 유용국은 어마어마한 죄명을 뒤집어쓰고 무기금고형에 처해졌다. 일류대학을 나오고 육사에서 생도들을 가르치다가 제대한 후 행정고시에 합격하여 국가경제를 돌보던 엘리트 공무원이 북한과 통신하면서 국가전복을 꾀했던 반역자였다는 신문기사는 전국을 떨게 했다. 그에게 온 국민의 혹독한 비난이 쏟아졌다. 4천3백만 국민은 유용국과 그의 가족으로부터 등을 돌리고, 서른여섯 살의 동갑네기 용국 부부, 아홉 살 된 아들, 여덟 살 된 딸, 도합  네 사람을 차디찬 이방(異邦)세계에 위리안치시켰다.

## 제30화
## 유용국과 그의 가족이 통한의 세월을 보내다.

　　대법원의 확정판결이 선고된 다음 날 유용국은 서울구치소에서 대전교도소로 이송된다. 그는 죄질이 중한 정치범인 까닭에 수감절차에 특별히 교도소장이 입회한다. 담당 교도관이 그의 성명과 신원을 확인한 후 확정판결문의 내용을 읽어준다. 이미 알고 있는 판결 내용이지만, 용국은 두 눈으로 자신의 죄상과 형기가 적힌 판결문을 보고자 한다. 그는 교도관이 건네주는 판결문을 뒤적인다. 피고인란에는 자신의 이름 석 자 "유용국"이 선명하다. 대법원의 판결 주문에는 "피고인의 상고를 기각한다."라고 되어있다. 첨부된 원심판결문에는 "피고인을 무기금고에 처한다."라는 글자가 선명하다. 법원에서 인정된 죄명 중에는 '내란교사'와 '내란목적살인교사'가 눈에 들어와 박힌다. 판결문의 앞에 쓰인 검사의 이름과 끝에 명시된 법관들의 이름도 읽는다. 그는 속으로 되뇐다. '유용국은 틀림없이 나야! 다른 사람은 아닌 거야. 내 나이 서른여섯에 평생 옥살이를 해야 하니, 내 인생 남은 반절은 이곳에서 보내야 하는 거야! 이건 생생한 현실이야!'

　　담당 교도관이 절망한 그를 상대로 수감절차를 밟는다. 소지품을 모두 영치시키고, 알몸을 샅샅이 수색한 후, 목욕을 하게하고, 수형자번호가 붙은 새 수의(囚衣)를 입힌다. 그는 죄수복을 입으면서 탄식한다. '내가 종신형을 받았으니, 이 교도소의 수의가 내 수의(壽衣)가 되겠구나!' 중한 정치범으로 분류된 그는 독방에 수감되어, 다른 수형자로부터 일체 격리된다. 소내 운동시간에도 그 혼자만이 걷게 한다. 정치범이기에 징역형이 아니라 강제노역의 의무가 없는 금고형을 선고받았다. 교도소장은 그를 특별관찰 대상으로 삼아 담당 교도관으로 하여금 소소히 감시하도록 한다. 행형법도 행형규칙도 그에게는 허울에 지나지 않는다. 이제 유용국은 교도소장이 전제군주로 군림하는 지하왕국에 들어간 것이다.

배정된 감방에 들어가 한번 휘 둘러보고 나서 털썩 주저앉은 유용국은 암담하고 참담한 심사를 누를 길이 없다.

'내가 여기서 평생을 보내야 하다니! 믿을 수가 없어! 정말 믿을 수가 없어! 내가 이렇게 되다니! 어떻게 내가 이렇게 될 수가 있어?'

꼼짝하지 않고 앉아 있는데 눈물이 주르륵 흐른다. 일단 터진 눈물은 그칠 줄을 모른다. 감방 식구통으로 들어온 음식을 받아 놓고도 눈물을 흘리기만 한다. 음식이 목으로 넘어가지 않는다. 용국은 무려 닷새 동안 아무 것도 먹을 수가 없었다. 어디서 나오는지 모르게 끝도 없이 흐르는 눈물, 처음엔 펑펑 쏟아지는 눈물, 서서히 가냘퍼진 눈물, 나중엔 말라붙은 눈물이 흐르고 또 흐른다. 점호시간, 세면시간, 운동시간에도 눈물을 마주한다. 그는 잠자면서도 운다. 몸이 야위고 탈진상태가 된다. 그런데 그 많은 눈물이 머릿속의 그 많은 사념을 비워냈다. 그의 정신이 극도로 예민해진다. 온몸의 피부세포가 비상하게 주위에 반응한다. 그러자 단 한 가지 생각이 머릿속을 관통한다.

'여기가 내가 살 곳이야! 받아들여! 일단 받아들이고 모든 걸 새로 시작해봐! 이젠 그만 울어!'

그는 감방에 들어온 음식을 먹기 시작한다. 서서히 기운을 차린다.


엄중한 요시찰 대상인 유용국에게 교도소 당국은 당분간 서적도, 종이와 펜도, 편지도 허용하지 않는다. 그는 생각하는 일 이외에는 아무런 것도 할 수 없다. 유용국은 독방에 갇혀 자유를 잃은 고통을 실감한다.

'내가 자유를 잃었구나! 책 읽고 글 쓸 자유, 좋아하는 음악을 들을 자유, 가족과 대화할 자유, 어머니의 어깨를 주물러드릴 자유, 아내를 안아볼 자유, 친구와 포장마차에서 소주 한 잔 할 자유, 아들과 공 찰 자유, 딸의 머리카락을 빗겨줄 자유, 이 모든 걸 잃었구나! 무엇보다도 가고 싶은 곳에 갈 자유를 잃었구나! 나는 두 다리를 잃어버린 것이나 다름없어! 녹음 짙은 숲 속에 갈 수도 없고, 영화를 보러갈 수도 없고, 아내와 백화점에 갈 수도 없고, 아이들에게 줄 선물을 사러갈 수도 없고, 직장에 일하러 갈 수도 없어! 이건 사는 게 아니야. 나는 그야말로 산송장이야. 사회는 날 필요로 하지 않는다는 거지. 나를 차마 죽이지는 못하고, 날 영원히 보지 않을 장소에 묻어두겠다는 거지. 세상은 나를 무덤에 묻지 않고 감옥에

묻어 버린 거야.'

감옥살이를 그런대로 받아들인 유용국은 곰곰이 생각한다.

'나는 죽을 때까지 감방에 갇혀 있어야 하나? 무기형은 정말 죽을 때까지 감옥을 벗어날 수 없는 형벌인가? 감옥살이 좀 하다가 나가는 수는 없는 것일까? 모범수가 된다 해도 무기형은 무기형인가? 무기형도 10년 형기가 지나면 가석방될 수 있다던데. 그렇지만 나처럼 북한과 교신한 사상범, 내란을 교사한 정치범은 가석방시키지 않고, 영원히 이곳에 묶어놓을 거야! 내가 재심으로 무죄 석방되는 길은 없을까? 정치범을 재심으로 내보낸 전례는 아직 없었다지! 바랄 걸 바라야지! 내가 사면을 받아 나가는 수는 없을까? 빨갱이 사상범, 국가를 전복하려던 정치범을 누가 사면하려고 하겠어? 내가 아무리 절망에서 헤어나려고 하더라도, 바랄 걸 바라야지!

아, 그렇다! 정권이 바뀌면 내가 사면을 받을 수도 있을 거야! 이 군사정권이 무너지고 문민정부가 들어서서 진정한 자유 민주국가가 도래한다면, 내가 재심이나 사면을 받을 수 있어! 이 억울함을 풀어줄 길은 정권이 바뀌길 기대하는 것뿐이야! 그러니까 나는 국가권력이 바뀌기를 열망해야 하는 거야. 이 정권이 무너지길 바라야 해! 나는 비록 이 감옥 안에서라도 이 군사정권이 무너지기를 간절히 기도하고, 또 내 미력한 힘이라도 보태어 이 정권을 쓰러뜨려야 해! 내가 지금 이런 생각을 하고, 이런 기도를 하고, 이런 결심을 하는 것은 분명 정치범이야! 나는 이제 정말로 정치범이 되어버린 거야!

나는 정치범이 아닌데도 정치범으로 낙인 찍혀 죄인이 되고, 죄인이 되자 감옥에 들어와 이런 생각을 하면서 진짜 정치범이 되어버렸어! 그렇지! 그러고 보니 법률이 정치범을 만들어낸 거야! 정치범이 아닌 사람이라도 법률이 정치범이라고 하면 아이러니하게도 정치범이 되는 거야! 그러니까 범죄자가 아닌 순진무구한 사람을 사회가, 국가가, 법률이 범죄자로 만들어버리는 거야! 이건 국가가 저지르는 범죄야! 국가적 범죄야! 국가가 범죄자를 만들어내는 범죄를 저지르는 것이지! 국가도 범죄자야! 내란교사를 하지도 않은 나를 내란교사범으로 만들어버린 국가가 소름끼치는 범죄자인 거야!'

유용국은 법전 속의 형법이 아니라, 감옥 속에 있는 형법을 읽어낸다. 국가는 국민의 안녕과 복지를 구현하고 기본권을 보장하는 권력체가 아니라, 무고한 국민을 범죄자로 만드는 권력체가 될 수 있음을 깨닫는다. 그의 국가관과 법률관이 코페르니쿠스의 전환을 한다. 그는 이제서야 죄수와 감옥의 진면목을 이해한다. 감옥에 갇힌 수인은 나병환자와 마찬가지로 연민의 대상이 되어야 마땅하다. 그에게 멀찍이 보이는 죄수가 달리 보인다. 그들이 피해야 할 흉악범이 아니라 감싸 안을 동료로 다가온다. 용국은 자신 때문에 그토록 흘렸던 눈물을 앞으로는 억울한 그들을 위해 흘릴 수 있다고 생각한다.

정권이 바뀌면 감옥을 벗어나 바깥세상으로 다시 돌아갈 수도 있다는 막연한 희망을 품게 된 유용국은 혹시나 사면 받아 출소하게 된 후에 부딪치게 될 걱정을 한다.

'출소하면 맨 먼저 무엇을 할까? 첫날을 어떻게 보낼까? 먼저 어머님 모시고 아버님 산소에 성묘 다녀와서 무엇을 하면 좋을까? 종일 집에서 가족과 보낼까? 그보다 아이들에게 아버지와의 첫날에 무엇을 하고 싶은지를 물어보고 그 소원을 들어주자. 그런데 내가 오랜 격리생활을 하고 사회변화를 따라가지 못해 아이들하고 원활히 소통할 수 있을까? 아이들 세계를 이해할 수 있을까? 애비 없는 자식으로 성장한 그늘이 아이들에게 드리워져 있지나 않을까? 늙어서 집으로 돌아온 무력한 아버지, 돈벌이도 하지 못한 무능한 가장을 가족들이 존중해줄까? 내가 기나긴 옥살이에 마음이 각박해져서 희희비비에 무감동한 별난 인간이 되어 있지나 않을까? 젊어서는 몸으로 때우고 늙어서는 돈으로 때운다는 인생인데, 궁핍한 노후에 웃음이 나올까? 생계의 책임을 맡아 온갖 고생 다 하고 쭈글쭈글 늙어버린 아내가 나를 원망하지나 않을까? 세상 사람들은 힘 빠지고 처량한 모습을 한 나를 거들떠보지도 않을 거야! 차라리 출소하지 말고 그냥 감옥에서 평생을 지내는 게 낫지 않을까? 이 안에서 가족의 동정이나 받고 살았으면!'

유용국은 이런 걱정을 하다가 잠든 다음날 아침에 눈을 뜨면, '왜 내가 깨어났나? 잠에서 깨어나지 않고 영원히 잠들어 버렸으면 좋을 텐데! 오늘 하루를 또 어떻게 보내나?' 하는 절망에 휩싸인다. 더 나아가 죽어버리고 싶은 충동으로 치닫는다.

용국이 대전교도소에 수감된 후, 아내 보경은 용국의 옥바라지를 하기 위해 아예 대전으로 이사한다. 아이들도 대전에서 학교를 다닌다. 그리고 어려운 가정경제를 보경이가 떠맡는다. 이 부부는 원래 넉넉지 않은 집안 출신인데다가 용국이 군 수사대에 끌려가고 재판을 받는 동안 얼마 안 되는 재산마저 거덜이 났다. 하루하루가 돈에 쪼들리는 형편이다. 이 딱한 처지를 알게 된 대학 선배 한 사람이 보경을 대전에 있는 괜찮은 회사의 경리직원으로 취직시킨다. 학창시절에 용국을 사귀다가 캠퍼스 커플로 결혼한 심보경은 대학에서 회계학을 전공하였다. 그래서 경리담당으로는 1급의 직원이다. 그런데 취직한지 한 달이 채 못 되어 회사의 경리부장이 보경을 부른다. 호칭 때문에 회사는 보경에게 계장 직함을 준 바 있다.

"심 계장, 곤란한 이야기지만 솔직하게 말하겠습니다. 어제 관할 경찰서의 정보과 형사가 회사엘 다녀갔습니다. 심 계장을 취업시킨 전후 사정을 꼬치꼬치 사장님에게 묻고 갔습니다. 그리고 내란죄를 저지른 반역자의 아내를 돕는 것은 회사를 위해 그리 현명한 일이 아닐 것이라는 협박성 발언도 하고 갔답니다. 부디 심 계장이 회사 입장을 잘 살펴서 처신해준다면 고맙겠습니다. 정말 꺼내기 힘든 말이라는 점을 이해해주세요."

보경은 그 다음날로 회사에 사직서를 낸다. 회사는 한 달분 월급과 약간의 위로금을 더해서 보경에 대한 미안함을 표시한다. 회사를 나와 집으로 돌아오면서 보경은 생계를 꾸려나갈 걱정을 한다. 앞으로 또 다른 회사에 취직하여 월급을 받아 살아가는 것은 포기해야 될 듯하다. 뭔가 자기 손으로, 자신의 몸으로 뛰어 돈을 벌어야겠다고 생각한다. 그러한 자영업으로 무엇이 좋을까 하고 궁리하면서 집에 들어선다. 집에 온 보경을 두 아이가 반긴다. 그런데 아이들의 얼굴에 그늘이 짙다. 먼저 큰 아이인 아들 철민(哲敏)이에게 무슨 일이 있었냐고 물어본다. 아들은 금세 눈물이 그렁그렁한 눈을 하고 대답한다.

"엄마! 나 학교 다니기 싫어. 애들이 날 놀리고 왕따 시켜!"

"뭐라고 놀리는데?"

"오늘은 한 아이가 나보고 '저 새끼 빨갱이 새끼야'라고 하니까, 다른 애가 '저 새끼 아빠 왕 빨갱이야', 그리곤 또 다른 아이가 '저 새끼 새끼 빨갱이'라고 소리치잖아! 나중에 셋이서 '새끼 빨갱이래요! 왕 빨갱이래요!'하면서 날 놀렸어. '토마토 빨갱이, 수박 빨갱이, 사과 빨갱이'라고 하면서 놀리는 애들도 있어요. 어떤 여자애는 빨간 크레용을 갖고 와서 내 얼굴에 칠하려고 막 덤벼들어. 엄마, 난 어떻게 해야 할지 모르겠어."

딸아이인 옥희(玉姬)도 나선다.

"엄마, 나도 학교 가기 싫어! 오늘 학교에서 체육시간에 '숫자대로 뭉치기 놀이'를 했거든. 선생님이 '넷씩 뭉쳐!' 그러면 넷이 뭉쳐야 되고, 그렇게 뭉치지 못한 아이들은 탈락하는 게임이야. 그런데 아무도 나하고는 뭉치려고 하지 않아. 나를 따돌리는 거야! 고무줄놀이에도 날 끼워주지 않아. 그런 학교가 나는 정말 싫어!"

보경은 빨갱이 아내라고 해고되어 회사를 사직하고 돌아온 날에 두 아이로부터 그런 하소연을 들으니 가슴이 메어진다. 딸아이가 또 푸념한다.

"엄마, 난 빨간 색이 싫어요!"

아들의 반응은 다르다.

"아냐! 난 빨간 색이 좋아. 이글이글 붉게 타는 태양이 좋아."

보경이 아이들에게 분명한 어조로 말한다.

"얘들아! 빨간 색이 싫어도 좋고, 빨간 색이 좋아도 좋아. 아버지가 빨갱이라지만, 아버진 외가에 편지한 죄밖에 없단다. 편지한 죄가 무슨 빨간 색이 된다는 세상을 나도 알 수가 없단다."

아들이 묻는다.

"엄마, 그런데 외가에 편지 쓴 게 왜 죄가 되는 거예요? 외가에 편지 쓴 걸로 왜 아버지가 평생 감옥에 갇혀있어야 되는 거예요? 엄마, 대답 좀 해보세요!"

보경은 아무 대답 없이 아이들을 끌어안고 통곡한다. 그리곤 결심한다. '빨간 과일을 팔아 돈을 벌어야겠어! 나는 색이 빨간 과일만을 팔아서 살아나갈 거야! 꼭 그렇게 할 거야! 토마토 빨갱이, 수박 빨갱이, 사과 빨갱이를 곱씹으면서 악착같이 팔 거야!

다음 날로 보경은 대전 중앙시장으로 나가 한 귀퉁이에서 나물좌판이나 건어물좌판을 늘어놓고 노점상을 하는 아주머니와 할머니들에게 과일좌판을 벌일 수 있게 해달라고 졸라서 허락을 받아낸다. 그리고 나서 청과물 도매시장에 가서 노점장사를 이어갈 과일구매처를 물색해놓는다. 대학을 졸업한 신식여성의 옷차림은 노점 상인에게 어울리지 않는다. 몸빼 바지와 빛바랜 한복 저고리를 구해 입고 작은 리어카로 실어온 과일을 시장바닥에 깔아놓고 장사를 시작한다. 처음 사흘은 창피해서, 혹시라도 이곳을 지나치게 될 학교 친구가 알아보고 인사라도 할까보아 겁이 나서, 얼굴을 쳐들지 못 하고 아래만을 보고 장사한다. 화장도 전혀 하지 않는다. 얼굴을 알아보기 어렵게 하려고 색안경을 쓰는 것은 과일노점상에게 어울리지 않는 일이라서 옆자리에서 장사하는 아주머니들처럼 수건을 머리에 동이고 고개를 숙이고 한다. 그것도 시간이 지나니 배포가 생겨 얼굴을 쳐들고 장사하게 된다.

바닥에 펼쳐놓고 파는 과일 종류로는 빨간 색 과일만을 고집한다. 겉은 빨갛지만 속은 빨갛지 않은 사과, 딸기, 자두, 겉은 빨갛지 않지만 속은 빨간 수박, 겉과 속이 모두 빨간 토마토와 홍시, 이런 과일만을 늘어놓고 장사를 한다. 한번은 과일을 사가는 손님이 묻는다.

"여긴 왜 빨간 과일뿐이에요? 복숭아나 배는 팔지 않아요?"

"오늘 새벽에 과일을 급히 떼 오다 보니 그렇게 되었네요."

빨간 과일만을 파는 것은 심보경의 저항의식이다. 보경은 늘어놓은 과일을 반짝반짝 닦으면서 남편과 아이들을 생각한다. 아이들은 엄마가 밤낮으로 토마토 빨갱이, 수박 빨갱이, 사과 빨갱이를 고집하는 것을 보고, 법이 무언지 사상이 무언지는 몰라도 자신들의 마음 속 깊은 곳에 스물 스물 심어지고 자라나고 열매 맺는 과일 씨앗을 의식한다. 그것은 고집스럽게 다져지는 심지(心志)이다. 아이들은 철석같은 심지를 지닌 인간으로 성장한다. 세상이 뭔가 잘못되어 있다는 것 그래서 뭔가 잘못된 세상을 바꿔야 한다는 것이 유용국의 어린 자식들에게 심어진 심지이다. 아이들은 그 심지를 결코 드러내는 법이 없다. '애어른'이란 말이 딱 들어맞는 아이들이다.

유용국의 어머니는 단 하나뿐인 자식에게 선고된 무기금고형이 움직일 수 없는 사실이 되자 심화(心火)를 이기지 못하고 있다가, 며느리 가족을 따라 대전으로 이사하고 나서부터는 자리에 드러눕고야 만다. 자신의 생명을 내주어도 아깝지 않은 아들인데, 그리고 잘도 키워서 그야말로 국가의 동량지재로 막 날개 짓을 하는 순간에 자신의 망향의 한을 풀어 주려한 효심으로 말미암아 파멸의 나락으로 떨어지게 되었으니, 자신의 박복한 팔자가 그렇게 원망스러울 수가 없다. 모든 것이 오로지 자신의 탓이라고 자탄하면서 머리를 뜯고 가슴을 치고 입술을 깨문다. 탓을 하자면, 넥타이를 매고 다니는 잘난 사람들 탓이고, 단군 이래 최대의 번영을 구가한다는 나라 탓인데, 어머니는 자책의 늪에서 빠져 나오지 못하면서 단 한줄기 희망의 빛도 찾아보지 못한다. 며느리의 위안과 손자들의 응석도 아무 소용이 없다. 어머니 마음의 눈과 귀가 완전히 닫힌 것이다. 정신계가 막혀버리자 어머니는 육체에 죽음을 가져올 생각을 한다. 목을 매거나 고층에서 뛰어내려 죽는 볼썽사납고 뒷말 많은 방법을 택하고 싶지는 않다. 수명이 다하고 기력이 쇠잔한 고승이 추한 모습 보이지 않고 죽음을 앞당기는 방법인 절곡(絶穀)으로 최후를 맞이하기로 결심한다. 마지막으로 아들 얼굴을 한 번은 보고나서 죽으려 한다.

대전으로 이사한지 두 달 만에 교도소 당국은 가족의 접견을 허락한다고 통지한다. 어머니와 보경은 교도소에 가서 용국을 면회한다. 아들은 초췌한 모습이지만 오랜만에 가족을 만나는 기쁨이 얼굴에 넘친다. 먼저 건강이 어떠한지, 이사가 어떠했는지, 아이들은 씩씩한지 하는 궁금증을 푸는 대화가 오간다. 용국은 수심이 가득한 어머니를 위로해야겠다고 생각하고 말머리를 돌린다.

"어머니, 제가 이 꼴이니 고향생각이 더 나시지요? 어제 밤에는 남북통일이 되어 어머니 모시고 외가에 가는 꿈을 꾸었어요. 외가가 함경북도 종성군이지요? 북한치고는 왜 그리 먼 북쪽 끝이 어머니 고향이란 말이에요? 개성쯤이면 서울서 차 몰고 한 시간이면 가겠지만, 종성은 도로사정이 웬만해도 일곱 여덟 시간은 족히 걸릴 거예요. 그래도 그 시간이 얼마나 즐겁겠어요!"

아들이 고향 이야기를 하니, 어머니의 두 눈은 꿈꾸는 듯 스르르 감긴다. 그리고 중얼거리듯 말한다.

"애비야! 내가 살던 고향은 봄이면 복숭아꽃 살구꽃 진달래꽃이 담뿍 피던 두만강변의 소박한 마을이란다! 통일되어 고향 가더라도 봄에 가게 된다면 금상첨화인데. 손주들한테도 할미의 고향마을을 보여주고 싶다."

용국의 어머니는 잔치자리에서 돌아가며 노래를 부르는 순서가 돌아오면, 꼭 '나의 살던 고향은'이라는 노래를 불렀다. 지금 어머니의 말은 그 노래에 나오는 가사와 정확히 일치한다. 이원수가 작사하고 홍난파가 작곡한 그 동요는 "나의 살던 고향은 꽃피는 산골, 복숭아꽃 살구꽃 아기 진달래"라는 가사로 시작한다. 용국과 그 아내는 어머니를 위로하고자 '나의 살던 고향은'이라는 동요를 나직이 부르기 시작한다. 이윽고 어머니도 같이 부른다. 대전교도소 면회실에서 때 아닌 '고향의 봄' 노래가 조용히 울려 퍼진다. 면회실에 입회한 교도관도 마음이 찌르르해 온다.

"어머니! 외가에 가게 되면, 어머니의 어머니가 좋아하시던 음식을 싸가지고 가야지요. 무슨 음식을 좋아하셨나요?"

"내가 어렸을 때야 매일 먹던 밥 말고는 떡을 별미로 먹었지. 그런데 그 시절에 신식문물이 우리 마을에도 밀려들어와, 카스테라라는 서양과자가 유행하기 시작했단다. 우리 어머님이 한번 맛본 카스테라에 빠지셔서, 그게 제일 좋아하시는 군것질이 되었지."

"그러면 통일되고 고향 가는 길에 카스테라를 차안에 바리바리 싣고 갑시다. 오가는 동안 우리가 먹을 것까지를 차 트렁크에 꽉꽉 채워갑시다!"

면회를 마치고 집으로 돌아간 어머니는 곡기를 끊는다. 보경이 아무리 달래고 꾀를 내도 어머니의 입에 음식을 넣을 수가 없다. 열흘이 지나 탈진한 어머니는 비몽사몽 죽음의 문턱을 헤맨다. 어머님이 돌아가실 것 같다는 긴급 면회신청을 교도소가 받아주어 보경은 남편을 만난다. 교도소에 갇힌 용국으로서는 어머니를 구할 방법에 한계가 있다. 어머니에게 카스테라를 드시도록 권해보라는 제안을 해본다. 보경이 대전에서 제일이라는 카스테라를 사가지고 가서 애걸을 해도 마지막 가는 어머니의 굳센 결의는 꺾어지지 않는다. 곡기를 끊은 지 보름 만에 어머니는 운명한다. 죽어서 굳은 어머니의 왼손에는 어머니 부모님 사진이 꼭 쥐여져 있고 오른쪽 손바닥에는 아들 사진이 들어 있다. 교도소 당국은 삼일장을 치른 어머니 장례식에 유용국이 참석하는 것조차도 허락하지 않는다. 쓸쓸한 장례식이다. 용국의 가족 이외에 장례식을 함께 지킨 사람은 보경의 옆자리에서 장사하는 노점상 아주머니 네 사람이 전부다. 네 아주머니는 몸빼 바지에 한복 저고리를 입고 머리에 수건을 질끈 동여맨 차림이다.

장례식을 치르고 대충 뒷수습을 마친 보경은 교도소로 유용국을 면회하러 간다. 보경은 교도소 당국이 허락하는 한 최대한 자주 면회를 간다. 면회 가는 날은 과일 장사를 일찍 접는다. 전번 면회 왔을 때보다 훨씬 더 초췌해진 남편에게 말을 건넨다. 아내도 초췌하긴 마찬가지다. 이래서 부부는 닮는 모양이다.

"어머님 장례식은 무사히 치렀어요. 내가 잘한다고 하기는 했지만, 어머님 마지막 가시는 길을 챙기지 못한 당신 심정을 내가 어떻게 짐작이나 하겠어요! 이 이야기 더 하자면 당신 마음이 메어질 테니, 아이들 근황을 들려줄게요. 생활의 변화가 아주 심해서 아이들이 그 충격을 감당하지 못할까 봐 걱정했었는데, 의외로 우리 아이들 단단하기가 말할 수 없네요. '비온 후 땅이 굳는다.'는 속담처럼, 역경이 아이들을 쇳덩이처럼 단련해놓는 모양이에요."

"그 말을 들으니 안심이 됩니다. 어머님 장례식 치르느라 고생 많았어요. 내가 무어라 할 말이 없어요. 그런데 아이들 학교생활은 어때요?"

"전학 오고 나서 처음엔 학교아이들에게 시달렸는데, 우리 애들이 공부고 뭐고 간에 워낙 잘해내고 어른스러운 데가 있어서 그런지 이젠 친구들이 많이 생겼어요. 선생님들도 철민이와 옥희를 눈여겨보는 듯해요."

"그거 참! 오랜만에 기쁜 이야기를 듣는구면요. 아이들이 당신 닮아서 인물이 훤하니까 교실 안에서 남달리 돋보일 거야!"

"아니에요. 아이들이 당신 닮아서 잘 생기고 영민하고 생각이 깊어요."

"우린 자식 자랑할 것밖에 없는 모양이지! 걱정되는 게 있는데, 집안 살림을 어떻게 꾸려 나가는지 나로서는 염치없는 질문을 해도 되겠어요?"

"내가 장사를 시작했어요. 벌써 벌이가 괜찮아요."

"무슨 장사인지 궁금하네요."

"그건 아직 비밀이에요. 내가 번듯한 사장님이 되면, 그 때 알려줄게요."

유용국이 갑자기 심각한 표정이 되더니, 보경에게 좀 더 다가와 앉으라는 손짓을 하곤 나직이 말한다.

"여보, 내가 편지 한 통으로 이런 불행을 당했는데, 장차 말 한마디 잘못해서 더욱 불행해질 수는 없잖아? 내가 이런 곳에서 당신과 대화하면서 극도로 말조심하는 것을 이해할 수 있겠지요? 우리 사이엔 말이 적을수록 안전해요! 말없이 나와 천리 길을 간다고 생각해주어요. 우린 앞으로 서로 짐작만으로 짚어가면서 살아가야 해요! 나는 여기에 평생 갇혀 있을 수도 있고, 언젠가 나갈 수도 있을 거예요. 그러나 이른 세월에 나가긴 어렵겠지요. 그러니 당신이 우리 아이들을 잘 키워주기 바래요. 우리에겐 아이들이 재산입니다. 아이 둘은 당신을 닮아 영특하고 이쁘잖아? 나를 닮아 불운한 일은 없을 거예요. 내가 부탁하는 것은 아이들에게 내가 왜 이런 일을 당하는지 잘 가르쳐달라는 것이에요. 당신과 아이들만큼은 내 속 사정과 진실을 알아야 해요. 내가 얼마나 억울하게 당하고 있는지를 꼭 일러주어야 해요. 내가 북한 외가에 편지 한 장 보낸 일로 평생 감옥에 갇혀 지내게 되었다는 것을 아이들이 알아야 해요. 당신이 하는 말을 아이들이 머리로는 알아듣지 못해도 몸으로는 알아들을 거예요."

용국이 얼마나 진지하게 당부하는지, 보경은 고개를 끄덕이기만 하고 아무런 대답을 하지 못한다. 이제 두 사람은 눈빛만으로 또 넌지시 빗대는 말 한마디로 상대방의 생각을 귀신같이 짚어내는 초능력자가 된다.


유용국이 갇혀있는 장소의 공식 명칭은 교도소 혹은 교정시설이다. 그런데 용국은 이 명칭이 자신에게만큼은 넌센스라고 생각한다. 교도(矯導)나 교정(矯正)의 '교'(矯)는 '바로잡는다'란 뜻이니, 교도소는 비뚤어진 죄수를 이끌어 바로잡아서 새사람 만들어 사회에 내보내는 시설이란 의미이다. 교도소의 교도는 갇힌 사람이 언젠가 사회에 나간다는 것을 전제로 하고 있다. 그러나 용국은 종신형을 받았으므로 바깥세상으로 나갈 일은 없고, 따라서 두 번 다시 사회에 나가지도 못할 죄수를 재사회화하여 사회에 유용한 사람으로 만드는 장소라는 것은 어처구니없다. 평생 자신을 감금해둘 장소이니까 용국에겐 감금시설이나 격리시설이란 용어가 합당하다. 널리 쓰이는 '감옥'(監獄)이란 말이 용국의 마음에 와 닿는다. 그가 풀이하기를, 옥(獄)이란 한자는 '개 두 마리를 앞뒤로 풀어 말 좀 하는 사람을 지킨다'라는 뜻이고, 감(監)이란 한자는 '감시한다'는 뜻이니, 용국은 교도소가 아니라 그야말로 감옥에 갇혀있는 것이다. 그에겐 교도관보다도 간수란 말이 적절하다.

용국이 수감된 지 두 달이 지나 대전교도소는 도서 반입을 허락한다. 물론 반입할 책은 사전에 교도소 측의 검열을 받아야 한다. 교도소가 조금이라도 유해한 서적으로 판단하면 그 책의 반입은 금지된다. 그래서 용국은 반입 금지가 될 우려가 있는 책은 아예 신청하지 않는다. 아내 보경에게 부탁해서 읽을 도서로 종교서적, 원문과 그 번역이 실린 한시(漢詩), 지도책, 사전류를 들여보내도록 한다.

들여온 국어사전, 영어사전, 한자사전은 도구서적으로서 앞으로의 독서에 필수이다.

종교서적은 일반적으로 인정되는 가치를 '초월'하는 가르침을 주는 책이니만큼, 일체의 세속적 가치를 상실하고 수감된 용국에게는 절망을 극복할 좋은 안내서가 된다. 종교서적은 용국에게 이제까지 절대 권위로 군림하던 가치를 하찮은 것으로 보이게 하고, 보잘 것 없어보이던 가치를 새삼 숭고한 가치로 올려놓는다. 그리고 종교는 고난을 단순한 고통이 아니라 수난자의 영혼을 정제하는 소중한 기회로 탈바꿈하게 한다. 종교는 관점에 따라 가치가 180도 전도될 수 있음을 이야기한다. 종교서는 용국의 상처난 마음을 위로하고 치유한다.

한시는 주로 자연을 노래하고 작자의 신세 한탄을 읊고 있으니, 한시 서책을 읽고 있노라면 마음이 질박해지고 편안해진다.

용국은 노역을 당하는 일이 없는 금고형을 선고받았기에 독방에 홀로 있는 개인 시간이 많다. 명상이 아니면, 책 읽는 일밖에 할 일이 없다고 해도 과언이 아니다. 그는 문자 그대로 독서인(讀書人)이 된다.

용국은 지도책을 들여다보면서 상상 여행을 한다. 비록 좁은 감방 안에 앉아 있지만, 지도책을 짚어가며 상상력을 잔뜩 부풀리고 과거 경험을 되살려서 세계 곳곳을 여행한다. 8개월을 보낸 영국 케임브리지에서의 좋았던 시절도 회상해본다. '캠(Cam)강 옆에 넓게 펼쳐진 초지에 누워 강변의 버드나무를 바라보며 잠들던 평화로운 대낮, 아침 강의 들으러 가는 대학생들의 자전거 행렬이 좁은 골목길을 가득 메우던 소란스러움, 칼리지 기숙사 식당에서 저녁식사를 시작하기 전에 학생들 모두 일어서서 라틴어로 외우는 학생장의 기도문을 경청하는 엄숙한 분위기, 어떤 법학강좌에서 법복을 입고 강의하는 교수의 고풍스런 모습, 비바람이 세차게 몰아치던 새벽 무렵 에밀리 브론테의 '폭풍의 언덕'에서 묘사된 사나운 날씨를 실감하던 시간, 과학자 뉴턴이 산책했음직한 트리니티 칼리지의 교정, 이런 것들이 우물 안 개구리였던 내 눈을 활짝 뜨이게 했었지!'

회상을 마치자, 용국은 손오공의 근두운을 빌어 타고 세계여행을 떠난다. 근두운은 단숨에 십만팔천리를 날아갈 수 있다. 십만팔천리는 지구를 한 바퀴 도는 거리이다. 지도책을 길잡이 삼아 용국은 맨 먼저 금강산으로 향한다. 지척에 두고도 사상의 편 가르기로 인하여 가볼 수 없었던 금강산이다. 수려한 산세에 감탄하며 나물 안주에 막소주 석 잔을 들이키고 나서 다음 목적지로 향한다. 남미대륙 에콰도르 서쪽 멀리 태평양에 위치한 섬 갈라파고스에 도착한다. 거대한 육지거북 등 진귀한 동·식물을 완상하면서 다윈이 강의하는 진화론에 귀를 기울인다. 용국은 특이한 동물이 많다는 마다가스카르 섬에도 가보고 싶어졌다. 아프리카대륙 동남쪽으로 방향을 틀어 인도양 서쪽에 자리 잡고 있는 그 큰 섬에 발을 올려놓는다. 원숭이가 뛰노는 바오밥 나무 아래에서 진한 커피 한잔을 마신다. 아내에게 줄 선물로 예쁜 사파이어 반지를 구입한다. 아이들에게 줄 선물로는 목각인형을 산다. 토인 남녀를 조각한 것이다. 다음에는 스코틀랜드의 칼레도니아 협곡을 방문한다. 혹시 전설상의 괴물이 보일

까 싶어 네스호를 두리번거린다. 용국은 또 다시 몸을 날려 이번에
는 오스트리아의 멜크(Melk)로 향한다. 도나우 강을 굽어보는 멜크
수도원에 들어가 '하나님, 부디 저를 감옥에서 구해주시옵소서'라고
간절히 기도한 후에, 희귀한 도서를 그득 소장하고 있는 장중한 분
위기의 도서관에 앉아본다. 드디어 용국은 가뿐하면서도 경건한 기
분이 되어, 자신의 감방에 되돌아와 조용히 정좌한다.

용국은 감옥살이의 무료함과 실의(失意)를 이렇게 상상의 힘으로
달랜다. 그는 감옥살이에서 맞을 수 있는 정신의 황폐화를 상상 여
행으로 막는다. 용국은 이제까지 상상하지도 못했던 상상력의 대단
한 힘에 놀라며, 하늘이 인간에게 내려준 이 신통력에 감사한다. 그
는 감옥에서 정신적 위기를 맞이할 때마다 상상력을 사용하는 위기
탈출의 묘수를 찾아내곤 했다. 그 무엇보다도 이 방법이 효과가 있
었다.

어느 날은 지도책을 펼쳐들고 자신이 갇혀 있는 대전교도소가 어
디쯤에 위치하는가를 찾아본다. 숱한 정치범을 수용했던 대전시 중
촌동의 교도소이다. 그 과거 역사를 짚어본다. 일제강점기에 독립운
동가인 김창숙, 여운형, 안창호 선생이 여기에서 당한 질곡의 수난
을 자신의 수감생활과 비교해본다. 6·25전쟁 때 수천 명의 좌·우
익 정치범이 번갈아 집단 학살된 비극의 장소였음을 머리에 떠올리
고 몸서리친다. 내친 김에 지도책을 펴들고 역사에 남을만한 외국의
감옥을 답사한다. 1789년 프랑스혁명이 촉발된 파리의 '바스티유
감옥', 독일이 나치시대에 유태인을 대량 학살한 폴란드의 '아우슈

비츠 강제수용소', 솔제니친의 실화소설 '수용소군도'에 등장하는 모스크바의 '루비얀까 정치범 감옥', 토마스 모어와 헨리 8세의 앤 불린 왕비가 처형된 영국의 '런던타워 감옥', 뉴욕 허드슨 강변의 악명 높은 '싱싱교도소'를 한 바퀴 주욱 돌아본다.

'전 세계에 감옥이 몇 군데나 될까? 비밀감옥도 적지 않을 테지! 억울하게 갇힌 그 많은 수인들이 나처럼 낙담하고 울분에 차서 기약 없는 나날을 보냈겠지! 북한의 정치범 수용소의 참상은 어떠할까? 앞으로도 국가는 무고한 수감자를 열심히 생산해내겠지! 인류가 저지른 패악의 역사는 감옥의 역사이고, 범죄와 죄수 생산의 역사야! 나는 그 생산품 중의 하나야!'

송곳처럼 찔러대는 통한의 옥살이에서 용국은 억지로라도 마음을 다독이며 지낸다. 그런데 감방생활 백일이 되자 분노의 실체가 또렷이 고개를 쳐든다. 잊으려 하고, 덮으려 하고, 떨치려 해도, 자신을 불행으로 밀어 넣은 형사사건의 실체가 사라지지 않고, 이제 와서 보다 더 정돈된 모습을 띠고 접근한다. 유용국이라는 행성을 향해 세차게 날아오는 혜성(comet)은 사건의 실체를 핵으로 하고, 분노라는 코마(coma)를 핵 주위에 펼치며, 슬픔이라는 긴 꼬리를 달고 있다. 이 혜성은 주기적으로 용국에게 회귀한다.

법의 이름으로 단죄되었으나, 나를 무기수로 만든 한판 연극의 주연과 조연은 누구인가? 친구를 파멸시키고자 적기(適期)를 노리고 밀고한 허종기, 단순한 사건을 확대 · 변질시켜 내란교사죄로 날조한 군 수사관, 뻔뻔스레 거짓 증언한 음식점 주인, 무고함을 밝혀달라는 내 절규를 외면하고 시류에 영합한 군 검찰관과 법관이 그들이다. 허종기는 경쟁자를 꺾고 파멸시킨 통쾌함을, 군 수사관은 공명심과 성취감이 충족된 기쁨을, 음식점 주인은 숨은 권력자가 내미는 회유의 달콤함을, 군 검찰관과 법관은 국가의 안전을 지켰다는 환상과 장래가 약속된 선민의식을 연극의 출연료로 받는다. 연출가는 법치국가이다. 연극의 무대는 취조실과 법정과 감옥이다. 그 연극은 국민의 박수를 받으며 절찬리에 상연되었고, 막이 내리자 나와 내 가족은 처참히 붕괴되었다. 어머니는 근대화의 기치 아래 달성된 문명사회를 영영 등졌다. 유용국을 소재로 한 연극은 비극과 희극을 섞어 각색한 파괴극이자 참극이었다. 퍽이나 잘 조작된 연극을 보고 난 국민들은 선포한다. "무기수 유용국! 너는 우리 사회를 무너뜨리려는 위험인물이야. 아무 것도 하지 말고 거기서 가만히 갇혀 지내. 차마 네 목숨까지는 빼앗지 않겠어. 살려준 것만 해도 감사하게 생각해!"

이 연극을 1막, 2막, 3막으로 하나하나 짚어가는 용국의 내심에 분노의 불길이 인다. 허종기에 대한 분노를 발단으로 해서 군 수사관에 대한 분노가 더해지고 법률가에 대한 분노가 곱해진다. 덜어지거나 나누어지는 분노는 어느 한 구석도 없다. 분노의 원자들은 핵융합반응을 일으키고, 여기서 방출된 분노의 에너지는 수소폭탄만큼이나 가공할 힘으로 용국을 집어 삼킨다. 그 분노 에너지를 제어하지 못해 용국은 몸을 뒤틀며 신음하고 머리를 쥐어뜯는다. 하늘을 향해 손을 내지르고 주먹으로 땅바닥을 두드리며 머리를 감방 벽에 찧는다. 희번덕거리는 두 눈에는 핏기가 오른다. 계속 끓어오르는 화를 주체 못해 소리 지르고 사지를 버둥거린다. 분노에 미친 광인이 발광한다. 갑자기 폐쇄된 새장에 갇히게 된 날개 달린 야생 조류가 미쳐 날뛰면서 이곳저곳에 사정없이 부딪치는 광경과 진배없다. 놀라 달려온 교도관들이 감방에 들어가 용국을 포승줄로 묶어 꼼짝 못하게 결박지우고 나서야 광기에 달한 분노가 반감된다.

그 다음날 분노를 진정시키고자 한시 서책을 읽다가 용국은 또 한 번 자지러진다. 조선시대 18세기 중엽 함경북도 부령으로 유배된 이광사(李匡師)가 읊은 한시이다.[*]

"내 죽어 뼈가 재가 된들
　이 한(恨)은 정녕 줄지 않으리.
　내 죽어 백년이 지난다 한들
　이 한은 응당 길어지리라.
　수미산이 개미굴처럼 작아진들
　황하가 물방울처럼 가늘어진들
　천 번이나 부처가 땅에 묻힌들
　만 번이나 신선이 땅에 묻힌들
　천지가 요동쳐서 원시 상태가 되고
　해와 달이 연기처럼 어둑해진들

---

[*] 이종묵/안대회 저, 절해고도에 위리안치하라, 북스코프, 2011년, 307-8면.

이 한은 맺히고 맺혀서
오랠수록 더욱 굳어지리라."

(我死骨爲灰 此恨定不捐
我生百輪轉 此恨應長全
須彌小如垤 黃河細如涓
千回葬古佛 萬度埋上仙
天地盪成樸 日月黯如煙
此恨結復結 彌久而彌强)

소름끼치는 시이다. 이광사의 한의 크기는 유용국의 분노 에너지
를 능가하는 듯하다. 용국은 이광사의 원한을 짐작해보고, 선대에
억울하게 당한 선비들의 분노가 자신보다 결코 못하지 않았음을 깨
닫는다.

# 제31화
## 센타크논이 영달(榮達)의 길로 치닫는 지구인 허종기의 이야기를 듣게 되다.

심해에 정박한 우주선 아칸투스호 내부는 더할 나위 없이 고요하다. 저녁식사를 마친 대원들은 자유시간을 만끽한다. 그러나 클라네스 대원과 헤레스 대원은 함장실로 들어가, 센타크논에게 인사하고 자리에 앉는다. 센타크논도 인사를 건네고 말문을 연다.

"오늘은 지구인 허종기의 이야기를 들려준다고 예고되어 있던데요. 클라네스 대원이 맡은 사람이지요?"

"예, 제 차례입니다. 허종기는 그동안 헤레스 대원이 기구한 인생역정을 들려주었던 유용국과는 아주 대조적인 인간형입니다. 제 이야기를 들으시면 짐작이 가실 것입니다. 제가 추적관찰한 허종기를 제3인칭과 제1인칭으로 적절히 바꿔가면서, 이야기를 엮어 나가겠습니다."

서울에 위치한 재무부 청사 내 사무실이다. 아침 일찍 출근한 금융정책과 소속 공무원 허종기는 책상 위에 따끈한 우유를 한 잔 올려놓고 하루의 업무 계획을 세우려고 한다. 그러나 바로 어제 유용국에 대한 유죄의 대법원 확정판결이 내려진지라, 머릿속은 자꾸 그리로 향한다. 자신이 밀고하여 한 사람을 비참한 파멸로 몰아넣었지만, 속 시원하기 짝이 없다. 대학 시절부터의 오랜 친구인 용국이 왜 그리 밉고 싫었는지 모른다. 동물 간에 천적이 있다던데, 자신과 용국은 경쟁관계를 넘어서 천적지간으로 느껴졌었다. 분하게도 자신이 잡아먹히는 역할이었다. 굵직한 고비 고비마다 그가 이기고 자신은 번번이 패배하였다. 대학시절 학과 최우수 학생, 대학 1등 졸업생, 엘리트 공무원의 케임브리지 특별교육과정생 등의 선발에서 밀려났을 뿐만 아니라, 무엇보다도 뼈아픈 것은 대학시절 남학생들의 선망 대상이었던 어여쁜 심보경을 유용국이 차지하게 된 일이다. 그 후로 유용국 앞에만 서면 자신이 쪼그라드는 기분이었다. 도통 영문을 알 수 없었다. 같은 재무부 공무원으로 근무하면서 그와의 대면을 피할 수 없는 한, 자신이 항상 기가 눌리는 천적지간으로 보낼 수는 없었다. 악연을 끊어야만 했다. '저 녀석이 죽을 병에라도 걸려서, 교통사고라도 당해서 저 세상으로 갔으면!' 하고 바란 것이 무릇 기하(幾何)랴! 그가 그토록 밉고 싫었다. 드디어 천적의 결정적 약점을 잡아 제거하였으니, 얼마나 속 시원하고 안심이 되는지 모른다. 용국이 연행되어 자신의 시야에서 살아진 이후부터는 밥도 반 공기씩 더 먹게 되고, 주위에서 '안색이 어찌 그리 환하냐?'는 소리도 엄청 듣게 되었다. 화색을 감추느라, 그리고 휘파람이라도 불고 싶어지는 심정을 누르느라 애를 쓰고 지내는 그야말로 살판나는 세상을 만났다.

유용국의 확정판결로 침울해진 금융정책과의 분위기를 쇄신하려고 그러는지, 과장이 저녁 회식이 있다고 하면서 전원 참석을 당부한다. 허종기는 저녁을 먹으면서 오가는 과원들의 이야기를 듣는다.

"과장님, 우리 과가 뛰어난 인재를 한 사람 잃었습니다. 장관님과 국장님도 무척이나 안타까워하신다지요?"

"그 두 분이 나보다 더 하신 것 같아요. 난세라고들 하는데, 우리는 사람을 잃는 비통함으로 겪는구면요. 부모님이 '든 자리보다 난 자리가 더 눈에 밟힌다'라고 하신 말씀을 실감하고 있습니다. 자식 여윈 부모 심정에 비할 수야 있겠습니까만, 동생 여윈 형의 심정 정도는 되는 듯합니다. 에이! 술이나 한 잔 합시다."

상 위로 술이 한 순배 돈다. 폭탄주다.

"장관님이 유 사무관의 구명운동을 하셨다던데, 별 효과가 없었던 모양이지요?"

"보안사의 장성급 인사에게 접촉해보았다고 하십디다. 그 쪽 반응은 거물급 빨갱이니까 손 떼고 뒷전으로 물러나 있으라고 하더랍니다. 더 개입하다가는 장관님이 다칠 수도 있다고 했다니, 장관님으로서는 할 만큼 하신 것이지요."

"유 사무관님은 공직을 수행하는 재능과 열의뿐만 아니라, 공정, 청렴, 멸사봉공이라는 공무원의 덕목을 골고루 갖춘 분이어서, 제가 본받아 섬기던 선배님이었습니다. 저는 형님을 여윈 동생의 심정입니다."

누군가가 허종기 사무관에게 묻는다.

"허 사무관은 대학 동기인 유 사무관과 막역한 사이로 알고 있는데, 충격이 매우 컸겠지요?"

용국을 기리는 말이 오가는 것에 심사가 뒤틀려 있던 허종기는 전혀 내색하지 않고 안타까운 표정으로 대답한다.

"제게 유 사무관은 항상 자극이 되고 도전의식을 불러일으키는 동료였습니다. 그가 있었기에 제가 전진할 수 있었습니다. 이제 그가 없어서 제가 제자리 걸음을 할까보아 걱정됩니다. 과장님! 저는 쌍둥이 형제를 잃은 심정입니다."

허종기는 침통한 표정을 지으면서 고개를 숙였다가 단숨에 자기 술잔을 비운다. 질문했던 사람도 뒤따라 단숨에 술잔을 비운다. 과장이 종업원에게 소주와 맥주 여러 병을 더 주문하면서, 과원들에게도 주문한다.

"오늘 우리 모두 코가 삐뚤어지도록 마십시다. 내일 출근이 늦어져도 괜찮습니다."

대화 중에 과원 한 사람이 말을 던지는데, 허종기에게는 섬뜩하기 짝이 없는 내용이다.

"유 사무관에게 씌워진 엄청난 사건의 발단은 북한에 사는 외가에 남몰래 보낸 편지에 있다고 하지요. 그 편지연락이 감추어져 있었다면 별 탈 없이 지낼 일을 그렇게 큰 불행으로 몰고 간 사단(事端)은 어느 고약한 자식의 밀고에 있답니다. 그 녀석이 누굴까요? 다들 궁금하지 않으세요?"

과장이 대답한다.

"장관님이 접촉했던 보안사 장성에게 넌지시 밀고자가 누구인가를 떠보았답니다. 그 장성이 대답하기를, 그런 사항은 공무상 비밀을 넘어 국가기밀에 속하고, 또 보안업무의 생리는 결코 사람을 드러내지 않으면서 음지에서 유령처럼 일하는 것이라고 하더랍니다. 그러니 밀고자를 알아내기는 어려울 겁니다."

허종기는 남이 알아채지 못하게 깊은 안도의 숨을 쉬면서, 한 마디 거든다.

"마누라의 결혼 전 애정 행각을 장인이나 장모에게 묻는다고 알려주겠습니까?"

과장은 그 비유가 재미있어서 빙그레 웃어 보인다. 이런저런 이야기가 오가다가 12시 통행금지 시각이 다가오는지라, 회식모임은 밤 11시에 파한다.

어느 날 점심을 먹고 사무실로 돌아온 허종기 사무관을 과장이 부른다. 위로부터 급한 과제가 떨어졌는데, 이번 주 내로 보고서를 작성해서 이재국장에게 제출해야 한다고 한다. '보유외화의 활용방안'이라는 과제를 허종기가 맡아서 그 보고서를 작성하라는 지시를 내린다. 보고서를 준비할 시간이 별로 없다. 허 사무관은 사무실에서 밤샘작업을 할 각오로 정부청사 뒤편에 있는 음식점 골목으로 가서 간단히 저녁을 해결하고자 한다. 저녁식사를 거하게 하면 머릿속이 흐려져서 작업능률이 오르지 않으므로, 분식집에 가서 국수나 한 그릇 먹어야겠다고 생각한다. 사무관쯤 되는 공무원은 국수나 라면 같은 분식만을 파는 허름한 음식점을 이용하지 않지만, 오늘은 예외적으로 국수집을 찾는 것이다. 그 국수집은 청사에 근무하는 여직원

중에서도 장·차관이나 국장급 고위공무원의 비서로 있는 여자들이 즐겨 끼니를 해결하고 함께 수다를 떠는 곳이다. 조금 늦은 저녁 시간이어서 이미 손님들이 한 차례 다녀간 식당 안은 한산하다. 허종기는 한 쪽 구석에 자리를 잡고 잔치국수를 시킨다. 네 테이블 떨어진 곳에서는 식사를 끝낸 여자 셋이 이야기꽃을 피우고 있다.

사람 중에는 유달리 눈이 밝은 특종인간이 있다. 보통사람들은 그런 특종을 초능력자로 높이기도 하지만, 하여간 '천리안'이라고 불리는 사람들이 있다. 후각이 별나게 발달하여 냄새를 잘 맡는 특종인간도 있다. '개코'라든가 '돼지코'라고 불리는 사람들이다. 청각이 남달리 뛰어난 특종도 있다. 대화하는 측에서는 멀찍이 떨어진 사람이 못 알아듣겠거니 안심하고 말하지만, 나지막하게 하는 밀담을 다 알아듣는 별종인간이 있다. 청진기에서 따온 '청진귀'라든가, 중생의 모든 소리를 듣는 관세음보살에서 따온 '관음(觀音)귀'라는 별명을 가진 사람이 그런 부류에 속한다. 그날 저녁 그 국수집에서 귀 밝은 별종인간이 세 여자가 소근 소근 대는 수다를 듣고 있다. 듣자 하니, 세 여자는 어느 부서의 차관과 국장의 여비서로 일하는 모양이다.


"애, 숙자야! 니네 국장은 가끔 네게 돈 좀 쥐여 주니? 난 오늘 큰거 한 장 받았다. 저녁은 내가 살게."

"우리 국장은 짠돌이야. 여러 날 밤늦게까지 근무시킨 다음에는 뭐 과외수입이 있어야 하는 거 아니야?"

"아이고, 내가 모시는 차관을 한번 겪어봐라. 앉았던 자리에 풀도 나지 않을 사람이다. 그래도 찾아오는 손님 중에 내게 봉투를 주고 가는 사람이 있어서 다행이지. 그 봉투가 나한테 주는 건지, 차관님에게 주라는 건지, 말하고 주지는 않지만, 내가 봉투를 열어보고 액수가 나한테는 좀 크다 싶으면 넘겨드리고, 잔챙이면 내가 챙기지."

"너, 그러다가 배달사고 치는 거 아니니?"

"야, 내가 여비서 삼년이다. 이젠 풍월을 읊는다."

"그런데 말이야, 내가 높은 분들을 모시다 보니까, 남자들이 왜 그리 치사하게 보일 만치 출세하려고 애쓰는지 알겠더라! 너희들은 어떠니?"

"그래, 출세한 남잔 우리 여자가 보기에도 멋있어! 남자란 '지위'가 새 사람 만들어주는 거고, 여자란 '남편'이 새 사람 만들어주는 거야!"

"행시 붙은 젊은 사무관들이 옛날 과거급제라도 한 양 으스대고 다니지만, 내가 보기엔 쿠린내 나는 애송이야. 애들아, 말이야, 젊은 나이에 사무관입네, 서기관입네 하면서 엘리트 공무원이라고 설쳐대는데, 큰 방 하나에 열 몇 명이 얼키설키 모여 지내잖아! 팔 뻗으면 바로 닿을 옆 자리 동료를 두고 방귀 한 번 시원하게 뀔 수 있겠어? 남자들은 왜 그리 방귀를 잘 뀌는지 모르겠어. 그래도 속은 편해야지, 안 그래? 나는 남자건 여자건 방귀가 나오면 시원하게 뀌어야 한다고 생각해. 남 눈치 안보고 뀌려면 독방인 사무실을 가져야 해. 적어도 국장급은 되어야 가능한 거잖아! 인간은 인간다워야 한다는데, 공무원이 공무원다우려면 국장급은 되어야 해! 출세한 사람을 가리켜 '방귀 꽤나 뀌고 사는 사람'이라고 그러잖아. 내가 생리현상 하나만을 갖고 얘기한 거지만, 너희들은 그런 생각이 안 드니?"

"왜 안 그렇겠어! 아주 사소한 것 같지만, 생리라든가 본능이라든가 원초적인 것, 뭐, 거시기 있잖아? 그런 것들이 사실 중요하고 기쁨을 좌우하는 거 아니야? 우리 여자들은 이뻐 보이려고 하는 본능이 강하니까, 그날따라 아침에 화장 빨이 잘 받아서 스스로도 이뻐 보이면 하루 종일 행복한 거 아니니?"

"넌 무슨 이야기가 나오면, 철학적으로 풀어내더라. 넌 철학자와 결혼하게 될 거야. 내가 장담해."

"내가 누구랑 결혼하든, 내 결혼식에 오기라도 해라. 부케를 네게 던져줄 테니."

"아니, 니가 나보다 먼저 결혼식을 올린다는 말이로구나! 철학적인 여자가 일찍 결혼하는 거 봤니?"

"얘들아, 하던 얘기나 계속하자. 출세한 남자 말이야. 나는 호텔 정문 앞에서 기사 딸린 차를 타고 와서 호텔 도어맨이 차 뒷문을 열어줄 때 스윽 내리는 남자가 그렇게 멋있게 보여. 그런 남자는 주차 걱정하지 않고, 음주 운전 걱정 없고, 차 몰고 가야 할 길 알아야 할 걱정 없고, 아무튼 걱정 없이 사는 거야! 그러니까 출세한 남자는 윤기 나는 얼굴에 여유 있는 몸가짐을 지니고 있지. 공무원이라면 국장급은 되어야 기사 딸린 관용차가 주어지지 않아? 더구나 차 번

호판에 관용이라는 게 들어가니까, 교통법규 위반해도 교통경찰이 잡지를 않아. 그러고 보니, 걱정거리가 하나 더 줄어드는구나."

"나는 말이야, 내가 모시는 국장님에게 간식을 줄 때, 내가 비록 시중드는 입장이지만, 국장님 입장에서 보면, '이게 사람 사는 거구나!'라는 생각을 해! 아침 10시쯤 따끈한 토스트에 밀크 한 잔 올리고, 오후 4시경이면 모찌떡 두 쪽에 시원한 수정과 한 잔을 공손히 올리지. 시녀 한 사람을 거느리고 있는 격이야. 점심 후 한 반시간 되는 국장님의 낮잠 시간에는 내가 아무도 국장실로 들여보내지 않아. 사무관들이 잔뜩 모여 일하는 방에서 점심 먹은 후 몰려오는 식곤증을 어떻게 마음 편하게 풀어보겠어? 모두들 동시에 자는 게 아닌 이상, 입 떡 벌리고 낮잠 자는 모습을 서로 서로 쳐다 볼 거 아니야? 짓궂은 동료는 입 벌리고 자는 사람한테 동전을 집어넣기도 한대. 다들 웃는 소리에 잠이 깨는데, 그 짓 한 사람은 시치미를 뗀다지."

"그건 너무했다. 하여간 독방 쓰는 고위직은 낮잠도 걱정 없이 자게 되는 거야. 편하게 자는 잠이 최고 보약이라는데, 우리 국장님 얼굴이 반드르르 윤기 나는 게 당연하지. 전화도 편하게 해. 남이 듣지나 않을까 염려하지 않아도 되잖아?"

"고위직이라고 하더라도 빤한 월급은 마나님에게로 가니까, 돈을 즐길 수 있는 것은 아닌 것 같아. 뇌물도 혹시 독약이 든 것이 아닌가 해서 쉽사리 받을 수도 없어. 결국 출세한 남자 쪽에서 즐기는 것은 주간 생활을 눈치 빠르게 다 챙겨주는 여비서와 관용차 기사,

독립된 사무실인 독방에서 편하게 생활하는 거, 뭐 그런 거지. 그런데 그런 게 대단한 거야!"

"우리 국장님 가는 곳이면 어디든지 사람들이 깍듯이 모시지. 출세하면, 비위 거슬리는 말, 기분 나쁜 말은 듣지 않고 살아. 모두들 좋은 이야기만으로 치장을 해. 지금은 국장이라 하더라도, 장차 장관이 될지, 끗발 좋은 청와대로 영전할지 알 수 없으니까, 모두들 잘 사귀어두려고 알랑거려. 그 맛에 출세하려고 하는 거야."

"우린 그렇게 출세할 남자 만나서 결혼할 수 있을까?"

"너, 그런 생각하지 마라! 밖에서 잘 나가는 남자는 자꾸 밖으로 돌려고 하지, 가정을 제대로 챙기겠어? 밖에서 별 볼일 없는 남자는 가정에서 행복을 찾으려고 집안에 애정을 쏟게 돼 있어. 평범한 남자와 결혼하는 게 행복한 거야."

"야, 너, 머리에 뭐 좀 들었구나!"

"난 아니야. 나는 밖에서 대접받는 남자가 좋아. 나는 밖에서 빌빌 싸고, 집에서 큰 소리 치는 남편은 깔보게 될 것 같아. 남편 우습게 아는 마누라가 설치는 집안이 행복하겠어?"

"야, 너는 꽤나 길게 내다보고 사는구나! 네가 한 수 위인 것 같다. 네가 저녁 사라!"

"너, 왜 그러니? 아까 미자가 저녁 산다고 했는데! 이젠 나가자, 얘들아!"

세 사람의 여비서가 하는 대화를 엿들은 허종기는 그들의 이야기가 천만번 맞는 말이라고 저 혼자 고개를 끄덕인다. 그리곤 독백한다. '그렇다. 내가 왜 출세하려고 하는지를 알겠다. 내가 한시 바삐 영달의 길을 내달려, 독방 사무실을 갖고, 기사 딸린 관용차를 굴리고, 젊고 예쁜 여비서가 시중들고, 가는 곳마다 나를 알아 모시고, 내 마음 불편하게 하는 말을 안 듣고 살 수 있는 높은 지위에 올라가야겠다. 꼭 출세해서 국장도 되고, 차관도, 장관도 따고야 말거야! 저런 여비서들이 부러워하는 남자가 되어야지. 내가 야심을 크게 키워야겠다. 내가 중학교 때 영어 배우면서 제일 자주 되 뇌인 문장이 [Boys, be ambitious!]가 아니었던가? 앞으로 [Mr. Huh! Be ambitious!]라는 문장을 좌우명으로 삼고 살아가야겠다.'

사회생활의 저변에 연고주의가 깊게 깔려 있는 한국에서는 인맥을 잘 형성하여 적절히 활용할 줄 알아야 한다. 관직에 있는 사람이 출세하고자 할 경우에는 더욱 그러하다. 인맥은 혈연, 지연, 학연이라는 세 줄기 수맥을 타고 흐른다. 혈연은 개인의 의지로 선택될 성질의 것이 아니니까 운에 달린 수맥이라고 할 수 있다. 학연은 자신이 선택한 학교를 다님으로써 형성되는 것이니까 딱히 운에 좌우되는 것은 아니라고 할 수 있다. 지연은 그 중간쯤 된다. 그러나 어떤 인맥이든 본인이 의식적으로 적극적으로 활용할 생각을 가져야만 그 맥을 짚어내고 또 맥이 뛰도록 할 수 있다. 강력한 목적의식을 가진 사람은 인맥이라는 네비게이션을 장착하고서 자신이 가야할 길을 달려간다. 영달의 길로 가속페달을 밟은 허종기는 혈연에 있어서 시운(時運)이 좋다. 그는 김해 허(許)씨이다. 더구나 경상북도 포항에 있는 김해 허씨 집성촌에서 태어나 포항초등학교를 다녔고 부산고등학교를 졸업했다.

대통령 박정희가 1979년에 살해된 이래, 신군부가 정권을 장악하고부터 권부의 핵심은 보안사령부에 있었다. 그 보안사령부에서 사령관의 오른팔과 왼팔로 권력을 행사하는 두 대령이 묘하게도 김해 허씨였다. 허종기가 진작부터 허씨 문중이라는 혈연으로 가까이 지내던 허종양과 허영태 두 대령이 그 사람들이다. 특히나 동향사람으로서 같은 초등학교를 졸업한 허종양 대령은 지연과 학연으로까지 맺어져 있다. 아주 강고한 인맥이 구축된 셈이다. 언론계 출신으로 권력핵심부에서 활약하고 있는 허수찬 대통령 비서실 공보비서관마저도 김해 허씨였다. 세상 사람들은 나라를 주무르고 있는 이들 세 사람을 'Three Huh'라고 불렀다. 허영태 대령과 허수찬 비서관은 부산고등학교를 졸업하였으니, 허 사무관과는 학연으로도 맺어져 있다. 허종기는 혈연, 지연, 학연이 2중, 3중으로 얽혀진 강력한 맹방을 갖고 있으니, 짧게 일컬어 혈맹이다.


유용국이 대전교도소에 수감되고 반년쯤 지난 시점이다. 보안사령관은 대통령으로 선출되어 청와대에 입성해 있다. 측근 대령 두 사람도 군대에서 예편한 후, 대통령이 된 사령관을 따라 청와대에 들어갔다. 허종양 대령은 대통령 비서실 보좌관, 허영태 대령은 대통령 비서실 사정수석비서관이라는 요직을 차지하고 있다.

1980년 12월 하순에 송년회를 겸해서 김해 허씨 문중의 종친회가 서울에서 열렸다. 회장(會場)에는 갓 쓰고 도포 걸친 노인들도 여럿 보인다. 여기에 참석한 허종기는 노인 어른들께 정중하게 인사하고 나서, 서둘러 허종양 보좌관을 찾는다. 그는 아직 도착하지 않은 듯하다. 허영태 수석과 허수찬 비서관이 안쪽 테이블에 함께 앉아 있는 것을 보고, 허종기는 그리로 가서 인사를 올린다. 허 사무관은 두 사람과 같은 항렬이지만, 나이가 여덟 살 위인 허 사정수석을 '큰형님'이라고 올려 부르고, 허 공보비서관은 네 살 위인 터라 '형님'으로 모신다. 그들은 허 사무관에게 이름을 부르면서 말을 놓는 처지이다.

"큰 형님, 그리고 형님, 오랜 만에 뵙겠습니다. 두 분 다 근력은 좋으시지요?"

"어, 종기! 잘 왔어. 서로 바쁘다 보니, 이렇게라도 만나야지. 그래 재무부에서 나라 살림은 잘 살고 있나?"

"나라 살림이야 청와대에서 집안 살림하듯이 알뜰하게 살고 계신데, 저야 뭐, 곳간에 새는 곡식이나 없나 하고 훑어보는 정도지요."

"이제 강력한 리더십을 지닌 분이 대통령직을 수행하고 계시고 정국도 안정이 돼 가니, 곳간에 곡식을 가득 채워, 국민들이 함포고복하며 태평가를 부르게 해야 하지 않겠어? 우리나라에도 일본의 가미카제(神風) 뺨치는 훈풍이 불어야지! 우리도 국운을 융성케 할 나름의 국풍(國風)이 불어야 해!"

"정치란 국태민안을 가져와야 하는 것인데, 그간 혼란이 너무 심했습니다. 각하를 지근거리에서 모시는 형님들께서 국고도 살찌워 주시고, 민생과 복지도 근사하게 실현시켜 주시기 바랍니다."

이 때 허종양 보좌관이 회장에 도착하여 같은 테이블에 합석한다. 허 보좌관은 허 사무관과 나이 차가 일곱이다.

"다들 여기 모여 있었구먼! 같은 청와대 근무라도 요즘은 밥 한 끼 같이 하기 어려운 형편인데, 오늘 아주 잘 되었어. 더구나 종기까지 왔으니, 모임의 경제성이 높은 날일세!"

"큰 형님, 옥체는 안녕하시지요? 오시는 길이 불편하셨을 텐데 일찍 오셨습니다. 오늘은 종친회 끝나고, 이 아우가 세 분 형님을 극진히 모시겠습니다."

"뭐 좋은 데라도 알고 있나? 우리가 몸가짐을 조심해야 한다는 것은 유념하고 있겠지?"

"예, 물론입니다. 저는 곧 출범할 제5공화국이 성공할 수 있도록 형님들께서 고담준론을 나눌 수 있는 자리를 마련하겠다는 겁니다."


온통 Three Huh를 표창하고 치켜세우는 종친회가 막을 내리자, 그들만의 모임을 가지려는 네 사람은 그들만의 장소에서 그들만의 이야기를 나눈다. 허종기는 이 모임에 끼일 수 있게 된 것을 감읍해 마지않는다. 모든 자잘한 심부름은 그의 몫이다. 그는 기꺼이 웃으며 한다. 재바르게 한다. 하늘이 내린 기회인데, 어찌 소홀할 수 있으랴! 어찌 기쁘지 않을 수 있으랴! 형님 세 사람의 대화는 영웅호걸이 한자리에 모여 천하를 얻을 지모(智謀)를 내두르는 듯하다. 흡사 삼국지에 나오는 관우, 장비, 조운이 앉아 서로 기염을 토하는 듯하다. 자신은 공명이 아닌가 하고 잠시 착각한다. 그러나 허종기는 잠자코 형님들 말씀을 듣고만 있다. 영웅은 주군이 자신을 불러 줄 때까지 초야에 묻혀 근신하고 있어야 한다.

그들만의 모임이 파하자, 허종기는 귀가 방향이 비슷한 허 보좌관의 차에 편승한다. 차 안에서 단 둘이 이야기를 나눈다. 허종기에게 또 한 번 절호의 기회가 왔다.

"자네 집이 어디야?"

"청담동입니다."

"어디쯤인데?"

"영동고등학교 뒤편입니다."

"그럼, 우리 집과 가깝구먼. 언제 한번 우리 집에 놀러와. 형수와도 알고 지내야지. 남자들끼리만 어울릴 게 아니야."

"그렇습니다. 제가 형수님께 인사를 드려야지요. 삼국지를 읽어보면, 형수님을 살리려고 죽음을 무릅쓰고 전장에 뛰어드는 장수의 이야기가 나오지요."

"아! 삼국지에 그런 장면도 다 있었나?"

허 보좌관은 가슴이 벅차오른다. 이제까지 별별 아첨을 다 들어보았지만, 자신의 마누라를 위해 죽음도 불사하겠다는 감언은 처음이다.

"한번 댁으로 불러주시면, 제 아내도 데려가고 싶습니다. 형님을 여기까지 보살펴 오신 형수님에게서 제 집사람이 배울 게 많을 겁니다."

허종기는 자기 마누라까지 허 보좌관과의 연줄을 꼭 붙들어야 한다고 벼른다.

"집에서만 굴러먹던 내 마누라한테서 뭐 배울게 있겠어? 그러나 나도 제수씨 얼굴 한 번 봐야지."

"그렇게까지 마음 써주시니, 감사하기 이를 데 없습니다."

"이 봐, 종기! 자네가 귀띔 해준 사건 있잖아? 내가 부하에게 수사를 지시해서, 큰 공을 세우게 된 그 사건 말이야! 어르신께서 내 등을 두드려주시고 금일봉을 하사하시더구먼. 훈장도 상신하라고 하셨어. 군인은 옷 벗은 후에도 훈장을 아주 좋아해. 공무원들은 뭘 좋아하나?"

"빠른 진급을 좋아하는 건 군인이나 마찬가지일 겁니다. 그리고 공무원은 노른자위에 앉아야 신이 납니다. 열심히 일을 해도 별 표시가 나지 않는 자리와 나라가 들썩이는 자리가 있습니다."

"자네가 있는 금융정책과는 계란 노른자가 아닌가? 난 그렇게 알고 있었는데."

"그렇긴 합니다만, 저는 한국 경제의 큰 그림을 보고 싶고, 가능하다면 그런 그림까지 그려보고 싶습니다."

여기서 허 보좌관은 잠시 생각에 잠긴다. 그리고 제안한다.

"그래, 자네 생각이 그렇다면, 내가 어른을 옆에서 모시고 있을 때 그런 그림을 그려보는 게 좋겠네! 그런데 자네, 그림은 잘 그리나?"

"이제까지 스케치 습작만해서, 대형 유화 그림은 잘 모르겠습니다. 보면서 배워나가겠습니다."

"내가 경제 수석에게 이야기해 놓을 테니, 청와대 파견근무를 준비하도록 하게!"

허종기는 자동차 안이라는 것도 잊어버리고, 무릎 꿇어 감읍의 인사를 올리려고 버둥댄다. 그런 그를 허 보좌관이 팔을 뻗어 진정시킨다. 이야기를 나누다보니 차는 허종기가 내리기로 한 목적지에 도착한다. 차에서 내린 허종기는 출발하기 시작한 차를 향해 90도 각도로 허리를 굽혀 세 번 절하고, 그 다음 멀찍이 가버린 차를 향해 60도 각도로 허리를 굽혀 세 번 절한다.

허종기는 대학시절에 연모하던 심보경이 유용국과 결혼한 후, 한참이나 가슴앓이를 하였다. 조각난 마음을 추스르기 위해서 결혼이 하나의 방책이 될 수 있다. 그는 대학 4학년 때 행정고시에 합격하여 장래가 촉망되는 인재이기에, 주위에서 사윗감으로 눈독 들이는 사람들이 적지 않았다. 사랑으로 하는 결혼은 어떻게 보면 눈에 콩깍지가 씌운 저돌성의 소치라고 할 수 있다. 그래서 이루지 못한 사랑으로 말미암아 오히려 눈이 냉정해진 허종기는 이해득실을 저울질하는 결혼을 도모한다. 순진파들은 허종기의 계산된 혼인을 정략결혼이라고 비하한다. 그는 부잣집에 장가가기로 한다. 저울추로 돈을 올려놓은 것이다.

그는 경제학을 전공하였기에 누구보다도 돈의 힘을 잘 안다. 자본주의 사회에서 돈은 태양이다. 거부들이 휘두르는 돈의 위력은 핵폭탄 급이다. 돈 그 자체는 가치중립적이지만, 돈만큼 직접적이고 확실하게 힘을 발휘하는 것이 없다. 만물이, 만사가 돈으로 환산된다. 돈을 물신(物神)으로 모시는 배금교(拜金敎)가 자본주의 국가에서 으뜸가는 종교이다. 국교가 없다고는 하지만, 자본주의 국가란 헌법에 배금주의(拜金主義)의 물신 숭배를 명시한 나라이다. 이 배금교도들의 신표(信標)는 숫자가 찍혀 있는 종잇조각이다. 숫자가 클수록 좋다. 신앙심이 확인된 신도들은 대체로 한 달에 한 번 신표를 받는다. 신도가 그 신표를 받으면, 안도하고 얼굴에 웃음이 가득하며 마음은 행복해진다. 신도들은 신표에 입을 맞추기도 하고, 침을 발라 이마에 붙이기도 한다. 받기로 된 신표를 받지 못한 신도들은 악마가 되어 난리를 일으킨다. 현세의 지복(至福)을 약속하는 종교로 배금교만한 것이 없다. 신도들의 집안에는 금고라고 칭하는 성소(聖所)가 있다. 이 성소는 신도 자신만이 아는 주문으로 문이 열리며, 불에 타지 않게 철갑으로 둘러쳐져 있다. 그곳에 신표를 소중히 모셔두고서, 수시로 금고문을 열어 경배한다. 배금교에는 신도들이 모두 모여 신표를 대량으로 넣어두는 탑이 있다. 은행이라고 하는 탑이다. 가장 큰 돈 탑이 결정을 내리면, 신도들은 그 결정에 절대적으로 복종한다. 돈이 더럽다고 욕하면서, 배금교는 돈을 우상 숭배하는 사교(邪敎)라고 공격하는 이교도들이 있기도 하지만, 돈에서는 신성하고도 신비스런 영기가 뿜어져 나온다. 신도가 아닌 사람들도 돈이 쌓아 올린 거대한 성전(聖殿)에 들어서면, 그 영기에 감전되어 몸을 부르르 떤다. 배금교도들은 점차로 미친 듯이 돈을 섬기는 광신도로 변해간다.

중매꾼이 허종기를 갑부인 사업가의 딸과 혼인시킨다. 딸만 셋 있는 집안의 첫째 딸이다. 그의 장인은 타일과 욕실 도기를 생산·판매하는 '신세기(新世紀) 세라믹'이라는 요업회사를 경영하고 있다. 결혼하면서 그는 처가에 잘 보이려고 최선을 다한다. 특히 장인의 눈에 들고자, 있는 재주, 없는 재롱까지 총동원한다. 적어도 한 달에 두 번 주말에 처가로 가서 장인어른이 즐기는 바둑도 두어주고, 사우나에 따라 가서 정성껏 등도 밀어준다. 가난한 처가에서는 장모에게 잘 보여야 하지만, 부자 처가에서는 장인에게 잘 보여야 한다. 가난한 집 장모에게 잘 보여 봤자 씨암탉 한 마리지만, 부자 장인에게 잘 보이면 집이 한 채다. 비교가 안 된다. 장인 외에 처제들한테도 신경 써서 인생 진로를 짜주기도 한다. 그는 아내 서상희(徐相姬)와의 사이에 아들 하나를 두었다. 아들 허송조(許送鳥)는 그가 김해 허씨 종친회에서 허 보좌관을 만나고 온 다음 새해에 여덟 살이 되었다.

새해가 되자 허종기는 아내를 데리고 허 보좌관 집에 가서 세배를 드리기로 한다. 세배 가기 전에 아내에게 당부한다. 당부가 아니라 아내를 단속하는 것이다.

"여보, 부탁할 게 있어. 당신은 부자 집에 태어나서 귀하게 크는

통에 인간 세상이 정글인 동시에 문명세계인 것을 잘 모를게야. 정글에서는 약하게 보이면 잡아먹힐까 보아, 강하게 보이려고 허세를 부리지. 허세에는 '3체'가 있어. 없어도 있는 체, 몰라도 아는 체, 못나도 잘난 체하는 거야. 그러나 이건 하책이야. 세련된 문명인은 가급적 자신을 감추고 낮추어, 상대방이 부풀려 생각하도록 해야 해. 그러니까 '있어도 없는 체, 알아도 모르는 체, 잘나도 못난 체'하는 태도가 상책이지. 평소에 연작(燕雀)은 가녀린 발톱을 드러내지만, 맹금(猛禽)은 매서운 발톱을 감추고 있어. 발톱은 필요할 때에만 드러내서 목표물을 확실하게 사냥해야 해."

아내는 대답한다. "네, 알겠어요."

"여보, 황희가 어떻게 정승이 된 줄 알아? 재주가 많고 후덕해서 그런 줄 알아? 세 칸 초가집에 살아서 정승이 된 거야. 그가 고대광실을 짓고 살았으면 기껏해야 판서로 그쳤을 거야. 여보, 내가 정승이 될 때까진 세 칸 아파트에서 견디어 내도록 하자! 송조에게도 잘 가르쳐주길 바라!"

아내는 대답한다. "네, 알겠어요."

"그리고 여보, 밖에서 사람 만나 식사하게 되면, 얻어먹거나 사주거나 간에 소박하게 하도록 해. 그저 칼국수나 비빔밥을 먹으면서 아주 맛있다고 해야 해. 한우 꽃등심이 먹고 싶으면 집에서 우리끼리 구워 먹는 거야!"

아내의 대답은 매번 "네, 알겠어요."이다. 맹한 것 같지만, 순종하는 부덕(婦德)을 지닌 듯 보인다. 허종기는 자신도 단속한다. 복장,

시계, 혁대, 기타 액세서리, 집안의 장식품 등을 검소하게 위장한다. 식사도 소탈하게 위장하지만, 윗사람을 모실 때에는 예외적으로 그들만의 장소에 가서 극진히 대접한다. 사회봉사와 자선도 적절히 한다. 포항초등학교에 가서 어린이를 위한 특강을 한 후에 모교 장학금도 기탁하고, UNICEF에 또 연말에는 구세군에 약소한 성금을 낸다. 모두들 감격하여 허종기를 칭송한다.

새해 초 허종기는 아내를 데리고 허종양 보좌관의 집으로 세배를 간다. 가지고 갈 최고의 새해 선물을 구하느라고 무척 애 먹었다. 선물은 호랑이 털가죽이다. 호랑이 두 마리의 가죽을 벗겨 이어 붙인 호피(虎皮) 매트리스이다. 중국 장백산에서 잡은 호랑이라고도 하고, 시베리아에서 잡은 것이라고도 한다. 하여간 젊은 호랑이를 잡아서 그런지, 가죽의 가공술이 일품이어서 그런지, 앉으면 구름 위의 신선이 되고, 누우면 갈대꽃 위의 클레오파트라가 된다. 그 선물을 받은 날 밤 허 보좌관은 난생 처음으로 호피를 깐 침대에서 부부관계를 갖는다. 동양의 신선이 서양의 클레오파트라를 맛본다. 그 밤 따라 희열은 길고도 깊다. 관계를 끝내고 허 보좌관은 중얼거린다. '그 놈, 참 기특한 놈이네!'

청와대의 시무식에 허 사무관이 참석한다. 이날로 허종기의 청와대 파견근무가 시작된다. 그는 자신이 말한 대로 신이 난다. 그는 청와대와 재무부를 오가는 파이프라인을 알아서 여닫는 실력자가 된다. 재무부장관조차 청와대와의 일상적인 콘택트(contact)는 일단 그를 통한다. 경제통 인사라면, 관료든, 정치인이든, 기자든, 교수든, 사업하는 민간인이든 모두들 아쉬워하는 존재가 된 것이다. 그는 직급이 낮은 5급 공무원에 불과하지만, 조선시대 정5품 계급의 이조정랑만큼이나 센 권력을 휘두른다. 그의 뒤에 허종양 보좌관이 있다는 것을 알 만한 사람은 다 알고 있기에, 그의 권세는 경국지권(傾國之權)이다. 국가의 재무 정보와 기업 정보에 관한 한, 거의 모든 주요 자료가 그의 손 안에 들어온다. 이 자료들을 토대로 그는 자신만의 지도를 그린다. 허 보좌관에게 한국 경제의 큰 그림을 그려보고 싶다고 청원했던 대로 그는 '한국의 경제지도', 더 나아가서 '세계의 경제지도'를 그린다. 그가 그리고 싶었던 그림은 경제지도였다. 김정호의 대동여지도는 필생의 발품을 팔아 제작한 것이지만, 그의 경제지도는 범부는 넘겨다보지 못할 고급정보를 청와대에 가만히 앉은 채로 받아서 세밀하고도 정확하게 작성한 것이다. 경제관련 권력기관, 국제기구, 공기업, 사기업 등 경제단체는 지도 위에 ◎표를 달아 표시하고, 그러한 경제단체와 경제계를 움직이는 인물은 지도 위에 ☆ 표시를 달아서, 그 옆에 다이제스트한 주요 데이터를 기입한다. ☆ 표시 옆에는 각주 부호를 붙여, 별도 기재사항을 각주 번호대로 비밀 메모첩에 기록해둔다. 이 메모 첩에는 ☆표를 한 인물의 이력 이외에 과거 불미스런 행적이나 결정적 약점까지도 적혀있다. 돈에 약한지, 술에 약한지, 여자에 약한지, 폭력에 약한지, 종교나 미신에 약한지가 드러나 있다. ◎표에도 각주 번호가 붙어 있고, 별도의 비밀 메모첩이 있다. 재벌기업체인 경우에 자산과 부채, 주력기업과 취약기업 뿐만 아니라, 대주주의 가정적인 분규, 뒤를 봐주는 권력자와 폭력조직까지도 일목요연하게 정리되어 있다. 그는 한국 경제에 관한 한, 전지전능은 아니지만, 전지(全知)에 가까운 지도를 만들었다. 이 지도를 가지고 그가 무엇을 할 것인지 스스로도 궁금해 한다.

비서실에 근무하는 직원은 모두 다 비서라고 할 수 있다. 그래서 허종기도 비서라는 호칭을 다반사로 듣는다. 청와대에서 경제지도를 그리고 있던 허종기가 국세청장으로부터 전화를 받는다.

"허 비서님! 국세청장입니다. 산하 세무서에 문제가 생겨 전화 드렸습니다."

"무슨 일입니까?"

"용덕세무서의 한 공무원이 검찰 수사를 받다가, 일이 크게 번져 세무서 전체 사무가 마비되었습니다."

"그런 일을 왜 제게 말씀하시는 건가요? 사정수석실이나 경제수석께 전화 드려야 할 성질이 아닙니까?"

"그 두 곳엔 벌써 전화 드렸습니다. 사정수석실에서는 국세청이 경제수석실 소관이니까 경제수석실과 의논해 보라고 하십니다. 경제수석비서관님과도 통화했는데, 허 비서님에게 연락을 취해보라고 하십니다. 수석님께서 허 비서님에게 따로 전화하실 겁니다."

"그래요? 그렇다면, 수석님의 지시가 내려오는 대로 상황 파악을 해 보겠습니다."

"감사합니다. 곧 바로 국세청의 감사관을 보내, 허 비서님께 상황 설명을 하도록 조치하겠습니다."

국세청장과의 전화를 끊고 조금 지나 경제수석이 좀 보자고 한다는 전갈이 온다. 수석은 만나자 마자 용건에 들어간다.

"허 비서, 국세청장 전화 받았지? 한 세무공무원의 비리가 일파만파로 번져, 나라의 징세 업무가 마비될 지경이네. 아니, 마비란 표현은 좀 지나치고, 세무공무원들의 동요가 심해 다들 손에서 일을 놓을 지경이라고 하네."

"수석님, 저는 어찌된 영문인지 잘 이해가 되지 않습니다."

"그럴 걸세! 허 비서가 먼저 사태 파악을 하고 나서 사정수석실과 상의해서 묘안을 짜내기 바라네. 경제 팀 중에 사정수석실과 말이 통하는 사람은 자네밖에 더 있는가?"

경제수석은 허종기가 허영태 사정수석비서관과 친교가 두텁다는 것을 알고 하는 소리다.

"예, 우선 어떻게 세무서의 공무가 전반적으로 동요될 지경에 이르렀는지 알아보겠습니다. 국세청 감사관이 방문해서 설명해주기로 되어 있습니다."

수석실을 나온 허종기는 감사관을 만나 사건의 진상을 듣는다.

"허 비서님, 이런 일로 찾아뵙게 되서 참으로 유감입니다. 사태가 이렇게까지 진전된 과정을 말씀드리겠습니다."

"말씀하십시오. 난 아직 영문을 모르겠습니다."

"용덕세무서의 한 공무원이 뇌물을 받았다는 제보를 받고, 용덕 지검의 특수부가 수사에 착수했습니다. 2주 전에 수뢰 공무원을 연행해서 신문하던 중, 관련 부서인 법인세과 직원 일곱 명 전원이 뇌물을 받았다는 사실을 인지하게 되었습니다. 검찰이 그 중 한 명을 소환하자, 남은 다섯 공무원이 '우선 피하고 보자'는 심리에서 모두 도망가 버렸습니다. 그러니 법인세과의 업무가 전부 정지되지 않을 수 없습니다. 용덕 지검에 갓 부임한 특수부장이 차제에 용덕세무서를 정화하겠다는 차원에서 세무서 전체를 들쑤셔 놓았습니다. 쥐꼬리만한 월급에 돈을 다루는 업무를 하다 보니, 세무공무원들은 가정을 후생한다는 정도의 생각을 갖고 관계인으로부터 다달이 약간의 금액을 상납 받는 것이 거의 관행으로 고착되어 있습니다. '세무공무원은 털면 털린다.'라고 해도 과언이 아닙니다. 이실직고하자면, 세무서 내에서는 그 정도 상납은 서로서로 눈감아주는 분위기입니다. 그런데 특수부 검사를 총동원해서 모조리 잡아들이려고 한다는 소문이 도니까, 세무공무원들이 모두 전전긍긍해서 일손을 놓고 있는 실정입니다. 무슨 특단의 대책이 있어야 하겠기에 청장님이 청와대와 접촉하시게 된 것입니다. 제발 도와주십시오. 그 은혜는 결코 잊지 않겠습니다."

"허어 참, 이러지도 못 하고, 저러지도 못 할 난처한 일입니다. 공무원이 뇌물을 받아서는 안 되는데, 거의 모든 세무공무원들이 관행적으로 뇌물을 받는다면 다 잡아들일 수도 없고…. 허어! 진퇴양난입니다. 그런데 용덕세무서 법인세과에 다른 세무공무원을 지원하는 방안은 어떻습니까?"

"국세청에 예비군 개념은 없습니다. 한정된 인원으로 모두들 격무에 시달리고 있습니다. 그리고 문제된 부서에 누가 가려고 하겠습니까? 가더라도 조심스러워서 제대로 일을 하겠습니까? 어떻게 길을 좀 열어주십시오."

"길이라니 무슨 길을 말하는 것인지요?"

"처벌 수위를 조절해서 검찰이 약간의 세무공무원만을 기소하고, 나머지는 살려주는 길을 말씀드리는 것입니다."

"그 수위를 어떻게 조절한단 말입니까?"

"그것까지야 저희들이 말씀드리기는 거북하고, 허 비서님이 사정수석실과 조율해보시는 것이 어떨까 합니다."

"한 번 알아보겠습니다. 필요하면 전화할 테니, 명함을 두고 가십시오."

국세청 감사관은 60도로 허리를 굽혀 세 번 절하고 물러간다. 허종기는 감사관이 굽히는 허리의 각도를 유심히 바라본다.

국세청 사건을 곰곰히 점검하고 난 허종기는 허영태 사정수석비서관을 찾아 간다.

"큰 형님, 존체는 강녕하시지요?"

"어이, 종기! 어서 오게. 자네가 청와대 근무 시작하고 점심 한 번 같이 한 후로는 처음일세. 청와대 일은 재미있나? 내가 뭐 도와 줄 건 없어?"

"너무 바빠 일하니까, 재미고 뭐고 느낄 틈이 없습니다. 그런데 제가 큰 형님을 모르고 있는 것이 더 나을 뻔 했습니다."

"그게 무슨 소리야? 나 때문에 뭐 손해 보는 일이라도 생긴 거야?"

"그게 아니라, 오늘 경제수석님으로부터 해결이 난망한 지시가 떨어졌습니다. 국세청장의 전화를 받으셨는지 모르겠습니다만, 용덕세무서 사건을 말씀드리는 것입니다. 큰 형님과 저와의 친분 때문에 제가 경제수석실로 불려간 것 같습니다."

"아, 전화 받았어. 곤란한 사건이라서 경제수석실로 보냈는데, 자네가 해결사로 나서게 될 지는 몰랐네. 내가 도와주지. 사정비서관에게 지시해놓을 테니, 만나보도록 하게."

허 수석실을 나온 허종기는 곧 바로 사정비서관에게 가서 사태 수습책을 논의한다. 관건은 세무공무원에 대한 사법처리의 수위 조절이다. 둘이는 머리를 맞대고 궁리를 짜낸다. 누구를 시범 케이스로 잘라서 희생양으로 삼는 것은 내키지 않는다. 둘은 세무공무원의 수뢰가 생계형인지 치부형인지를 가려서, 치부형만을 형사처벌하기로 의견을 모은다. 그 액수를 가늠하기 위해 허종기는 국세청 감사관에게 전화한다. 처음 비리가 제보된 공무원은 월 상납액이 2천만 원 정도였다고 하고, 일반적으로 세무공무원이 받는 관행적인 상납액은 월 5백만 원을 넘지 않는다고 한다. 허종기와 사정비서관은 5백만 원 이하의 생계형은 눈감아주기로 하고, 2천만 원이 넘는 치부형은 엄벌에 처하며, 그 중간 수준에 있는 자는 검찰이 자체적으로 판단해서 처리하기로 결론짓는다. 이러한 방침을 허종기는 국세청장에게 통보하고, 사정비서관은 검찰총장실로 가서 양해를 구한다.

허종기의 세무공무원 구명 운동은 금세 입소문을 타고 전국의 세무공무원들에게 알려졌다. 세무공무원들은 다시 일손을 잡고 정상업무에 복귀했다. 그리고 허종기는 전국의 세무공무원들에게 전설적인 은인이 되어, 차후 그의 부탁을 거절할 세무공무원은 없으리라고 보아도 무방하다. 경제수석실에는 허 사무관의 파워가 얼마나 센가를 주지시키는 계기가 된다.

허종기가 청와대에 들어와 보니, 지구 위의 경제 전쟁이 여실했다. 경제에 대한 그의 안목이 세계적 지평으로 확대되었다. 한국경제라는 평면적 시각에 세계경제라는 입체적 시각이 겹쳐졌다. 자신의 경제관을 세계적 차원에서 새로이 자리매김하고, 금융정책을 국제적 동태(動態) 속에서 가늠하는 일에는 무엇보다도 영어실력이 중요했다. 그는 영어공부에 매달렸다. 틈만 나면 영어단어를 외우고 영어문장을 익혔다. 그의 일생 중 영어공부를 그렇게 열심히 한 적이 없었다. 집안 서가에 꽂혀있던 단편소설집을 우연히 꺼내들고 화장실에 앉았다가, '꺼삐딴 리'라는 제목의 단편이 시선을 끌어, 뒤를 보고난 후에도 들고 나와서 끝까지 읽었다. 전광용이 쓴 단편소설의 주인공인 꺼삐딴 리는 의사인데, 변혁기의 기회주의자로서 한반도를 식민지배하는 강대국이 바뀔 때마다 그 강대국의 언어를 차례로 마스터한다. 일제강점기에는 일본어를, 해방 후 그가 살던 평양에 소련군이 진주하고 나서는 러시아어를, 1·4 후퇴 때 서울로 월

남해서는 영어를 익힌다. 이 단편소설을 읽고, 허종기의 영어 숭배열은 더욱 높아졌다.

그는 독백한다. '꺼삐딴 리의 변신은 당연한 거야! 그를 사대주의자, 기회주의자라고 비난하는 건 잘못이야! 약소국 국민이 별 수 있겠어? 강대국에 기대서 살아야지! 사대(事大)가 왜 잘못인가? 나라를 강대국으로 만들지 못하고 약소국으로 놓아둔 선조들이 잘못이지! 사대주의를 탓하기 전에 조국을 부강하게 만들기에 힘써야 해. 우리나라가 강대국이 되기까지는 힘없는 나라의 힘없는 보통 국민이 살아남기 위해 외국어를 앞세우는 것이 어떻단 말인가? 약한 놈이 강한 놈한테 붙어먹고 사는 건 만고불변의 법칙이 아닌가?'

그는 꺼삐딴 리가 미국대사관 직원인 미국인에게 접근하려고 고려청자까지 선물하는 내용을 읽으면서는 크게 깨우치는 바가 있었다. 그래서 그는 서울 주재 미국대사관 재무관에게 접근한다. 고려청자까지는 선물하지 못하지만, 홍삼에, 한복, 은장도, 도금(鍍金)한 신라금관의 복제품을 싸들고 가서, 미국 외교관의 비위를 맞추며 미국문화를 흉내 내고 영어도 배운다. 그는 미국경제통 공무원이 되어 가며, '도금한 미국인 복제품'으로서 어디에 내놓아도 손색이 없을 경지에 다다른다.


유용국이 감옥에서 나날이 피폐해가는 심신을 부둥켜안고 지내는 동안, 허종기는 심신을 굳건히 다진다. 건강을 챙기고, 실력을 키운다. 건강을 잃으면, 잘 다진 실력도, 쌓아올린 부귀도, 강고한 인맥도 아무 소용이 없다. 건강이 기본 조건이다. 그리고 체력을 길러야 한다. 일주일에 적어도 세 번 호텔 피트니스 센터에 가서 새벽 운동을 한다. 운동도 알고 해야 되겠기에 PT를 붙여 과학적으로 끌어간다. 그는 절식과 건강식을 실천한다. 식탐을 억제하는 그 어려운 자기극복을 해낸다. 건강이 넘치면 매순간이 즐겁다. 어떤 음식이라도 맛있다. 잠자리에서도 숙면을 취한다. 체력이 강하면, 인생의 위기를 극복하는 힘도 강하다.

그는 경영대학원 최고지도자 과정에 등록하고, 틈을 내어 야간강좌를 수강한다. 이 과정에는 내로라하는 인물들이 출석하기에, 이들과 어울리면서 인맥을 형성하는 일은 전문지식을 늘리며 대학원 경력을 보태는 일석삼조의 이점 중 하나이다.

# 제32화
## 유용국이 옥살이의 깊이를 더하다.

유용국이 옥살이를 한지 1년이 넘었다. 장기수에게 우려되는 문제는 영양부족과 운동부족이다. 특히 사상범이기 때문에 외부와의 접촉이 단절된 독방생활을 해야만 하는 장기수는 '정신의 황폐화'라는 점진적인 정신질환도 걱정해야 한다. 그는 망가지지 않으려고, 나날이 피폐해가는 심신을 다잡기로 한다.

용국은 아내가 넣어준 영치금으로 가끔 음식을 구매해서 영양을 보충한다. 삶은 달걀, 과일, 빵, 소시지가 그렇게 맛있을 수가 없다. 천천히 음미하면서 씹고 또 씹는다. 배고픔이라고 하는 가장 효과적인 에피타이저와 침이라고 하는 최고의 소스를 풍부히 상비하고 있으니, 맛없는 음식이라고는 있을 수가 없다. 교도소는 생일을 맞거나 명절에 즈음하여 수인을 접견하는 가족에게 음식을 싸가지고 와서 함께 식사할 수 있도록 허락하는 경우도 있다. 바깥세상에서는 지천으로 널린 음식도 감옥에서는 귀하디귀한 진미로 받들어진다. 바닥에 떨어진 콩 한 톨, 상 위에 흘린 빵부스러기, 그릇 밑바닥을 살짝 적시고 있는 국물, 그 어느 것 하나 그냥 버리는 법이 없다. 1%의 음식을 100%로 섭취한다.

무기수 용국은 건강을 유지하기 위한 나름대로의 수칙을 세워 실행해나간다. 좁은 감방 안에서도 걸을 수 있는 시간을 충분히 확보하고자 한다. 앞으로 네 걸음, 뒤로 돌아서 네 걸음, 동물원 철창 안에 갇힌 곰이 지겹도록 제자리걸음하듯 용국도 감방을 쳇바퀴 삼아돌고 돈다. 하루에 두 번 냉수마찰을 한다. 수건을 찬물에 적셔 짠다음에 맨몸의 상체를 세게 비빈다. 마찰열이 몸을 데우고, 수건의거친 천이 세포 세포를 자극하여 생기를 불러 깨운다. 때때로 엎드려 팔굽혀펴기도 한다.

용국이 제일 중요시하는 건강법은 108배이다. 감옥에서 108배운동을 거르는 날이 하루도 없다. 108배는 절에서 스님들이 하는수행 중 하나이다. 그것은 형식으로는 부처님께 올리는 예불이지만,실질은 스님들의 건강법이다. 무릎을 꺾고 허리를 구부리고 고개를숙이면서 온몸을 던져가며 하는 절은 그야말로 전신운동이다. 온몸의 주요 관절이 굴절하고 기본 근육이 단련되어, 스님들은 건강이넘친다. 용국도 스님들의 건강을 본받고 싶어 한다. 그 밖에 고개와허리와 무릎을 굽혀 몸을 낮추는 동작은 의식적이든 무의식적이든겸허한 마음을 심어준다. 그 무엇이든 간에 그 앞에서 몸을 구부리고 낮추어 절을 하는 자세는 겸손함의 상징이다. 고개를 빳빳이 세우고 어깨에 힘주고 허리를 활짝 편 품새는 당당한 것 같지만 오만함을 풍긴다. 용국은 매일 하는 108배를 통해 남 앞에 자신을 낮추는 겸손을 체득한다.

용국은 불교신자가 아니어서 절과 병행하는 기도나 발원이 없다. 그 대신 그는 한 번 절 할 때마다 한 가지씩 자신의 허물을 들추어

보기로 한다. 그가 맨 처음에 떠올린 자신의 허물은 분노였다. 그는 절을 하면서 누군지 알 수 없는 절대자에게 독백하는 기도를 올린다. '분노라는 제 잘못을 고백합니다. 저를 분노의 죄에서 구해주소서!' 그 다음 허물은 교만이다. 또 그 다음은 입으로 지은 허물인 구업(口業)이다. 다음에 떠오른 것은 색욕이다. 물욕, 시기심, 명예욕, 불효, 거짓 등등의 허물이 줄줄이 나온다. 그런데 한 스물 대여섯의 허물을 고백하고 나서는 더 이상 떠오르는 것이 없다. 틀림없이 더 있을 텐데도 명확하게 잡히는 명사의 형태로 떠오르지 않는다. 다음 날 하는 108배에서 하루 전에 고백한 스물 대여섯의 허물이 그대로 반복해서 들추어지는 것은 아니다. 그래서 하루에 한 가지 허물을 108번 절 할 때마다 되뇌면서 죄에서 벗어나기를 기원하기로 한다. 하루에 한 가지만의 잘못을 끌어내는 것은 어렵지 않다. 80일째가 넘어서는 과거에 은혜를 망각했던 허물이라든가 지키지 못할 약속을 했던 잘못 같은 것들도 목록에 올라온다. 100일째가 지나서는 미래에 저지르게 될지도 모를 허물까지도 들추어내게 된다.

마지막 날인 108일째가 되어서는 '내가 백팔번뇌를 깨우쳐 해탈의 경지에 들어서고자 하는 것이 아닐까?'라는 생각이 홀연 머리를 스친다. 그래서 '아! 108배는 건강법을 넘어서서, 백팔번뇌를 굽혔다 펴는 수행법이로구나! 그렇다면 내 종신형의 형기가 다할 때까지 이 수행을 멈추지 않아야겠다'고 다짐한다. 용국은 불가에 입문한 사람이 아니지만, 형극의 옥살이를 하면서 불교의 깊은 가르침을 터득해간다.

유용국이 1년간 옥살이를 하는 동안에 교도소장이 바뀌고 계엄령도 풀렸다. 상황이 호전되자 용국에 대한 교도소의 감시와 규제가 느슨해졌다. 용국은 노역 없이 독방생활을 하기에 다른 수인들과 절연되어 있다. 인간으로부터 격리되는 시간이 길어지면서 그는 고립감이 자신의 존재의식을 갉아먹으며 들어오는 소리를 듣는다. 인간은 자기보존이나 종족보존을 위해 타인을 필요로 하느냐 하는 공리적인 관점을 떠나, 그 존재 자체로 타인과 결합하지 않으면 안 되는 관계적 본성이 있다. 인간은 싫으나 좋으나 타인과의 관계 속에서 살아가게끔 되어있다. 용국은 비록 흉악범이라고 하더라도 바로 옆에서 쉬는 인간의 숨소리를 듣고 싶고, 너저분한 욕설이라고 하더라도 말을 나누고 싶고, 주먹질이라고 하더라도 다른 사람의 몸이 부딪쳐오는 것을 느끼고 싶어 한다. 한마디로 사람이 절실하게 그리워진 것이다. 그는 자신을 혼거실로 옮겨 줄 것을, 그리고 노동하러 끌려갈 의무는 없지만 작업장에서 일을 하게 해달라고 담당 교도관에게 누차 청원한다. 그는 수감태도가 반듯한 모범수에 속한다. 마침내 교도소 당국은 용국의 청원을 받아준다. 그를 혼방(混房)으로 전방(轉房)시켜 주기로 결정하고, 또 그가 원하는 대로 목공반에서 일하도록 배치해준다. 그는 작업장에서 목공일을 배우면서 가구제작을 거든다. 그에게 배정된 혼방은 중죄인을 모아서 수감하는 방인데, 자신을 포함하여 7인의 수인이 함께 기거한다. 동거 수인 중에는 상습사기범인 김봉달(金鳳達)과 살인범인 노원표(盧元表)가 있다.

용국이 평가하기로 김봉달은 사기꾼의 진정한 고수이다. 봉달은 갓 50이 넘은 나이에, 사기죄의 전과 5범이며, 이번에는 6만 명을 상대로 총 60억 원을 사취하여 상습사기죄의 누범이라는 죄명으로 20년형을 선고받고 복역 중이다. 그는 첫눈에 용국의 자질을 알아보고, 틈나는 대로 자신의 사기수법을 전수하고자 한다. 인간에게는 남을 가르치려는 본능이 있다. 범죄를 가르친다는 점에서 문제가 있긴 하나, 용국을 가르치는 봉달은 뛰어난 선생이다. 봉달은 용국에게 말을 걸 때에 "유필이"라고 부른다. 용국이 학벌이 좋은 공무원이었다고 하니, 붓이나 놀리고 연필이나 굴리던 사람이란 뜻에서 필(筆)이란 한자를 취하고, 이를 유라는 성씨에 붙여 만든 호칭이다. 용국은 봉달을 김 선배라고 올려준다.

"이봐! 유필이, 사람이 사기를 당하지 않으려면 사기가 뭔지 알아야 돼! 그리고 살다보면 사기를 쳐야 할 때도 있는 거야. 우리 장기수들이 그 기나긴 옥살이에서 뭘 하겠어? 감방을 교실 심아, 서로서로 가르치고 배워야 하지 않겠어? 내가 시간 날 때마다 사기의 진경(眞境)을 보여주겠어. 잘 듣고 배워! 뭐든지 사물의 진수에 이르면 깨우침이 있는 거야요. 배워서 남 주나!"

용국은 반은 농담 삼아 대답한다.

"알겠습니다. 선배님의 가르침을 성심껏 받들겠습니다. 그쪽 세계에 무지한 저를 깨우쳐 주십시오."

봉달은 겸허히 배우려는 자세를 갖춘 용국을 보고 심히 마음에 들어 하면서 수제자로 키울 생각을 한다. 이렇게 해서 봉달의 강의가 시작된다. 제1강은 기본기 갖추기이다.

"유필이! 사기꾼은 말이야, 사람의 심리에 통달해야 하고, 언변이 유창해야 하며, 연기를 그럴 듯하게 할 줄 알아야 해. 그게 사기의 3 대 기본기야. 감옥에서도 얼마든지 이 기본기를 훈련할 수 있어. 감방 동료나 간수를 상대로 부지런히 연습해 봐!"

제2강은 사기꾼의 체급 분류이다. 사기도 배포 크게 해야 한다는 취지로 가르치면서, 다른 한편으로 절제가 있을 것을 강조한다.

"유필이, 사기범도 그릇의 크기가 있어. 1억 원 미만을 해먹는 경량급에서부터 1억 이상 10억 미만의 중량급, 10억 이상 100억 미만의 헤비급, 사취액이 백억 원을 넘는 매머드급이 있지. 잡히지 않는다는 것을 전제로 한다면, 사취액이 많을수록 좋아. 이왕 판을 벌리려면 크게 놀아야지. 그런데 매머드급은 문제가 있어. 그 큰돈을 손에 넣으면 사람이 썩게 되어 있어. 그 돈으로 별별 짓을 다하려 들지. '절대적 권력은 절대적으로 부패한다.'란 말처럼 금력(金力)에도 악마의 부패 법칙이 작용해. 백억이 넘는 재산의 힘은 상상 이상으로 막강하단 말이야. 가정을 파괴하는 힘도 숨어 있어. 그래서 사기에도 절제가 있어야 해. 백억 대의 거금은 피하는 게 좋아. 그리고 천문학적 액수를 챙기는 실력파 사기꾼은 국가가 반드시 감옥에 잡아두려고 해. 그런 거물을 왜 사회에 내버려두겠어? 화폐위조의 세계에서도 진폐(眞幣)와 똑같은 위폐를 제작할 실력이 있는 위폐범은 국가가 죽여 버리고 말아. 그런 고수는 살려 두질 않지. 그래서 위폐 기술의 진정한 고수는 100% 실력을 발휘하지 않고, 일부러 진짜에 0.1% 못 미치는 위폐를 만들지. 잡혀서 죽지 않으려고 그러는 거야. 어떤 범죄에서라도 분수를 지켜야 해."

제3강에서는 사기의 수법을 가르친다.

"유필이, 야구에 히트 앤 런(hit and run)이 있지? 사기는 히트 앤 런 범죄야. 사기의 수법은 치고 빠지는 거야. 아주 잽싸게 해야 돼. 범행의 준비단계에서는 오랜 기간 동안 치밀하고도 조직적으로 계획을 잘 세워야 해. 사기 칠 상대방의 신뢰를 얻기 위해서 몇 달, 아니 몇 년 동안 공을 들여야 할 경우도 있어. 그런데 일단 범행에 착수하면, 번개처럼 순식간에 해치우고 작업현장을 떠나야 하지."

제4강에서는 사기의 특성을 이야기한다.

"유필이, 사기는 힘이 아니라 머리를 쓰는 범죄야. 사기꾼의 기본 자질은 근육에 있는 게 아니라 머리에 있어. 젊은 남자 아이들은 폭력범죄에 기우는 성향이 있지만, 늙은이나 여자들은 지능범죄를 선호하지. 사기 치는 데에는 정년이 없어. 나이 70, 80이 되어도 할 수 있어. 오히려 늙을수록 연기력이 늘고, 사람들은 늙은이에게 신뢰와 동정을 보내는 경향이 있어서 성공 확률이 높아지지. 유필이, 여성범죄의 1위를 차지하는 죄명이 뭔지 알아? 도박 같아? 아니야, 사기죄야! 사기꾼은 아주 여성적이야."

어느 날 그는 자기 이름의 내력을 밝힌다.

"유필이, 내 봉달이라는 이름이 좀 촌스럽지 않아? 그런데 이 이름에 사연이 있지. 내가 존경하면서 받들어 모시는 토종 사기꾼의 원조가 한 분 계시지. 바로 봉이 김선달이야. 그는 대동강 물을 사기 쳐서 팔아먹은 우리나라 역사상 사계(詐界)의 최고 실력자야. 우리나라에는 각계에 뛰어난 선조들이 많아. 그분들을 본받아야지. 본받으려면 이름을 따라야 해. 그래야 밤낮으로 그분을 생각하면서 가르침을 되새기게 되잖아? 내 이름은 鳳이의 봉, 金先達의 달을 따와서 김봉달로 지은 거야! 어때, 멋있는 이름이지? 아직도 촌스럽게 생각해?"

그렇다면 김봉달이란 이름은 어릴 적 본명이 아니라, 나중에 개명해서 호적에 올린 것이다. 이름까지 사기 치는 것이다. 그래도 용국은 신분 세탁을 하기 위해서 과거를 지워버리는 개명이라는 수법이 있다는 것을 기억해 둔다.

봉달의 가르침은 제5강에 접어든다. 사기의 심리학 강의이다.

"유필이, 사기꾼은 사람의 심리에 정통해야 한다고 했지. 이제 인간 심리에 관해서 이야기해 볼까! 사기당한 사람이 펄펄 뛸 정도로 분개하느냐, 별로 개의치 않느냐 하는 것은 피해 액수에 달려 있어. 예를 들어보도록 하지. 한 명한테서 10억 원을 사취한 경우와 한 사람당 1만 원씩 10만 명에게서 사취한 경우 그리고 한 사람당 10만 원씩 1만 명에게서 사취한 경우를 비교해보겠어. 어느 경우나 사기꾼이 해 먹은 액수는 도합 10억 원이야. 그렇지만 피해자의 심리를 살펴보자구! 10억 원이라면, 아마 보통사람이 이삼십 년을 안 쓰고 모은 돈이거나 전 재산이겠지. 10억 원을 사기당한 이 보통사람은 분노로 이를 갈면서 '내가 그놈 사기꾼을 잡아서 꼭 콩밥을 먹이고야 말겠어!'라고 결심하고, 전국 방방곡곡을 이 잡듯 뒤지고 다닐 거야. 그러나 1만원을 사기당한 사람은 '재수가 없었네.'라고 한 마디 던지고는 별로 신경 쓰지 않아. 10만원을 사기당한 사람은 하루 동안 속이 좀 상하다가도 '지나간 일인데, 잊어버리자.' 하면서 크게 신경 쓰지 않아. 사기 당한 사람들 만 명, 십만 명이 서로 연락해서 사기꾼 잡으려고 나서겠어? 경찰이 나설 것 같아? 경찰관조차도 만원 정도 당한 건 신경 꺼버리고 살아. 유필이! 피해자의 심리를 염두에 둔다면, 어떤 종류의 사기를 택하는 게 현명하겠어? 소액으로 쪼개어 불특정 다수인으로부터 거액을 사취하는 수법을 '대중사기술'이라고 하는데, 전문지식이 필요한 사업 분야에서 대기업들이 잘 써먹는 방법이야. 워낙 복잡한 전문적 기법이 얽혀 있어서 피해자인 대중이 끝까지 속는 줄 모르면서 당하고 살아가지. 내가 이번에 20년짜리 징역 먹은 사건은 한 사람당 10만 원씩 6만 명을 상대로 한 것이었는데, 거둬들인 액수가 한 60억 원이 되지. 고대 어느 서양 철학자가 사용했다는 사기술을 써먹어 보았는데, 그 기술이 현대에도 통하더라구! '돈 안들이고 쉽게 돈 버는 방법 가르쳐드립니다. 틀림없는 방법입니다.'라는 광고를 내고, 그 비결을 알려주는 대가로 10만원을 보내라고 했지. 돈을 보내온 사람에게는 '내가 하는 방법대로 따라 해보세요.'라는 답장을 보내주었어. 5만 명 정도가 돈을 보내왔을 때 그만 두고 튀었어야 했는데, 조금 더 해먹으려다가 잡히고 말았어. 내가 자제심이 부족했던 거지."

제6강에서 봉달은 진짜와 가짜가 뒤섞인 세상을 보여준다.

"이보게! 유필이, 자네는 말이야, 사기란 값싼 가짜를 값비싼 진짜로 속여서 돈을 챙기는 걸로 알고 있지? 그런데 자네가 생각하듯이 진짜와 가짜가 확연히 구별되는 줄 알아? 자네 같은 학필이들은 진짜와 가짜가 정반대로 구분된다는 이분법적 사고에 젖어있을 거야! 그렇지만 세상은 그렇게 단순하지가 않아! 내가 재미난 예를 들어볼까? 어렵게 성전환수술을 해서 여성이 된 남자가 있지? 업무의 성격상 여자만 직원으로 채용해서 많은 월급을 주는 회사가 있다고 해봐. 이 회사에 여장한 남자가 여자로 행세해서 취업한 후 월급을 받으면 사기가 돼. 그런데 성전환수술을 한 여성 남자가 취업해서 월급 받으면 어떻게 되겠어? 사기야? 아니야? 성전환수술을 한 여성은 반은 여자고, 반은 남자야. 성기는 여성의 것을 달고 있으니 여자이지만, 수태와 임신 그리고 출산능력이 없다는 점에서 아직 남자로 머물러 있지. 안 그래? 진짜 여자와 가짜 여자를 어떻게 일도양단으로 갈라낼 수 있겠어? 진짜 남자와 가짜 남자를 어떻게 구별지을 수 있겠어? 세상엔 어정쩡한 중간지대가 존재하는 법이야! 정말 가르기 어려운 예를 들어볼까? 고성능 복사기가 있지? 원본 문서만을 진짜라고 한다면, 고성능 복사기로 원본과 똑같이 복사한 사본 문서는 가짜겠지? 그러나 이 둘을 보여주면서 진짜 원본과 가짜 사본을 구별해보라고 하면, 구별할 수 있겠어? 만일 구별할 수 있다면, 고성능 복사기의 성능 탓이지. 그 둘은 일란성 쌍둥이 이상으로 서로 닮은 거야. 쓰임새로 보자면, 진짜 가짜를 구별할 필요조차 없어.

유필이! 가짜인 물체는 말이야, 가짜 자체의 입장에서 보면 진짜야! 가짜는 진짜의 입장에서 바라보니까 가짜인 거지. 그러니까 진짜인 물체도 가짜의 입장에서 보면, 가짜가 되지. 진짜와 가짜는 상대적으로 입장을 바꾸어 보면, 판단이 뒤바뀌게 되어 있어. 세상은 말이야, 진짜가 가짜 되고, 가짜가 진짜 되는 요지경이야. 세상 사람들은 이 요지경 세상에서 정신을 못 차리지만, 사기꾼들은 그런 세상을 이해하면서 주무르고 있단 말이야! 유필이, 내 말이 말장난 같아? 좀 더 살아보라구!"

제7강은 사기꾼으로서 자부심과 긍지를 가질 것을 고취하는 내용이다.

"이봐, 유필이! 만사가 그러하듯이 사기도 자신감을 갖고 해야 돼. 사기 치면서 양심에 찔려 하는 구석이 있으면, 무언가 얼굴에 드러나고 말에 확신이 실리지 않아. 거짓말이라는 냄새가 풍기게 되어 있어. 사기도 신념에 차서 해야 하고, 나아가 남을 속여 돈을 챙기는 것을 즐겨야 해. 장사꾼은 돈 버는 재미로 장사하는데, 돈도 공돈을 버는 사기는 얼마나 재미가 쏠쏠 하겠는가? 안 해본 사람은 몰라. 그리고 내 개똥철학인지 몰라도, 인생은 어차피 사기야! 속고 사는 게 인생이야! 서로 속고 속이다보면, 속인 놈이 속게 되기도 하지. 그래서 인생은 돌고 돈다고 해. 뭐가 돌고 도냐고? 속고 속이는 일이 돌고 도는 거야. 속고 속이는 세상에서 열심히 공부하고 부지런히 일하고 정직하게 살아온 삶이 보답을 받는다고 생각해? 한 우물에 올인한 인생이 어떠할까? 실패하는 사람은 노력이 부족하기 때문이라고 생각해? 노력이 부족해서 실패한 사람보다 노력했는데도 실패한 사람이 더 많을 거야. 성공만을 따진다면, 아부하고 적절히 거짓말하고 힘 있는 자를 잘 가려내서 입안의 혀처럼 빌붙어 산 사람을 당하지 못하지. 그러니까 노년에 인생이 허무하다고들 하는 거야. 인생이 왜 허무해? 늙어서 삶을 몽땅 사기당한 기분이 드니까, 허망한 거야. 자식 키우는 데 올인 했는데 자식에게 속고, 남편에게 모든 정성 다 했는데 남편에게 속고, 회사에 평생 몸 바쳐 일했는데 회사에 속고, 그런 게 인생이야.

그런데 정말 비열한 사기꾼은 정치가야. 지키지도 못할 공약을 그럴듯하게 내세워서 표를 얻어 한자리 하게 되면, 권력, 돈, 각종 이권, 명예, 여자를 단숨에 거머쥐지. 그래서 정치는 마약이라고 하잖아. 유필이! 사업하는 사람이 돈을 빌렸는데, 돈 갚을 능력도 없고 돈 갚을 생각도 없으면 사기가 돼. 돈 빌려 나름대로 사업했는데 사업이 안 풀려 돈을 못 갚게 되는 것은 단순한 채무불이행이야. 그러니까 정치인이 이행할 수도 없고 이행할 생각도 없으면서 민중을 현혹하는 공약을 내세우는 것은 대중사기야! 사기꾼들은 속고 속이는 머니 게임을 하는 거고, 정치꾼들은 속고 속이는 권력 게임을 하는 거지. 별로 아는 것도 없으면서 선생노릇 하는 자, 병을 고칠 수 없는 데도 쓸 데 없이 수술하는 의사, 낫지도 않을 약을 파는 약사, 인권을 보장하고 정의를 실현한다는 법을 구실로 내세워 돈을 뜯어내는 변호사, 뒤로는 온갖 더러운 짓 다하면서 신도들 앞에서는 '거룩 거룩'을 외치는 성직자, 이 모두가 사기꾼이야! 고급 사기꾼이지. 사회에서 존경받는 직업에 대한 존경심을 버려야 해. 그렇다면 사기꾼은 자신의 직업에 긍지를 가져야 해. 떳떳한 직업이라는 확신을 갖고, 자식에게 대를 물려주겠다는 자부심으로 일해야 해."

제8강에서는 사기에도 나름대로 윤리가 있다는 지론을 펼친다.

"유필이, 의료계나 법조계 같은 데에 헌장이 있어서 지켜야 할 윤리를 각성시키지 않아? 사계(詐界)에도 윤리가 있어. 그건 말야, 정말 절망의 나락에 떨어져 있는 사람, 인생의 막바지에서 간당간당하는 사람한테는 사기 쳐서 안 된다는 거야. 감옥에서 썩고 있는 당신을 상대로 사기 치는 놈이 있다고 가정해 보아. 만일 당신 마누라한테 남편을 옥에서 빼낼 좋은 수가 있다고 하면서 돈을 우려내는 놈이 있다면, 그건 바로 감옥 갈 놈이야. 아니, 지옥 갈 놈이지. 그래서 하는 말인데, 절망에 절규하는 말기 환자, 홀로 된 장애자, 거지나 다름없는 노숙자 같은 밑바닥 인생을 상대로 사기 치는 것은 금기라는 점을 명심해야 해.

그리고 조심해야 할 점도 있어. 사기 쳤는데, 자신이 사기당하는 것을 알면서도 속아 주는 사람이 있어. 이런 사람들은 극히 경계해야 해. 나는 이런 사람들을 만나면 온몸에서 기운이 쪽 빠져버려. 사기 칠 의욕이 나질 않는단 말이야. 사기꾼의 근로의욕을 앗아가 버려. 이런 종류는 최고수의 사기꾼보다 한 수 위에 있는 사람들이지. 무서운 사람들이야."

강의를 듣고만 있던 용국이 이번에는 질문을 한다.

"선배님, 최고수의 사기꾼은 어떤 사람입니까?"

"그건 말이야…"

봉달은 잠시 숨을 멈추더니, 깊은 비밀을 털어놓듯이 대답한다.

"진실을 말해야 할 때 진실을 말할 줄 아는 사기꾼이지! 강의는 여기까지야!"


유용국에게는 오랜 숙제가 하나 있었다. 그것은 자신이 북한 외가와 서신 교환을 했다는 사실을 수사기관에 밀고한 사람이 허종기라는 직감을 검증하는 문제였다. 그는 자신의 직감을 확신하고 있었다. 그러나 만에 하나 밀고자가 허종기가 아닐 수도 있다. 직감이 틀릴 수도 있다는 0.1% 정도의 실낱같은 의문이 가끔 떠오르기 때문에 그 직감의 진위를 확인해볼 도리가 없을까 하는 숙제를 품게 된 것이다. 용국은 오래 묵은 그 숙제를 풀어줄 사람을 드디어 만났다고 생각했다. 그 사람은 김봉달이다. 그와 감방 생활을 같이 하면서 깊이 있는 강의까지 듣다보니, 그는 인간 심리에 정통한 경지에 이르러 사람의 미묘한 언행이나 동작만으로도 그 사람의 마음속에 무엇이 들어 있나를 정확히 짚어내는 능력의 소유자라고 판단되었다. 타인의 속마음을 자기 호주머니 속 들여다보듯 볼 줄 아는 사람이라고 여겨진 것이다. 그래서 봉달에게 당부하여, 단 둘이 은밀하게 이야기를 나눌 수 있는 시간을 잡아 상담하기로 하였다. 운동시간에 감방 동료들이 모두 밖으로 나간 동안 교도관에게 그럴듯한 구실을 대고 둘만이 감방에 남았다. 용국은 자신과 허종기와의 관계, 영국에서 장기간 연수교육을 받는 동안 알게 된 인도인에게 북한 외가와의 서신연락을 비밀리에 부탁해서 외가 소식을 듣게 된 사연,

공무원해외시찰단에 끼인 허종기가 영국을 방문하여 단장이 초대한 저녁식사 자리에서 술 취한 인도인과 담배 피우러 나갔다 오면서 보인 묘한 눈빛, 귀국 후 오래 지나 군 수사대에 연행되어 신문받으면서 밀고자가 허종기에 틀림없다는 직감을 갖게 된 과정, 그리고 그 직감의 진위를 확인하고 싶다는 용건을 이야기했다. 자초지종을 다 듣고 난 봉달이 침묵하면서 곰곰이 생각하는 동안, 용국은 자신의 숙제가 과연 풀릴 수 있을런지 조바심이 났다.

봉달은 뒷짐을 지고 좁은 감방 안을 왔다 갔다 한다. 자못 진지한 표정에 눈이 반짝반짝 빛난다. 그러더니 질문한다.

"유필이, 자네가 군 수사대에 연행되기 임박해서 혹시 허종기가 만나자고 했었나?"

"예, 허종기가 전화를 해, 연행되기 사흘 전 저녁에 종기와 대학 동기인 친구 두 명을 더해서 모두 네 명이 모여 밥을 먹었습니다."

"허종기가 드물게라도 자네에게 연락해서 식사자리를 만드는 인간인가?"

"그렇지는 않습니다. 종기는 친구들이 모임을 만들면 거기에 응하는 타입이지, 자기가 앞장서서 식사자리를 주선하는 사람은 아닙니다. 더구나 밥값을 내는 법이 없는데, 연행되기 사흘 전 저녁식사를 자기가 계산하던데요."

봉달이 장고에 들어간다. 이윽고 확신에 차 단언한다.

"유필이의 직감이 맞아! 밀고자는 허종기야!" 용국은 숙제가 풀려서 이제 후련하다.

"그런데 김 선배! 선배님은 어떻게 그런 확신을 갖게 되었습니까?"

"유필이, 밀고자에게는 두 가지 타입이 있어. 간첩을 밀고해서 받는 포상금이 탐나서 하는 타입과 상대방을 파멸시키거나 원한이 있어 복수하려고 하는 타입이야. 그런데 포상금을 노리는 밀고자는 밀고로 수난을 당할 상대를 가급적 만나려고 하질 않아. 일말 가슴에 찔리는 구석도 있고 구태여 상대를 만나는 거북한 자리를 만들 필요도 없지. 포상금만 받으면 그만이지. 그렇지만 상대를 파멸시키고자 밀고하는 사람은 달라. 그런 자는 밀고하고 나서 상대방에게 파멸이 오기 전에 상대를 한번 만나보고 싶어 하는 심리가 있어. 혹시 자신이 밀고한 사실을 상대방이 눈치 채지는 않았나 하는 궁금증, 파멸이 오기 직전인데도 아무 것도 모르고 이 순간을 웃고 지내는 상대방을 고소하게 관조하는 쾌감, 지금 상대방이 누리고 있는 태평한 모습에 곧 덮치게 될 파멸의 순간을 상상해서 오버랩 시켜 보는 통쾌함, 이런 것들이 나중 타입의 밀고자의 심리야. 그렇다면 유필이가 연행되기 사흘 전에 식사 값을 내면서까지 적극적으로 저녁자리를 만들어 유필이를 보고 싶어 한 허종기가 밀고자임에 틀림없다는 것이지. 큰 범행을 저지른 범인이 사후에 남몰래 범행 현장을 다시 가보고 싶어 하는 호기심도 그런 심리와 유사해."

봉달이 밀고자의 심리를 추리하고 결론을 논증하는 설명은 자신의 직감에 대한 의문을 종식시키기에 충분했다. 직감의 진위를 확인하려는 오랜 숙제가 이제 풀린 것이다. 용국은 자신을 참혹한 운명으로 떨어뜨린 첫 단추를 연 인물로서 쾌재를 부르고 있는 허종기의 모습이 눈앞에 선명히 들어왔다. 그는 친구 허종기를 분노의 대상, 복수의 대상으로 확정했다. 용국의 내심의 법정에서 피의자였던 허종기는 봉달의 추론에 의하여 피고인으로 전환되었다. 내심의 법정에서 재판장인 용국은 피고인 허종기에게 유죄의 확정판결을 선고하였다. 그가 내린 형벌은 파멸의 복수형이었다.

용국의 감방 동료 중 하나인 노원표는 살인죄를 범하고 20년의 징역형을 선고받은 사람이다. 대전교도소에서 복역한지 5년이 넘은 50대 중반의 말없는 사내다. 항상 무언가를 뚫어지게 응시하는 눈빛은 분노를 담고 있다. 공장까지 딸린 제법 큰 가구회사를 경영하던 중 경쟁업체의 사장이 사기를 치는 바람에 쫄딱 망하게 되었고, 화를 이기지 못해 사기 친 사장을 칼로 찔러 죽이고 옥살이를 하게 되었다는 사연이 전해진다. 정작 본인은 자신의 내력에 대해 아무 말이 없다. 그와 대화다운 대화를 나누는 수인은 아무도 없다. 그는 묵묵히 자기가 할 일을 할 뿐이고, 감방수칙에 따라 피할 수 없는 말만을 할 따름이다. 어릴 때부터 가구공장의 직공으로 일하면서 실력을 키워 자신의 가구회사를 차릴 만큼 유능했기에 감옥에서도 목공반의 반장을 맡아 작업장을 지휘하고 있다. 목공반에 속해 있는 유용국은 자신에게 목공일을 가르쳐주는 노원표를 '반장님'이라고 호칭하면서 깍듯이 모시고 있다. 노 반장은 웬만해선 입을 열지 않으니까 용국의 편에서 이런저런 말을 건네고, 자신의 서럽고 억울하고도 기구한 팔자타령을 늘어놓기도 한다. 그에게 어머님의 죽음을 이야기하면서는 눈물을 보인 적도 있다. 직접 물어보지는 않지만, 그는 노 반장에게 궁금해 하는 점이 많다. 어쩌다가 살인까지 하게 되었는지, 살인 후의 심경은 어떤지, 어떠한 인간인지 등등 그에 대한 호기심이 바싹 동해있다. 노 반장은 여러 달 동안이나 용국의 호기심어린 시선에 시달린다. 그러면서 노 반장은 노반장대로 용국을 눈여겨보고 있다. 장인에게 특유한 매서운 눈매와 깊이 축적된 분노의 눈빛이 어우러진 시선으로 용국이라는 인간을 유심히 바라본다. 그의 눈초리에는 표피적인 호기심에서가 아니라 전인격적 인간체험을 하려는 의식이 깔려 있다. 그는 진정한 인간을 한번 만나보고 싶었고, 또 자신처럼 분노의 응어리가 알알이 맺힌 사람을 기다리고 있었다. 그 후보자로 용국이라는 인간이 눈 안에 들어온 것이다. 정교한 목공일이라고 하더라도 노원표가 두어 번 시범을 보이며 가르쳐주면, 눈썰미 있는 용국은 이내 제 기술로 익혀버린다. 그는 배움이 빠르다. 욕설과 비어가 난무하는 감옥이지만, 용국은 자신을 반장님이니, 선생님이니, 선배님이니 하면서 품위 있는 말로 대접한다. 언어는 마음의 표현이기도 하지만, 반면 언어가 마음을 빚어내기도 한다. 말을 누그러뜨리면 마음이 누그러지고, 말이 험해지면 마음이 사나워진다. 용국은 적어도 노 반장 앞에서 만큼은 말을 가지런히 하려고 노력한다. 수인들은 위압적이고 야비한 교도관 밑에서, 또 거칠고 무도한 감방 동료들 틈에서 비굴해지거나 쭈그러들기 십상인데, 용국은 당당하고 꿋꿋한 자세를 잃지 않는다. 용국에게는 옥살이의 때가 묻지를 않는다. 용국은 용모도 단아한 선비를 닮았다. 노 반장은 감옥에 들어와서 난생 처음으로 상상만 해오던 선비를 상대하는 기분을 맛본다. 바깥세상에서도 만나보지 못했던 선비 모습의 인간을 감옥에서 접해보는 것이다. 그래서 용국에게 만큼은 자신을 좀 열어 보이는 것도 괜찮겠다고 생각한다. 그토록 말이 없던 노 반장이 작업장에서 용국을 조수삼아 일할 때 먼저 말을 건넬 정도로 스스럼없는 사이가 된다. 노 반장은 용국을 유 선비라고 부른다.

하루는 목공실에서 단순한 작업을 하던 중에 노원표가 옆에서 일을 거들고 있는 용국에게 가까이 오라고 한다.

"유 선비! 내게 궁금한 게 많지요? 오늘 내가 그 궁금증을 풀어줄 터이니, 서슴지 말고 묻고 싶은 걸 물어보세요! 이런 기회가 다시 오지 않을 수도 있으니, 내 제의를 고맙게 생각하라구요!"

"예? 정말입니까? 질문할 게 아주 많은데요. 그런데 대화 내용은 일체 비밀로 할 터이니, 그 점은 걱정하지 마세요."

용국은 동화를 들려준다는 할머니 앞에 선 손자처럼 들뜬 표정이 된다.

"뭐가 궁금합니까? 하긴, 나한테 비밀스런 데가 많지."

"반장님에 대해서는 소문만 무성합니다. 그런 걸 확인하고 싶기도 합니다."

"마음대로 확인해 봐요! 유 선비에겐 사실대로 말해주겠습니다."

"감사합니다. 반장님은 사람을 칼로 찔러 죽인 살인범이 맞습니까?"

"맞습니다. 사실입니다. 다음 질문은 누구를 왜 찔러 죽였는가라는 거겠지요? 내가 스토리를 들려주겠습니다. 마치 유 선비가 당한 일처럼 들어주세요! 나는 가구를 제작·판매하는 회사를 15년 넘게 경영하면서 사업기반이 탄탄해지자, 가구재인 목재까지도 말레이시아에서 수입·판매하는 무역회사를 차렸습니다. 가구상과 목재 수입상을 겸하다 보니, 업계에서 열손가락 안에 드는 굴지의 사업가가 되었지요. 돈을 꽤 벌었습니다. 그런데 나 정도로 잘나가는 가구상 이황천(李黃川)이란 작자가 있었습니다. 그 사람도 눈 바짝 뜨고 허리띠 졸라매고 회사를 키워 재산을 모은 전형적 자수성가 타입입니다. 나와 통하는 사람이었습니다. 그런데 공성(攻城)보다 수성(守成)이 더 어렵다고 하지 않습니까? 부자가 된 이황천이는 안으로 썩어 들어갔습니다. 망조가 든 겁니다. 신세 망치는 부자들의 정석대로 그는 젊고 예쁜 여자를 내연의 처로 삼고, 도박에 빠져 회사 경영을 소홀히 하면서 돈을 탕진하는 탕아가 되었습니다. 나는 그 작자가 그렇게 무너지는 것을 모르고 있었지요. 나중에 일이 터지고 나서야 알게 된 겁니다! 하여간 사세가 결정적으로 기울게 된 것을 알게 된 이황천이는 나를 상대로 사기극을 꾸몄지요. 하필이면 내가 선택된 겁니다. 우리 업계는 거래를 할 때 현금 결제를 하지 않고 3개월 정도 후에 결제할 어음을 끊어주는 게 관행입니다. 신용이 없는 녀석과는 그런 외상 거래를 하지 않지요. 액수가 큰 어음이 부도

나면 어음을 받은 회사는 결정적 타격을 받는 겁니다. 심하면 망합
니다. 이황천이는 가구를 판매해준다고 하면서 내게서 가구를 대량
으로 떼어 가고, 가구 만들 목재가 필요하다고 하면서 내가 화물선
한 척 분량으로 수입한 목재를 넘겨받는다든가 하면서 내게 어음을
끊어 주었습니다. 나는 그 녀석 회사가 속빈 강정이 되었다는 것을
모르고, 옛 신용을 그대로 믿고 거래를 했었지요. 몇 달 후 그는 나
가떨어졌습니다! 80억 원에 가까운 결제액이 붕 떠버렸습니다. 내
가 한 놈에게 너무 많은 액수의 상품을 몰아주었지요. 그놈의 달콤
한 속임수에 넘어간 겁니다. 그 작자는 몇 달 사이에 내 가구와 목
재를 대폭 할인한 가격으로 현금 판매한 후, 처남 명의의 새로운 가
구공장을 하나 차렸고, 내연의 처 앞으로도 거액을 빼 돌렸습니다.
그 놈은 가짜 차용증서를 써준 처남에게 빚 갚은 것처럼 해서 돈을
빼돌린 겁니다. 어음을 고의로 부도내 놓고서는 내게 회사 경영이
어려워져서 그런 것이라고 우기는 겁니다. 알아보니 그런 고약한 내
막이 있는데도 내겐 뻔뻔스럽게 회사 경영 핑계를 대는 겁니다. 내
게 잘못했다든가 후일 빚을 조금이라도 갚겠다든가 하는 반성과 사
죄의 빛이 눈곱만큼이라도 있었으면, 내가 죽이질 않았을 겁니다.
그놈은 자기 회사가 망해서 그런 것인데 어쩌겠냐는 겁니다. 완전
배짱으로 나가면서 배 째라는 겁니다. 그래서 배를 째 주었습니다.
칼로 배를 북북 그어주었습니다. 자상(刺傷)이 심해서 그놈은 병원
에 실려 가기도 전에 현장에서 즉사했지요. 그게 내 살인 스토리입
니다."

자신의 범행을 회상해서 들려준 노반장의 얼굴은 벌게져 있다. 그의 살인극에서 '누가, 누구에게, 왜, 무엇을, 어떻게 했는가?'가 용국에게 확연히 들어왔다. '언제'는 아마 5년 반 쯤 전일 것이다. '어디서'는 아마 이황천의 회사 사장실일 것이다. 그때 거기서 노원표는 칼과 손에 피를 흥건하게 묻힌 채로, 살인의 흥분과 경악으로 몸을 벌벌 떨고 있었을 것이다. 그의 앞에는 오장육부가 피범벅이 되어 뱃속을 온통 들어내고 있는 이황천이 누워 있었을 것이다. 조금 후에 직원의 신고를 받고 출동한 경찰관이 노원표를 연행해갔겠지. 끔찍한 살인극의 기승전결은 그렇게 흘러가는 것이다.

"노반장님, 그래도, 정말 '그래도'입니다. 그래도 살인으로 끝내지 않았을 수도 있지 않습니까? 살인한 것을 후회하지 않으세요?"

"내게 왜 후회가 없겠습니까? 그러나 후회는 나중에, 그러니까 사후에 일어나는 겁니다. 살인하는 그때 그 순간에는 나중에 후회할 거라는 생각이 전혀 파고 들어오질 않습니다. 후회는 이성이 퍼 올리는 것이고, 살인은 감정이 몰아치는 거지요. 감정이 이성의 눈을 감게 할 때가 있는가 하면, 이성이 감정의 싹을 잘라주는 때가 있기도 합니다."

"그렇다면 반장님의 이성을 눈감게 한 그 감정은 무엇인가요?"

"그건 분노입니다. 극도의 분노심입니다. 그리고 그 분노가 분노의 상대방을 칼로 찔러 죽이는 복수로 표출된 겁니다!"

"그런데 한 걸음 물러서서 생각해본다면, 반장님의 분노를 국가가 풀어줄 수도 있지 않습니까? 국가가 반장님을 대신해서 이황천이에게 복수를 해줄 수도 있지 않습니까?"

"들어보세요. 유선비! 국가가 대신해주는 복수가 바로 형벌입니다. 복수형이요, 응보형입니다. 내 운명을 바꾸어 버린 살인죄에 대해서 내가 얼마나 많은 상념에 잠겼겠습니까? 내 경우에 국가의 형벌이 어떤 의미를 갖는 것인가를 알고 싶어서 감옥 안에서 형법공부도 해보았습니다. 그런데 형벌을 이야기하기 전에 분노의 인과율을 알아야 합니다. 원인과 결과의 연쇄라는 인과율을 불가에서는 만사가 상호 의존관계에서 일어난다는 연기(緣起)로 풀이하기도 합니다. 나는 이 교도소에 교화사로 오시는 오봉(五峰)스님한테서 불가의 가르침을 받았습니다.

먼저 분노의 인과율, 분노의 연기를 살펴봅시다! 분노가 있으면, 그 전에 분노를 일으키게 한 원인이 있는 법입니다. 해를 준 가해자의 가해행위가 있으니까, 해를 입은 피해자가 분노하는 겁니다. 가해자의 가해행위가 원인이 되어 피해자의 분노라는 결과를 가져오는 거지요. 그리고 이번에는 마음속의 분노가 원인이 되어, 외부로 분노를 표출하는 행위를 결과로 가져오는 겁니다. 분노 표출의 전형적 행위는 복수입니다. 그러니까 분노를 따로 떼어서 분노만을 보아서는 안 됩니다. 분노의 전후 맥락, 그 연기를 전체적으로 보아야 분노의 문제를 이해하고 해결할 수 있습니다. 가해자의 가해행위, 피해자의 분노, 피해자의 분노 표출행위로서 가해자를 향한 복수, 이것들 사이에 있는 인과율을 짚어야 합니다. 이 연기과정에서 한 번 더 짚어주어야 할 것은 피해자의 분노가 정당한 분노인가, 아니면 잘못된 분노인가 하는 점입니다. 가해자에게 잘못이 있으면, 피해자의 분노는 정당한 겁니다. 가해자에게 별 잘못이 없으면, 피해자의 분노는 잘못된 겁니다. 여기서 분노가 정당한 것이라면, 그 분노를 풀어주어야 합니다. 가해자에게 마땅한 응징을 가한다면, 피해자의 분노는 풀어집니다. 피해자가 스스로 분노를 푸는 사적(私的) 복수에는 문제점이 있습니다. 사적 복수는 감정에 지배되어, 자칫 과잉 복수로 치닫게 되거나 잔혹해질 수 있고, 가해자와 가해행위에 대한 오판이 개재될 우려가 있으며, 복수의 악순환에 빠질 수도 있습니다. 그러니까 가해자에 대한 응징을 유선비가 말했듯이 국가가 해주는 것이 바람직합니다. 국가가 가해자를 처벌하는 응징을 형벌이라고 하지만, 그것도 본질은 복수입니다. 공적(公的) 복수라고 말할 수 있지요. 그런데 국가를 비롯해서 그 어떤 곳에서도, 그 어느 누구도 응징해주지 않아서 가해자가 멀쩡하게 나돌아 다니면, 피해자의 분노가 커지고 그 분노가 참을 수 없을 정도가 되면 자기가 응징하려고 나서는 겁니다. 국가가 처벌하지 않으면 개인이 처벌하게 됩니다. 스스로 가해자를 처벌하는 응징인 사적 복수가 불가피해지는 거지요. 고대에, 특히 국가의 형벌권력이 확립되기 이전 시대에는 개인이 가해자를 처벌하는 사적 복수가 정의의 실현으로서 반드시 필요했습니다. 자식은 아버지를 살해한 원수를 반드시 죽여야만 했습니다. 그게 효도고 법적 정의를 관철하는 것이었단 말입니다. '눈에는 눈, 이에는 이!'라는 동해보복(同害報復)의 복수행위는 정의를 회복하는 실천행위였습니다. 그런데 '눈에는 눈'이라는 탈리

오법칙을 실현하는 응징행위의 내심을 들여다보면 복수심이라는 분노가 게재되어 있습니다. 그러니까 분노만을 보고, 충동조절장애라든가, 욱하는 성질의 발로라든가 하면서 잘못된 것으로 막아버리려고 하면, 더 큰 문제로 발전하게 되는 겁니다. 피해자의 분노를 야기한 원인을 반드시 짚어주어야 합니다. 유 선비, 내가 가구 장사를 하던 사람치고는 상당히 유식하지요? 나를 유식하게 만들어 준 것은 내가 범한 살인죄입니다. 내가 좀 더 유식한 이야기를 들려주겠습니다.

국가의 형벌에 관한 것입니다. 원래 국가가 내게 사기 친 이황천이를 잡아다가 처벌해 주었어야 합니다! 그게 국가가 할 일이고, 그걸 해내는 국가가 법치국가인 겁니다. 그런데 현실이 어떤지 압니까? 힘 있는 작자들은 범죄를 저지르고도 처벌받지 않는 게 현실입니다. 그런 악질들이 법망을 빠져나가는 길이 말이지요, 내가 감옥에서 형법책을 뒤져보니까, 목적형에 있어서 '특별예방목적'이라는 근사한 명목을 갖고 있더구만요. 목적형 사상은 형벌이 응보가 아니라는 겁니다. 특별예방목적이란 건 말이지요, 처벌할 필요가 있는 범죄자와 처벌할 필요가 없는 범죄자를 구별해서 형벌권의 행사 여부를 결정하겠다는 겁니다. 그러니까 다시는 범행하지 않겠다고 개전(改悛)한 범죄자의 정상을 참작해서 국가가 처벌할 필요가 없다고 판단하면, 응당 처벌받아야 할 범죄자도 처벌하지 않겠다는 논리를 갖고 있습니다. 이때에는 국가가 피해자의 분노를 풀어주지 않고, 피해자에게 '네가 참아라' 하고 등을 돌리는 겁니다. 특별예방목적으로 범죄자를 풀어주는 길은 참으로 많습니다. 기소유예, 집행유예, 선고유예, 형의 집행정지, 가석방, 사면 등등 많기도 합니다. 그런데 말입니다, 유 선비! 이런 길로 빠져나가는 작자들은 정작 힘 있는 놈들이더라구요. 그놈들은 검찰, 경찰, 법원 등등 여기저기 줄을 대서 잘도 빠져나가는 겁니다. 국가는 빽 좋은 범법자들이 깊이 뉘우쳐서 준법시민으로 다시 태어났으니 처벌할 필요가 없다는 구실을 갖다 대주고는 법망에서 빼주는 겁니다. 그런데 이런 관용이 힘없는 소시민에게는 베풀어지지 않습니다. 몇 십만 원 해먹은 절도, 사기, 횡령의 피라미들을 직업적이고 상습성을 지닌 개선불능의 반사회적 위험인물이라고 하면서 국가가 더 무겁게 처벌하기 일쑤입니다. 사실 대기업 대표는 사기나 횡령·배임을 기회가 있을 때마다 풀로 가동하는 녀석들이니까, 진짜로 직업적이고 상습적으로 해먹는 반사회적 악질분자입니다. 그런데 사법기관은 이런 놈들은 개전의 정이 보이므로 처벌할 필요가 없다고 풀어주면서, 시시한 잡범들은 꼭 처벌해야 한다고 신상필벌을 외치는 겁니다. 현실은 말 그대로 '유전무죄 무전유죄'로 돌아가고 있습니다. 처벌한다고 해도 일이년씩 걸리는 사법절차가 무슨 소용이 있겠습니까? 분노는 분통이 터졌을 때 풀어주어야 합니다. 이황천이는 평소에 법을 다루는 인간들하고 인맥을 두터이 쌓아놓고, 내게 사기 친 일이 터지고 나서는 이리저리 매수하고 다니면서 내 고소를 무마해버렸지요. 그러니까 국가에 의한 공적 복수는 현실적으로 기대할 만한 게 못됩니다. 제 손으로 응징해야 합니다. 국가에 의한 복수, 법이 하는 응징이 제대로 작동하지 않으니까, 슈퍼맨이니, 배트맨, 스파이더맨 등 정의의 사자인 영웅들이 법을 무시하고 범죄자를 직접 처단한다는 내용의 영화와 만화가 대중의 폭발적인 호응을 얻고 있는 겁니다. 대중의 집단적인 분노, 그러니까 공분(公憤)을 푸는 민중의 폭력적 복수행위는 폭력혁명이 되어서 세상을 바꾸어 놓는 힘이 되기도 합니다. 유 선비! 좁디좁은 우리에 갇혀 지내던 가축이 인간의 반자연적인 사육방식에 분노한 나머지 구제역이라는 재앙으로 인간에게 복수하는 것이라고 생각해 본 적은 없습니까? 마땅히 분노할 일에 인간이 분노하지 않는다면, 마지막에는 하늘이 분노할 것입니다. 그러나 나는 하늘이 분노할 때까지 기다릴 수는 없었습니다. 자, 이제 이황천이를 죽여서 내 분노를 풀어버린 복수를 이해할 수 있겠습니까? 나는 내 인생을 망쳐가면서까지 이황천이에게 살인으로 복수하고 싶었던 겁니다. 그런 놈이 버젓하게 세상을 즐기면서 살아가는 것을 그대로 보고 있을 수는 없었던 것입니다. 유 선비! 나는 분노할 때 분노하고, 죽여야 할 때 죽인 것입니다.

내가 너무 절박한 말만을 한 것 같습니다. 말머리를 돌려, 재미있는 이야기를 하나 들려주지요. 형법학을 전공하는 학자들이 모여서 만든 학회가 있습니다. 이 학회에서 어떤 학자가 특별예방주의를 주제로 열강을 했습니다. 듣고 난 여러 형법학자들이 정말 좋은 강연이라면서 특별예방주의를 더욱 확충할 것을 주장했습니다. 형법교수 한 사람이 일어나서 자기가 생각한 방안을 내놓았습니다. 특별예방목적을 달성하기 위하여 학회가 매년 여섯 명의 특별사면 후보자를 선발해서 법의 날에 대통령에게 사면을 건의하고 대통령이 그 중 두 사람을 사면하도록 정례화하는 것이 어떻겠냐는 제안이었습니다. 그러면서 자기가 청와대와 좀 통하는 처지니까 이 방안을 성사시키겠다고 장담했습니다. 그 교수는 다음 해에 학회를 이끌어 갈 회장으로 선출되었습니다. 학회가 건의할 사면대상에 넣어준다고 하면서 수감 중인 재벌총수 측과 접촉해서 그 유능한 학회장이 학회 후원금과 자신의 연구비로 수십억 원 정도 받아내는 것은 당연한 일 이겠지요. 어때 재미있습니까?"

"그런데 이 감옥 안에 앉아서 어떻게 그런 일을 다 알아 낼 수가 있습니까?"

"아, 그건, 감옥에 별의별 놈이 다 잡혀 들어오기 때문에 가능한 겁니다! 유 선비는 혹시 '사무실 서랍 털이범'이라는 범행수법을 들어 봤습니까? 대낮에, 특히 점심시간대에 비어 있는 관공서 사무실 이나 교수연구실에 들어가서 책상 서랍을 뒤져 돈이나 귀중품을 들고 나오는 수법입니다. 급하면 서랍의 내용물을 들고 간 가방에 쓸어 담아가지고 나오는 수도 있습니다. 대학교를 노렸던 어떤 서랍 털이범이 담아온 서류뭉치에 형법교수가 기록한 학회 회의록이 있었는데, 바로 위에 말한 우스꽝스런 내용이 적혀 있었다는 겁니다. 내가 형법공부를 열심히 하니까, 이 교도소에 들어온 그 서랍 털이 범이 내게 웃으며 이야기해 주었지요. 그리고 말입니다. 그 털이범 이 털어오다 보니까, 어떤 문학 교수의 시작(詩作) 초고 수십 장을 가져온 적도 있다는 겁니다. 그래서 그 놈이 필명을 하나 지어가지고, 그 시작을 자신이 창작한 시로 해서 시집을 한 권 출판했답니다. 그 후로 그 도둑놈이 시인 행세를 하면서 여자를 꼬실 때 써먹었는데, 여자들이 시인에 아주 약해서 재미를 많이 보았다고 하더군요."

"아니, 반장님, 그 시를 쓴 원작자 문학교수가 자기 시를 훔쳐간 도둑놈을 그냥 두었겠습니까?"

"보세요, 유 선비! 정말 세상살이에 깜깜하구만요. 시인이 시집을 내면, 그 걸 읽어보는 사람은 시인과 출판사 편집부 직원하고 딱 두 사람 뿐입니다. 원작자 시인이 남이 출판한 시집을 읽어보지 않으니까, 자신의 시가 도용당했다는 걸 알리가 없습니다!"

"학회이야기니, 도용해서 시집 낸 이야기 등, 무슨 그런 터무니없는 이야길 하십니까? 재미로 지어낸 사건이겠지요?"

"이 보세요! 이 세상은 진실이 감춰져 드러나지 않아서 그런 거지, 알고 보면 터무니없이 돌아가는 세상입니다. 유 선비가 여기에 수감되기까지의 일련의 스토리는 터무니 있는 겁니까? 없는 겁니까? 자신의 일만 터무니없다고 생각합니까? 다른 사람들이 당하는 일도 터무니없는 겁니다."

학필이 유용국은 인생 선배가 하는 말을 멍하니 듣고 있을 수밖에 없다. 그는 속으로 자문한다. '아니, 내가 감옥에 들어와서 인생을 배우고 있는 건가?'

용국이 이번에는 수준 높은 질문을 한다.

"선생님, 일단 야기된 분노를 사법시스템이 적절히 풀어줄 수 없게 되어 버린 현대국가라면, 처음부터 분노가 발생하지 않도록 하는, 이를 테면 '분노하지 않는 사회'를 만들어야 하지 않겠습니까? 무슨 방책 같은 것을 생각해보신 적이 있나요?"

노원표는 수준 높은 대답을 한다.

"가능할지 모르겠지만 권력을 쥔 자들은 불공정사회가 공정사회로 이행(移行)하도록 최대한 노력해야 합니다. 분노를 배태하는 자궁은 불공정사회입니다. 사람들은 처사가 부당하다고 느낄 때, 자신이 불공정한 대우를 받았다고 느낄 때 분노를 일으키는 겁니다. 특히 공정사회라는 허울의 이면에서 불공정이 판을 친다면, 분노는 배로 증폭되는 겁니다. 유 선비, 저기서 교도관이 오늘 작업 종료 신호를 보내고 있습니다. 우리가 나중에 더 이야기할 기회가 있겠지요."

"오늘 말씀 잘 들었습니다. 선생님은 출옥하시면 국회의원으로 출마하시는 것이 어떻겠습니까?"

"봉달이는 정치가를 사기꾼이라고 하던데, 나 보고 사기꾼 되라는 악담을 해서야 쓰겠습니까?"

"그럼, 천생 목수를 하셔야겠네요!"

둘은 목수 연장을 치우고 작업장을 정리한 후 감방으로 돌아간다.


교도소 강당에서 불교집회가 열린다고 한다. 용국은 노원표한테서 분노의 인과율과 복수의 연기를 들은 바 있으므로, 불교집회에 한 번 나가볼 생각이 들었다. 강당에 앉아 졸고 있는 수인들을 상대로 오봉(五峰)이라는 법명을 가진 노스님이 설법을 강한다. 잔잔한 분이다. 말씀도 잔잔하고, 안색도 잔잔하고, 몸가짐도 잔잔하다. 스님의 잔잔한 설법을 듣고 있자니, 마음이 편안해지면서 잔잔해진다. 용국이 독백한다. '왜 내 삶은 잔잔하지 못하고 이렇게 스산한 것인가? 저 스님의 잔잔함을 따라가 볼까나!"

용국은 교도소 당국에 오봉스님을 개인 교화사로 모시고 마음 다스리는 공부를 하겠다고 신청한다. 교도소 측에서는 마다할 이유가 없다. 오봉스님도 중생제도를 마다할 이유가 없다. 용국은 교도소 내 조그만 법당에서 오봉스님의 개별지도를 받는다. 스님은 교도소 측으로부터 용국에 관한 신상자료를 넘겨받은 바 있다. 지정된 날에 두 사람이 정좌한다. 인사를 하고 나서 용국은 곧바로 정곡에 들어간다.

"스님, 제가 스님의 지도를 받은 살인범 노원표로부터 불교의 연기론을 들었습니다. 지금 제 몸은 감옥에 감금되어 있고, 제 마음은 복수의 연기(緣起)에 포박되어 있습니다. 제게 복수와 분노의 연기를 끊을 도리가 있겠습니까? 부디 그 길을 가르쳐 주십시오."

용국은 제대로 할 줄도 모르지만, 두 손바닥을 붙여 합장하고 상체를 숙였다. 살인범 노원표는 오래 전에 오봉스님으로부터 '무봉'(無峰)이라는 법명을 받은 바 있다.

"무봉거사는 이미 복수를 한 사람입니다. 그에게 남아 있는 분노는 자신을 향한 분노입니다. 자신의 업에 대한 분노입니다. 그러나 유선생은 복수를 하지 못한 사람의 분노입니다. 그 분노는 타인을 향한 분노, 세상을 향한 분노입니다. 유선생은 장차 행하려는 복수의 연기에 사로잡혀 있는 사람이고, 무봉은 이미 치른 복수가 자아내는 연기에 사로잡힌 사람입니다. 아미타불! 복수를 하고 나면, 타인을 향했던 분노의 마음자리에 자신을 향한 분노가 들어서게 됩니다. 나무아미타불!"

이번에는 스님이 합장하면서 상체를 숙인다.

"여기에 반야심경과 금강경이 있습니다. 번역과 해설이 달려 있으니 읽어보시고 다음 만남에서 가야할 길을 찾아보십시다. 이 두 경전은 공(空)과 불성(佛性)에 관한 지혜서입니다. 읽으시면서 유선생의 연기를 찾아보십시오."

그 후 용국은 불경을 열심히 읽었다. '내가 이승의 연기를 끊어야 해. 연기를 끊지 못하는 한, 번뇌에서 헤어나지 못해.'라고 상도(想到)하면서 읽는다. 다음 만남에서 두 사람이 대좌한다. 이번에 용국은 곧바로 자신의 정곡에 들어가지 않고, 스님에 관한 이야기를 먼저 나눈다.

"스님! 스님의 법명인 오봉이 두르고 있는 다섯 봉우리는 무엇 무엇입니까?"

"소승이 욕심을 떨치지 못해 다섯 봉우리를 탐하고 있습니다. 지혜로운 봉우리 지봉(智峰), 모든 것을 망각하는 봉우리 망봉(忘峰), 차나무를 가득 심은 봉우리 다봉(茶峰), 향기를 머금은 봉우리 향봉(香峰), 구름이 머무는 봉우리 운봉(雲峰), 이들이 모여 오봉을 이룹니다."

스님의 오봉 풀이를 들은 후, 용국은 정곡에 들어가는 질문을 한다.

"스님, 제가 분노하는 마음을 어떻게 지우겠습니까! 독충의 침에 쏘이면 쓰라리듯이, 해를 입으면 분노하는 것이 자연스런 성정(性情)입니다. 분노는 그냥 두기로 하고, 제가 복수심을 끊으려고 애써 보았지만 이것이 지워지지 않습니다."

"무봉거사가 복수한다고 이황천을 죽였는데, 황천의 아들이 아버지 원수를 갚는다고 무봉을 죽이는 복수가 행해진다면, 이것이 끊을 수 없는 인과율이요, 연기입니다. 또 무봉의 아들이 재차 행하는 복수로 이어지겠지요. 그렇다면 자식을 생산하는 것은 부모의 복수를 할 사람을 연이어 생산하는 연기에 불과합니다. 아미타불!"

"연기를 어떻게 끊을 수 있습니까? 제가 지혜를 구합니다."

"불가의 연기를 깨달아 그 연기를 끊은 사람이 부처입니다. 소승도 연기를 벗어나지 못하고 있습니다. 이승의 연기를 끊지 못하면, 내세에서 그 연기가 무궁하게 이어집니다. 사바세계의 번뇌는 이 끊임없는 연기가 자아내는 것입니다. 나무아미타불! 불교는 스스로 깨달음을 구하는 종교입니다. 그러나 연기를 깨닫지 못하고, 연기를 끊지 못하면, 부처님에게 의지해야 합니다. 스스로 깨우치려는 자력(自力) 신앙이 못 미치면, 부처님에게 귀의하는 타력(他力) 신앙이 들어섭니다. 소승이 보리수로 만든 이 염주를 드릴 터이니, 손으로 염주 알을 굴리면서 지극 정성으로 염불을 하십시오. 아미타불이 들으시고 연기를 끊어주실 것입니다."

이 말을 그치자, 스님은 용국과 함께 참선에 들어간다. 참선을 마감하고는 회자정리(會者定離)이다.

용국의 옥살이는 생활기율과 물질소비의 관점에서 보자면, 수도원의 수도사나 선방의 선승 이상으로 금욕을 실천하는 엄격하고도 청빈한 삶이다. 환경지킴이가 벼르고 벼른 '단순한 삶'(simple life)을 실행에 옮긴다고 하더라도, 어찌 옥살이의 단순함을 따라갈 수 있으랴!

단순한 삶에서는 사람의 머릿속까지 덩달아 단순해지고, 결국 옥살이에서는 가장 본질적인 것, 필수불가결한 것, 간단명료한 것만 남는다. 감옥생활에서는 군더더기 삶, 현란한 사치, 복잡한 가지치기 논리, 다다익선의 욕심, 거짓과 변명의 비효율은 모조리 물러가고야 만다. 감방 안에서 수인 한 사람이 살아가는 공간은 죽은 자가 차지하는 묘터만도 못한 자그마한 국유지, 그가 소유한 물질 모두는 선승의 바랑 안에 담을 수 있다. 그의 호주머니에서는 돈 한 푼도 발견할 수 없다. 그가 소유한 몇 푼의 돈은 영치금으로 감시자의 금고에 들어 있으니, 소유인지 무소유인지 오락가락한다. 수인의 몸은 부자유하지만, 마음은 무소유의 자유를 누린다. 다만 타의에 의해서 강요된 단순함과 무소유라는 것이 문제이긴 하지만.

유용국은 바깥세상으로부터 차폐된 극도의 단순한 삶에서 감방 벽을 마주보고 18년간의 면벽 수행을 한다. 그 수행 끝에 그는 모든 복잡과 혼란을 단 하나로 단순화시키는 치환 능력을, 그리고 단 하나의 단순함에서 모든 복잡과 계통을 끌어내는 도출 능력을 얻는다.
단순함의 끝은 무(無)이다. 그러므로 치환 능력의 극치는 유에서 무
에 오르는 초탈의 경지이고, 도출 능력의 극치는 무에서 유를 빚어
내는 창조의 능력이다. 그에게 혜안이 생긴 것이다.

# 제33화
## 허종기가 영화를 누리면서 교만해지다.

청와대에서 파견근무를 하고 있는 허종기 사무관이 오랜만에 짬을 내어 자신의 친정이라고 할 재무부 청사를 찾는다. 먼저 인사차 장관실에 들른다. 그를 알아본 장관실 비서는 즉시 장관과 통화하고 나서, 그를 장관 집무실로 들여보낸다. 비록 낮은 직급의 공무원인 허종기이지만, 이제 장관실 정도는 무상출입할 정도의 위세를 떨친다. 은행장 세 사람과 한창 진지하게 대화를 나누고 있던 장관은 방으로 들어서는 허종기를 보자마자, 대화를 서둘러 마치고 세 사람을 내보낸 후 허종기를 반긴다.

"어! 허 비서, 여긴 웬일이야? 뭐 용건이라도 있어 왔나?"

"장관님, 안녕하셨습니까? 용무가 있어서 찾아뵌 것은 아닙니다. 너무 오랜 동안 재무부를 비웠기에, 시간을 내어 고향 찾듯이 그저 왔습니다."

"하여간 잘 왔네. 근래 정국은 정치가 아니라 통치라고 해도 좋을 만큼 틀이 잡혀서, 우리 재무부도 많이 안정이 되었어. 장관도 일해 볼만 해! 특히 자네가 청와대와의 가교 역할을 원활히 해 주니까, 내 뒤가 든든하네. 오늘 잡힌 내 점심 약속을 취소할 테니, 나와 점심 같이 하세."

"장관님, 여러 모로 저를 잘 봐 주셔서 감사합니다. 저야, 장관님의 뜻과 청와대 어르신의 뜻을 받들어, 국가 재정이 순조롭게 돌아가도록 견마지로를 다할 뿐입니다. 그리고 점심은 제 부서인 금융정책과 동료들과 함께 하고 싶습니다. 장관님과의 점심을 사양하는 제가 혹시 결례를 범하는 것은 아닌지요?"

"내 점심 초대를 거절하다니! 옛 동료들과 식사하겠다는 생각이 훌륭하긴 하지만, 나는 좀 섭섭하네."

"장관님은 제가 허종양 보좌관님과 함께 저녁 식사하는 자리를 만들겠습니다. 저야, 평소 존경해오던 장관님을 잘 모시고 싶은 생각밖에 없습니다."

"고맙네. 그럼, 이왕 온 김에 이곳저곳 둘러보고 가길 바라네. 청와대 업무와 밀접한 부서가 있으면, 이 기회에 정지작업을 해 놓고 가도록 하고. 내 도움이 필요하면, 하시(何時)라도 전화하게. 근데, 허 보좌관과의 저녁 미팅은 신경을 좀 써 주었으면 좋겠네. 긴히 할 이야기도 있고 해서 말이야!"

"예, 잘 알겠습니다. 잊지 않고 챙기겠습니다. 바쁘실 터인데, 저는 이만 물러가도록 하겠습니다."

허종기는 만면에 웃음을 가득 담고 작별인사를 하는 장관을 뒤로하고 금융정책과로 향한다. 장관실을 나오는 그는 뱃심에 힘이 실리는 것을 느끼면서 어깨를 당당히 펴고 발걸음 소리도 드높게 뚜벅뚜벅 걸어간다. 1년 전만 해도 그는 어깨를 쪼그리고 사방을 살피면서 살금살금 청사 복도를 걸어 다녔다.

금융정책과 사무실에 들어선 허종기는 과장 책상으로 다가간다. 이미 장관 비서실로부터 허 사무관이 불시에 방문했다는 연락을 받은 과장은 업무를 보다 말고 벌떡 일어나서 그에게 책상 옆 응접용 좌석을 권한다. 고참 서기관 급 상관인 과장이 사무관 급 부하가 오는 경우에 자리에서 일어서서 응대하는 것을 아무도 본 적이 없다. 그러나 허종기에게 예외적 현상이 벌어진 것이다. 그는 이제 특별 대접을 받는 인물이 된 것이다. 1년 전만 해도 자신이 설설 기며 모셨던 상사가 자신을 차렷 자세로 맞이한다. 그는 자신의 힘을 실감한다. 과거 자신에게 스스럼없이 반말을 건네던 과장은 차마 반말을 못하고, 또한 차마 존댓말을 하지도 못하고, 어중간하게 중간말로 인사를 건넨다. 비록 중간말이라고는 하지만, 높여주는 어투가 완연하다.

"허 비서, 어서 오시게. 웬 일로 누추한 청사에 납시었나?"

"과장님, 무슨 말씀을 그렇게 하십니까? 재무부 청사가 어째서 누추합니까? 나라의 모든 돈을 끌어 모을 수 있는 부처가 재무부인데, 만일 누추하다면, 그건 누추한 것이 아니라 수수하고 검소한 것이지요. 만일 과장님이 깔끔한 청사를 원하신다면, 제가 청와대에 있을 때 힘써서 지어보도록 하겠습니다."

"허허! 내가 허 비서의 말재간을 당할 수가 없네요. 그런데 허 비서가 청와대로 간 이후로 우리 금융정책과의 위상이 무척 올라갔어요. 재무부 내에서도 힘 좀 쓰는 부서로 인식되어 있습니다."

"제가 무슨 힘이 있습니까? 모든 게 과장님의 업무 능력이 탁월하시고, 부하들을 잘 이끌어 나가시니까 그런 거지요. 오늘 옛 동료들과 환담도 나누면서 점심을 해결하고 싶은데, 과장님이 자리를 만들어 주실 수 있겠습니까?"

"아이구, 불감청고소원입니다. 요즘 청사 뒤편에 한정식을 잘 해내는 식당이 생겼는데, 그리로 예약하지요. 나도 할 이야기가 많습니다."

허종기는 금융정책과 동료들과 요란한 악수, 그리고 소란스런 인사를 나눈 다음에 과장을 앞세우고 점심을 예약한 식당으로 간다. 그 뒤로 동료들이 줄줄이 따라 온다. 식당에서의 테이블 좌석 배치는 눈에 보이지 않는 서열까지 고려해서 알아서 정해진다. 중앙에 과장과 허종기가 마주 앉는다. 두 사람 옆 좌석이 상석에 속하는데, 오늘따라 서열이 무너지면서 서로 상석을 차지하려고 염치없는 일이 벌어진다. 모두들 허종기에게 깊은 인상을 심어주려고 하는 출세 작전의 일환이다. 과장은 한정식집의 점심 세트 메뉴 중 가장 값비싼 것을 주문하고 나서, 건배사를 하고자 일인당 한 컵 정도의 분량이 돌아가는 맥주를 시킨다.

"다들 맥주잔을 들어주세요. 우리 과의 허종기 비서가 잊지 않고 옛집을 찾아 주었습니다. 그 도타운 정리(情理)에 깊이 감사하면서, 허 비서의 건강과 앞날의 영광을 기원하는 축배를 들겠습니다. 내가 '위하여'를 선창하면, 모두 '위하여'를 외쳐 주기 바랍니다."

"위하여" 소리가 드높은 가운데 전원의 시선은 허종기의 얼굴을 향한다. 그가 답사를 하지 않을 수 없다.

"그동안 여러분들이 그리웠습니다. 이렇게라도 자리를 함께 할 수 있어서 기쁘기 한량없습니다. 모두들 건재하신 걸 보니 더 더욱 기쁩니다. 앞으로 우리가 어디를 가더라도 서로 돕고 위하는 돈독한 팀이 되기를 기원합니다. 우리 팀을 잘 보살펴주시는 과장님께 각별히 감사드립니다."

공무원의 인사치레는 조선시대에서나 대한민국시대에서나 한 치도 흐트러짐이 없다. 식사가 시작된다. 자신보다 선임인 한 사무관이 말을 건다.

"허 비서가 떠난 이래 우리 과가 한동안 허전했습니다. 한편으론 유용국 사무관이 수감되어 자리를 비우고, 다른 한편으론 허 사무관이 청와대로 영전되어 자리를 비우게 되는 묘한 대조가 있긴 합니다만, 우리 과는 양팔을 잃은 몸뚱이 마냥 한참이나 맥을 못 쓰고 다들 허탈해 했습니다."

'왜 하필이면 이 때 유용국의 이름을 들먹인단 말인가?' 하고, 허종기는 조금 배알이 상한다. 그 때 자신보다 후임인 사무관이 선임이 앞에 한 말을 거든다.

"그렇습니다. 허 선배님이 가신 후로 저는 방향타를 잃고 오랜 기간 방황기라고나 할까 공백기라고나 할까 어려운 시기를 보냈습니다. 항상 과장님께 의지할 수는 없었고, 직장에는 중형(仲兄)님도 계셔야 한다는 생각이 절실했습니다."

여기저기서 허종기에게 던지는 말이 많아서, 그는 일일이 대꾸를 할 수 없을 지경이다.

"저는 허 비서님이 제게 주고 가신 업무지침서를 간직하면서 틈틈이 꺼내보고 있습니다. 비서님의 손때가 묻은 그 책자가 제 가보 제 1호가 되어 있습니다."

"허 비서님의 책상에 놓여있던 선인장을 제가 받아 키우고 있지 않습니까? 기억하시는지요? 제가 얼마나 애지중지 그 선인장을 돌보았는지, 지난주에 꽃을 피워 화사하기 이를 데 없습니다. 선배님 없는 허전함을 그 선인장 꽃이 달래주고 있습니다. 이따 가시는 길에 혹시 그 선인장을 가져가시겠다면, 기꺼이 내드리겠습니다. 제겐 출근하는 기쁨이 그 선인장에 있긴 합니다만…"

공무원의 아부는 조선시대에서나 대한민국시대에서나 현란하기 짝이 없다.


점심식사를 마치고 청와대로 돌아오는 길에 허종기는 1년 전과 현재의 자신의 처지를 비교해본다. 그야말로 격세지감이요, 상전벽해다. 감회가 새롭다. 지금 자신이 발휘하는 능력과 행사하는 권력은 걷잡을 수 없을 만치 뻗쳐나간다. 운이든 노력의 산물이든 간에 자신이 지닌 강력한 힘이 주변 환경에서 드러난다. 오늘 만난 재무부의 고위직에서부터 하위직까지의 공무원들이 자신을 대하는 태도에서 실증되지 않았는가? 공무원이든 기업인이든 약간을 빼고는 모조리 자신에게 머리를 조아린다. 자신은 한창 나이에 건강은 충일하고 실력은 출중하다. 권력의 핵심부인 청와대에서 일하고 있다. 뒤에는 자신을 밀어주는 막강하고도 촘촘한 인맥이 자리 잡고 있다.

이만큼 생각이 미치자, 허종기는 뿌듯한 자부심과 함께 자신감이 끓어오름을 의식한다. 청와대로 들어서는 그의 얼굴이 근엄해지고, 걸음에 위엄이 넘친다. 그는 마음속으로 우렁차게 소리 지른다.

'보아라! 여기 허종기가 간다. 모두 길을 비켜라!'

자신감과 자부심으로 한껏 고양된 허종기는 한낱 사무관에 머물러있는 것을 더 이상 참지 못한다. 그는 초고속승진, 벼락출세를 획책한다. 맨 먼저 차지할 자리를 목표로 정하고, 현재 그 자리에 있는 사람을 몰아낼 궁리를 한다. 목표는 청와대 경제수석실의 금융비서관이다. 재무부에서 국장으로 근무하던 고위관료가 지금 그 자리에 앉아 있다. 사무관인 그가 그 비서관 자리를 꿰차는 것은 서열이 존중되는 공무원사회에서 거의 찬탈에 가깝다. 주위의 따가운 지탄을 피할 수 없을 것이다. 그러나 해방 후 지금까지 눈 깜짝할 사이에 입신양명한 자들을 보라! 별을 단지 6개월도 안 되어 또 하나의 별을 더 붙인 정치군인들, 권력자의 낙하산 인사로 단숨에 정무직이니 별정직이니 하는 고위직에 올라간 자격미달자들, 정계실력자의 검은 손을 빌려 거액의 은행 대출을 받아 일확천금을 거머쥔 졸부들, 이런 자들이 버젓이 자수성가한 성공사례로 칭송되고 있지 않는가? 잠깐 동안 세간의 손가락질을 견디어 내기만 하면, 부당하게 찬탈한 지위도 기정사실화되고, 사람들은 거기에 길들어버린다. 종내 그 지위에 있는 자와 화평을 도모하거나 그에게 복속한다. 인간 세상은 그렇게 돌아가도록 되어 있다. 좋은 게 좋은 거고, 눈감아 주는 너그러움이 성숙한 어른의 인격이다. 법에는 시효제도가 있고, 법학에는 '사실의 규범화'라는 용어가 있다. 그게 다 기정사실화된 불법을 합법으로 세탁해주는 장치다. 그래서 허종기는 안면 몰수하고, 서열을 건너뛰는 야심가가 되기로 작정한다. 현직 금융비서관의 약점을 캐고, 청와대에서 내칠 구실을 찾는다. 세운 작전과 꾸민 음모를 실행할 호기가 오기만을 기다린다.

　분장된 업무분야가 없이 대통령의 모든 국사를 전면 보필하는 허종양 보좌관이 드디어 '보국훈장 통일장'이라는 훈장을 수훈했다. 3허와 허종기를 멤버로 해서 은연중에 구성된 '4총사' 모임이 이 경사를 그냥 넘어갈 리가 없다. 날을 정해 그들만의 은밀한 장소에 모여 그들만의 은밀한 파티를 연다. 아무리 은밀하다고 해도, 예로부터 '낮말은 새가 듣고, 밤말은 쥐가 듣는 세상'이니까, 호사스런 연회를 열지는 않는다. 건강을 생각해 육류를 마다하고 생선 요리를 준비시킨다. 어두일미(魚頭一味)라서 메로 머리구이와 도미 머리조림이 식탁의 메인 메뉴로 나온다. 반주로는 박정희 대통령의 고별주가 된 위스키가 꺼림칙해서 명품 코냑을 내오도록 한다. 코냑이 식후주(食後酒)라고 하지만, 끼리끼리의 술자리에 격식이 무슨 필요가 있는가? 황금빛 액체에 향기가 그윽하고, 입안에서 감칠맛이 돌며, 목에 넘김이 부드럽고, 기분 좋게 취하며, 마신 다음 날 뒤끝이 산뜻하면, 좋은 술이다. 그런데 값은 꽤 나가야 한다. 좋은 술이 어떻게 값이 저렴할 수 있겠는가? 네 사람은 주종 선택에 있어서 코냑으로 의기투합한다. 남자들은 술에서 의기(意氣)를 모아야 한다. 의기가 모이면 투지가 솟는다. 그래서 의기와 투지가 넘치는 술자리는 시끌벅적하지 않을 수가 없다. 저녁 식탁을 물릴 즈음까지는 아리땁고 교태가 철철 흐르는 한창 물 오른 아가씨 네 명이 시중을 든다. 식사가 끝나자 후식으로 한창 즙 오른 망고를 들여보내라고 이르고서, 아가씨들을 방에서 내보낸다. 이제 4총사 그들만의 은밀한 대화를 즐길 시간이다. 군 출신은 관심이 훈장에 쏠리기 마련이다. 받은 훈장 이야기가 본격적 대화의 서두를 연다. 군대 시절에서나 예편할 때에도 계급을 나란히 했던 허종양 보좌관이 허영태 수석에게 물어본다.

"이봐, 전우(戰友)! 자네 군대 있을 때 받은 무공훈장이 몇 개나 되나?"

"한 여남은 개 되지 않을까?"

"나는 말이야, 받은 무공훈장을 서재에 진열해두고 있는데, 꼭 12개가 되더라구! 육사동기 중에서 내가 제일 많이 받았을 걸!"

"아마 그럴 거야! 자넨 베트남 전쟁에 참전해서 공을 꽤나 세웠으니까."

허 수석이 허종기에게 묻는다.

"어이, 종기, 훈장 받아 본 적 있어?"

"아직 없습니다."

"그러면 훈장 받은 영예를 모를 거야! 내가 한번 받게 해 주지."

"이왕이면 빨리 받게 해 주십시오. 훈장 받은 적이 없는 사람은 오늘 축하연에 올 자격이 없는 것 아닙니까?"

"그렇게까지 자기 비하를 할 필요는 없어. 내가 괜한 질문을 했나?"

이 대화로 말미암아 허종기의 야심에 훈장이 추가된다. 등급이 높은 걸로 세 개 정도는 받아야겠다고 생각했다가, 그래도 동아시아에서 길수(吉數)의 상승은 홀수로 해서 1, 3, 5, 7, 9로 나아가니까, 이를 감안해서 일곱 개 정도로 목표를 올리기로 한다.

이쯤 되어, 허수찬 공보비서관이 대화의 방향을 돌린다. 그가 기획하고 있는 '국풍81'을 화제에 올린다. 대규모 문화축제인 국풍(國風)81은 서울 여의도에서의 개최를 목전에 두고 있다. 쿠데타에 의하든 합법 선거를 통하든 최고권력 쟁탈전에서 성공하면, 새 집권층이 맨 먼저 할 일은 기존세력을 청산하는 작업이다. 기존 부패세력을 포함해서 구세력을 몰아내야 한다. 이때에 숙정이니 사회정화니 적폐청산이니, 구호야 어쨌든 간에 구세력을 쓸어버릴 바람이 휘몰아친다. 정풍(整風)이라는 바람이다. 정풍 다음에 올 바람은 신풍(新風)이다. 새 집권층은 나라에 새로운 바람을 불어넣어 국민들을 새로운 흐름에 몰아넣어야 한다. 쇄신(刷新)과 진작(振作)의 새 바람이 분다. 제5공화국이 들어선 후, 신바람 나게 몰아칠 새 바람이 바로 국풍이었다. 다름 아닌 허 공보비서관이 연출하는 닷새간의 민족문화행사가 공연을 앞두고 있다. 그는 국풍81을 시발점으로 해서 해마다 봄철이 되면 국가를 덥혀줄 훈풍이 불기를 기대하고 있다.

아니, 훈풍 정도가 아니라 이 바람의 열풍이 일본의 가미가제(神風) 바람에 대한 국민적 열기를 능가하기를 희망하고 있다.

"두 분 형님들, 제가 보여 드릴 국풍 축제가 다음 주에 열립니다. 각하께서는 이 축제가 큰 성공을 거두기를 염원하고 계십니다. 저도 마음이 설레서, 요즘 잠까지 설치고 있습니다. 부디 관심을 가져주시고, 성황리에 끝날 수 있도록 도와주십시오."

"암, 여부가 있나! 전국 대학가에 국풍 행사의 선풍이 불고 있다고 하던데."

"문화계와 언론계가 잘 협조해야 성공이 보장되겠지. 매스컴의 동향은 어떤가?"

"일부 언론과 일부 문화계 인사들이 좀 삐딱하게 나와서, 제 심사가 적잖이 불편합니다."

"아니, 자네는 언론 통폐합 작업을 주도했는데, 언론계를 제대로 길들이지 못했단 말인가?"

"언론계와 문화계는 자기주장이 강한 곳이라서 길들이는 데에도 한계가 있습니다. 자기들은 자율성이니 창의니 하고 떠들어대지요. 나라가 나아갈 방향을 알고나 떠드는지 모르겠습니다. 그 쪽 세계도 잘 들여다보면, 명분은 그럴듯합니다만, 속셈은 제 이익 챙기고 제 패거리 모으는 데 있는 거지요."

"극히 일부가 삐딱하게 나오는 것이니까 너무 심려치 말게. 대학 다니는 내 딸들 말로는 대학생들이 축제 참가한다고 떠들썩하다더구먼. 단군 이래 최대의 국가적 민속축제가 될 것이라고 젊은이들이 잔뜩 벼르고 있다는 거야."

"저는 잘 되리라고 봅니다. 저, 술 한 잔 주십시오."

"자, 어서 들게. 국풍 끝나고 우리 자리 한 번 더 갖도록 하지. 종기, 자네가 마련해보게."

"예, 형님들, 이 아우가 쌈빡하게 준비하겠습니다."

12시가 가까워오자 일행은 자리에서 일어선다.

"이거, 통행금지시간 때문에 불편해서 살겠나! 내일 당장 통행금지제도 폐지방안을 입안해서 각하의 승낙을 받아내야겠어."

(다음 해 벽두에 대한민국에서 37년간 시행되어 오던 야간 통행금지조치가 해제되었다.)


귀가 길에 오른 허종양 보좌관의 자동차에 허종기가 편승한다. 보좌관의 옆 자리에 앉은 허 비서에게 고대하던 기회가 온다.

"큰 형님! 형수님께서도 강녕하시지요? 일전에 제 집사람이 형수님 건강이 염려된다고 하면서 찾아뵙는다고 하던데요."

"아 참, 내가 인사가 늦었네. 제수씨가 집으로 다녀갔다더군. 빈손으로 와도 되는데, 뭐 그리 귀한 약제를 들고 왔는지 모르겠어. 사향이지? 어디서 났어?"

"그거 진품입니다. 중국 쓰촨성 높은 산악지대에서 잡은 사향노루 수컷한테서 추출한 것이라고 합니다. 유비 관우 장비 삼 형제가 도원결의할 때 축배주에 사향가루를 타서 마셨답니다. 국풍 끝난 후 모임에 제가 사향을 조금 가져가겠습니다. 우리도 술에 타서 마셔보면 어떨까 합니다."

"큰일 날 소리를 하고 있어! 그거 최음 효능이 있단 말이야. 그날 밤 내가 흥분하면 어쩔려고 그래?"

"일찍 집에 들어가셔야죠. 형수님이 좋아하실 겁니다. 그런데 형님, 저 청와대 근무하면서 최근 고민이 생겼습니다."

"뭐야? 천하의 허종기에게 무슨 고민이 다 있어?"

"말씀드리기 거북하지만, 제 직속 상관인 금융비서관과 마찰이 있습니다. 모두 다 제 불찰입니다만."

"아! 그 사람 나도 좀 알지. 괜찮은 사람이던데."

"저도 그렇게 알았는데, 가까이 지내보니까 그렇지도 않습니다. 사람은 겪어보아야 안다는 말이 맞습니다."

"그 사람한테 무슨 문제가 있는 거야?"

"생리에 가까운 문제입니다. 일처리에 있어서 의견 차이 정도야 조절하면 되는 것이지만, 인간의 생리적 차이에 가까운 사고방식의 차이는 정말 난감합니다."

"나는 남녀 사이에 생리 차이가 있다는 것은 알고 있지만, 공무원 생리야 다 같은 거 아니야?"

"그게 말입니다. 공무원 이전에 인간의 본질적 측면에서도 나타납니다. 제가 다행히 큰 형님과 나고 자란 고향이 같아서 이런 말을 부담 없이 드릴 수 있습니다. 신토불이라고 성장기의 환경이 사람의 체질이나 생리까지도 결정하는 것이 아닐까요? 옛 신라 사람과 백제 사람의 차이가 현재까지 내려오는 것 같습니다."

허종기는 비열하게도 한국인의 고질적 병폐인 지역감정을 이용하여 청와대 금융비서관을 내치고 자기가 그 자리에 앉을 계책을 실행하고 있는 것이다.

"금융비서관 고향이 어디야?"

"백제국에서 태어나 중·고등학교를 마쳤습니다."

"백제 어디인데?"

"골수 광주 사람입니다."

허 보좌관은 한동안 생각에 잠긴다.

"종기! 웬만하면 그 사람하고 호흡을 맞춰 보지 그래! 이 시대에 청와대를 신라 사람으로 가득 채울 수는 없지 않는가?"

"제가 이제껏 참아 왔습니다. 큰 형님께 심려를 끼쳐 죄송합니다만, 경제수석실 고위직만이라도 신라 사람으로 채워 주십시오. 나라 경제는 책임지겠습니다."

허 보좌관은 또 한 번 장고에 들어간다.

"그런데 금융비서관을 교체한다면, 그 후임으로는 누가 적당하겠나?"

"글쎄요. 쓸 만한 신라 사람이 생각나지 않습니다. 빈자리로 남겨 두고 생각해보아야 하지 않을까요?"

"이 중차대한 시기에 그 중요한 자리를 공석으로 놔두면 곤란해! 생각나는 인물이 그렇게 없단 말이야?"

그 순간 허종기는 헛기침을 하면서 상체를 허 보좌관 앞으로 기울이고서 아무 말 하지 않은 채로 있다. 그의 이상한 거동에 의아해하면서 그의 얼굴을 바라보던 허 보좌관이 눈치를 채고 너털웃음을 웃는다.

"이 능구렁이야! 신라 사람들은 음험한 데가 있어! 종기, 네가 금융비서관을 하고 싶어서 그런 거지? 이 놈, 응큼한 놈!"

말은 그렇게 하면서도 그는 좌석 아래로 허종기의 손을 맞잡는다. 앉은 채로 하는 은근한 하이파이브(high five)다.

3주 후 청와대에서 파견근무를 하던 금융비서관은 재무부로 돌아갔다. 그로부터 일주일 후 허종기가 신임 금융비서관으로 발령이 났다. 이 소식에 관가가 술렁인다. 허종기는 당분간 숨고르기에 들어간다. 이윽고 관가가 잠잠해진다. 허종기를 발탁 승진시킨 돌발 인사가 기정사실화된 것이다. 허종기는 한 수 더 뜬 소문을 퍼뜨린다. 어른이 그를 더 높은 자리에 앉히려고 했는데, 본인이 고사했다는 것이다. 이런 소문이 돌면서 경제수석비서관도 그를 만나면 불안해한다. 그에게 거칠 것이 없다. 그는 대통령의 금융 참모장이 된 것이다. 그도 거침없이 행세한다. '여기, 허종기가 간다. 모두 길을 비켜라!' 정말 청와대 복도에서 그와 마주치는 경제 관료들은 그가 곧바로 걸어갈 수 있도록 길을 터준다. 그의 당당한 발걸음에 거드름이 실린다.

경제수석실의 제2인자인 금융비서관에게는 작지만 독방이 주어진다. 그가 꿈에 그리던 독방을 쓰게 된 것이다. 금융정책과에서 그의 후임으로 파견된 홍순명(洪順命) 사무관이 그의 방에 들어온다. 허종기는 이 후임 사무관을 그의 심복으로 만들어야 한다.

"승진을 감축드립니다. 선배님, 앞으로는 비서관님이라고 부르겠습니다. 저를 친동생처럼 대해 주시기 바랍니다."

"아, 내가 바라던 바일세. 앞으로 나와 친형제처럼 지내기로 하세."

"비서관님, 시키실 일을 하명만 하십시오. 때로는 감정 없는 기계같이, 때로는 영리한 청지기같이 일을 해내겠습니다."

"고맙네. 자네가 오니, 내 마음이 든든하기 그지없네. 먼저 업무 파악을 하고, 수석실 내 직원들과 안면을 익히도록 하게."

"예, 잘 알겠습니다."

허종기는 앉은 의자에서 상체를 뒤로 크게 젖히면서, 아래턱은 치켜들고 시선은 꼬아본다. 윗사람이 아래 사람을 거만하게 대하는 전형적 자세가 나온다.

"딱 한 가지 주의 사항을 일러 주겠네. 청와대는 고도로 민감한 사항을 다루는 곳일세. 업무상 나와 나눈 말 그리고 공무상 일체의 문서와 정보를 3분해서, 절대 외부로 알려서는 안 될 것과 내 허락을 받고 알려야 할 것, 그냥 유출해도 좋을 것을 잘 가려야 하네. 자네의 파견근무의 성공 여부는 이 분별에 달려 있어. 이 걸 잘 하면 승진해서 친정에 돌아가게 될 것이고, 못 하면 빈손으로 돌아가게 될 걸세."

"예, 명심하겠습니다. 제가 이래 봬도 눈치가 3단입니다."

"나는 눈치가 9단이란 소릴 들었어. 눈치 9단이 되기까지 내가 서러운 찬밥을 3년은 족히 먹었을 거야. 그런데 자네 고향이 어딘가?"

"대전입니다."

그는 잠시 생각한다. '대전이 옛 신라 영토에 속했던가? 아니면 백제 땅인가?' 판단이 서질 않는다. '에라 모르겠다. 저 녀석이 일을 잘해서 내 맘에 들면 대전이 옛날 신라 땅이었다고 우기고, 시원찮아서 복귀시켜야 할 거면 백제 땅이었다고 우기면 되지.'

"오늘 저녁을 함께 하세. 경제수석실 주요 멤버들과 상견례를 해야지."

상견례를 하는 저녁 모임에 경제수석실로 파견 나온 실세 공무원들이 참석한다. 홍순명 사무관과 수인사를 나누고는 모두들 허 비서관에게 고개 숙이기 바쁘다. 먼저 국세청에서 파견 나온 공무원이 감사 인사를 올린다.

"비서관님, 국세청장님으로부터의 전언(傳言)이 늦어져 죄송합니다. 뵈올 기회가 없어서 말씀을 못 드렸습니다. 달포 전의 용덕세무서 사건이 잘 마무리되어, 청내에서 비서관님의 은덕에 대한 칭송이 하늘을 찌릅니다. 청장님이 꼭 한번 모시겠다고 벼르고 계십니다."

"그거 자그마한 처사에 다들 그토록 감사한다니 당황스럽습니다. 나라의 곳간을 채우느라고 수고하시는 국세청 식구들을 잊지 않고 있습니다. 언제든 내가 도울 일이 있으면 말씀하십시오. 그리고 청장님에게도 안부 인사 전해주세요."

한국은행에서 파견 나온 부장급 직원은 허종기를 한껏 치켜세운다.

"허 비서관님이 계획하셔서 협조요청하신 은행 대출금리 인하 방안을 두고, 한은총재께서는 그야말로 시의적절한 탁견이라고 감탄하고 계십니다. 많은 기업체들의 숨통을 트여 주게 될 쾌사(快事)가 아닐 수 없습니다."

국제금융국에서 파견나온 공무원도 뛰어든다.

"허 비서관님, 저는 일전에 미국대사관의 골드스미스(Goldsmith) 재무관을 만났습니다. 그는 비서관님의 승진을 크게 기뻐하십디다. 그리고 비서관님의 특출한 영어 실력과 미국 문화에의 재바른 동화력을 극구 칭찬하시던데요. 비서관님의 재능이 참으로 부럽습니다."

이번에는 증권보험국의 차례이다.

"시중은행에서 보험 업무를 겸할 수 있도록 허용하는 비서관님의 제도 개편 구상은 기존 보험업계에 일대 지각변동을 가져올 것으로 예상됩니다. 직격탄을 맞은 증권보험 국장님은 지금 사색이 가득합니다. 제발 저희 국장님을 살려주십시오." 증권보험국에서 나온 서기관은 허종기 앞에서 머리를 조아린다.


'잘나도 못난 척 하라'고 아내에게 신신 당부하던 허종기가 집안에서 잘난 척 뻐기는 모습이 가관이다. 잘나도 워낙 잘나면, 예외가 되는 모양이다.

그가 욕심내던 훈장을 받았다. 홍조근정훈장이다. 목표로 한 7개 훈장 중 첫 번째이다. 그만큼 감격이 크다. 아내와 아들을 거실로 불러 앉혀 놓은 후, 정장을 목에 걸고, 약장을 왼쪽 가슴에 단 채로 거실을 왔다 갔다 한다. 아들이 관심을 보인다.

"아버지, 멋져요. 요다음 훈장은 무얼 받으실 거예요?"

"네 생각엔 무얼 받았으면 좋겠니?"

"화랑무공훈장이요!"

"그건 군인이 받는 거란다. 공무원은 근정훈장을 받는 법이다."

"아버진 공무원이 받는 훈장 중에서 제일 높은 걸 받으신 거예요?"

"아니다. 제일 높은 건 청조근정훈장이라고 한다."

"그럼, 요다음엔 그걸 받으세요."

"그건 집안이 평안해야 받을 수 있는 거란다. 송조야, 너 '수신제가 치국평천하'라는 말을 들어 보았니? 제가(齊家)가 되어야 나라에서 훈장을 준단다. 네가 공부를 잘 해야 집안도 평안해지지 않겠니?"

"네, 알겠어요."

아들의 대답도 어미를 닮는다. 아버지의 말이 공부로 이어지니, 아들은 슬그머니 제 방으로 들어가 버린다. 허종기가 아내를 상대로 투덜댄다.

"송조, 저 녀석은 왜 학교에서 상 한번 타 오질 못하는 거야? 초등학교에서 썩어빠지게 넘쳐나는 게 상인데 말이야! 당신은 학교 다니면서 상을 타 본적 있어?"

"예, 한 번 받아 본 적이 있어요."

"무슨 상인데?"

"중학교 때 기타 경연 대회에 나가서 3등상을 받았어요."

"그건 좋은데, 몇 명이 출전한 경연 대회였어?"

"세 명이요."

"어이구, 어미나 아이나 똑 같아."


그 다음 날 허종기가 모처럼 칼 퇴근을 하고 일찍 집에 들어왔다.
아내가 그날 있었던 일을 보고한다.

"여보, 오늘 오랜만에 친정 부모님 만나 뵙고 점심을 사드렸어
요."

"어, 잘했네. 무얼 사드렸어?"

"칼국수요."

"아니, 왜 그런 걸 사드렸어? 코스 요리를 사드리지!"

"밖에서 대접하거나 대접받거나 간에 칼국수나 비빔밥 정도의 소
박한 음식을 먹으라고 하지 않았어요?"

"아니, 아무리 밖에서 먹는다고 해도, 장인 어른한테는 너무 한 것
아니야?"

"그래도 우리가 검소하게 산다고 생각하시지 않겠어요?"

"그래, 점심 사드리고 나니, 무어라고 하셔?"

"밀가루 음식은 소화가 잘 안된다고 하시던데요."

그 대답에 허종기는 무척 화가 났다. 장인에게는 잘 보여야 하는데, 아내가 철없이 군것이 정말 못마땅하다. 엉뚱한 화풀이를 한다. 아침에 입고 간 와이셔츠가 제대로 다려지지 않았다고 소리 지른다. 바삐 신고나간 양말이 짝짝이였다고 언성을 높인다. 저녁밥이 설익었다고 신경질을 부린다. 시빗거리를 잡아, 아들과 아내를 싸잡아 나무란다.

"송조는 왜 그 모양이야? 살만 자꾸 찌고 말이야! 식탐을 이기지 못하면 자신과의 다른 모든 싸움에서 지고 마는 거야. 살찌고 미련한 게 꼭 당신 닮았어. 아이가 여럿도 아니고 딱 하나 있는데, 그걸 제대로 가르치지 못해?"

그는 한창 성장기에 있는 자식의 왕성한 식욕을 이해하려 들지 않는다. 더구나 잘못된 건 전부 자기를 닮아서 그렇다는 말이 아내의 자존심을 세게 건드린다. 속이 부글부글 끓어오르는 아내는 그래도 참기로 한다. 말대꾸를 하든지 맞받아치는 말을 꺼냈다가는 집안이 풍비박산이 된다. 그래서 기껏 나오는 대답이 "네, 알겠어요."이다. 그는 잠자리에 들 때까지 아내에게 잔소리를 퍼붓는다. '집밖에서는 잘 나가는데, 집안은 왜 이 꼴인가.' 하고 속상해 하면서 잠이 든다. 아내와 아들은 그런 가장을 경원시한다. 허종기는 집에서 껍데기 가장이 된 것을 모르고 있다. 그의 불행의 한 축이 가정에서 배태된다.

허종기는 졸업한 고등학교의 동기회장으로 선출된다. 관례로 보자면, 동기 중에 잘 나가는 순서대로 동기회장을 맡게 된다. 동기회의 정기총회가 열리기 전, 동기회의 임원들 다섯 명이 모인다. 임원진은 자기 분야에서 두각을 드러낸 친구, 사업을 잘 해서 재력을 갖춘 친구, 동기회 일이라면 발 벗고 나서는 열성파 친구로 구성되어 있다. 회장인 허종기가 우기다시피 해서 20대 때에 종종 다니던 빈대떡 집에서 모임을 갖는다. 막걸리나 소주를 마시면서 빈대떡 안주를 저녁 삼아 먹던 배고프던 시절의 허술한 단골집이다. 허종기를 학생으로 부르던 주모(酒母)는 이제 노파가 다 되었고, 또 하나 바뀐 게 있다면 그를 영감님이라고 부르는 호칭이다. 동기 친구들은 그를 '님'자만 빼고 '영감'으로 부르기를 좋아한다. 동기회 부회장을 맡고 있는 이동철(李銅鐵) 사장은 일광(日光)이라는 이름의 금속회사를 경영해서 돈푼 꽤나 모은 친구다.

"영감, 내 말 좀 들어보소. 대한광업진흥공사가 구리광산을 매각한다고 공고했네. 매장량이 풍부해서 노다지 광산이라고 할 수 있는데, 왜 매각하는지 모르겠어. 하여간 공개입찰에 부친다고 하네. 공사 측에서 찍어둔 숨은 낙찰자가 있겠지만, 내가 되던 안 되던 입찰에 응해 볼 생각이야. 낙찰 대금도 적지 않아서 은행 대출 받을 것까지 신경 써야 해. 영감 생각으로는 내가 못할 짓 하는 거로 보여?"

"이 사장, 그 구리광산 이름이 무어지?"

"경남 창원에 있는 일진광산이야."

"이름 들으니, 내가 그 광산을 알 것 같아. 내가 잠시 머리를 짚어보아야겠네. 다들 막걸리나 한 잔 마시고 있어."

　허종기는 곰곰이 일의 맥락을 살펴본다. 동기 중에 재계의 거물이 하나쯤 나와야 한다. 이 사장은 사업수완이 있고, 동기들을 무척이나 아낀다. 공기업이 노다지 광산을 민간인에게 넘기는 데에는 무언가 구린 냄새가 난다. 어떤 정치권력이 돈줄을 만들려고 음모를 꾸미는 것임에 틀림없다. 허종기는 아직은 정체를 알 수 없는 그 세력과 힘을 겨루어보고 싶은 충동을 느낀다. 검객이 보검을 얻으면 칼이 얼마나 잘 드는지 시험해보고 싶어 한다. 허종기는 자신이 지닌 권력이 얼마나 강한지 한 번 시험해보고 싶어진다. 그리고 문득 자신이 그린 경제지도에 대한광업진흥공사의 특기사항을 적어둔 것이 떠오른다. 장인의 요업회사에 안정적으로 좋은 품질의 고령토를 확보하기 위하여 관심을 갖고서 우리나라의 천연 자원 현황을 점검했었다. 광업진흥공사는 광물자원을 탐사하고 개발하는 공기업이다. 광업진흥공사가 매각한다는 일진구리광산에는 고령토도 다량 매장되어 있어서, 경제지도에 딸린 비밀 노트에 그 사실을 기재해 둔 것이 기억났다. 이거야말로 미지의 정치권력과 진검 승부를 해 볼 격전장이 될 것이라는 예감이 들었다.

　"이 사장, 구리광산 입찰 건은 부딪쳐 보도록 해. 이왕 붙는 싸움, 꼭 이겨야 하네. 내가 뒷감당을 해보겠어. 은행 대출 건은 열흘 후쯤 새로 외환은행장 자리에 앉는 사람을 찾아가게. 일은 철저히 하고, 은밀히 추진해야 해."

　"그래, 영감의 지원이 있으면 반드시 이길 거야. 벌써부터 내 피가 끓어오른다. 어이 주모, 여기 시원한 사이다 한 병 주소!"

허종기가 이 사장을 적극 지원하겠다는 소리에 용기를 얻어, 다른 동기생이 부탁을 한다.

"영감, 다음 달에 내 승진 심사가 있는데, 어떻게 안 되겠나? 허종 양 보좌관이 나서기만 한다면, 내가 소령을 뛰어 넘어 중령이 되는 것도 식은 죽 먹기인데."

이 친구는 육사를 나와 지금 대위 계급을 달고 있다. 승진 복이 하도 없어서 만년 위관 급 장교라고 놀림을 받고 있다. 이제 소령 진급을 하고자 허종기에게 청탁을 넣는 것이다. 허종기는 비록 고교 동기생이기는 하지만, 이 양무부(梁武夫) 대위를 한심하게 생각하고 있다. 포항 출신의 육사 졸업생이 얼마나 무능하면 아직도 대위로 남아 있단 말인가? 동기간의 도움도 될 성 부른 놈을 도와야 한다. 시원찮은 친구는 도와 주어보았자 뒤탈이 날 가능성이 있다. 이런 친구의 청탁은 냉정하게 잘라야 한다.

"양 대위! 허 보좌관은 청렴하고 공사 구별이 뚜렷한 사람이야. 사사로운 청탁을 잘 들어주었으면, 그 분이 지금 그 자리에 올라올 수 있었겠어? 다른 사람은 몰라도 그 분만큼은 안 돼! 승진 심사 건은 나중에 생각해보기로 하세. 우리가 정기총회 개최를 준비하고자 모인 것이니까, 이제부터는 그 이야기를 하자구!"

허종기가 총회에 부칠 안건을 물어보니, 다들 '감 놓자, 배 놓자.' 떠들어댄다.

허종기는 점심을 먹은 후 식곤증이 몰려와 카우치에 몸을 누이고 가벼운 낮잠에 들어간다. 아무도 의식하지 않고 독방에서 자는 낮잠은 너무나도 편안해서 자는 시간이 길어질까 보아 20분 후 알람이 울리도록 해둔다. 단잠에서 깨어나니, 심신이 가뿐하다. 그때 그를 대통령 집무실로 호출하는 전갈이 온다. 부리나케 달려간다. 난생 처음 보는 대통령 집무실에 조심스레 들어서니, 어른은 이야기를 나누고 있던 배석자들을 모두 내보낸다. 허종기가 알현 인사를 올린다.

"각하! 금융비서관 허종기입니다. 저를 부르셨습니까?"

"허 비서관, 나와 첫 대면이지? 허종양 보좌관과 허영태 수석이 자네를 입에 침이 마르도록 칭찬하더구만. 허수찬 비서관까지 그러니, 허씨 네 사람이 무슨 비밀협약이라도 맺은 건가?"

"아닙니다. 각하, 제가 어찌 감히 그 세 분과 협약을 맺을 수 있겠습니까? 그 분들은 각하의 수족이나 진배없고, 저는 각하의 한낱 솜털에 불과합니다."

"허 보좌관이 자넬 믿을 만한 사람이라고 하던데, 본인은 어떻게 생각하나?"

"저는 한번 모시게 된 분께는 일편단심 충성심에 한 점 티끌도 끼어들지 않습니다. 저는 각하께 성삼문 못지않은 사육신의 절개를 지키겠습니다."

"내가 한 가지 물어보지. 그거, 자네가 담당하는 금융 말이야. 금융이란 게 돈 놓고 돈 먹는 거 아니야?"

"각하! 외람됩니다만, 그런 표현은 야바위꾼이 도박판을 벌이고서 손님을 끌어 들일 때 사용하는 겁니다. 금융의 요체는 쉽게 말하자면, 종자돈을 빌리거나 빌려주어 그 돈으로 새끼 쳐서 돈을 버는 데에 있습니다."

야바위꾼이란 말이 나오자, 대통령의 미간이 약간 찌푸려진다.

"내 말이나 자네 말이나, 그 말이 그 말 아니야? 문제를 어렵고 복잡하게 풀어서, 돌고 돌아봐야 부처님 손바닥 안에 있어."

"각하, 지당하신 말씀입니다. 제 문제는 문제를 교본대로 풀려고 애쓴다는 점입니다."

"허 비서관, 교과서 밖에 있는 일을 한번 해보지 않겠나?"

"저는 교과서 안팎을 가리지 않고, 각하를 위해서라면 이 한 몸 불태울 각오를 하고 있습니다."

"듣자 하니, 자네라면 해낼 것 같은 일이 있네. 청와대가 필요로 하는 돈을 미국에서 종자돈 빌려다가 새끼 쳐서 조달할 수 있겠나?"

눈치가 9단인 허종기는 어른이 자기를 불러 이른바 독대하는 뜻을 간파한다.

"예, 각하께서 저를 믿고 써주신다면, 삼장법사의 신심과 손오공의 재주를 다해 각하의 돈 밭을 일구겠습니다. 반드시 풍작을 거두도록 하겠습니다."

어른은 허종기가 가까이 두고 부릴만한 기본은 갖추고 있다고 판단되어, 근엄한 얼굴을 펴고 부드러운 미소를 지어 보인다.

"허 비서관이 전용계좌를 몇 개 만들어서 운용하도록 해, 권력기관장들이 자네에게 협조하도록 조치하겠네. 물론 이거 극비사항이야. 허종양 보좌관에게도 비밀로 해야 해. 이제 나가보게."

그는 어른께 돈수재배하고, 집무실에서 물러난다. 자신의 사무실로 돌아오면서, 그는 기쁨인지, 책임감인지, 두려움인지, 불안인지, 걷잡을 수 없는 착잡한 마음에 빠져든다. 그러나 초점은 분명했다. 표현하기 나름이지만, 청와대의 통치자금 혹은 대통령의 비자금을 조성하는 루트는 여러 갈래인데, 자신이 각하의 밀명을 받아 그 중 한 루트를 담당하게 된 것이다. 이 일은 대통령의 신임이 없으면 맡을 수 없는 중책 중의 중책이다. 심복이 아니고서는 각하께서 시키시지 않을 일이다. 허종기는 드디어 대통령의 심복이 된 것이다. 그는 가끔 대통령의 성이 허씨(許氏)라고 순간적인 착각을 한다.

허종기가 대통령의 금고지기가 된 이래, 그의 어르신 알현 신청은 거부되는 법이 없다. 최고권력자와 벼슬아치들 간의 면담 여하를 손 안에 틀어쥐고 있는 총무비서관, 소위 문고리 권력자는 대통령의 특명을 받아 허종기를 직통의 비선(秘線) 인사로 꼽아두고 있다. 장관도, 수석비서관도 각하와 대면하기가 쉽지 않다. 전화로 보고하고, 지시받기 일쑤다. 그러나 허종기는 수월히도 각하를 만나고, 만나더라도 좌우를 물리고 단둘이 밀담을 주고받으니, 구중궁궐의 최측근조차도 사정을 알 길 없어 허종기를 두려워한다. 허종기는 서서히 자신이 일인지하 만인지상의 권력자라는 착각에 빠져든다. 적어도 왕(王)비서관임에는 틀림없다. 이제 그가 변한다. 오늘의 허종기는 어제의 허종기가 아니다. 내일의 허종기가 어떻게 변할지 그 자신도 알지 못한다.

　뒷짐 진 팔자걸음으로 그는 거드름을 부린다. 머리를 젖히고 팔다리를 앞으로 뻗치고 앉아, 맞은 편 좌석을 위압한다. 매서운 눈초리와 거센 기색은 만난 이의 기를 꺾는다. 때로는 선한 웃음과 다정하게 감싸 안는 가장(假裝)이 자애(慈愛)를 지어낸다. 맵시가 호사로워지고, 언동에 과시와 허세가 묻어난다. 떨치는 위세가 안하무인이고, 주위의 아첨에 의기양양하다. 내뱉는 말투는 오만방자하고, 펼치는 주장은 유아독존이다. 일 처리에 독불장군이고, 추어주는 업적에 기고만장한다. 추종하고 굴종하는 무리가 줄을 선다. 무시를 넘어 타인을 경멸하고, 과신을 넘어 자신을 맹신한다. 스스로 생각하기를, 재능은 천부적이고 운명은 대길(大吉)이니, 매사에 특대(特待) 받기는 당연하다.

　허종기는 그 누구도 존중하지 않는다. 존중하는 사람이 있다면, 각하와 3허(許)뿐이다. 아니, 존중이라기보다 이용하기 위하여 그 앞에서 고개 숙일 따름이다. 그는 거울에 비친 자기 모습을 응시하면서 외친다. '나는 위대하다.' 개구리가 올챙이 시절을 잊듯이, 허종기의 중증(重症) 우월감은 치유불능, 구제불능의 단계에 접어든다.

## 제2장 복수하는 유용국과 파멸하는 허종기

제34화
유용국이 감옥에서 나오다.

　전방(轉房)가서 징역살이를 하고 있는 김봉달이 운동시간에 유용국을 보자마자 밝은 음성으로 말을 던진다.

　"유필이! 나, 가석방으로 출소하게 됐어."

　"선배님, 정말 좋으시겠어요! 언제 나가세요?"

　"내일 나가. 먼저 나가서 미안해."

　"미안하기는요. 저는 여기가 평생 살 집인데요, 뭘. 그런데 얼마만에 나가시는 거예요?"

　"10년 만이야. 여기에 정이 들었다고 한다면 어폐가 있겠지. 허지만 옥살이에 익숙해져서 바깥세상이 낯설지나 않을까 걱정이야."

　"나가시면 뭘 하실 거예요?"

　"떨치지 못할 자기 직업을 두고, 하는 말이 있지. '배운 게 도둑질이니, 달리 뭘로 풀칠하겠어?'라는 말 말이야. 나야 사람들 돈을 편취하는 기술밖에 배운 게 없으니, 한번 사기꾼은 영원한 사기꾼이야."

　"앞으로는 분수 지키셔서 두 번 다시 붙잡히지 마세요."

　"공자 앞에서 문자 쓰지 말게! 내가 가르쳐준 사기 수법 제2강을 지금 내게 되돌리는 거야?"

"그런데, 부탁이 있습니다. 제 집사람 주소를 적어 드릴 터이니, 나가시면 집사람을 꼭 만나 주십시오. 저를 밀고한 녀석에게 되갚아 줄 게 있습니다."

"유필이, 아직도 복수심을 떨치지 못했나? 오봉스님한테서 듣고 배운 법문이 부족했던 모양이지?"

"저한테는 복수가 저의 연기(緣起)를 끊는 유일한 길입니다."

"별난 논법이 다 있구먼. 복수심을 끊는 것이 번뇌의 연기를 끊는 길인데, 복수를 하는 것이 연기를 끊는 방도라니? 그것도 부처님의 무량(無量)한 뜻이겠지! 하여간 내가 출소한 후에 유필이 집으로 찾아가겠네."

"감사합니다. 이거 집주소입니다. 이제 나가시면 언제 만날지 기약 없구먼요."

"우린 꼭 만날 날이 있을 거야!"

"만나더라도 감옥에서 재회하지는 맙시다."

"그것도 부처님의 뜻이라면, 우리가 어찌 피할 수 있겠는가? 몸 성히 잘 지내기 바라네."

다음 날 봉달은 감옥을 벗어나, 담장 밖에서 기다리고 있던 가족에게 나는 듯이 달려간다.


감옥으로 면회를 갔던 심보경은 남편으로부터 김봉달이 집으로 찾아오면 부탁해야 할 일과 그 다음에 필히 해내야 할 과제를 상세히 듣고 왔다. 봉달은 출소한지 보름쯤 지나 심보경을 찾아간다. 현금 5억8천만 원이 든 대형 트렁크를 보경에게 내주면서, 눈이 휘둥그레진 그녀에게 출처를 비밀로 하라고 신신당부한다. 봉달은 자신을 대전교도소에 수감토록 내몬 마지막 사기 범행에서 60억 원 가량을 사취했었다. 수사기관은 그 사취액을 압수하려고 혈안이 되어 봉달의 돈줄을 뒤졌다. 그러나 수사기관의 성과는 2억 원에 불과했다. 봉달은 출소 후에 찾을 58억 원을 꽁꽁 숨겨두었다. 봉달은 몰수당할 돈도, 추징당할 재산도 전혀 남겨두지 않았다. 담당 검사는 사기로 번 돈을 내놓으면 형량을 대폭 감해주겠다고 회유해왔다. 사기꾼 봉달은 검사의 사기에 넘어가지 않고, 끝까지 버텼다. 봉달이 예상하기로 어차피 20년 형이 떨어질 터인데, 사취한 돈을 회수한 검사는 30년 받을 걸 20년 받게 해 주었다면서 감형의 약속을 지켰다고 사기 칠 것이 뻔했다. 사기라면 봉달은 검사의 선생이다. 학생에게 속을 봉달이 아니다. 교도관에게 유창한 언변과 그럴듯한 연기를 선사(善事)하여 마침내 가석방되었으니, 10년 옥살이로 58억 원을 벌어들인 셈이다. 1년에 세금 없이 5억8천만 원을 번 것이므로 괜찮은 돈벌이다. 필사적으로 지킨 58억 중에서 그 10분의 1을 선뜻 유용국의 처에게 내준 것이다. 봉달은 자신의 수제자인 유필이가 그만한 가치가 있다고 보았다. 인생 최악의 시기를 함께 보낸 교도소 동기간의 의리도 두터이 작용한다. 심보경은 통 큰 봉달의 선행에 감복하는 한편, 옥에서도 큰돈을 벌어들이는 자신의 남편을 다시 평가한다.

유용국이 당부한 대로 보경은 봉달에게 부탁할 일을 구체적으로 늘어놓는다. 용국이 자식 둘의 신분을 완전히 세탁하라고 시켰다는 것이다. 그래서 호적이며, 학력이며, 일체의 신상기록을 바꾸어야 하니, 공문서든 사문서든 관련 문서를 감쪽같이 위조·변조해 낼 일급의 기술자를 소개받아야 한다는 것이다. 사기 업계의 최고수인 김봉달에게 그런 공범 기술자가 없을 리 없다. 말로 사기 치고, 그 말을 뒷받침할 위조문서를 보여야 할 작전이 허다했기에, 그의 인맥에는 문서위조 업계의 달인뿐만 아니라 원화(原畵)를 틀린 구석 없이 그대로 모사해내는 실력파 대작(代作) 화가와 심지어는 화폐위조의 최고 기술자까지 짝퉁계의 권위자들이 총망라되어 있다.

유용국의 아내는 봉달로부터 문서위조 업계에서 '솔거'라는 별명으로 불리는 최고 전문가를 소개받아, 자식 둘의 신분 세탁에 들어간다. 아들과 딸의 성과 이름을 바꿔 대전 중앙시장의 옆자리에 붙어 앉아 9년여의 세월을 동고동락해 온 노점상 복례(福禮) 언니의 호적에 올린다. 복례와는 친자매보다도 더 살가운 사이다. 그녀는 제철에는 생나물을, 겨울에는 말린 나물을 좌판에 벌려놓고 파는 억척 장사꾼이다. 보경도 그 언니를 본받아 억척이 되었다. 이제 18세 된 아들 철민을 복례 언니의 둘째 아이로, 나이 열일곱인 딸 옥희를 세째 아이로 둔갑시킨다. 두 아이를 복례 집으로 보내 두 달간 홈스테이(home stay)를 하도록 한다. 자식들 신분 세탁을 마무리 짓고, 보경은 감옥으로 남편 면회를 가서 과제가 완수되었음을 알린다. 용국은 두 자식을 미국에 유학 보내, 일급의 재사(才士)로 키워내기를 희망한다. 슈퍼 파워 미국에는 세계 각국에서 이름을 날리던 엘리트 청년들이 대학으로 몰려와, 부러워할 만한 교육환경 속에서 치열한 경쟁을 거쳐 걸출한 젊은이로 성장한다. 아버지는 강민철(姜敏哲; Kang, Min Chul)과 강희옥(姜姬玉; Kang, Hee Oak)으로 개명한 두 자식이 미국 고등교육의 용광로 안에서 펄펄 끓는 지옥불의 단련을 받아 고품질의 강재(鋼材)로 탄생하기를 열망한다. 고등학교 2학년생인 딸은 1년 반 정도의 유학준비기간을 보내고 졸업과 더불어 미국의 대학에 유학 가도록 한다. 미모의 재원(才媛)인 희옥은 미국의 명문대학에 입학할 것임에 틀림없다. 고등학교 3학년생인 아들은 국내 대학에 들어간 후 병역의무를 마치고 미국에 유학 보내기로 계획한다. 두 아이는 9년 동안 억원(抑冤)하게 옥살이를 하는 아버지의 원한을 사무치게 체득한 지라, 절치부심하고 와심상담하며 절차탁마의 실력을 기르고 있다. 그 둘은 지옥불에서도 역전(歷戰)의 남녀 용사로 태어날 것이다. 용국은 계획대로라면 엄청나게 소요될 자식 교육비를 걱정한다. 보경은 남편에게 가벼운 웃음을 지어 보이면서, 그 걱정이 별 것 아니라는 뜻을 미소에 담아 보낸다. 그리고 가만히 속삭인다. 집으로 다녀간 봉달이 해우소(解憂所)를 한 채 지어주고 갔다고 귀띔한다. 거기에 들어가면 경제적 걱정이 잊힌다고 했다. 더 이상의 궁금증은 꺼두는 것이 신상에 좋으리라고 덧붙였다. 용국은 일이 돌아가는 대강의 형편을 눈치 챈다. 봉달 선배도 알아챌 만한 귀띔을 해주고 출소한 바 있다.

김봉달이 출소한 지 8년 후, 그러니까 자신이 수감된 지 17년 반이란 세월이 흘러 유용국은 학수고대하던 바깥세상을 밟았다. 감옥으로부터의 해방이 전혀 불가능할 것 같아 보였으나, 세상사는 기묘난측하기 짝이 없어 대통령의 특별사면으로 유용국이 출옥하는 꿈 같은 일이 일어난 것이다. 그동안 대한민국은 한마디로 요지경 세상의 정국을 맛보았다. 제5공화국의 군사정권이 종말을 고하고, 1993년에 문민정부가 들어섰다. 새 정권은 1979년의 12·12 군사쿠데타와 1981년에 출범한 제5공화국의 주역인 두 전직 대통령과 그 측근들을 군사반란죄 및 내란죄 등의 죄명으로 1996년에 구속·기소하였고, 1997년에는 대법원에서 이들에 대한 유죄판결이 확정된다. 그러나 같은 해 말, 사회 화합의 차원에서 이들을 특별사면하여 석방하는 일이 뒤따른다. 유용국의 아내 심보경은 문민정부가 들어선 이래 끊임없이 남편의 재심을 요구하고 사면을 청원해왔다. 사회 화합을 위하여 내란죄를 범한 일당을 사면하는 용단을 내리면서, 과거에 그 일당이 조작한 내란죄로 수인이 된 유용국을 사면하지 않는다는 것은 언어도단이었다. 그래서 문민정부의 대통령이 발휘한 대화합의 정무적 조치는 유용국까지도 끌어안는 특별사면의 단행이었다. 이러한 우여곡절 끝에 어쨌든 용국은 자유를 되찾았다.

　그 해 마지막 달의 어느 맑은 날 거의 18년 만에 감옥을 벗어난 유용국은 교도소 정문 앞으로 마중 나온 아내 심보경 그리고 이제 청년으로 자란 두 자식의 손을 잡고 집으로 향한다. 기나긴 통한의 세월을 보낸 네 사람의 이산가족이 마침내 모여 살게 되었다. 같은 식탁에서 밥을 먹고, 같은 지붕 아래에서 잠을 자게 되었다. 다 함께 떠들고 웃고 울고 서로 다독이는 피붙이가 되었다. 부모의 얼굴에는 주름살이 지고, 머리에는 흰털이 성성하다. 20대 중반인 두 자식의 얼굴에는 광채가 가득하고, 온몸에는 힘이 넘친다. 서로 손과 얼굴을 쓰다듬어 보고, 지그시 바라보고, 등을 툭툭 쳐보고, 그러다가 웃어 보인다. 또 한 번 그러다가 눈물을 보인다. 그 눈물을 얼마나 기다렸겠는가? 그 눈물이 얼마나 기쁘겠는가? 그 눈물에 얼마나 많은 감회가 서려 있겠는가?

출옥한 날 저녁 해가 어둑어둑 할 무렵에 유용국은 혼자 집을 나서 동네 버스 정류장으로 가볼 생각이 들었다. 정류장 근처를 잠시 거닐다가 보도 옆에 조성된 조그만 정자에 앉아 사람들 구경을 한다. 감옥에 갇힌 수인들만을 보아오다가, 이제 바깥세상에서 자유로이 오가는 자유인의 자연스런 모습을 가만히 지켜본다. 그들에게는 아무 것도 아닌 일상적 발걸음이 용국에게는 뭉클한 감동으로 다가온다. 18년간이나 보지 못했던 평범한 얼굴들, 평범한 살림살이, 평범한 만남, 평범한 부산함이 카메라에 포착되어 길이길이 남겨야 할 장면으로 파고든다. '그래, 이게 사람 사는 거지! 이게 사는 거야!'

버스에서 내려 집으로 퇴근하는 청·장년 가장들이 정거장 귀퉁이에 차려진 포장마차 가게에 들어간다. 누구는 국화빵 한 봉지, 또 누구는 뻥튀기 과자 꾸러미, 또 다른 누구는 튀김 모둠 한 접시를 사들고 바쁜 걸음으로 귀가를 서두른다. '집에 가면 어린 자식들이 달려오며 인사하기 무섭게 아버지 손에 든 것을 낚아채 가겠지. 가장은 그 모습에 하루의 시름을 잊고 살포시 미소 지을 거야. 아내가 정성껏 끓여낸 된장찌개에 꽁치 몇 마리 구어 놓고, 식구들 모두 모여 먹어대고 조잘대는 하루 중의 황금시간이 펼쳐지겠지. 저 사람은 그 황금시간을 맛보려고 종일 일하고 지금 종종걸음으로 보금자리를 찾아가는 거야. 저게 사람 사는 진짜 모습이야! 저것보다 더할 게 뭐가 있고, 덜할 게 뭐가 있겠어? 저게 행복이지! 내가 18년간이나 기다린 모습이 바로 저것이야. 저걸로 감사하며 살아야 해! 그런데 내가 저 대열에 합류해서 살아갈 수 있을까?'

어제까지 수인이었던 자유인 용국은 자리에서 일어나 집으로 향한다.


출옥한 다음 날 용국의 가족이 한 자리에 모인다. 용국은 자신이 옥살이를 하는 동안 아내, 아들, 딸이 어떻게 살아왔는지 그 역정(歷程)을 들어보고 오래 쌓인 회포를 풀려고 한다. 아마도 긴 시간이 걸릴 대화의 자리일 것이다. 먼저 아내에게 말을 건넨다.

"여보! 나 없는 동안 온갖 신산(辛酸)을 다 겪었겠지요? 그 이야기를 들어보고 싶습니다. 나를 원망하는 이야기라도 좋고, 세상을 원망하는 이야기라도 좋아요. 그리고 18년 만에 나를 집으로 맞아들인 소회도 듣고 싶네요."

"당신이 집으로 돌아와 얼마나 기쁜지 말로 형언할 수 없어요. 나는 당신이 평생 감옥에 갇혀 지낼 수도 있다고 생각했으니까요. 어제 내 몸에 닿은 당신의 손길은 결혼한 첫날밤 손길과 꼭 같았어요. 그동안 모든 게 변했지만, 변치 않은 건 당신 손길뿐이에요."

"아이들 앞에서 뭐 그런 소리를!"

"다 큰 아이들인데 뭐가 어때서요? 지금부터는 내가 성공한 이야기를 들려줄게요."

"그래, 17년 전에 나를 면회 왔을 때, 당신이 무슨 장사를 해서 벌어먹고 사는지, 사장이 되면 알려준다고 그랬어. 빨리 내 궁금증을 풀어주어요."

"나는 청과물 도매상을 하고 있어요. 번듯한 가게와 큼직한 저온 창고를 갖고 있고, 이 집도 우리 소유에요. 우린 부자에요."

"어떻게 그렇게 되었어요? 1등 복권에라도 당첨되었나요?"

"당신 교도소 선배 김봉달 씨가 출소 후 다녀가면서 5억이 넘는 현금을 주고 갔어요. 그때까지 나는 빈약한 과일 노점을 열고 있었어요. 그러나 그런 덕택에 과일 유통망을 파악할 수 있었고, 그 돈으로 청과물 도매시장의 과일 경매에 뛰어들 도매상을 차렸지요. 지금은 충청도 전역과 경기도 남부지역에 과일을 공급할 정도로 넓은 판로를 확보하고 있어요. 아이들 미국 유학경비는 내가 벌어들이는 수입에 비하면 아무 것도 아니랍니다. 당신도 앞으로 뭐, 돈 벌어 올 생각하지 말고, 정말 하고 싶었던 일을 하도록 해요. 돈 걱정은 하지 마세요. 그리고 언젠가 봉달 선배를 만나게 되면, 현재 제 물질적 성공의 기틀을 마련해주신 은혜에 깊이 감사한다고 전해주세요."

"나 없는 사이에 봉달 선배의 고마운 일과 당신의 장한 일의 역사가 이루어지고 있었네요. 아무 것도 한 일 없는 내가 부끄럽습니다."

"그런 말 하지 마세요. 그게 어디 당신 탓인가요? 인간 역사를 싣고 가는 시공(時空)의 마차가 당신을 태우고 잠시 감옥에 들린 것일 뿐이에요. 개인은 역사의 흐름에 꼼짝 없이 끌려갈 수밖에 없잖아요! 그런데 당신은 이제부터 무슨 일을 하고 싶으세요?"

"그건 나중에 말하지요. 이젠 내 아들 이야기를 들어보고 싶네요. 철민아! 네가 그동안 어떻게 지냈는지, 무얼 공부했는지 궁금하다."

"예, 아버지, 말씀드리지요. 저는 군복무를 마치고, 반년 쯤 지나 미국 매사추세츠 공과대학(MIT)에 입학해서 컴퓨터공학을 공부했습니다. 대학졸업 후엔 그 곳 대학원에 진학하여 신경회로(neural circuit) 분야를 전공하고 있습니다. 2년 후 쯤 로봇공학 박사학위를 받게 될 거예요. 아버님이 출소하신다기에 아버님을 뵙고자 일시 귀국한 것입니다."

"네가 포부를 마음껏 펴고 있는 듯하여 내가 몹시 기쁘다. 나는 경제학을 전공했던 터라, 네가 대학시절엔 컴퓨터공학을, 그리고 지금 대학원에선 신경회로학을 전공한다는 것을 잘 이해하지 못하겠다. 그 두 분야는 어떻게 연결되는 것이냐?"

"아버지, 저는 아버지가 잘 아시다시피 어릴 적부터 로봇을 만드는 게 꿈이었잖아요? 저는 컴퓨터공학과 신경회로학을 융합시켜 최고의 인공지능 로봇을 만들 거예요! 두고 보세요."

"네가 만든다는 그 인공지능 로봇이 어떤 것인지 알고 싶구나!"

"아버지가 상상하실 수 없는 슈퍼 로봇입니다. 쉽게 말씀드리지요. 제가 만들 인공지능 로봇은 기억과 연산 등의 용량과 처리능력에 있어서 슈퍼컴퓨터를 능가하구요. 스스로 학습해서 지적으로 성장하는 능력과 자율적 판단능력도 구비하고 있습니다. 인간의 감정과 같은 교감능력도 있어서 기쁠 때 웃고, 슬플 때 우는 로봇이랍니다. 이 로봇이 가진 파워도 알려 드릴게요. 비행능력도 있어서 초음속 제트기의 속도로 날아가고, 단거리 우주비행능력도 갖추고 있습니다. 수심 수백 미터 아래에서 돌고래보다 더 날쌔고 빠르게 잠영할 수도 있어요. 힘이 얼마나 센지, 주먹으로 내리치면 30톤 무게의 단단한 화강암이 두 쪽으로 갈라지고, 발로 짓밟으면 50톤 화강암이 으깨지지요. 어떠세요? 대단하지 않나요?"

"야! 그거 어마어마하구나! 기계로 구현된 신(神)을 묘사하는 것 같다."

"아버지, 그건 신이 아니에요. 그리고 기계도 아니에요. 그건 인간이 만든 초능력 인간이에요."

"그런 로봇이 인간을 지배한다든가, 인간을 몰살시키려고 덤벼든다면 어떻게 될지, 난 겁이 난다."

"제가 인공지능 로봇이 그렇게 되지 않도록 조심해서 만들어야지요."

"그런 로봇이 언제나 만들어지겠니? 공상과학영화에서나 등장하는 로봇이 아니니?"

"아버지, 생각보다 훨씬 빨리 만들어져서 아버지 눈앞에 출현할 거예요. 두고 보세요."

"꼭 보고 싶구나. 네 눈이 지금처럼 반짝이는 것을 어릴 적에도 보질 못했다. 네 연구가 성공하기를 빈다. 그런데 철민아, 너 혹시 여자 친구는 없니? 친구란 게 참 중요한데, 여자 친구는 더 하겠지!"

"아직 없습니다. 공부하느라 바빠서 그랬는지, 집안 분위기가 무거워서 그랬는지, 여자 사귈 여유가 없었습니다. 아버지 책임은 아니니까 제 말을 오해하진 마세요."

"그래, 남녀의 사귐은 인력으로 되는 일이 아니지. 좋은 여자 친구가 나타날 거다. 이젠 네 누이 이야기를 들어야겠다. 옥희야! 너는 어떤 공부를 했니?"

"아버지, 전 오빠처럼 과학세계에 몰입하는 분야를 전공하질 못했어요. 저는 아버지가 경제학을 전공한 영향도 있는지 모르지만, 돈밖에 모르는 자본주의 사회에서 돈이 뭔지를 공부하고 싶었습니다. 그런데 돈을 버는 분야가 아니라 돈의 '흐름'을 읽는 공부를 하고 싶었지요. 돈의 흐름은 금융, 외환, 재정, 자금의 투자·투기와 회수 등등이 있지만, 저는 돈이 흘러가는 본류(本流)를 금융이라고 보았습니다. 그래서 금융학을 전공했습니다. 뉴욕의 컬럼비아 대학에서 공부한 후에 뉴욕 월스트리트에 있는 모건 스탠리(Morgan Stanley) 투자은행에 취직해서 3년가량 근무하다가 작년에 귀국했습니다."

"쓸모도 있고 재미도 있는 분야를 전공했구나! 나는 네 오빠의 전공분야보다도 옥희가 전공했다는 금융학이 훨씬 생생하게 느껴진다. 철민이에게는 미안하다만, 나는 옥희와 이야기가 잘 통할 것 같다. 그런데 지금은 어디에 취직해서 직장생활을 하고 있는지 궁금하다."

"아빠, 저는 은행감독원장 비서실에서 근무하고 있어요. 이를 테면, 원장의 비서인 셈이지요. 그래도 비서가 여러 명이라서, 저는 잡무라든가 원장님 시중드는 일을 하고 있는 것은 아니랍니다."

이 말을 듣는 순간 용국은 비수가 날아와 가슴에 꽂히는 듯한 통렬한 아픔을 느낀다. 이상한 직감이 몰고 온 통증이다. 제발 자신의 직감이 틀리기를 바라면서 딸에게 묻는다.

"옥희야, 그 은행감독원장 이름이 무어냐?"

"허자 종자 기자, 허종기입니다."

대답을 듣자마자 용국은 앉은 자리에서 옆으로 쓰러진다. 얼굴이 창백해지고 입가와 뺨에 경련이 인다. 의외의 사태에 가족들 모두가 놀란다. 잠시 후 멎었던 호흡을 다시 돌이키면서 용국이 신음소리를 낸다.

"여보! 애들아! 나를 18년간 감옥에 처넣은 원흉이 바로 은행감독원장 허종기란다. 그 놈이 내가 북한외가에 편지한 사실을 밀고했단다. 내가 감옥에서 복수심을 끊지 못하고, 그 놈이 내게 진 빚을 갚아주려고 이제까지 절치부심해왔다."

아내 보경은 허종기의 이름을 듣는 순간, 쌓여온 비극의 단서를 파악했다. 동시에 장차 닥쳐올 비극을 예감했다. 아들 철민은 복수의 표적인 원수의 이름을 듣는 순간, 속으로 쾌재를 불렀다. 동시에 장차 벌어질 혈투로 몸이 달아올랐다. 딸 옥희는 자신이 모시는 원장이 바로 사무친 원한의 대상이라는 사실을 알게 된 순간, 혼돈에 싸여 멍해졌다. 그리고 장차 그 원수의 얼굴을 매일 마주하게 된다는 사실에 전율했다. 용국은 계속 치밀어 오르는 감정의 격랑을 이기지 못한다. 더 이상 말을 하지 못한다. 평상심을 되찾으려면 혼자서 108배를 올려야 한다. 아내가 출옥할 남편을 위해 마련해 놓은 서재로 들어가서 108배를 시작했다가 밤이 이슥할 무렵까지 3천배를 하고나서 지친 몸으로 잠자리에 든다.

다음 날 가족 모두가 말없이 아침을 먹고 나서, 용국은 딸에게 뒷동산에 오르자고 청한다. 동산에 올라 평평한 바위에 걸터앉은 부녀는 대화를 시작한다.

"옥희야, 네 머릿속이 정리되었니? 내가 하는 말을 들을 마음의 준비가 되었니?"

"예, 아버지! 어젯밤 늦게까지 오만 가지 상념에 시달렸습니다. 하지만 이젠 지난 18년간의 고난이 다시금 닥친다고 해도 감연히 맞설 각오가 되어있습니다."

"정말 장하다. 그런데 네가 어떻게 해서 허종기의 비서가 되었느냐? 내게는 청천벽력과도 같은 일이다."

"제가 뉴욕의 모건 스탠리 은행에 다니고 있을 때입니다. 작년 가을 허종기 은행감독원장이 뉴욕의 월가를 돌아보러 왔었습니다. 그는 미국 금융계 시찰을 겸해서 월가에서 일하고 있는 한국인이나 한인 교포 중 괜찮은 사람을 스카우트할 목적도 갖고 있었습니다. 그래서 당시 월가에 취업한 한인 여섯 사람이 그가 마련한 간담회에 참석하여 미국 금융가의 생리와 병폐를 중심으로 한 이야기를 나누고 저녁식사도 함께 했습니다. 그는 저와 메릴 린치(Merrill Lynch) 투자은행에 근무하고 있던 스티브 리(Steve Lee)라는 교포를 점찍었던 모양입니다. 다음 날 그가 투숙한 호텔로 이력서를 갖고 잠시 방문해줄 수 있겠느냐는 요청에 응했었는데, 이력서를 검토하고 난 그는 제게 귀국해서 국가를 위해 일해보지 않겠느냐고 제의했습니다. 저는 모건 스탠리에 다닌 지 3년 째였습니다. 그 때 쯤엔 은행 업무에 다소 싫증도 나고 향수도 있던 차에, 아주 좋은 대우를 약속하는 그의 제의를 받아들여 얼마 후 귀국했습니다. 처음엔 '금융환경의 변화에 따른 금융기관의 신설·합병·해산'에 관한 정책수립 팀에 들어가 은행감독원의 연구부서에서 일하고 있었는데, 5개월 쯤 지나 원장 비서실에서 근무하지 않겠느냐는 교섭이 들어왔습니다. 제가 비서실에서 맡을 업무는 수시로 변동하는 국내·외 금융시장의 동향을 분석하여 매일 아침 원장에게 보고하는 일이었습니다. 말하자면 금융시장의 고급정보 수집작업이었습니다. 정규 라인 이외에 비서실에 별도로 그런 직책이 필요한지는 아직도 의문입니다. 그러나 요직이라면 요직이어서 제가 그 자리에 앉은 것입니다. 인생의 고비 고비가 절묘하게 이어져서, 아버지와 허 원장 사이의 악연이 저에 이르기까지 대물림된 셈이네요. 어쩌다가 이렇게 되었는지, 하늘의 조화는 진정 알 길이 없습니다."

"그와의 인연이 이렇게 꼬였구나! 그렇지만 너의 처지가 과연 악연인지, 아니면 우리 집안이 허종기에게 복수할 수 있는 절호의 기회가 될 지는 아직 알 수 없다."

"저도 어제 밤에 그런 생각이 들었습니다. 하늘이 허종기에게 복수하라고 저를 허종기 바로 옆으로 보낸 것이 아닌가 하고요!"

"옥희야, 그런데 너도 정말 허종기에게 복수하고 싶은 마음이 있느냐? 복수의 길로 들어서게 되면, 너의 한창 젊은 세월을 악마에게 내맡기는 숙명이 되고 만다. 독살당한 아버지의 원수를 갚는 젊은 아들 햄릿(Hamlet)의 비극적 운명을 너도 따라갈 수 있겠느냐?"

"아버지! 감옥에 갇혀 죽은 목숨이나 다름없는 18년 세월을 보낸 불쌍한 아버지! 제가 어떻게 아버지의 원한, 우리 집안의 원한을 잊겠어요? 어린 시절 빨갱이로 손가락질 받는 모멸감으로 입술을 잘근잘근 씹고 살아온 저희 남매, 노점상으로 간신히 생계를 꾸려가던 비참한 어머니, 화를 이기지 못해 곡기를 끊고 돌아가신 할머니, 우리가 따돌리고 굶주리고 추위에 떨고 신음하던 그 통한의 세월을 어떻게 잊겠어요? 나환자와 다름없이 세상에서 버림받은 세월을 어찌 잊겠어요? 그 통한을 갚아주어야 할 대상이 있다면 갚아주어야지요. 그 갚음을 복수라고 한들, 화풀이라고 한들, 갚을 것은 갚겠어요. 그리고 내 안에 얽히고설킨 실타래, 칭칭 감긴 구렁이의 똬리를 풀고, 속에 있는 분노를, 한을, 증오를, 홀홀 다 털어야겠어요. 그래야 홀가분해지지요. 그리고 8개월가량 비서실에 있는 동안 저는 허종기라는 인간의 탐욕, 교만, 교활하면서 음험한 속셈, 비열하고도 무자비한 성격을 간파했습니다. 그 자는 한마디로 악독한 사람이에요. 아버지가 그를 용서하시더라도 저는 용서하지 않겠어요!"

딸은 말할수록 더욱 분이 복받쳐 오르는지, 눈가에 맺힌 눈물을 훔치면서 절규한다.

"옥희야! 나는 너의 원한과 분노가 그리도 극심한지 몰랐다. 내가 복수심을 끊지 못한 것도 인지상정인가 보다. 인간이라면, 응당 은혜에는 감사로, 원한에는 복수로 갚아야겠지. 원한을 용서로 돌리는 것은 인간답지 못한 일일 수도 있다. 사람은 사람으로서의 한계를 뛰어넘지 못하는 모양이다."

"아버지! 왜 아버지가 자식 둘의 이름을 개명하도록 하고, 신분 세탁을 하게 했는지, 다 짐작하고 있었어요. 제가 유씨 성을 갖고서도 왜 강씨로 성을 바꾸어야 했는지를 알고 있어요. 성을 바꾸어야 할 정도라면, 아버지의 원한이 얼마나 큰지를 어찌 짐작하지 못하겠어요? 여자에게 맺힌 한은 오뉴월에도 서리를 내리게 한다잖아요. 어머니와 저의 한, 두 여자의 한이 엉켜 쌓여서 칠팔월까지 서리가 내릴 거예요. 아버지! 우리 부녀가 뭉쳐 함께 복수해요. 아주 통쾌하게 복수해야 해요. 아버지, 우리 둘이서 복수의 맹서를 하기로 해요!"

용국은 복수의 화신이 된 딸을 본다. 딸의 모습은 바로 자신의 모습일 것이다. 두 사람은 서로의 오른 팔을 얽어 묶고 서로의 가슴에 당긴 채로 복수의 맹서를 한다. 아버지가 먼저 서약한다.

"우리가 죽어 뼈가 가루가 되더라도, 남산이 흩날려 평지가 되더라도, 한강물이 말라 개울이 되더라도, 허종기를 향한 우리 부녀의 복수심은 더욱 굳어지리라! 나, 유용국과 내 딸, 유옥희는 이 자리에서 하늘에 고하여 허종기에게 복수할 것을 엄숙히 맹서하노라! 옥희야, 너도 맹서하거라!"

"나, 유옥희는 신명(身命)을 바쳐 아버지와 함께 허종기에게 복수할 것을 맹서합니다."

18세기에 이광사가 유배 가서 읊은 한(恨)의 한시(漢詩)를 연상케 하는 복수의 서약문이다.

"옥희야, 우리 둘이 서서히 복수의 만전지책(萬全之策)을 세우기로 하자. 곧 미국으로 돌아가야 할 네 오빠와 우리의 거사 자금을 벌어야 할 네 어머니는 우리의 복수극에서 빼기로 하자! 그 두 사람은 우리의 힘이 달리면 다시 생각해보기로 하자!"

"그렇게 해요. 아버지! 우리 둘이서 해낼 수 있을 거예요! 이제 집으로 가요. 우리 없는 사이에 집에서는 모자간에 우리와 비슷한 대화를 나누지나 않았을 런지, 걱정되네요."

이 말에 부녀는 한 차례 크게 의미 있는 웃음을 웃고 나서, 앞서의 심각한 분위기를 털어버린다.


부녀가 복수를 맹서한 다음날 용국의 서재에 부녀 단 둘이서 자리를 잡고 앉아, 앞으로 어떻게 복수극을 펼칠 것인지를 논의한다.

"옥희야! 우리는 복수의 대상인 허종기를 잘 알아야 한다. 무엇보다도 그의 약점과 비밀을 캐내야 한다. 앞으로 네가 그 점을 탐지하게 되겠지만, 이제까지 8개월간 모시면서 나름대로 알게 된 그의 약점이 무엇인지 말해줄 수 있겠느냐?"

"아버지, 그는 성격적으로 결함이 많은 인간입니다. 평소에 겸손을 가장하고 있으나, 제가 간파하기로 그는 지극히 교만한 인물입니다. 저는 그를 모시면서 그의 교만이 그의 치명적 약점이라는 생각을 했었습니다."

용국은 옥살이를 하면서 종교서적을 많이 읽었다. 옥희가 교만이라는 인간 본성의 문제를 들고 나오자, 그는 성경 중 잠언 16장 18절을 떠올린다. '파멸에 앞서 교만이 있고, 멸망에 앞서 오만한 영혼이 있다.'라는 구절이다.

"그렇다. 옥희야. 그의 교만함을 파고들자. 그의 교만함이 그의 무덤이 되도록 일을 꾸미자. 그의 교만함을 더욱 증폭시키자. 교만이 부풀어, 자신의 눈을 가리고 정신을 썩게 하여, 그가 묻힐 지옥 구덩이를 파도록 하자. 너는 원장 비서실에서 그의 교만을 한껏 키워주도록 해라. 점점 부풀어가는 풍선이 한계점에 도달하여 펑하고 터지듯, 언제고 자신을 터트릴 교만을 그에게 계속 불어넣어라. 자신이 스스로 판 무덤에 떨어져 파멸하도록 하는 복수보다 더 통쾌한 복수가 어디 있겠느냐?"

"예, 아버지! 아버지 말씀을 잘 알아듣겠습니다. 교만의 실체는 우월감입니다. 그는 세상에서 자기가 제일 잘난 사람으로 알고 있습니다. 오만하게 삐기고, 다른 사람들을 멸시하고, 자신의 우월함을 과신하며 과시하려 들고 허세로 부풀리는 그의 속마음을 저는 읽고 있습니다. 앞으로 저는 아첨 아닌 듯한 아첨으로 그의 우월의식을 고취시키고, 그를 초인으로 우상화하여, 그 스스로가 무덤을 파도록 만들겠습니다."

"옥희야, 너도 여간내기가 아니구나! 네 말을 들으니, 너는 네 역할을 잘 해낼 수 있을 것 같다. 하나를 가르치면 열을 깨우치는 학생이 있다더니, 바로 너를 두고 하는 말이 아니겠느냐! 그리고 너는 허종기와 그의 측근들을 세심히 관찰하여 그의 비밀을 알아내야 한다. 그의 힘이 어디에 있는지를 알아야 한다. 그의 권력, 재력, 인맥 등등의 뿌리와 줄기와 잎을 찾아내야 한다. 그가 지닌 힘에도 비밀과 약점이 분명 있을 게다."

"예, 이제부터 저의 모든 감각적 정신적 센서를 그에게 집중시키겠어요. 그의 비밀을 탐색할 뿐만 아니라, 그에게 이런 저런 자극을 주어보고 어떤 반응이 오는지도 분석해서 비밀과 약점을 짚어낼 거예요. 심지어 되지도 않은 말을 던져보아 그의 반응이 어떤지 살필 거예요. 저는 한국의 마타 하리가 될 거예요."

"대단하다! 우리가 복수에 필요하다면 무슨 일인들 못하겠느냐? 나는 서울에 올라가 허종기 집 앞 근방에 셋집을 얻을 작정이다. 그곳에서 나는 나대로 그를 탐색하려고 한다. 너는 그의 직장에서, 나는 그의 집 앞에서 망을 보는 격이로구나!"

"아버지, 그리고 중요한 이야기가 하나 더 있어요. 아마도 우리의 복수극에 큰 전기를 가져올 수 있는 이야기예요."

"그게 무어냐?"

"허종기에게 자식이 하나 있는데, 제 나이 또래의 아들입니다. 이름이 허송조(許送鳥)예요. 아들이 아버지를 만나러 원장실에 오는 경우가 있는데, 저에게 관심을 갖고 있어요. 요즘 부쩍 제게 열을 올리고 있습니다. 용건도 없으면서 원장실에 자주 와서 제게 작업을 걸고 있어요. 저는 전혀 관심이 없지만, 앞으로는 적당히 응대해 주면서 우리의 복수극에 한 역할을 맡기겠어요."

"너는 정말 마타 하리가 되겠구나. 복수극에 미인계가 빠지면 되겠느냐? 네가 알아서 잘 처신하기 바란다."

"예, 절 믿어주세요. 그런데 아버진 언제쯤 서울 올라오실 거예요?"

"열흘 후 쯤 올라가서 자리를 잡는 대로 네게 연락하마. 그 어느 누구도 우리가 부녀지간이라는 것을 눈치 채지 않게 해야 한다."

"우리에게도 비밀과 약점이 있는 게 당연하지요. 그걸 결코 노출시켜서는 안 된다는 걸 명심하겠습니다. 복수극은 저와 아버지 둘이서만 알고 진행시켜 나가야 합니다."

"나도 명심하겠다. 우리의 복수극은 차후 허종기의 구체적인 비밀과 약점을 알아내는 대로 진척시키기로 하자. 내가 서울에서 수시로 마타 하리와 접선할 것을 약속하고, 오늘은 이 정도의 이야기로 그치는 것이 좋겠다."

# 제35화
## 유용국이 딸과 함께 복수를 준비하다.

　유용국이 출소한지 닷새가 지나 가족들은 각자 자신이 하던 일로 복귀한다. 감격스런 해후의 시간에 마냥 빠져들 수는 없다. 처 보경은 몸에 밴 청과물 장사를 하러 새벽에 집을 나서고, 아들 철민은 인공지능 로봇을 개발하는 연구에 전념하고자 미국행 비행기를 탄다. 철민은 개명한 강민철로 돌아간다. 딸 옥희는 서울로 올라가 은행감독원장 비서실로 출근한다. 옥희는 개명한 강희옥이란 이름으로 돌아가, 예전과 다름없이 태연한 얼굴로 허종기 원장을 맞는다. 용국은 서울과 대전을 오가면서 자신의 계획을 실행할 예정이다. 그는 열흘 후 서울로 가서 허종기의 거처에 인접한 위치의 집을 전세낸다. 수염을 기르고 외출 시에 안경과 모자를 써서 외모를 위장함으로써 남이 자신의 정체를 알아보지 못하게 조심한다.

　은행감독원에 출근한 허종기는 원장실의 푹신한 가죽의자에 앉는다. 여비서가 우유를 진하게 탄 커피 한 잔과 몇 종의 아침 신문을 가져온다. 그는 여비서를 지긋이 바라본다. 22살의 한창 나이에 키 163cm의 쪽 곧은 몸매, 달걀형의 갸름한 미안(美顔), 온몸에서 후끈 후끈 뿜어 나오는 여성의 성징(性徵)! 그는 잠시 현기증을 느끼며 과거를 떠올린다. '18년 전쯤 금융정책과 사무관으로 근무하던 시절에 청사 부근 식당에서 혼자 저녁을 먹으면서 고위 공무원의 세 여비서가 나누던 잡담을 엿듣고 출세할 야심을 키웠었지. 이제 널찍한 독방 집무실에 기사 딸린 고급 관용차를 굴리고, 젊고 예쁜 여비서가 세 명이나 내게 시중들며, 가는 곳마다 나를 알아 모시는 영화를 누리게 되었으니, 그 야심을 이룬 셈이야!' 그는 자만심에 가득 차서 한바탕 늘어지게 기지개를 켠다.

그가 커피를 거의 다 마실 무렵에 여비서 강희옥이 일일 금융동향 보고를 하러 원장실로 들어온다. 그가 희옥을 지긋이 바라본다. 좀 전에 들어왔던 여비서를 희옥과 비교하면, 족탈불급(足脫不及)이다. 그는 희옥에게 회의용 테이블 좌석에 앉으라 하고, 남은 커피를 서서히 비우면서 잔잔히 그녀를 감상한다. '신이 어떻게 저런 걸작품을 빚어냈지? 다른 여자의 추종을 불허하는 저 아이의 개성적 매력은 설명하기 어려워. 그냥 느끼고, 그냥 반하고, 그냥 숨막혀할 따름이야. 저 매력은 문자 그대로 뇌쇄적(惱殺的)이야. 남자의 뇌를 죽여 버리지! 저 아이의 뇌쇄적 매력을 벗어날 수 있는 남자는 없을 거야. 군계일학의 아름다움 위에 품위라는 양념이 올려져있어. 다가갈 수 없는 기품이 남자의 애를 태우지. 저 야성적인 몸은 지성이라는 영양소를 가득 품고 있어. 아무리 미인이라고 하더라도 대화가 통해야 하는데. 나의 대화 상대가 되려면 머리 회전이 빠르고 말에 재치가 있어야 하지. 저 강 비서는 두뇌가 우수하고 언어 구사력이 뛰어나서, 함께 나누는 대화가 즐겁기 짝이 없어. 아는 것도 많아 대화가 풍요롭지. 내 경험상 저만한 대화 상대를 만난 적이 드물어. 즐겁고 풍성하며 재기가 넘치는 대화를 나눌 수 있는 사람을 옆에 두고 있다는 것은 희귀한 행복이지. 나는 그걸 누리고 있는 거야. 저 아이는 내가 연모하던 보경이를 많이 닮았어. 저 아이의 눈에는 약간의 우수가 담겨 있고 다부짐도 곁들여 있어서, 그 눈망울속에 빠지면 헤어날 길이 없어. 내 아들이 저 아이에게 넋을 빼앗긴 것도 당연하지. 저 아이의 부모는 어떤 사람일까? 아버지를 일찍 여의고, 장사하는 어머니가 돈을 좀 모았다는 정도밖에 알지 못해. 수수께끼 같은 신비함도 매력의 일부이지. 보통 여자가 지어내는 얼굴 표정이 수십 가지라면, 저 아이가 지어내는 표정은 수백 가지는 될 거야. 대화를 나눌 때 저 아이가 빚어내는 표정은 마치 만화경을 들여다보는 것 같아. 한마디로 황홀해!'

커피잔을 다 비우고도 한참을 손에 쥐고 있던 허 원장은 회의용 테이블로 건너가서 착석하고 희옥의 보고를 듣는다.

"원장님, 국가의 외화보유고가 급속도로 줄어들어 외환위기에 처할 상황에 접어들었습니다."

"현재 외화보유고는 달러화로 어느 정도입니까?"

"41억불입니다. 그러나 가용 외화보유고는 23억불에 불과합니다."

"산업은행이 발행한 외화채권의 판매상황은 어떤가요?"

"국가 신용도가 떨어져 판매가 저조합니다. 외화채권으로는 난국을 타개하기 어렵습니다."

"강 비서의 의견으로는 우리나라에 닥칠 외환위기를 어떻게 모면할 수 있다고 생각합니까?"

"국제 금융기구의 지원을 받아야 한다고 봅니다."

"IMF를 말하는 거지요? IMF가 금융 지원을 하게 되면 우리의 경제정책, 금융정책에 간섭을 하고 나설 텐데요?"

"그냥 빌려주지는 않을 것이니까, 그들이 붙일 조건을 예상해서 대비책을 세워야 할 것으로 생각합니다."

"내가 오늘 오후에 경제부총리와 경제수석을 만나기로 되어 있습니다. 심도 있는 논의를 하고 획기적인 정부 결정이 내려질 가능성이 있으니까, 강 비서는 은행감독원 전 직원으로 하여금 내가 비상체제에 돌입하란다고 하달하세요."

"잘 알겠습니다. 원장님께서 심려가 크시겠습니다."

"이럴 때일수록 한 걸음 물러서서 침착하게 사태를 관망해야겠지요. 우리 사사로운 이야기나 나누어 보기로 합시다. 강 비서가 미국 컬럼비아 대학에서 금융을 공부할 때, 한 국가의 외환정책에 관해서 배운 적이 있었나요?"

"예, 외환이론을 겉핥기식으로 배웠습니다. 그렇지만 대학 시절 강의에서 수출주도형 국가는 고환율정책을 사용할 필요가 있다는 이론을 들은 기억이 나는데, 지금 원장님께서 주장하시는 고환율정책과 그 내용이 흡사합니다. 제가 원장님 말씀을 듣다 보면, 미국의 정상급 경제학자가 펼치는 금융이론을 능가하는 탁견을 갖고 계시다는 감탄을 한 적이 한두 번이 아닙니다. 원장님께서는 하버드

MBA에서 강의를 하시더라도 하등 손색이 없으실 것입니다.”

허종기는 강 비서의 칭찬에 한껏 고무된다. ‘그럼 그렇지! 내가 어떤 사람인데. 미국이라고 뭐 대단할까? 최고의 미국인이 이룬 최상의 업적을 내가 못해낸다는 법이 있나?’

“나를 그렇게 높이 평가해주니 감사해요. 하긴 일선 실물경제에 부딪쳐 단련된 내 금융이론은 학자의 탁상 이론과 비교가 안 되지요. 이번에 닥칠 외환위기를 잘 빠져나와야 할 텐데요.”

“원장님께서 지니신 박학다식함과 산전수전을 겪어 얻으신 경험 그리고 타고나신 지혜와 단호한 결단력이 어우러져 우리나라의 외환위기는 잘 극복되리라고 봅니다. 국가가 위난에 처한 현 시국에, 원장님 같은 인재가 적재적소에 앉아계신 것은 나라의 홍복이라고 말하지 않을 수 없습니다.”

허 원장은 강 비서가 추어주는 칭찬에 온 몸이 뿌듯해진다. 기분이 말할 수 없이 좋다.

“강 비서, 내 아들 녀석과 함께 셋이서 내일 저녁을 하는 것이 어때요?”

“감사합니다. 내일 저녁을 고대하고 있겠습니다. 맛있는 걸 사주실거죠?”

“알겠어요. 이제 나가도 좋아요!”


다음 날 저녁 고급 양식집에서 식사를 마친 허종기는 젊은 두 사람에게 시간을 내어주고자 처리할 일이 있다는 핑계를 대고 먼저 자리를 빠져나간다. 조금 후 그의 아들 허송조와 그의 여비서 강희옥도 밖으로 나와 길거리를 무작정 걸으며 대화를 나눈다.

"저녁을 맛있게 먹었다고 아버님께 전해주세요. 급히 나가시기에 감사 인사도 제대로 못 드렸어요. 오늘 저녁식사는 미국 월가의 최고급식당과 비교해도 결코 떨어지지 않는 수준이에요."

"맛있게 드셨다니 기쁩니다. 아버지는 대단한 미식가신데, 까다로운 손님이 음식점의 질을 높인다는 신조를 갖고 계십니다. 아까 마실 포도주를 고르실 때 식당 지배인과 5분간이나 승강이를 벌이신 걸 보세요. 옆에 있는 제가 민망할 정도라니까요!"

"제가 오래 모시고 있어보니, 원장님은 모든 분야에서 1등이세요. 아드님이 보시기에 아버님이 못하시는 게 있나요?"

"있지요. 어머님의 존경을 못 받는 거는 분명합니다."

"가장이 집안에서 존경받지 못하는 것은 선지자가 고향에서 환영받지 못하는 것과 꼭 같아요. 송조씨는 그런 아버님을 둔 걸 큰 복으로 아셔야 해요."

송조는 자기 가정의 화목까지도 배려하는 희옥을 새삼스레 쳐다본다. 그녀의 빼어난 자태는 오늘 식당에서 모든 손님의 이목을 집중시켰다. '여자들도 손님이든 종업원이든 간에 정신없이 희옥을 바라보지 않았던가! 내가 이 여자를 한번 품어보았으면! 저 갸름한 목에 얼굴을 한번 묻어보았으면! 손이라도 한번 잡아보았으면!' 송조는 왠지 몸이 굳어오는 것을 느낀다. 그는 말이라도 하고 있어야 어색해지는 자신을 다잡을 수 있겠다고 생각한다.

"그런데 말이죠. 희옥씨, 내가 처음 만나고부터 관심을 보였는데, 그동안 왜 그리 쌀쌀하게 나를 대하셨나요?"

"사람의 연애감정에는 두 가지 타입이 있어요. 첫눈에 반해서 상대방의 포로가 되는 유형과 서서히 알아가면서 상대방에게 키워가는 호감이 애정으로 발전하는 유형이 있지요. 난 후자에 속하는 사람이에요."

"난 유형이 있어서라기보다 그냥 희옥씨에게 마음을 **빼앗겼을** 따름입니다. 내 마음을 알고 계셨어요?"

"그런 건 대답하지 않겠어요. 그런데 송조씨는 '자기개시'(自己開示)라는 용어를 들어보셨어요? 영어로는 self-presentation이라고 하지요. 개시란 '열어 보인다'라는 뜻이에요. 그러니까 자기개시란 '자신을 열어 보인다'라는 뜻이지요."

"나는 처음 듣는 용어인데요. 그 용어가 우리에게 무슨 의미가 있나요?"

"내겐 의미가 있어요. 둘째 타입의 연애감정에는 자기개시가 큰 역할을 하지요. 사귀는 두 남녀는 점차 상대방에게 자신을 열어 보이지요. 자신이 어떤 사람인가를 알려주는 거예요. 시간이 지나 서로 신뢰가 쌓이면, 자신의 비밀, 더구나 결점이랄까 약점인 비밀까지를 열어 보이게 되지요. 그렇게 되면 '열어 보인다'라기 보단 '털어 보이는 것'이에요. 연애하는 남녀 사이에는 둘만이 알고 있는 비밀이 있게 되는 거예요. 그들 둘만이 어떤 비밀을 공유하고 있다는 의식이 결속감과 친밀도를 더해 주게 되지요. 그러면서 둘만이 이해하는 언어, 눈짓, 동작들이 생겨나는 거예요. 그런 것들이 은밀한 애정표현인 거지요. 나는 서서히 자기개시를 하면서 애정을 키워가는 타입이에요."

"그 용어가 무슨 의미인지 알겠습니다. 사귀는 두 남녀 간에는 자기개시 과정이 필수적인 것이네요."

"그래요. 오늘 내가 자기개시를 하나 할까요? 내 왼쪽 귀 뒤에 5mm 크기의 까만 점이 있어요. 항상 머리카락으로 감추고 다니니까 아무도 모르지요. 부모님만 아세요. 이젠 송조씨도 알게 된 내 비밀이에요. 같은 복장을 하고 엎드려 있는 많은 여자들 가운데에서 나를 찾아내라고 하는 게임을 한다면, 송조씨는 내 귀 뒤의 점을 보고 찾아낼 수 있게 되지요. 내 비밀을 모르는 사람들은 우리가 영감이 통하는 한 쌍이라고 할 거예요."

"아주 재미있습니다."

꾀돌이 희옥은 자기개시라는 마법의 용어를 사용하여, 앞으로 자신은 사소한 비밀을 대단한 비밀인양 털어 놓으면서, 송조로 하여금 엄청난 비밀을 털어 놓도록 만들 것이다. 송조는 아무도 알 수 없는 집안의 은밀한 비밀, 추잡한 치부, 치명적 약점을 희옥에게만은 털어놓게 될 것이다. 그녀가 대화를 이어간다.

"그런데 송조씨 이름은 한자로 어떻게 되나요?"

"보낼 송(送)에 새 조(鳥)입니다."

대답하는 허송조의 목소리가 가볍게 떨리는 것을 희옥은 눈치 채지 못한다.

"그럼 '새를 보낸다'란 뜻이네요. 아주 특이한 이름이에요. 그 이름은 누구가 지어주셨어요?"

"외할아버지가 지어 주셨습니다."

"외할아버님이 특이한 분이신 모양이에요."

"외할아버지는 사업가세요. 제법 큰 요업회사를 하고 계시지요. 신세기 세라믹이라고요. 정부 청사의 화장실에 가면 위생도기들이 있잖아요? 그게 죄다 할아버지 회사에서 만든 제품이에요. 할아버지는 딸만 셋을 두셨는데, 제 어머님이 첫째세요. 할아버진 제게 회사를 물려주려고 하십니다."

"아이구, 할아버님은 '송조 손자 바보'시네요. 송조씨는 복도 많으세요."

"제발 처복까지도 있었으면 좋겠습니다."

둘은 이런 저런 이야기를 더 나누다가, 다음 만날 약속을 하고서 헤어진다.


유용국은 서울에 올라가 자리를 잡은 지 열흘쯤 지나 딸 옥희에게 연락한다. 두 사람은 서울 동북지역에 위치한 공릉동의 한적한 다방에서 만나, 태릉 주변의 산책로를 걷다가 방향을 틀어 중랑천변으로 나아가 밀담을 나눈다. 육군사관학교 교관을 했던 용국은 공릉동 일대의 지리에 익숙하다. 그가 이곳을 거닌다 해도 그를 알아보는 사람이 있을 리 없다. 군대생활을 마친 지 20여년이 흘렀고, 외모까지 바꾼 그는 겉보기에 전혀 다른 사람이 되어있다. 옥희도 직장에서의 단정한 복장을 벗어버리고, 약간 야한 차림을 한다. 그 둘이 만날 때에는 이렇게 위장술을 발휘한다.

"옥희야! 앞으로 별일 없으면 공릉동에서 만나 이야기를 나누기로 하자. 너는 어떠냐?"

"이곳이 썩 마음에 듭니다. 어쩌다 마주치게 되는 육사생도들의 씩씩한 모습도 보기 좋아요."

"자아! 우리 이야기를 시작하자꾸나! 허 원장이 요즘 네게 뭔가 이상한 게 있다고 생각하지는 않느냐?"

"제가 원장을 떠받드는 비서에서 일거수일투족을 탐지하는 비서로 바뀐 것을 전혀 눈치 채지 못하고 있습니다. 그러나 그는 의심이 많은 사람이어서, 저 나름대로 무척 조심하고 있습니다."

"그렇다. 그의 지근거리에 있는 너는 아무리 조심해도 지나치지 않다. 그러면서도 자연스럽게 행동해야 하는 연기가 쉽지는 않을 게다. 그런데 그동안 그의 동태를 관찰해 온 네게 무슨 성과가 있는지 궁금하다."

"예, 성과가 상당하지요. 저는 허 원장의 비공식적이고 사사로운 동태를 파악하는 데 주력했습니다. 업무와는 별 상관없는 인물이나 부서와 비교적 빈번한 연락이 있는지? 그리고 그러한 연락을 취하면서도 혹시 남이 알까싶어 은폐하려고 하는 낌새가 있는지?라는 각도에서 그를 관찰하고 있습니다."

"이상한 구석이 있는 그의 연락처는 어디이더냐?"

"서울에 있는 동북아(東北亞)투자자문회사와 동북아투자회사 그리고 뉴욕 월가에 있는 오리엔탈(Oriental)투자회사와 자주 접촉합니다. 은행감독원장으로서 유별나게 이들 회사들과 밀접한 관계를 맺고 있는 것은 수상하기 짝이 없습니다."

"그게 어떤 회사들이냐?"

"국내 법인인 동북아투자자문회사는 주로 미국의 투자은행이나 투자회사가 우리나라에 투자할 때 자문을 해주고, 자문료를 받는 회사입니다. 동북아투자회사는 회사가 보유하고 있는 자산과 외부의 투자자금을 모아 투자하고 기회를 보아 투자자금을 회수하여 수익을 창출하는 회사입니다. 나중 회사는 허 원장이 작년 가을 뉴욕에 왔을 때 저와 함께 스카우트한 스티브 리(Steve Lee)가 대표이사 사장을 맡고 있습니다. 뉴욕에 있는 오리엔탈투자회사는 동북아투자회사가 미국에 법인체로 설립한 사무소입니다. 미국 지사 격이지요. 저는 세 회사의 실질적인 소유주를 허 원장으로 추측하고 있습니다. 앞으로 이 세 회사가 어떠한 거래를 하는지 눈여겨 볼 작정입니다."

"세 회사에 관한 정보는 매우 중요하다는 생각이 든다. 그런데 스티브 리는 네가 뉴욕의 모건 스탠리 투자은행에 있을 때부터 잘 알고 지내는 사이가 아니냐?"

"맞습니다. 우리가 월가에 있을 때에는 자주 만났었는데, 둘 다 귀국한 이후로는 연락이 뜸해졌습니다. 이제부터 제가 나서서 그가 무슨 일을 하고 있는지 알아볼 계획입니다."

"그 밖에 허 원장이 가까이 지내고 있는 인맥은 어떠하냐?"

"재무부 금융정책과 재직 시의 후배들을 금융계 여기저기 노른자위에 앉혀놓고 수족처럼 부리고 있습니다. 학교 친구로는 굴지의 금속회사인 일광(日光)을 경영하고 있는 이동철 사장이 있습니다. 고교동기인데 그가 뒤를 봐주고 있습니다. 일광이 수익성 높은 일진구리광산을 불하받는 데에 허 원장이 큰 역할을 한 것으로 알려져 있습니다."

"그 녀석은 정계의 실력자와도 친분이 두터울 터인데, 누군지 알 수 있을까?"

"제가 원장실에서 하는 일이 금융시장의 동향 분석입니다. 금융시장의 동향을 제일 민감하게 짚어내는 분야가 증권계입니다. 그 중에서도 주식시장에 나도는 찌라시성 풍문은 대체로 터무니없는 정보조작이지만, 간혹 숨은 진실을 드러내는 정보 매체이기도 합니다. 찌라시에 잘 오르는 관가 인물은 금융통화위원장인 한국은행총재나 은행감독원장입니다. 물론 경제부총리와 청와대 인사도 있지요. 그래서 은행감독원장인 허 원장을 둘러싸고 찌라시성 소문이 파다합니다. 5공화국 시절에는 정권이 출범한 이후부터 대통령의 비자금을 관리하는 금고지기였다고 하고, 그 때 실세였던 3허(許)와 밀착해 있었다고 합니다. 그 다음 정권에서는 대통령의 인척인 박 보좌관, 또 그 다음 정권에서는 대통령의 아들과 친분이 두터웠다고 합니다. 그는 장차 실권자가 될 사람을 미리 알아보고 친교를 쌓아 심복이 되는 데 천부적인 감각이 있는 듯합니다. 그 방면에 귀신같은 재주가 있는 귀재(鬼才)라고나 할까요? 지금은 대통령 당선자의 아들에게 줄을 대고 있다는 소문입니다."

"그것 참! 허 원장이 보통 사람은 아니구먼. 그런 능력을 발휘해서 멸사봉공하는 공무원이 되었다면 국가의 동량지재라는 칭송을 들었을 터인데… 그리고 그의 집안은 어떤가?"

"허 원장의 친가는 보잘 것 없고, 처가는 재력이 대단합니다. 장인이 신세기 세라믹이라는 요업회사를 경영하고 있고, 허 원장의 아들이 전무로서 후계자 수업을 받고 있습니다. 그 회사가 관급 공사에 위생도기며 타일 등 제품을 넣는데, 허 원장이 교묘한 방법으로 영향력을 행사해 도움을 주고 있습니다. 그러나 원장의 부부 사이는 소원한 것으로 알려져 있습니다."

"혹시 허 원장에게 여자 문제는 없느냐?"

"현재로선 드러나지 않고 있습니다."

"그리고 허 원장의 아들이 네게 마음을 빼앗겼다고 했지? 그와는 어떻게 지내느냐?"

"일주일에 한 번 정도는 만나서 데이트를 하고 있습니다. 이름이 송조입니다. 데이트하면서 많은 것을 알아 낼 것 같은 예감이 듭니다."

"지금까지 네가 이야기한 것이 장차 우리의 복수극에 큰 도움이 되리라고 본다. 앞으로는 무엇을 집중적으로 탐지할 작정이냐?"

"지금 외환위기로 IMF관리체제가 시작되어 국가경제에 엄청난 파도가 몰아치고 있습니다. 이 위기를 이용하여 허 원장이 사리사욕을 도모하려는 낌새가 보입니다. 제가 그의 교만을 부채질하고 탐욕을 북돋아서, 그가 어디에서 일확천금을 거두려고 획책하는지 알아낼 계획입니다."

"너는 비록 내 딸이지만, 정말 범상치가 않은 인물이다! 네가 다음번에 만나서 무슨 이야기를 들려줄 런지 나로서는 벌써부터 궁금하기 짝이 없다. 나는 다음 주초에 교도소에서 알게 된 김봉달 선배를 만나서, 그의 거금 쾌척에 감사하고, 그가 우리의 복수극에 도움이 될지를 알아보려고 한다. 오늘은 이만 헤어지는 것이 좋겠다. 네가 먼저 택시를 타고 가는 것을 보고 나서, 나는 버스정류장으로 가련다. 부디 몸조심하기 바란다."

"아버지도 몸조심하세요. 무엇보다도 식사를 잘 챙겨 드셔야 해요."

서울에서의 부녀 간 첫 접선은 이렇게 끝난다.


용국은 옥살이할 때 사기의 대가인 김봉달과 깊은 인연을 맺었다. 봉달은 8년 전에 출소하였고, 자신도 이제 출소하였으니, 그와의 재회는 필연적이다. 자식 둘의 신분을 세탁하기 위해 봉달의 소개로 처 보경이 몇 번 접촉하였던 문서위조의 달인인 솔거를 찾아간다. 찾아간 용국에게 솔거는 봉달이가 '두꺼비금고제작회사'라는 기업체의 어엿한 사장이 되어 있다고 알려준다. 그길로 용국은 봉달의 회사로 향한다. 떡하니 사장실에 앉아있던 봉달은 갑자기 찾아온 용국을 보고 눈을 뚱그렇게 뜨더니, 이내 만면에 웃음을 가득 담고 일어나 반긴다. 둘은 뭐라 할 것도 없이 허그(hug)를 하면서 한참 동안 손바닥으로 상대의 등을 두드린다.

"유필이! 고생 많았지? 언제 나왔어?"

"나온 지 달포쯤 됩니다. 특별사면으로 나왔습니다. 아직도 꿈만 같습니다."

"자넨 언젠가 나올 사람이었으니 당연히 나온 거야. 종신형을 받은 사람이 살아나온 것을 꿈같이 여길 필요는 없어! 그런데 앞으로 무얼 할 거야? 놀고먹진 않을 거지?"

"제가 불가에서 말하는 연기를 끊고자 벼르고 있잖아요? 그것 말고 뭘 하겠습니까?"

"복수심은 잊어버리라고! 지금 내가 하고 있는 사업을 같이 하면 어때? 할 만한 사업이야!"

"그런데 선배님은 본업인 사기를 제쳐두고 어쩌다 회사를 경영하게 되었습니까?"

"말하자면 사연이 길어. 나도 합법적인 사업을 하면서 바르게 살고 싶었어! 그렇지만, 뭐 또, 사기 칠 일이 있으면 하는 거지. 배운 도둑질이 어디 가겠어?"

"그런데 참, 선배님이 출소하고서 집사람에게 거금을 주고 가신 것을 이제서야 감사드립니다. 제 처가 그 돈으로 청과 도매업을 일궈서 수입이 쏠쏠 하답니다."

"종자돈을 잘 굴렸다니 나로서는 큰 보람을 느끼네. 공돈 줘 봐야 날리는 사람이 수두룩해. 고생해서 모은 돈이 여문 법이야!"

"그게 어떤 돈인데 제 처가 허투루 쓰겠습니까? 선배님께 극구 감사한다는 인사를 전해 달라고 연신 다짐을 하더군요."

"그래, 잘 알았어. 그건 그렇고, 내가 금고제작회사를 차린 이야기를 듣고 싶지 않아? 내가 마지막 판에 사기 쳐서 10년간 꼬불친 돈으로 차린 내 회사 이야기 말이야. 이야기가 길 테니 자리를 옮기자구. 내 단골 식당이 있는데, 거기 구석진 별실에 들어가 오후 내내 죽치기로 하지."

두 사람은 오래간 만의 해후에 신바람이 나서 말이 많아진다.

"유필이! 내 사업이 이젠 탄탄히 자리 잡아서, 우리나라에서 제일 많이 팔리는 금고가 내 회사 꺼야. 제품을 잘 만들어서 그런 거고, 또 믿을 만해서 그런 거지. 앞으로 두꺼비 장식이 박혀 있는 금고를 보게 되면, 내 회사 제품인 줄 알라고. 국내에서 은행 본점 금고를 빼곤, 지점에 설치한 금고도 대부분 내 회사 제품일 정도로 기술을 알아줘. 본점 금고는 아직은 외국에 제작을 의뢰하고 있어."

"선배님은 하필이면 금고제작회사를 하게 되었습니까?"

"내가 자초지종을 설명해주지. 내가 꼬불친 돈으로 무슨 사업을 할까 하고 곰곰이 생각해 보았더랬어. 돈을 많이 번 사람들이 번 돈을 쌓아두는 곳은 은행 다음으론 금고라고 할 수 있지. 그래서 은행은 몰라도 개인 금고 안에 쌓아 둔 돈을 모두 다 내 것으로 하는 방법이 없나 하고 열심히 연구했어. 방법이 있더라구! 회사를 차린 첫해엔 금고 제작의 최고 기술자를 몇 명 초빙해서 그 기술을 배웠어. 나 혼자만의 연구도 엄청 했지. 사기꾼은 사람 심리에 정통해야 한다고 내가 자네에게 가르친 것이 기억나는가? 다른 사람 금고 안의 돈을 내 것으로 하는 방법과 기술은 기본적으로 사람 심리에서 찾아낸 거야! 한번 들어봐! 대체로 금고를 여는 장치는 이중으로 되어 있어서 열쇠돌리기와 비밀번호 입력을 거치게 되지. 금고를 사간 사람은 혹시 회사가 판매한 금고의 열쇠를 회사가 복제해서 갖고 있지나 않은지 의심을 해. 그 의심은 일리 있어. 난 내가 판매한 모든 금고를 열 수 있는 마스터키를 하나 갖고 있지. 다음으론 비밀번호가 문제가 돼. 금고를 사간 사람은 사간 후에 자기가 개인적으로 설정한 비밀번호만큼은 철저히 믿고 의심을 하지 않아. 내가 만든 금고의 비밀번호는 아홉 자리로 설정하게 되어 있는데, 구입자 개인이 입력한 번호는 자신만이 알고 있으니까, 판매한 금고회사라도 어쩔 수 없다고 생각하지. 그런데 사람들의 이런 생각에 결정적 허점이 있어. 나는 금고를 제작할 때 비밀번호 설정장치에 두 가지 경로를 설치해 두지! 하나는 구매자가 개인적으로 입력하는 비밀번호 설정장치이고, 또 하나는 내가 입력해 둔 비밀번호 설정장치야! 그러니까 두꺼비표 금고는 서로 다른 두 가지 비밀번호 중 하나가 입력되기만 하면 열리게 되어 있지. 나는 내가 설정해 둔 아홉 자리 비밀번호를 입력하고 마스터키를 사용해서 전국의 두꺼비표 금고는 모조리 열 수가 있어. 사람들은 비밀번호만큼은 자신이 설정한 번호를 입력해야만 금고가 열린다는 순진한 믿음을 갖고 있기 때문에 가능한 일이야! 그게 머리가 좋아 만물의 영장이라는 인간의 심리야! 어때 내 얘기 재미있지 않아?"

"선배님은 천재십니다. 과학자가 되셨어야 하는데요. 정말 아깝습니다. 그런데 궁금한 게 있습니다."

"그게 무어야?"

"전국에 널려 있는 두꺼비표 금고 안의 돈이 다 선배님 꺼라고 했는데, 그 중 어느 한 금고를 열어 돈을 꺼내 가진 적이 있나요?"

"예리한 질문이네. 그런데 그 질문을 둘러싸고 더 재미있는 이야기를 해 주지! 들려줄 이야기도 사람 심리에 관한 것이야."

"선배님은 과학자가 아니라 심리학박사가 되었어야 할 분이네요!"

"잠자코 들어보라구! 내가 만약 돈이 궁하다면 유필이가 질문한 그 짓을 했겠지. 그러나 나는 회사를 경영하면서 돈을 넉넉히 벌고 있어. 그러니까 구태여 남의 금고 속의 돈을 꺼낼 필요가 없어. 별로 가진 것이 없어도 자족하면 부자고, 많이 가졌어도 부족하다고 생각하면 가난한 거야. 나는 내가 버는 돈에 자족하고 있어. 게다가 방방곡곡에 널려 있는 두꺼비표 금고 안의 돈은 다 내 것이니까 금고에 쌓여 있는 그 많은 천문학적 액수의 돈이 모두 내 것이라는 생각만으로도 내가 누리는 희열은 이루 말할 수 없어. 단지 내가 꺼내 쓰지 않을 뿐이지. 내 머릿속에서는 그 돈이 다 내 것인 거야. 손안에 쥐고 있는 돈이나 머릿속에 들어 있는 돈이나 사람에게 꼭 같이 기쁨을 줄 수 있는 거야. 매주 복권을 사면서 1등 당첨을 믿고 그 당첨금이 자신의 것이라고 상상하며 일주일간 행복을 느끼는 사람 심리가 바로 그것이지. 추첨일에 1등 당첨 번호가 구입한 것과 다르다는 것을 알게 된 즉시 또 복권을 사면 다시금 기쁨을 안고 일주일을 살아가는 거야. 복권은 구입한 인간에게 자신이 부자가 되리라는 희망과 동시에 자신이 부자라는 기쁨도 주는 거야. 복권을 발행하지 않는 나라는 국민들에게 그만한 기쁨을 주지 못하는 나라라고 할 수 있겠지. 또 복권을 사지 않는 사람은 그만큼 물질적이기도 하면서 심리적이기도 한 기쁨을 누리지 못하는 사람이지."

"선배님의 심리 분석에 공감을 합니다만, 복권구입이 도박의 일종인 이상 도박이 만연하는 국가를 찬양하는 소리로 들립니다."

"학필이는 당연히 그런 걱정을 해야지. 내 이야기의 포인트는 내가 꺼내 갖지는 않더라도 타인의 금고 안에 있는 돈을 모두 다 내 돈으로 생각하면서 기쁨을 누리고 있다는 사실을 이해시켜 주는 데 있어. 그 돈을 꼭 꺼내 가질 필요는 없다는 얘기지. 재벌총수가 번 돈을 쓸 시간도 없이 자꾸 벌기만 하면서 금고 안에 쌓아두는 기쁨이나 내 기쁨이나 그게 그건 거야!"

"선배님은 교도소 안에서나 밖에서나 제게 엄청난 가르침을 주십니다. 앞으로는 선배님을 진정 선생님으로 모시겠습니다."

"허엄! 내가 유필이를 제자로 생각한 것은 옥살이하면서 여덟 가지 사기 강좌를 펼칠 때부터야. 그러나 유필이 입에서 선생이라는 호칭은 처음 나오는구면. 그런데 당부할 게 있어. 내가 판매한 회사 금고를 모두 다 열 수 있다는 사실을 어느 누구에게도 발설해서는 안 돼! 그걸 알면 나를 죽일 사람도 있어. 금고 안에는 돈과 귀중품 이외에 사람의 생명을 좌우할 극비사항까지도 보관되어 있을 수 있기 때문에 그런 거야. 명심하고 있어."

"정말 그렇겠네요. 선생님은 목숨을 걸고 그런 금고를 제작하신 거네요."

"사람은 자기가 하는 일에 목숨을 걸고 해야 하는 거야. 유필이도 복수를 하려면 목숨 걸고 해야 해. 살 궁리를 해 가면서 하는 복수는 반드시 실패하게 되어 있어. 우리 너무 심각한 말만 했네. 이제부턴 가벼운 이야기를 나누기로 하지!"

두 사람은 이런저런 평범한 세상살이 이야기를 하다가 헤어진다.


희옥은 저녁을 함께 하자고 스티브 리(Steve Lee)를 불러낸다. 둘다 귀국하고 나서 통화는 몇 차례 했으나 만나는 것은 처음이다. 희옥은 허종기 원장의 신임이 두터운 비서이고, 스티브는 동북아투자회사의 사장이라는 것을 서로 알고 있다.

"희옥! 그동안 어떻게 지냈어? 너, 미국에서보다 매력이 물씬 더 풍긴다."

"고마워. 너도 신수가 훤칠해졌다. 그동안 결혼은 안 했어?"

"너만한 여자가 있어야 결혼을 하지. 넌 결혼 소식 없어?"

"나도 너 만한 남자가 있어야 결혼을 하지."

"남이 들으면 세상에 쓸 만한 남녀는 우리 둘밖에 없는 줄 알겠다."

"그런데 네가 하는 투자회사는 잘 돼 나가니? 환란에 IMF관리체제가 시작됐으니, 급변하는 금융환경에 적응하느라 투자회사들이 정신없겠다."

"맞아. 요즘 정신없어. 네가 은행감독원장 비서실에 있으니까 오늘 좋은 팁(tip)을 주길 바라. 영양가 있는 팁이면, 내가 저녁을 살게."

"그게 아니면, 각자 저녁 값을 내는 거야? 그런 좀팽이 기질에 어떻게 회사를 경영하니?"

"오랜만에 만나는데 말이 지나친 거 아냐?"

"그 정도 말에 뭘 신경 쓰고 있어? 한국서 사업하려면 말로 얻어맞는 맷집을 두둑이 키워야 하는 거야! 이거야 말로 쓸 만한 내 팁이지."

"알았어. 음식부터 시키자!"


두 사람은 음식과 와인을 주문하고 나서, 차례대로 나오는 식사를 즐기며 먼저 당면한 국가적 경제위기를 대화의 주제로 올린다.

"스티브, 나라의 경제위기가 외환위기, 금융위기를 넘어서 전방위적으로 밀어닥치고 있잖아! 경제가 어디까지 꼬꾸라질지 감이 잡히지 않아."

"내 금융지식과 경험으로도 경제위기의 심각성 그리고 지속기간을 전혀 예측하지 못하겠어. 어느 정도 짚어낼 수만 있다면, 투자회사로서는 일확천금을 할 수 있는 절호의 기회인데."

"내가 약소한 금액이지만 가진 돈을 네 투자회사에 집어넣어서 크게 불릴 수는 없을까?"

"네가 금융정보를 제대로 제공해주기만 한다면, 내가 장담하건대

적어도 서너 배의 수익을 올려줄 수는 있지!"

"네 회사에 투자할 사람이 내가 아니라 재계의 숨은 거물이라면 어떻겠니?"

"확실한 거물이라면 못할 것 없지! 네 머릿속에 그런 사람이 있긴 한 거야?"

"그건 바로 허종기 은행감독원장이야! 원장님은 숨겨둔 재산이 상상을 초월하는 규모야!"

그 순간 스티브의 안색이 파랗게 변한다.

"희옥! 네가 그 소리를 알고 하는지, 모르고 하는지 짐작이 가지 않는다."

"하여간에, 원장님이 투자한다면 너와 직접 거래를 할까? 아니면 나 같은 사람을 내세워서 할까?"

"내가 그 걸 어떻게 알아? 네가 모시는 분인데, 네가 잘 알 것 아니야?"

"그 분이 널 스카우트해서 투자회사 사장으로 앉혔는데, 벌써 네 회사에 투자했을 것 아니야?"

"그렇다면 너는 왜 내게 허 원장님의 투자방법을 묻는 거지?"

"나는 원장님의 투자가 떼돈을 벌게 하고 싶은 거야. 원장님이 직접 나서기는 조심스럽고, 네가 투자금을 활용하기에는 한계가 있어. 원장님이 경제위기를 최대한 이용해서 큰 수익을 올릴 결정을 내리도록 하고, 나는 네 회사가 투자할 분야와 타이밍을 정확히 짚어주려고 하는 것이지."

"너는 좀 전엔 나라의 경제위기 전망에 하등 감을 못 잡겠다고 했잖아?"

"그건 국가적 거시 전망을 말한 것이고, 내가 투자회사의 사장 입장에서 최적의 투자기회를 포착해서 수익을 극대화하는 방책을 강구해 낼 수 있다는 것과는 별개의 이야기인 거야!"

"그럼, 투자회사의 입장에서 나라의 경제위기를 진단해보지 그래!"

"지금 국내의 금융시장 전반이 마비되어 대기업과 금융기관이 마구 쓰러지고 있어. 기업이 자금 조달하려고 빌리는 차입금의 금리는 연 40%에 이르는 살인적 고금리이고, 원화 환율은 1불에 1990원까지 치솟아 있어. 보유 외화가 고갈되어, 미국에서 1억불만 들여올 수 있다면, 다소 과장이긴 하지만, 제주도 땅을 몽땅 사 넣을 수도 있을 거야. IMF가 요구하는 대로 공기업과 사기업에 대한 정부의 구조조정이 개시되면, 대기업, 은행, 종금사, 보험사, 증권사들이 대거 퇴출되거나 법정관리 또는 워크아웃에 들어가게 되는데, 이때 시장에 나온 부실기업, 부실채권, 부실기업이 내 놓은 부동산을 헐값에, 그야말로 거저 주워 들이듯이 주워 담았다가, 경기가 회복되면 제 값을 받고 되파는 거지. 문제의 초점은 부실기업, 부실금융기관, 부실채권, 싸게 나온 부동산을 최소가격으로 사들이는 최적의 시점을 판단하는 능력에 있어!"

"너는 우리나라 경제가 조속한 시일 내에 회복될 수 있다고 믿는 거야? 네가 판단한 대로 회사의 자금을 모두 동원하여 부실기업 인수에 투자했는데, 경제가 더욱 악화되어 국가부도의 단계에 접어들면, 내 회사는 쪽박 차는 거야."

"투자 시점을 판단하는 데는 바로미터가 있지. 내가 어림짐작만으로 판단할 거라고 생각해?"

"그 바로미터가 뭔데?"

"내가 지금 그걸 가르쳐주면 내가 할 역할이 없어지는 건데, 내가 왜 이야기 하겠어? 내가 맡을 역할이 있어야 내가 챙길 지분도 나오는 거지!"

"그런데 허 원장님이 네 말을 믿고 가진 재산을 몽땅 투자할까?"

이때 강희옥은 '넘겨짚기'의 기지를 발휘한다. 그는 허 원장이 동북아투자회사와 동북아투자자문회사 그리고 오리엔탈투자회사의 실질적 소유자라고 추측할 뿐이다. 아직 확실한지 모른다. 그러나 스티브는 알고 있을 것이다. 그는 원장의 재산 규모도 알고 있을 것이다. 허 원장의 신임을 두터이 받고 있는 희옥은 자신도 원장의 재산 내역을 알고 있는 듯이 넘겨짚어서 스티브를 말로 슬쩍 찔러보고, 스티브의 반응을 살펴 자신의 추측을 확인할 심산이다. 그래서 허 원장이 세 회사의 실질적 소유주라는 것을 기정사실화하고 대화를 이끌어 나가려고 한다. 스티브도 그러한 전제하에 대화를 이어나간다면, 자신의 추측이 확실해지는 것이다.

"뉴욕의 오리엔탈투자회사에 있는 한 1억불이 넘는 허 원장의 은닉 자금을 국내에 들여온다면, 지금처럼 달러화가 갈급한 시점에는 몇 십억 불의 가치를 발휘할 수 있을 거야! 안 그래?"

"원장이 월가에 보유하고 있는 자금은 2억불이 넘지."

스티브는 너무나도 수월하게 희옥의 넘겨짚기 대화술에 넘어온다.

"아니, 벌써 그렇게 불어났어? 7개월 전 쯤엔 고작 1억불 정도였는데."

"미국 제퍼디(Jeopardy)투자은행의 서울 지사가 동북아투자자문회사에 지불할 자문료를 뉴욕 본사를 통해 오리엔탈투자회사로 꼬박 꼬박 보내오는데, 그 액수가 짭짤해. 동북아회사의 배후에 있는 허 원장의 음성적인 자문과 지원이 그만한 가치가 있다는 거지! 게다가 오리엔탈이 원장의 자산을 잘 불려주고 있어."

이제 세 회사와 미국 투자회사를 둘러싸고 허 원장이 벌이는 거래와 머니게임의 윤곽이 드러난 셈이다. 희옥은 속으로 쾌재를 부른다.

"그럼, 그 2억불을 국내에 들여와서 투자해가지고 몇 십억 불의 수익을 올리는 것이 확실하다면, 허 원장님이 왜 투자를 하지 않겠어? 원장님은 금융시장을 머리에 바싹 꿰차고 있는 분이니까, 내가 일확천금할 투자기회를 말씀드리면 잘 알아들으시지 않겠어? 금수저를 물고 태어나 흙투성이인 세상 물정 모르는 얼간이 재벌총수들과는 근본적으로 다른 분이시지."

"원장님의 투자가 네 예측대로 수익을 올린다면, 네 지분은 어느 정도 될 것 같아?"

"그거야 네 회사를 통해 투자하는 거니까, 너하고 나하고 짬짜미하기 나름이지!"

"잘 하면, 우린 달러화로 억만장자가 되겠다! 그 돈으로 뭘 할까?"

"네가 펼칠 억만장자의 꿈같은 생활을 한번 들어보자! 난 와인을 마시고 있을 테니, 미국 최고 갑부의 사치를 이야기 해봐!"

"슈퍼 리치(Super Rich)로 선택받은 젊은이가 누릴 수 있는 생활을 그려볼까? 너, 눈을 감고 내 얘기를 듣는 것도 좋겠다. 내 고향은 뉴욕이야. 내게 고향이란 소년기와 청년기를 보냈기에 편하고 익숙한 곳을 의미하지. 친구도 많고. 이제부터 내가 제3자의 위치에서 내 자신을 그려 보겠어. '스티브가 1억불을 갖고 뉴욕으로 금의환향한다. 맨해튼의 센트럴 파크 옆 최고급 아파트를 사서 거처로 삼는다. 자동차는 멋지고 성능 좋은 컨버터블을 두 대 구입하고, 살같이 내달리는 오토바이도 갖고 있어. 그는 허드슨 강변에 조촐한 요트를 매어두고, 주말이면 초대한 선남선녀들과 신나는 파티를 즐기지. 플로리다에는 정감 있는 별장도 소유하고 있어.' 희옥, 어때? 근사하지 않아?"

"무엇을 소유하느냐도 중요하지만, 사실은 '무엇을 하느냐'가 구체적 인간이 처한 시점과 장소에서 행복을 좌우하는 것이 아니겠어? 그 스티브라는 인간은 평소에 무엇을 하고 살아갈 것인지를 묘사해 보는 것이 어떻겠어?"

"좋은 생각이다. 투자회사에서 하는 일이란 돈을 걸고 피 말리는 두뇌게임을 하는 거잖아? 스트레스가 이루 말할 수 없어. 그래서 스티브는 당연히 금융계를 떠나지. 그는 좋아서 할 일을 찾아내게 돼.

작곡을 하면서 살아가지. 그는 집에 환상적인 오디오와 비디오 시설을 해놓고 낮에는 음악 듣고 영화 보는 생활을, 밤에는 클럽에 나가 삼바(samba) 춤을 추는 생활을 즐기고 있어. 겨울엔 스위스로 스키 타러 가고, 여름엔 하와이로 서핑 하러 가는 녀석이야. 때때로 묘령의 여인과 호화 크루즈 선을 타고 세계 명소를 여행하기도 해. 희옥, 어때?"

"그것 참 멋지다. 그렇게 살다 보면 세월 가는 줄 모를 거야!"

"더 들어봐! 그런데 몇 년 지나, 스티브는 그런 파라다이스 생활에 무감각해져. 불감증에 걸리는 거지. 그래서 손 떨리게 하는 도박에 빠져들어. 마지막엔 카지노에서 재산을 몽땅 잃어버리고 빈털터리가 되는 거야. 마약쟁이가 되지 않는 것만 해도 다행이야. 하여간 그는 다시 월급쟁이로 돌아가게 돼. 평범한 샐러리맨 생활에서 소박한 행복을 느끼면서 살아가는 거야."

"자아! 네가 일장춘몽에서 깨어났으니, 이제 우리가 자리에서 일어나 각자 비둘기 집으로 돌아가야 할 시간이 된 게 아니겠어? 너, 얄팍한 월급쟁이 사장이라고 해도 오늘 저녁 값은 있겠지?"

그 두 사람은 이렇게 IMF 경제위기를 맞고 있었다.


살을 엘 듯이 추운 일요일이다. 경제 한파에 기상 한파까지 몰아닥친다. 희옥과 송조는 함께 점심을 하고 영화도 보기로 약속했다. 둘이 만나 일식집에서 복어탕을 거의 다 먹을 무렵 송조가 계면쩍은 얼굴을 하면서 양해를 구한다.

"희옥씨, 우리가 점심 먹고 나서 보기로 한 영화표를 예매해두었는데, 내가 급작스런 일이 생겨 못 가게 되었어요."

"무슨 일이 생긴 거예요? 혹시 나쁜 일은 아닌 거지요?"

"그런 건 아니에요. 아버지가 저보고 급한 일이 있으니 경남 창원엘 다녀오라고 하셨어요. 곧 출발해야 해요. 주차장에 차가 대기하고 있습니다."

"창원이라면 남해 바다에 있는 도시잖아요? 그 먼 곳에 가는 거예요? 오늘 돌아오긴 어렵겠네요."

"내일 오후에나 귀경할 겁니다. 보기로 한 영화는 내일 밤에 보는 게 어떻습니까?"

"영화는 신경 쓰지 말고, 무사히 창원 다녀올 생각이나 하세요. 그런데 부산같이 큰 도시도 아니고, 어떻게 창원엘 가게 되었지요?"

"창원 인근에 아버지 친구가 하는 광산이 있어요. 구리광산입니다. 그 광산에 가는 겁니다."

"요업회사 전무인 송조씨가 왜 구리광산엘 가지요?"

"아! 아버지 일로 가는 겁니다. 그 광산에 아버지의 비밀금고가 있어요. 내가 본의 아니게 자기개시를 하게 되었네요. 거기 금고에서 아버지가 급히 필요하다는 걸 꺼내 와야 합니다."

"그런 걸 서울에 금고를 마련해서 넣었다 꺼냈다 하시지 않고, 왜 그 먼 창원에 두고 계시지요?"

"보안과 안전 때문에 그런 거지요. 극비로 해야 할 금고는 철통같이 안전한 곳에 두고, 몇 사람만이 알고 있을 은폐 장소에 설치해야 하니까요."

"창원이 그런 곳인가요?"

"창원에 있는 일진구리광산은 지금은 지하갱에서 구리를 채굴하고 있지만, 옛날 노천채굴을 하던 갱이 남아 있습니다. 노천갱은 채굴이 완료되어 모두 다 폐광되어 있는데, 그 중 한 갱도는 출입이 가능한 동굴로 보존하고 있습니다. 구리를 캐던 갱이니 만큼, 갱벽(坑壁)이 단단하기 이를 데 없지요. 그 갱벽 안에 강철 금고를 부착 설치하여 아버지가 극비리에 사용하고 있는 거예요. 보안 때문에 아버지, 아버지 친구인 이동철 사장, 그리고 나, 세 사람만이 그 금고 문을 열 수 있도록 되어 있답니다. 그 컴컴하고 깊은 동굴 안에 혼자 들어가 금고를 열 때 얼마나 으스스한지 몰라요. 무섭기도 해요. 이거 희옥씨에게만 말하는 자기개시예요."

희옥은 그 금고 속에 무엇이 들어있냐고 묻고 싶은 마음을 꾸욱 누른다. 이런 종류의 대화는 아들이 나중에 아버지에게 털어놓을 수도 있는 성질의 것이고, 의심 많은 허 원장은 희옥의 지나친 질문에 경계심을 가질 지도 모를 일이기 때문이다. 이 정도 알게 된 것만 해도 큰 소득이라 생각하고 호기심을 접어야 한다.

"거긴 스릴 넘치는 곳이네요. 영화의 한 장면 같아요. 그럼 잘 다녀오세요. 구리광산 동굴에서 감기 걸려오지 않도록 조심하세요."

"희옥씨야말로 이 맹추위에 감기 걸리지 마세요."

송조는 희옥과 헤어지는 것을 무척 아쉬워하면서 영화 티켓 두 장을 손에 쥐어주고 대기한 차에 오른다.

비서 강희옥이 여느 때처럼 허종기 원장실에 들어가 금융동향에 관한 일일 보고를 한다. 한국의 경제위기는 하루가 다르게 급박하게 돌아간다. 강 비서는 경천동지할 사건을 연이어 쏟아낸다. 듣고 있는 사람이 보통사람이라면 머리를 절레절레 흔들어대며 숨막혀하고 어지러워 쓰러질 내용이다.

"원장님! 현재 경제상황을 요약 정리해서 보고 드립니다. 정부의 경제대책회의 결과, 환율변동 제한폭이 폐지되었습니다. 1달러당 원화 환율은 1992원을 기록하고 있습니다. IMF가 20억 달러를 조기 지원한다고 결정하였습니다. 그 금액은 바싹 마른 논에 물 한 주전자 붓기밖에 되지 않습니다. 은행 대출의 최고금리는 연 40%로 확대되고, 금융기관에 대한 외국인투자가 대폭 허용되었습니다. 극동건설과 나산그룹이 최종적으로 부도 처리되었습니다. 현대그룹이 구조조정에 들어가고, 1차적으로 10개 종합금융회사의 인가가 취소되어 금융기관의 퇴출이 개시됩니다."

보고를 받는 허 원장이 "끄응!" 길게 한숨을 내쉰다.

"은행감독원장인 나조차도 정신을 차리지 못하겠습니다. 이 나락이 어디까지 떨어질지, 모골이 송연합니다."

"원장님, 의연히 대처하셔야 합니다. 원장님께서는 천재적인 '금융이해지수'(金融理解指數, Financial Quotient)를 지니고 계시지 않습니까? 이 난국을 헤쳐나가실 분은 원장님밖에 없습니다."

허 원장은 희옥의 칭송에 우쭐한다. 나라의 경제위기는 잊어버리고, 자신이 '경제대통령'이라는 기분 좋은 과신에 젖어든다. 경제대책 당정회의에 나가서 위기를 초래한 책임자를 엄히 문책해야 한다고 질타하고, 나아갈 방향을 가리키며 '모두들 돌격 앞으로'를 외칠 자신을 상상한다. 우왕좌왕하는 머저리들과 쓰레기들을 앞에 두고, '장(將)이야! 차장(車將) 받아라! 포장(包將) 받아라!" 하고 외칠 것이다. 오합지졸 누구 하나 꼼짝 못하고, 자신이 하자는 대로 끌려다닐 것이다. 자신은 경제계의 수장이요, 왕이다. 그는 한껏 고양되어, 얼굴에 옅은 미소까지 배어나온다. 교만한 자가 흔히 보이는 자아도취 증상이다. 희옥은 이 순간을 놓치지 않고, 마음 속 깊이 접어두었던 계획을 펼친다.

"그런데 원장님, 제가 사적으로 긴히 드릴 말씀이 있습니다."

허 원장은 희옥이 자기 아들과 데이트를 시작한 이래, 그녀를 반쯤은 며느리로 생각하고 있다. 그러한 희옥이 사적인 이야기를 하겠다니, 혹시 아들과 결혼하고 싶다고 허락해달라는 청을 넣을 것이 아닌가 하고 긴장한다. 그렇지만 아들 송조와의 결혼을 그 자신도 내심 바라는 일이 아닌가! 원장은 온화한 기색으로 말한다.

"강 비서, 어려워말고 무슨 이야기라도 해보아요."

"저는 원장님께서 공인(公人)으로서 이 난국을 잘 타개해 나가시리라 확신합니다. 다만 이 위기가 어떤 사람들에게는 거부를 쌓을 수 있는 호기가 될 수 있기에, 원장님께서 공익 외에 사익(私益)이라는 관점을 놓치지 마시기를 당부드리려고 합니다."

"그게 무슨 소리입니까?"

"세계적으로 보아 지금까지의 경제적 번영은 개인주의와 자본주의라는 쌍두마차가 끌고 온 것입니다. 여기에 저초되어 있는 사고는 사익의 총화가 공익에 직결된다는 것입니다. 개개인이 자신의 경제적 이익을 최대한 거두려고 한 노력이 국가경제로도 최대한의 이익을 가져온다는 사상입니다. 저는 원장님께서 너무나도 잘 알고 계시는 평범한 경제 진리를 말씀드리는 것입니다. 원장님께서는 이 경제위기에 국가를 살리려는 공익적 봉사정신에 매진하시겠지만, 다른 한편으로는 사익을 아울러 추구하시어 거금을 모으실 기회로 이용하시기를 진언 올립니다. 지금 나라 안팎에서 일확천금을 노리고 투자 자금을 끌어 모으고 있는 사람이 수두룩합니다. 우수수 떨어질 돈다발을 줍지 않는 사람이 바보일 따름입니다."

"강 비서는 어디에서 돈다발이 떨어질 거라고 생각합니까?"

"제가 그 점에 관해서도 국내·외의 동향을 파악해 두었습니다. 무엇보다도 외국계 투자회사가 국내 금융기관을 인수하고자 눈독들이는 상황에 주목해야 합니다. 구한말에 외국 열강에게 국토를 빼앗겼듯이, 지금은 외국 열강에게 국부(國富)를 빼앗길 수 있는 형편입니다. 원장님께서도 잘 아시는 외국의 투자회사들, 예컨대 론스타(Lone Star)는 외환은행을, 뉴브리지는 제일은행을, 칼라일은 한미은행을, H&Q는 굿모닝증권을 인수하고자 혈안이 되어 있습니다. 그리고 자산공사가 매입한 동남은행의 부실채권 3억 원어치를 론스타가 재차 매입하였는데, 장차 론스타 측은 만기가 도래한 이 부실채권의 책임을 물어 채권보증기업인 무학을 상대로 해서 80억 원 이상을 징수할 것으로 예측하고 있습니다. 론스타는 저평가된 극동

건설을 인수하려는 계획 말고도, 국내 기업이 위기 타개책으로 내놓은 헐값의 부동산을 인수하고자 하는 욕심이 대단합니다. 테헤란로의 스타타워, 여의도의 동양증권빌딩, SK증권빌딩, 명동의 청방빌딩, 쌍용의 아산공장 터 47만 평방m 등을 사들이고자 사전 정지작업을 하고 있습니다. 그 밖에 싱가포르 투자청은 파이낸스빌딩, 한라시그마타워, 아시아나빌딩을, 모건 스탠리는 한누리빌딩, 서울리조트, 삼익가구 인천공장을, 골드만 삭스는 은석빌딩과 논노빌딩을, 유럽계 로담코는 현대중공업 사옥과 종로 낙원빌딩을 손에 넣고자 발 빠르게 움직이고 있습니다. 심각한 국부유출이 우려됩니다. 이를 방치하지 마시고, 원장님께서 개인적으로 나서야 하십니다. 정부의 경직된 관료조직과 지지부진한 민주적 절차로는 시급한 문제를 해결할 수 없습니다."

"내가 무슨 수로 그 많은 부실기업, 부실채권, 저가 부동산을 인수한다는 말입니까?"

"원장님 개인적으로 끌어 모으실 수 있는 자금을 최대한 동원해서 최고의 이익을 낼 수 있는 곳에 선별 투자하시면, 나중에 한국의 금융재벌이 되실 수 있습니다."

금융재벌이라는 말에 허 원장의 귀가 쫑긋 한다.

"금융재벌이라니요?"

"우리나라가 외국을 본받아 증권사의 투자은행화를 꾀하고 있으나, 자본, 기술, 영업망 등이 취약하여 아직은 가망이 없습니다. 장차 법률상 금융지주회사의 설립을 허용하지 않을 수 없게 될 터인데, 그때 금융계에서 높은 명망과 자금을 갖추신 원장님께서 금융지주회사를 설립하시어 우리나라의 금융계를 지배하실 수 있습니다. 그 지위가 금융재벌이 아니고 무엇이겠습니까? 미국의 금융재벌인 모건(Morgan) 가문(家門)을 한국에서도 일궈 보시지요! 아드님도 2대 총수로서 잘 해나가실 것입니다."

자신은 좀 부족하다고 여기는 아들까지 치켜 세워주는 강 비서가 그렇게 이뻐 보일 수가 없다.

"내가 동원할 수 있는 달러화가 조금 있기는 하지! 외국 투자회사들이 탐내는 국내 자산 중에 최상의 투자처를 물색해서 최저가로 인수할 수 있는 최적의 시점에 매수한 후, 차후 고가로 매도할 수 있는 적정 시점에 발을 빼서 거금을 마련한다는 플랜(plan)을 이야기하는 거지요?"

"예, 정확히 말씀하셨습니다. 원장님께서는 뛰어난 혜안과 불패(不敗)의 경험을 토대로 해서 투자처의 선정, 최저가에 도달한 매수의 최적 시점, 매도가와 그 적정 시점을 귀신같이 짚어내실 것입니다. 그렇게 하시어 한국의 금융재벌이 되시면, 국부(國富)의 지기를 품었다는 태평로 일대를 한국의 월스트리트로 조성하시고, 미국 월가의 상징인 황소 동상을 능가하는 황룡(黃龍) 조형물을 만들어 태평로 입구에 헌납하시고, 용 형상물 아래에 동판을 설치하시어 태평로 금융가를 이루신 원장님의 업적을 기록하신다면, 만대에 기릴 금융 역사를 창출하시는 것입니다. 저는 비서로서 원장님을 모시게 된 것만으로도 일신의 지극한 영광입니다."

허 원장은 두둥실 한국의 모건이 된 듯한 착각에 빠진다. 다른 사람도 아니고 세계에 내놓아도 전혀 손색없는 재원(才媛)인 희옥이 그토록 높이 평가해주니, 어찌 몽중몽(夢中夢)에서 벗어날 수 있겠는가? 내일 죽더라도 한국의 금융재벌이 되기를 꿈꾸어 볼 일이다. 그의 교만과 탐욕은 죽음도 불사(不辭)한다.

"이 투자는 간단히 결정할 수 있는 문제가 아닙니다. 강 비서의 제안을 앞으로 곰곰이 생각해보겠습니다. 어떻든 간에 강 비서는 투자처의 선정과 투자 적기(適期)를 분석해서 내게 적절한 판단자료를 제공할 준비를 해두기 바랍니다."

"예, 잘 알겠습니다. 제 일생일대의 고비로 알고 원장님 돕는 일에 최선을 다 하겠습니다."

"그럼, 나가서 일을 보도록 하세요. 투자 건은 극비사항으로 다루어야 합니다."

희옥은 여느 때보다도 더욱 깊이 상체를 숙여 절하고, 원장실을 물러난다.

## 제36화
## 유용국 부녀가 복수극을 펼치다.

　강희옥은 유옥희로 돌아가서 아버지 유용국을 만난다. 두 사람은 전번 약속 장소였던 공릉동의 다방에서 만나 태릉을 둘러보면서 이야기를 나눈다. 공릉동(孔陵洞)에 있는 사적(史蹟)은 공릉(恭陵)이 아니라 태릉(泰陵)이다. 태릉은 조선시대의 임금 중종(中宗)의 왕비였던 문정왕후 윤(尹)씨의 묘이다. 태릉은 왕비의 무덤이라고 믿기 어려울 만큼 웅장한 규모의 능이다. 당대에 문정왕후의 권세가 얼마나 강했는지를 짐작케 하는 무덤이다. 용국은 태릉의 유래를 상기하면서, 자신의 딸 옥희가 조선시대에 태어났더라면 적어도 문정왕후만큼은 되는 원더 우먼(wonder woman)으로 활약했을 것이라고 생각한다. 그런데 그 딸의 재능이 자신의 복수극에 묻혀버리게 되는 것을 못내 아쉬워한다.

　옥희가 밝은 표정으로 이야기를 시작한다.
　"아버지! 그동안 스티브와 허송조를 만났는데, 큰 소득이 있었습니다."
　"그래? 차근차근 들어보자꾸나!"
　"먼저 스티브와 저녁 먹으면서 알게 된 사실입니다. 제가 아버지에게 말씀드렸었지요. 서울에 있는 동북아투자회사와 동북아투자자문회사 그리고 뉴욕에 있는 오리엔탈투자회사의 실질적인 소유주가 허 원장일 것으로 추측한다고요. 그런데 그게 사실로 확인되었습니다."

"지금 네가 아주 자신 있게 단언하고 있는데, 그게 어떻게 확인되었는지 궁금하다."

"동북아투자회사의 사장인 스티브가 세 회사의 실소유주는 허 원장이라는 전제하에 이야기를 하더군요. 심지어 오리엔탈투자회사에 있는 허 원장의 은닉 자금이 2억 불이 넘는다는 말까지 했는데요, 뭘!"

"그것 참! 대단한 걸 알아냈다."

"그 다음으로 말씀드릴 것은 송조씨에게서 들은 정보예요. 어느 구리광산의 폐쇄된 갱도 안에 허 원장의 비밀금고가 있답니다."

"뭐라고? 그 작자가 비밀금고를 갖고 있을 수는 있지만, 왜 광산 갱도 안에 있는 거지?"

"저도 그게 신기해서 송조씨에게 물어보았습니다. 원장의 절친이 운영하는 광산인데, 철저한 보안유지를 위해서는 그보다 더 적합한 장소가 없다고 생각한 모양입니다."

"그 광산 이름을 알고 있느냐?"

"이동철 사장이 소유한 일광금속회사의 일진구리광산입니다. 소재지가 경남 창원입니다."

"혹시 비밀금고 안에 들어있는 것도 말하더냐?"

"그 이야기는 없었고, 제가 그것까지 알아보는 것은 의심을 살 우려가 있다고 생각해서 그만 두었습니다."

"그래, 잘했다! 너무 욕심 부리면 탈이 나는 법이다. 그런데 서울에서 그렇게 먼 곳에 금고를 설치한 것을 보면, 뭔가 굉장한 것을 넣어놓고 있는 것 같다."

"저도 그렇게 생각합니다. 그리고 그 비밀금고를 열 수 있는 사람은 딱 세 사람밖에 없답니다. 허 원장과 그 아들 그리고 이동철 사장입니다. 송조씨한테서 금고 여는 방법을 알아내는 것은 위험하다고 생각하고 있습니다."

"그렇다. 너무 깊게 들어가는 것도 좋지 않다. 내게 그 비밀금고를 열 수 있으리라는 기대감이 있다. 김봉달 선배가 금고제작회사를 경영하고 있는데, 그는 금고에 관한 한 도사다. 그와 상의해보련다."

"그런데 아버지! 저는 우리가 복수극을 벌일 시기가 코앞에 닥쳐왔다고 생각하고 있습니다. 일이 긴박하게 돌아가고 있습니다."

"왜 그런 생각이 드는지 말해 보겠니?"

"우리가 허 원장에게 할 복수는 그를 완전히 파멸시키는 것이잖아요? 저는 지금 나라의 경제위기가 정점에 도달했다고 판단하고 있는데, 지금 시점이 그를 완전 파멸시킬 수 있는 적기라고 생각합니다."

"파멸시킬 적기라는 너의 생각을 좀 더 자세히 들어보자!"

"저는 허 원장에게 거의 공짜나 다름없이 헐값에 나와 있는 기업, 채권, 부동산 등을 인수하였다가 나중에 매도하여 단숨에 거금을 벌어들이도록 설복하였습니다. 현재 최저가인 매수 시점에 도달했다고 보아서, 그가 감추어둔 모든 자금을 모아 인수 작전에 착수할 것입니다. 제가 그의 교만을 잔뜩 부추겨서, 이 위기를 호기로 이용하여 금융재벌이 되고자 할 야욕을 불어 넣었습니다. 투자 여부를 더 숙고해보겠다고 하면서도 제게 만반의 준비를 갖출 것을 지시하는 것을 보면, 그는 틀림없이 투자에 올인(all-in)할 것입니다. 투자 시기는 일주일을 넘기지 않을 것으로 예상됩니다."

"그의 투자 자금은 얼마나 될 것 같으냐? 또 어디에 묻어두고 있는지 모르겠다."

"아까 말한 뉴욕의 오리엔탈투자에 2억 불이 넘는 은닉 자금이 있고, 국내 동북아투자에 5백억 원 가량의 운전자금이 있습니다. 원장은 미국에 있는 2억 불을 곧바로 국내에 들여올 것입니다. 그 밖에 그의 비밀금고에 얼마나 들어있을지는 미지수입니다."

"그 작자가 어떻게 그 많은 돈을 모았을까?"

"소문이긴 해도 믿을 만한 소식통에 의하면, 제5공화국 초기부터 그는 대통령의 비자금을 조성하고 관리하는 금고지기였다고 합니다. 그는 미국 제퍼디투자회사가 서울에 지사를 설립하도록 하고, 설립 후 그의 음성적인 자문과 지원을 받아 엄청난 수익을 올리면서, 자문료 명목으로 그 일부는 동북아투자자문회사에, 대부분은 오리엔탈투자로 송금하게 하여 비자금의 덩치를 키운 것입니다. 당연히 권력기관의 비호가 있었겠지요. 그 후 대통령의 비자금을 요리조리 핑계대면서 끝까지 자신의 손 안에 두고 있었는데, 전직 대통령들이 감옥에 가는 것을 보고, 떨어진 낙엽 신세인 전직 대통령의 비자금을 가로챌 생각을 한 모양입니다."

"그러면 네가 실행하고자 계획하고 있는 복수극를 구체적으로 펼쳐 보거라!"

"그가 동북아투자에 2억 불을 들여오는 즉시 그 2억 불을 우리가 빼돌려서, 그를 돈 문제로 파멸시킬 작정입니다."

"어떻게 빼돌리려고 하느냐?"

"미국에 있는 오빠로 하여금 검은 돈을 비밀리에 예치할 수 있는 스위스은행과 바하마은행 두 곳에 계좌를 열게 하고, 동북아투자에서 빼돌릴 돈을 그 계좌로 분산 송금하게 할 것입니다. 오빠가 할 일은 아버지가 조처해 주세요. 계좌 개설에 필요한 서류와 절차는 제가 알려드릴게요."

"그러자면 동북아투자의 사장인 스티브를 끌어들여야 할 터인데, 그와 이야기는 되어 있느냐?"

"스티브에게 제 계획을 일찍 털어놓으면 말이 샐 수가 있어서 결정적 시점에 그를 회유할 작정입니다. 그를 끌어들이는 것은 식은 죽 먹기입니다. 그는 슈퍼 리치의 꿈을 이루어 뉴욕에서 안락한 여생을 누리고자 하는 속물입니다. 안전하고도 손쉽게 거금을 쥘 수 있게 해준다면, 그가 마다할 리 없습니다."

"너와 스티브가 돈을 빼돌릴 디데이(D-day)가 잡히면, 그 즉시 내게 알려다오! 나는 디데이 바로 전날에 허 원장의 비밀금고를 털어보도록 하겠다."

"그것까지 가능하다면 허 원장은 완전 파멸할 것입니다. 꼭 성공하시길 빕니다."

"일거에 모든 은닉 자금을 잃게 되면, 허 원장은 붕괴되고 말 것이
다. 검은 돈이니만치 수사기관에 고발하기는커녕 어디에 하소연조
차 못하겠지. 그리고 복수극을 마친 후, 내가 전직 대통령에게 전화
해서 그의 비자금 사건에 대해 약간의 힌트만 던져주면, 허 원장은
그날로부터 쫓기는 신세가 될 것이다. 그쪽에서 가만히 있겠니? 허
원장이 비자금을 되돌려놓지 못하게 되었다는 것을 알면, 최소한 허
원장에게 복수하려고 덤벼들 거야!"

"그럴 거예요. 허 원장의 검은 돈을 우리가 가로챘다고 하더라도
그는 사건을 공식화하지는 못할 겁니다. 그가 개인적으로 우리를 추
적해보아야 한계가 있습니다. 저와 스티브는 돈을 빼돌리자마자 한
국을 뜰 것입니다."

"너는 어디로 피신하려고 하느냐?"

"저는 영국으로 가렵니다. 런던에 은신하고 있다가 때가 되면 그
곳 금융가에 취직자리를 알아보게 되겠지요. 아버지와는 비밀채널
을 만들어 연락하겠습니다."

"좋다! 앞으로 일의 진척은 그때그때 연락해서 끌어나가기로 하
자. 비록 원한을 푸는 복수이지만, 우리에게 하늘의 가호가 있기를
기도하겠다."

두 사람은 서로의 오른 팔을 얽어 묶어 서로의 가슴에 당기고서,
왼손바닥으로 서로의 등을 다독인다. 딸이 택시를 타고 가는 것을
보고 나서, 용국은 버스정류장으로 향한다.

유용국이 두꺼비금고제작회사의 김봉달 사장을 찾아간다. 사장실에 앉아 직원들과 잡담을 나누던 봉달은 용국이 들어오는 것을 보자, 다들 내보낸다. 사장실 한 쪽 벽면에는 각종 크기의 금고가 대여섯 개 진열되어 있다. 모두 견본품이다. 용국은 빨리 용건에 들어가고 싶어 한다.

"선생님, 거두절미하고 찾아온 이유를 말씀드리겠습니다. 저를 도와주셔야겠습니다."

"왜 그리 황망한 얼굴을 하고 있어?"

"드디어 고대하던 복수의 날이 임박했기 때문입니다. 선생님은 전국에 있는 두꺼비표 금고를 다 열 수 있다고 하셨지요?"

"그래, 정말이야! 내가 유필이에게 거짓말을 할 이유가 어디 있겠어?"

"그리고 두꺼비표 금고를 어디에 팔았는지도 다 기록되어 있겠지요?"

"아, 그렇고말고! 판매장부에 다 기재되어 있지."

"그러면 경남 창원에 있는 일진구리광산에 금고를 넣은 적이 있는지 알아봐 주세요. 일광금속회사에 속한 광산입니다."

봉달은 한켠에 있는 사용(私用) 금고를 열더니 두둑한 장부를 꺼내온다.

"일진구리광산이 주문한 금고를 창원으로 배달한 기억이 나는데, 그게 아마 5년 전쯤이지. 유필이! 여기 장부를 보게! 대형금고를 세 개씩이나 일진에 배송한 기록이 적혀 있지 않아? 그걸 갱도 안까지 운반해 준 기억이 있어."

"그럼 그 금고들을 열 수 있겠네요?"

"아, 그렇다니까! 왜 자꾸 묻고 그래!"

"제가 철천지원수로 알고 복수하려는 대상이 지금 은행감독원장
으로 있는 허종기입니다."

"우리가 함께 옥살이할 때, 자네한테서 허종기 이야기를 들었지.
그 자가 은행감독원장이 되었다고?"

"예, 그렇습니다."

"그 자와 구리광산의 금고가 무슨 상관이 있나?"

"그 구리광산은 허 원장의 막역한 친구가 운영하는 곳입니다. 허
원장은 그곳에 금고를 설치하면, 철통 보안이 되리라고 생각한 것입
니다."

"게다가 그 녀석은 두꺼비표 금고라면, 철통 방비가 되리라고 생
각했겠지! 그런데 그 자가 그 금고를 거기에 설치했다는 것은 어떻
게 알아냈어?"

"제 딸아이가 그 자의 비서실에 근무합니다. 더구나 그 녀석의 아
들과 사귀고 있습니다."

"거 참, 가족끼리 잘도 엮어져있구먼!"

"그 비밀금고를 꼭 열어야겠는데, 선생님이 도와주실 거지요? 안
도와 주시면 칼로 협박해서라도 그 방법을 알아낼 겁니다."

"잘 한다! 하늘같은 은혜를 베풀어준 선생님을 칼로 협박하겠다
고? 배은망덕해도 유분수지! 복수에 눈이 멀어 정신이 돌아버렸구

나!"

"제 복수심이 그 정도라는 뜻이지요! 제가 진담으로 말했겠습니까?"

"유필이, 자네는 출소 후 선량한 시민으로 살아온 나를 범죄에 끌어넣으려 하는 거야! 그건 알고 부탁하는 거지?"

"그럼요! 선생님은 배운 게 도둑질이니 사기니 하면서, 하게 되면 할 수도 있다고 그러셨잖아요?"

"도와달라는 건이 바로 그거란 말이야?"

"예, 그렇습니다. 그 비밀금고 안에는 틀림없이 엄청난 것들이 보관되어 있을 겁니다. 그리고 선생님은 전국의 모든 두꺼비표 금고를 열 수 있다고 하셨는데, 한번쯤은 실연해보고 싶지 않으십니까?"

봉달이 가르치기를, 사기꾼은 인간 심리에 정통해야 한다고 했는데, 그 새 용국은 봉달의 심리에 파고들어 범행으로 유인할 수준이 되었다.

순간 봉달은 자리에서 벌떡 일어나더니 뒷짐을 지고 사장실 안에서 왔다 갔다 한다. 중대한 결정을 내리기 전에 그가 하는 습관적 동작이다. 한 동안 시간이 흐른다. 용국은 가만히 앉아 있다. 이런 대사(大事)는 봉달이 자발적으로 나서야지, 애원하거나 억지를 써서 될 일이 아니다. 봉달이 독백조로 중얼거린다.

"아, 내가 기로에 섰구나! 범죄가 맺을 달콤한 과일을 따고 싶어 하고 내 능력을 시험하면서 스릴을 즐기려는 범행 동기와 바르고 떳떳하게 살아가려는 범행 저지동기가 맞부딪치는구나! 어느 동기 부여에 더 큰 힘이 실리려나? 나는 계산하는 인간인가? 아니면, 운명을 믿는 인간인가?"

그러다가 봉달은 발걸음을 멈추고, 세차게 말을 쏟아낸다.

"나는 운명적으로 범죄자야! 내게 범죄는 운명이고, 나는 운명을 따라가지! 그리고 목숨을 걸고 복수하려는 감옥붙이의 간청을 떨치지 못하는 마음 여린 악당이야!"

용국은 그런 봉달을 애처롭게 쳐다본다. '내가 이렇게까지 복수를 해야 하나!' 하고 자책을 한다.

그때 봉달이 결연히 선언한다.

"유필이! 내가 도와주지! 우리, 지금부터 그 작자의 비밀금고를 털 계획을 세우자구!"

"감사합니다. 진정 감사합니다."

"금고털이는 언제쯤 하려고 하나?"

"제 딸이 허 원장의 투자회사 은닉 자금을 몽땅 빼돌리려고 합니다. 일주일 내로 일이 벌어질 모양입니다. 딸아이가 돈을 빼돌리는 거사일을 알려주기로 했는데, 거사일 전날에 금고를 터는 것이 어떻겠습니까?

"내가 범행은 순식간에 치고 빠져야 한다고 가르쳤지? 은닉 자금 빼돌리기와 금고털이를 둘 다 최근접 시각에 해치우고, 주모자들은 튀어야 하는 거야. 거사일 전날 밤에 금고를 터는 게 법도에 맞아!"

"그런데 금고가 있는 광산의 경비가 엄중하지 않겠습니까?"

"당연히 경비원이 지키고 있지. 우리는 야간에 털어야 하는데, 아마 2교대 내지 3교대로 두세 명씩 경비를 서고 있을 거야."

"경비원을 어떻게 따돌리고 갱도 안으로 진입할 수 있을까요?"

"방법은 몇 가지가 있어. 우리가 광산에 들어갈 때 당번을 서는 경비원들을 돈으로 매수하는 방법 또는 그 경비원들을 잠재우는 방법이 있지. 죽일 수는 없지 않아?"

"잠재우는 방법이 좋겠네요? 그건 어떻게 하지요?"

"그들이 마실 음료에 수면제를 탈 수도 있고, 야수를 잠재울 때 쓰는 마취총을 쏘아서 혼수상태에 들어가게 만들 수도 있어. 여자를 보내 사장 심부름을 왔다고 속이고 마취침을 찔러 정신을 잃게 하는 것도 한 방법이지."

"우리 범행을 알 사람이 없는 게 최선이니까, 마취총을 사용하는 게 어떻습니까? 그러나 총을 파는 사람이 의심하지 않을까요?"

"나는 지하세계의 왕 하데스(Hades)가 한국에서 낳은 서자야! 아버지에게서 범행의 연결 고리를 끊는 점조직 활용법을 배웠지. 걱정하지 마!"

"제가 복수를 도모하면서 정말로 아까워하는 사람이 둘 있습니다. 선생님과 제 딸입니다."

"복수에 성공하려면 자기 딸도 희생해야 하는 거야! 다시 본론으로 돌아가지. 금고를 터는 날 밤 개시 시간을 자네 딸의 거사일 새벽 1시로 잡고, 나는 마취총 두 자루를 구해서 사격연습을 충분히 한 후에 총을 쏘아 경비원들을 잠재운다. 대형금고 3개 안에 있는 보관품이라면 봉고차를 두 대는 끌고 가야겠어. 우리 단 둘이서 범행을 해야 할 터이니, 자네와 내가 각각 차를 한 대씩 몰고 가서, 금고가 설치된 갱도 앞에 주차시킨 후, 안으로 들어가 금고문을 연다. 상상하기만 해도 짜릿하기 짝이 없어. 그 맛에 금고털이를 하는 거야! 턴 물건을 봉고에 싣고, 금고는 감쪽같이 닫아 두어야 당분간 의심을 받지 않을 거야. 훔친 물건은 내 회사의 특별창고에 비치된 대형금고에 넣어두지. 범행 흔적을 남기지 않도록 만반의 주의를 하면, 우리는 안전해. 피신할 필요도 없어. 그런데 유필이! 훔친 물건을 어떻게 나눌까?"

"그거야 반반씩 나누지요!"

"내가 더 가져야 하지만, 유필이는 내 수제자니까 특별히 봐주겠어!"

"감사합니다. 그러면 이제 합의가 다 된 겁니다. 금고를 털 날이 결정되는 대로 알려드리겠습니다. 선생님은 모든 준비를 갖추고 계십시오."

"오랜만에 한탕 칠 생각을 하니, 온몸에 소름이 끼치는구먼. 스릴 만점이겠어!"

두 사람은 그렇게 금고털이를 모의한 후 헤어진다.


복수극을 펼칠 디데이가 임박했기에 희옥은 동북아투자회사의 사장인 스티브를 불러낸다.

"스티브, 어때? 원장님의 투자 준비는 잘 되어가고 있는 거지?"

"아무렴, 잘 되고 있어. 내게 원장님의 투자 준비 지시가 있었고, 벌써 5천만 불이 오리엔탈투자로부터 내 회사로 송금되어 왔어! 내일 6천만 불, 나흘 후 1억 불이 송금되어 올 예정이야. 2억1천만 불을 몽땅 투자하실 의도를 갖고 계신 모양이야."

"네 회사의 운전자금 5백억 원도 동원할 거야?"

"응, 원장님은 이번 투자에 올인 하려고 하셔. 현금이 많은 사람, 더구나 달러화가 많은 사람에게는 지금 최악의 경제위기만큼 더 나은 투자기회가 없다고 생각해."

"그런데 우리 계획을 좀 변경해야겠어!"

"그게 무슨 소리야? 원장님이 투자 결심을 하신 이 시점에 뭘 바꾼다는 거지?"

"원장님의 계획은 그대로고, 우리의 계획이 바뀐다는 거야!"

"알아듣게 얘기해 봐!"

"들어봐! 너도 알다시피 원장님의 투자금은 전직 대통령의 비자금인데, 이 돈을 보관하고 있다가 이번 기회에 가로채서 일확천금을 노리는 거잖아. 그런데 우리는 우리대로 손 안에 들어오는 게 있어야 되지 않겠어? 너도 전번에 말했듯이 이 기회에 우리가 한 밑천 마련하여, 이 살벌한 금융계를 떠나 남은 인생 동안 하고 싶은 것을 하면서 보내야 되지 않겠어? 그 꿈은 나도 마찬가지야! 원장님이 투자해서 수십억 불을 거두어들이면, 우리 각자에게 1억 불 정도의 떡고물이 떨어질 거로 생각했었는데, 내가 다시 고민해보았지. '원장님이 과연 그렇게 많은 돈을 떼어주실까?'하고 말이야. 최종 결론은 노(No)였어. 원장님의 돈에 대한 탐욕은 하늘을 찌르고도 남아. 한국의 금융재벌이 되려는 야심에 1불이라도 더 챙기려고 하실 거야. 그리고 그의 교만함은 자신의 자금을 투자해서 번 돈을 모두 자신의 능력과 행운이 가져온 것으로 돌릴 거야. 우리가 한 일에 터럭만큼도 감사할 줄 모를 위인이지. 내가 비서로 9개월을 모셔보아서 누구보다도 그의 인품을 잘 알고 있어. 일이 다 끝나고 나면, 허 원장이 네게 1억 불을 줄 것 같아? 백만 불도 주지 않을 거다. 내겐 모르지, 내겐 천만 불 정도를 줄지도 모르지. 그렇지만 넌 고작 십만 불 정도나 받을 게다."

희옥의 허 원장에 대한 지칭은 어느덧 반말 투로 바뀌고, 어조에는 경멸이 실려 있다.

"너, 이제 허 원장에게서 마음이 완전히 떠났구나! 너, 그를 배신하려고 하는 거지?"

"배신이라기보다 그가 비열하게 거금을 버는 것을 막겠다는 거야!"

"지금 이 위기에 돈 있으면 모두 비열하게라도 돈 버는 게 당연한데, 왜 네가 모시는 원장을 타겟으로 삼는 건지 모르겠네."

"국가적 위기를 이용해서 개인적 이익을 도모하는 모리배를 파멸시키려는 내 뜻은 분명해. 다만 나는 다른 사람이 돈 버는 것을 막을 위치에 있지 않지만, 허 원장만큼은 우리가 막을 수 있잖아? 그리고 슈퍼 리치가 되려는 우리의 꿈을 실현할 길도 있고."

"그럼 우리도 비열하게 돈 버는 모리배가 되는 거잖아?"

"야! 우리가 큰돈 챙기는 것은 축복이고, 허 원장이 돈 잃는 것은 저주인 거야! 너와 나를 평가하는 윤리적 척도는 서로 반대가 될 수 있어. 그게 인간 세상이야."

"너, 이제 보니, 아주 못된 불여우로구나!"

"불여우고 늑대불알이고 간에, 너! 앞으로 말하는 내 제안에 따라올 거야? 말 거야?"

"한번 들어보기나 하자. 도대체 너의 음흉한 계략이 뭐지?"

"간단해! 허 원장의 2억1천만 불을 우리가 가로채자는 거지. 나흘 후면, 네 회사에 2억1천만 불이 쌓이잖아? 그걸 우리가 나눠 갖는 거야. 단번에 전액을 우리가 몰래 개설할 외국의 비밀계좌로 송금하고, 곧바로 우리는 외국으로 튀어야 해. 허 원장은 완전히 믿는 도끼에 발등 찍혀, 빈털터리가 되는 거지."

"빼돌리는 거야 간단하지만, 뒤탈이 없을까?"

"그 돈은 전직 대통령의 비자금이야. 검은 돈이지. 허 원장은 돈 잃은 것을 알아도 수사기관에 수사를 의뢰하지 못해. 의뢰는커녕 연희동에서 보낼 닌자에게 당장 쫓기는 신세가 될 걸. 자기 목숨 부지하기에 바쁜 처지가 돼! 우린 외국으로 뜨기만 하면 안전해. 그가 개인적으로 우릴 탐지할 여유가 없어."

"그건 그럴 것 같다. 그런데 우리가 빼돌릴 2억1천만 불은 어떻게 나눌 생각이야?"

"네 몫으로 6천만 불, 내 몫으로 1억5천만 불!"

"무슨 말도 되지 않는 소리를 하고 있어? 내가 적어도 1억 불은 가져야지!"

"내가 이 큰 일을 혼자 하겠어? 난 동업자가 있어. 동업자에게도 나눠 줘야 해!"

"그건 네 몫에서 떼어 줘야지. 네가 고집부리면, 난 안할 거야."

"네가 할 게 뭐가 있니? 사장실에 앉아서 사인(sign)이나 하고 푸시 버튼(push button)이나 누르는 게 고작이잖아! 내가 허 원장으로 하여금 올인 하도록 설득하는 게 얼마나 힘들었는지 알아? 그리고 원장이 의심 않고 투자하도록 신뢰분위기를 조성하는 게 결정적 관건이었어."

"그래도 그렇지! 몫의 분배가 너무 언페어(unfair)하단 말이야."

"그러면 동북아투자의 운전자금 500억 원을 네가 가져! 그러면 됐지?"

"난 달러화를 갖고 싶은데. 네가 정 그렇다면 할 수 없지, 뭐!"

"이제 너와 나 사이의 딜(deal)은 모두 성립한 거야! 틀림없이 지키도록 하자. 내 동업자에게도 닌자가 있으니까, 알아서 하라고!"

"알았어. 나흘 후 1억 불이 들어오자마자, 재빨리 돈을 빼돌려야 할 테니까, 닷새 후가 히트 앤 런(hit and run) 하는 날이 되겠구나. 뛰는 날 비행기 표를 미리 사놓아야겠네."

"넌 어디로 날아갈 거야?"

"미국으로 가야지."

"뉴욕엔 가지 마라! 그리고 별일 없겠지만, 그래도 한동안 숨어 지내야 해."

"넌 어디로 갈 거야?"

"난 동업자하고 상의해보아야 해. 내가 사흘 후 스위스은행과 바하마은행의 비밀계좌를 알려줄 테니, 1억5천만 불을 둘로 쪼개어 그리로 송금해 줘!"

"그래, 나도 빨리 외국에 송금할 비밀계좌를 만들어야겠다. 이제 돌아가자!"

"일이 다 끝날 때까지 행동 조심하고, 말조심해. 사람들 만나지 마! 조용히 틀어 박혀 지내는 것이 좋아."

거액을 가로챌 계책을 공모하고 난 두 사람은 주위를 새삼스레 둘러본 후 각자 자기 직장으로 돌아간다.


스티브와 공모하여 허 원장의 투자 자금을 일거에 빼돌릴 디데이를 닷새 후로 결정한 유옥희는 모의가 있은 날 즉시 아버지에게 연락한다. 용국은 재차 김봉달에게 디데이 날짜를 알린다. 디데이 전날 낮에 용국은 봉달의 단골식당 별실에서 만나 단 둘이 점심을 먹는다.

"유필이! 점심 먹고 나서 기차 타고 창원으로 내려가는 거야. 창원 기차역 공용주차장에 봉고차 두 대를 갖다 놓으라고 직원에게 지시해놓았어. 오늘밤 늦게 우리 둘이 봉고를 몰고 일진광산에 가서 스릴을 즐기자구! 큰일을 하려면 잘 먹어 두어야 해. 게다가 내일 새벽에 차를 끌고 서울로 돌아오려면 힘을 비축해야지."

"선생님, 제가 봉고차 운전연습을 해두긴 했는데, 운전면허증이 없어서 은근히 걱정입니다."

"내가 누구야? 나는 지하세계의 왕 하데스의 서자이고, 제우스의 전령(傳令)이자 도둑의 신 헤르메스(Hermes)와는 절친 사이지. 헤르메스는 도둑의 신이면서 죽은 자를 지하세계로 인도하는 신이기도 해. 그 녀석이 내 아버지를 만나러 자주 지하세계로 와서, 나랑 놀곤 했어. 내가 그 친구한테서 배운 게 많아. 도적질할 때 만사를 빈틈없이 다져놓아야 한다고 누차 역설하더라구. 그래서 준비해두었어! 여기, 유필이 운전면허증이 있어. 위조한 거야."

"대단하십니다. 뭐든지 선생님처럼 철저히 한다면, 실패가 없겠습니다."

"아냐! 성공엔 반드시 행운이 따라줘야 해. 그리고 혹시 필요할 수도 있겠다 싶어, 자네 딸아이 위조여권도 마련했어. 이거 전해줘. 여권에 적힌 것이 모조리 가짜니까, 사용하기 전에 내용을 모두 암기해두라고 해."

"선생님, 눈물이 날 지경으로 감사합니다. 목이 메어 밥을 못 먹겠습니다."

"쇼 그만하고, 빨리 밥 먹어!"


점심식사를 끝낸 두 사람은 기차를 타고 창원에 도착하여 시간을 보내다가, 자정 무렵 각자 봉고를 몰고 일진구리광산으로 간다. 봉달이 앞서고 용국이 뒤따른다. 광산 2km 전방에서 전조등을 끄고 잠시 정차해 있다가, 어둠에 눈이 익숙해지자 전조등을 끈 채 느린 속도로 광산으로 나아가, 광산 출입구 멀찍이 봉고를 주차해둔다. 광산 출입문 옆에 경비 부스(booth)가 있고, 그 부스 안에 경비원 두 명이 보초를 서고 있다. 봉달은 용국에게 기다리라고 이르고서, 마취총 두 자루를 꺼내들고 경비 부스 가까이 접근한 후 일단 몸을 숨긴다. 그는 얼마 있다가 경비 부스 옆으로 돌을 던진다. 경비원 한 명이 부스를 나와 주변을 살핀다. 봉달이 총을 발사한다. 마취액이 든 주사총탄이 경비원 목에 꽂힌다. 그 자가 잠시 비틀비틀하더니, 이내 꼬꾸라진다. 조금 지나 봉달은 재차 경비 부스를 향해 돌을 던진다. 남아 있던 경비원이 투덜대면서 부스를 나와, 앞서 나간 경비원을 소리쳐 부른다. 또 한 번 마취총이 발사된다. 이번에도 어김없다. 봉달이 누구인가? 태양신이며 궁술(弓術)의 신인 아폴로(Apollo)와 전쟁놀이를 하면서 익힌 사격술이 어디 가겠는가? 봉달은 얇은 고무장갑을 낀 손으로 출입문의 빗장을 제치고 문을 활짝 연다. 봉고 두 대가 출입문을 통과하자, 하차한 봉달은 출입문을 전처럼 닫아건 후, 용국과 힘을 합쳐 넘어져 있는 경비원 두 명을 옮겨, 부스 안 의자에 앉혀 놓는다. 그리고 둘은 봉고를 몰고 가서 비밀금고가 설치된 갱도 앞에 주차한다. 봉달은 이 갱도 안으로 대형 금고를 셋이나 운송한 적이 있는데, 운반장소가 워낙 특이해서 광산 내 갱도의 위치뿐만 아니라 세부사항까지도 잘 기억하고 있다. 갱도 입구에 설치된 철문을 연 후, 짐을 봉고로 옮길 카트(cart)를 끌고 손전등으로 앞을 밝히며 동굴 속으로 들어간다. 용국이 조바심을 내는 것 같아, 봉달이 한마디 한다.

"경비 서는 다음 교대조가 오는 시각은 새벽 4시야. 시간 여유가 3시간 넘게 있으니까 서둘지 말자고!"

겨울 철 동굴 속엔 한기가 가득하고 습도도 높아 으스스하기 짝이 없다. 손전등으로 전방을 밝힌다고는 해도 주위는 캄캄하고, 숨 막히는 적막이 굴 안에 드리워져 있다. 순간 용국에게 어둠에 대한 불안증세가 고개를 든다. 심하면 불안발작(anxiety attack)으로 번질 수 있다. 18년 전 보안부대 군인 둘의 신문을 받을 때 흠뻑 구타당하고 나서 칠흑같이 어두운 바라크 취조실에서 불안감에 휩싸여 혼자 뜬 눈으로 밤을 새우던 극한 경험, 감방생활 할 때 일제 소등 후 드리운 암흑세계에 혼자 앉아 미래에 대한 불안으로 밤을 밝히던 지옥 체험! 오랜 옥살이로 얻은 불안증인데, 암흑 환경에 반응한다. 그래서 출소 후 용국은 잘 때에도 불을 켜놓고 잔다. 옥살이 경험이 풍부한 봉달은 이러한 불안증에 시달리는 감방동료를 여럿 겪어봤다. 그는 용국을 진정시킨다.

"유필이! 내가 누구야? 지하세계를 다스리는 하데스가 내 아버지야. 나는 서자이기에, 아버지로부터 지하세계를 물려받을 수는 없었지. 그래서 아버지에게 간청했어. 동굴세계를 떼어내서 내게 물려달라고. 그렇게 해서 나는 지하세계의 왕이 되지는 못했지만, 동굴세계의 왕이 되었어. 이 컴컴하고 고요한 동굴은 내가 다스리는 영토야. 음산한 동굴 안은 내 왕좌이며, 내 보금자리야! 동굴 속에서 안개 스며나오듯 슬며시 나타나는 유령들, 동굴 벽 틈에서 스멀스멀

기어 나오는 전갈들, 동굴 천장에서 두둥실 줄 타고 내려오는 거미들, 종유석 사이로 날개 쳐 날아오는 박쥐들, 이들 모두는 내게 인사하러 오는 백성들이야. 유필이 자네는 내 왕국으로 초대된 진객이야. 이 동굴세계의 주민들은 자넬 환영하고 극진히 대접할 거야. 마음을 풀고 이들을 기꺼이 맞이해!"

동화와도 같은 이 말을 들은 용국은 신기하게도 마음이 편안해지고, 어둠에 대한 불안증이 스르륵 걷힌다. 용국은 봉달을 새삼스레 응시한다. 그를 진정 선생님으로 대하는 존경심이 불안감을 대신한다.


두 사람이 입구로부터 백 오십 보 정도 나아간 지점에서 동굴은 왼쪽으로 휘어진다. 다시 오십 보 가량 걸어가니, 동굴 벽면에 움푹 파인 곳이 눈에 들어온다. 그곳 벽 안쪽으로 대형금고 세 개가 부착되어있다. 마침내 허종기의 비밀금고에 다다른 것이다. 두 사람은 금고 앞에서 잠시 숨을 고른다. 금고 주위를 찬찬히 훑어보던 봉달은 첫 번째 금고로 다가가 손잡이 옆의 숫자 버튼 판을 노려본다. 먼저 마스터키를 꽂아 돌리고 나서, 자기만이 알고 있는 아홉 자리의 비밀번호를 신중히 누르기 시작한다. 용국은 '이 금고가 과연 열릴 것인가?' 하는 극도의 초조감으로 숨죽여 바라보고 있다. 아홉 숫자가 다 눌러지자 가볍게 '찰칵'하는 소리가 들린다. 두 사람은 동시에 안도의 숨을 내쉰다. 봉달이 묵직한 손잡이를 돌려, 금고문을 연다. 무엇이 들어 있을까? 맨 먼저 눈부신 황금빛이 손전등에 반사

되어 나온다. 금괴다. 골드바(gold bar)가 대형금고의 두 단에 가득
하다. 1kg짜리 순금 바(bar) 240개가 줄지어 늘어서 있다. 두 사람
은 찬란한 황금빛에 취해 황홀한 표정을 짓는다. 다음으로 봉달이
금고에서 플라스틱 박스를 세 개 꺼내, 동굴바닥에 내려놓는다. 첫
박스를 열어보니, 미화 백 불짜리 지폐 백 장 묶음이 가득 들어있
다. 한 박스에 오백 묶음, 그러니까 500만 불이 들어있다. 그 다음
박스도 마찬가지다. 도합 1천만 불이다. 세 번째 박스에는 일화 만
엔 권 백장으로 된 묶음이 오백 개 들어있다. 모두 5억 엔이다. 그리
고 금고 맨 아래 단 깊숙이 007 가방이 두 개 놓여있다. 봉달이 그
중 하나를 꺼내 열어본다. 언뜻 보니 예금증서가 들어있다. 증서를
한 장 뽑아내서 기재사항을 자세히 읽어본다. 은행이 발행한 액면가
1억 원짜리 양도성 예금증서(CD)인데, 모두 무기명이다. 증서의 장
수를 세어본다. 500장이니까 500억 원 어치의 무기명 정기예금 유
가증권이다. 두 번째 가방에는 서류가 잔뜩 들어있다. 허 원장의 비
밀장부이다. 첫 금고를 모두 살펴본 봉달과 용국은 금괴와 현금 그
리고 증권의 경악할 만한 액수에 입이 떡 벌어진다.

이젠 두 번째 금고를 열 차례다. 무엇이 들어있나 하는 궁금증이
배가된다. 이 금고도 동일한 비밀번호로 열린다. 금고문을 열어 제
친 순간, 정(淨)한 흰빛이 두 사람의 눈을 파고든다. 손을 들어 눈앞
의 빛을 가린다. 손전등을 아래로 기울이고 눈을 밝혀보니, 금고 중
앙에 조선시대의 백자 항아리 네 점이 떡 버티고 있다. 도자에 문외

한인 사람이 보기에도 예사로운 예술품이 아니다. 선경(仙境)의 걸작품은 그 주변에 서기(瑞氣)가 감돈다. 서기는 사기(邪氣)를 몰아낸다. 백자 밑단에는 고려시대의 상감청자 두 점이 놓여있다. 하나는 운학(雲鶴) 무늬가 상감된 병이고, 다른 하나는 국화 무늬가 상감된 대접이다. 두 작품 모두 깊고 은은하며 맑은 비색(翡色)을 드리우고 있다. 백자가 뭉게구름에 서린 서기를 내비친다면, 청자는 계곡호수에 담긴 서기를 품고 있다. 두 사람은 잠시 박물관에 온 관람객이 된다. 금고 위편은 좀 여유 있는 공간으로 되어 있다. 거기엔 여러 점의 그림이 포장되어 있는 듯하다. 포장을 풀고 보니, 미술 상식을 갖춘 교양인이라면 단번에 알아 볼 수 있는 고흐의 작품 두 점과 뭉크의 작품 두 점이 드러난다. 20호에서 30호 크기의 유화다. 의외로 추사(秋史)의 서예작품이 나온다. 순간 학필이 용국은 명필 추사체에 넋을 잃는다. 그 밖에 수채화 소품이 한 점 있는데, 누구의 작품인지 알 수가 없다. 두 사람은 잠시 미술관에 온 관람객이 된다. 수채화는 용국에게 강렬한 인상을 남긴다. 금고 아래쪽에는 진귀한 골동품들이 진열되어 있다. 백제 국왕의 금관 옆에 정교하게 조각된 두꺼비 한 마리가 보인다. 순금 재질로 무게는 4.5kg 가량 되어 보인다. 감격한 봉달이 속삭인다.

"저 황금 두꺼비 상 때문에 그 작자가 내 두꺼비표 금고를 구입했을 거야! 유필이, 저건 내 꺼야!"

"예, 원래 제 것도 아닌데, 선생님이 가지신들 어떻겠어요. 그런데 저 수채화는 절 주세요!"

"그렇게 해!"

두 사람은 그 수채화가 오스트리아의 천재 화가 에곤 쉴레의 작품인 것을 알 리가 없다. 그러나 용국은 타고난 심미안을 갖고 있어, 쉴레를 눈 안에 품었다. 두 사람은 두 번째 금고에 들어있는 소장품들은 돈으로 환산할 수 없는 보물이라는 점에 암묵적으로 동의한다. 그것들은 부르는 게 값이고, 임자를 만나면 매수인이 내어 주는 돈을 고대로 받으면 그만이다. 용국이 속삭인다.

"이 예술작품들을 허 원장이 어떻게 모았을까요? 그 자는 틀림없이 광적인 수집벽이 있는 사람입니다."

"수집벽은 무슨 나발! 뇌물 받아 챙기는 데 광적인 거지!"

"이런 예술품을 쌓아놓은 걸 보면, 그 자는 수뢰에 국보급 실력을 갖추고 있음에 틀림없습니다."

"다음 보물 금고나 열어보자고!"

봉달은 세 번째 금고문을 연다. 그런데 열린 금고 가운데에 또 하나의 작은 금고가 자리 잡고 있다. 대형금고 안에 또 하나의 소형금고가 들어 있는 것이다. 얼마나 희귀한 보물이면, 철통 금고 안에서 또 한 번의 철통 방비를 누리고 있으랴? 두 사람은 은연중에 추측한다. '이제까지 보아온 소장품은 여기에 비하면 보잘 것 없는 것일 수 있다.'라고. 봉달은 소형금고에 다가가서, 마스터키를 돌린 후 자신만의 비밀번호를 누른다. 찰칵하고 문이 열린다. 안에는 종이로 싼 무언가가 있다. 조심스레 포장으로 쓰인 한지(韓紙)를 벗기고 보니,

거무스레한 덩어리가 나온다. 봉달은 손 위에 올려놓고서 요모조모로 살핀다. 그리곤 냄새를 맡아본다. 그러더니 혐오에 가득 찬 목소리로 외친다.

"아편이야! 이건 틀림없는 아편 덩어리야!"

봉달이 내어주는 덩어리를 용국이 살펴본다. 2kg 정도의 무게로 느껴진다. 용국은 그 덩어리에서 깨알만한 편린을 떼어내어, 혀에 대어본다. 쌉싸래한 맛이 느껴진다.

"그거 먹지 말고 뱉어!"

"아니, 왜 그 자가 아편을 보관하고 있을까요?"

"나도 알 도리가 없지. 이 양이면 수십만 명을 파멸시키고도 남아! 이 건 절대 가져가면 안 돼. 이 금고 안에 넣어두고 가야 해! 이건 저주받을 물건이야!"

두 사람은 그 거무스레한 덩어리 앞에서 몸을 부르르 떤다. 청나라를 멸망시킨 장본인인 아편이 금고 안에서 두 사람을 노려보고 있는 것이다. 동굴 속 암흑계에서의 검은 마귀가 '어서 와서 나를 핥아봐! 나를 즐겨 보라구!'라고 유혹한다. 동굴 천하를 다스리는 봉달이 속삭인다.

"내가 이런 일이 있을 줄 알고, 카메라를 가지고 왔지."

그는 호주머니에서 작은 카메라를 꺼낸다. 용의주도한 인물이다. 대형금고를 열어놓고, 그 안의 열린 소형 금고에 아편을 놓아 둔 채로 몇 컷 사진을 찍는다. 아편 덩어리만을 피사체로 해서도 몇 컷 찍는다. 카메라 플래시에 놀란 마귀가 물러간다.

"우리에게 이 사진이 있는 것을 그 작자가 안다면, 그가 당한 금고 털이 사건을 수사기관에 절대 알리지 못할 거야! 우리는 그의 큰 약점을 쥐고 있는 셈이지."

세 번째 금고 맨 위 상단에는 007 가방이 하나 놓여있다. 열어 제친 그 가방 속에는 작은 자개함 네 개가 들어있다. 첫 자개함을 연다. 눈부신 광채가 쏟아져 나온다. 다이아몬드이다. 브릴리언트 컷으로 가공된 2-3 캐럿짜리 다이아이다. 액세서리 치장품으로 만들어지기 전의 낱알이 열서너 개이다. 다음 자개함에서는 큼직한 진주알이 보인다. 목걸이로도 만들어져 있고, 반지로도, 귀걸이로도, 우아한 진주의 자태를 뽐내고 있다. 그 다음 자개함에는 푸른 사파이어 알갱이들이 들어있다. 고품질로 보인다. 마지막 함에서는 에메랄드와 오팔이 쏟아져 나온다. 둘은 서둘러 함에 주워 담는다. 화려한 보석 잔치가 끝났다. 금고 맨 아래 밑바닥에는 웬 돌덩어리인지 쇳덩어리인지 대여섯 개가 놓여 있다. 봉달은 그 영문을 모른다. 용국이 살펴본다. 어느 돌덩어리 아래편에 라벨이 붙어 있다. 채집장소: 남극, 채집일: 1982. 6, 중량: 3.5kg 이라고 적혀 있다. 그제야 용국이 파악한다.

"선생님, 제가 감옥에 있을 때 천체물리학이 재미있어서 공부 좀 했습니다. 이것들은 운석입니다. 귀한 운석은 사람 머리 크기정도 한 개에 몇 십억 원을 호가합니다. 이 애들도 굉장한 보물이지요."

"아, 그래? 그러면 애들도 가져가야지. 난 선박 안의 밸러스트(ballast) 비슷한 걸로 알고, 그냥 두고 갈려고 했는데. 역시 사람은 공부를 해야 해. 공부를 안 하면, 똥오줌을 못 가리는 거야. 하마터면 보물을 돌덩어리로 여길 뻔 했네. 자! 이제 금고 안을 모조리 훑어봤으니, 봉고차에 내다 실어야지."

그들은 카트를 끌고 네 번 왕복하여, 아편만을 제외하고 비밀금고 속의 모든 걸 차에 실었다. 그러고 나서 세 개의 금고문을, 그 다음에는 갱도의 입구 문을, 마지막으로 광산의 출입문을 다녀간 흔적 없이 얌전히 닫아 둔다. 드디어 보물선이 아니라 보물차 두 대가 서울로 향한다. 새벽 무렵 서울에 도착하면, 두 사람에게도 새벽이 열릴 것이다.


마타 하리(Mata Hari)는 말레이 어로 '여명의 눈동자'라는 뜻이다. 미모의 매혹적인 여자 스파이의 대명사다. 새벽에 아버지로부터 마타 하리에게 전화가 온다.

"옥희야! 내가 오늘 새벽에 허종기의 눈알을 뽑아왔다."

"아버지, 성공했군요! 무사하세요?"

"응, 감쪽같이 해 치웠다. 광산 갱도 안에 비밀금고가 셋이나 되는데, 그 안에 비장해 둔 돈과 보물이 굉장하더구나. 김봉달 선생과 함께 몽땅 서울로 옮겨와서, 안전 금고에 숨겨놓았다."

"정말 잘 됐어요. 좀 쉬세요. 저는 허 원장의 은닉 자금이 오빠에게 이체되는 걸 확인하는 즉시 아버지에게 연락할게요."

"알았다. 또 연락하자."

오전 10시경 스티브로부터 마타 하리에게 전화가 온다.

"희옥! 네가 알려준 두 비밀계좌로 7천5백만 불씩 송금했어. 방금 스위스은행과 바하마은행에 입금사실을 확인했어. 다 된 거야."

"애썼다. 너, 한시 바삐 한국을 떠나야지!"

"난 오늘 저녁 비행기로 떠나. 언제 만나게 될 런지 모르겠구나! 몸조심하고 잘 지내!"

"너도 행복하기 바란다. 한참 후에 서로 만날 수 있을 거야!"

전화를 끊고, 마타 하리는 미국 오빠에게 전화한다.

"오빠! 두 비밀계좌로 송금 건이 처리되었다고 하네. 그래도 확실히 해야 하니까, 두 은행에 전화해서 확인해 봐."

"알겠어! 확인하고 전화 줄 게."

한 시간 가량 지나 오빠한테서 전화가 온다.

"옥희야! 틀림없이 두 군데 합해서 1억5천만 불이 입금되었어. 워낙 큰 액수라서 얼떨떨하다. 이 돈은 누가 쓸 수 있는 거야?"

"오빠 명의로 계좌를 텄으니까, 오빠만이 꺼내 쓸 수 있어! 전화 끊어! 난 곧바로 아버지에게 연락해야 해."

"그래, 몸조심하고, 또 연락하자!"

마타 하리는 아버지에게 전화한다.

"아버지, 송금이 완료된 것을 미국 오빠에게 확인했습니다. 홈런(home run) 타를 치고 나서, 이제 러닝(running)에 들어갈 때입니다."

"허종기가 내게서 눈알을 뽑히더니, 지금은 네게서 심장을 뽑혔구나! 우리의 복수극이 정점을 찍은 것이다. 네 기분이 어떠냐?"

"아직은 실감이 나지 않습니다. 한국을 떠나야 마음이 진정될 것 같습니다."

"나도 아직 흥분이 가시지 않고 심란해서 그런지, 복수를 해치운 통쾌감을 느끼지 못하겠다. 그런데 몇 시쯤 공항에 나가면, 너를 만날 수 있겠니?"

"오후 5시 비행기예요. 오늘 출발하는 런던 행 직항편이 없어서, 일단 홍콩까지 가서 갈아타는 표를 샀어요."

"그럼, 이따 3시쯤 공항에서 만나자. 엄마에게도 전화를 간단히 하고 나가도록 해라. 네 소식 자세한 건, 내가 나중에 엄마에게 이야기해 주겠다."


공항에서 부녀가 만난다. 각자 큰일을 치르고 난 뒤라서 서로의 안색을 살핀다. 상대방의 얼굴에서 복수한 기쁨을 찾아보려고 하기보다는, 복수하느라 겪은 심신의 고달픔이 상대방의 얼굴을 갉아먹지나 않았는가를 염려하는 시선이 교차한다. 주위를 아랑곳하지 않고, 부녀는 서로 간에 오른팔을 얽어 묶어 가슴에 끌어당기고서 왼손으로 상대의 등을 두드려준다.

"옥희야! 네가 엄청난 일을 해내었다. 복수가 내 원한을 풀어준 것이 아니라, 복수를 떠맡아 치러낸 너의 장한 효심이 내 마음 속의 원한을 녹여내었다."

"제가 갈 길을 간 것뿐이에요. 아버지, 대사를 치르고 난 피로가 심하시지요? 당분간 휴식을 취하세요."

"아직 마무리 지을 일이 남아 있다. 허종기와 비자금의 주인에게 전화 통보를 하는 일이다. 복수극을 끝낸 후, 비자금을 도둑맞은 전직 대통령에게 내가 귀띔 전화를 해서, 허 원장을 쫓기는 신세로 몰아넣으려 했는데, 지금은 마타 하리의 음성으로 알리는 것이 낫겠다는 생각이 든다. 그리고 그보다 먼저 내가 허 원장 비서실에 전화해서 그에게 지진이 난 소식을 알려야겠다. 그는 아직은 자신의 파국 상황을 모르고 있을 거다."

용국이 공중전화 박스로 가서 건 전화를 허 원장실의 비서가 받는다. 용국이 또박또박 분명한 어조로 용건을 말한다.

"다음 내용을 원장님에게 꼭 말씀드리세요. 동북아투자회사의 투자자금과 일진구리광산의 비밀금고가 어떻게 되었는지를 확인해보라는 전갈입니다."

그리고 나서 일방적으로 전화를 끊는다.

"옥희야, 이젠 네가 이 번호로 전화해라. 전직 대통령의 연희동 집 직통 전화다."

옥희가 공중전화 박스에서 그 번호로 전화한다. 연희동 집에 상주하고 있는 비서가 전화를 받는다.

"각하와 통화하고 싶습니다. 극비사항을 알려드리려고 합니다."

"실례지만 누구십니까?"

"허종기 은행감독원장의 비서라고 전해주십시오."

"잠간 기다려 보십시오."

조금 후 각하의 음성이 들린다.

"내가 깁(其ㅂ)니다. 무슨 용건입니까?"

옥희도 또박또박 분명한 어조로 밝힌다.

"허종기 원장이 개인적으로 관리하고 있던 각하의 비자금 2억1천만 불을 투자해서 거금을 벌어 착복하려다가 모두 다 잃고 말았습니다."

한동안 각하의 말이 없다. 그는 날벼락 같은 소식에 정신 차릴 시간이 필요한 것이다.

"확실합니까?"

"확실합니다. 저는 허 원장의 비서입니다."

"왜 내게 그 사실을 알려주는 겁니까?"

"비록 검은 돈이긴 하지만, 그 임자가 각하라고 할 수 있기에 알려드려야 한다고 생각했습니다."

이 말이 끝나자, 옥희는 '찰칵'하고 일방적으로 전화를 끊어버린다.


옥희가 항공사 카운터에 가서 체크인하고 탑승권을 받는다. 딸은 조금 후 출국장으로 들어가야 한다. 작별의 시간이다.

"옥희야, 네 귀한 몸, 잘 건사해야 해, 알지? 그리고 런던에 도착하는 대로 우리가 은밀히 연락할 채널을 열기 바란다."

용국은 딸에게 둘둘 만 수채화를 한 장 내민다.

"이거 아주 귀한 수채화인데, 비밀금고에서 가져온 기념품이다.

위급할 때가 아니면, 팔지 않는 것이 좋다. 누가 물어보면 아버지가 그려서 선물한 수채화라고 말하렴."

"고맙습니다. 잘 보관하면서 감상할게요. 아버지!"

옥희는 출국장으로 향하다가 발걸음을 멈추고 아버지를 가까이 끌어당긴다.

"아버지, 허종기 집안에는 은닉 자금이나 비밀금고에 관한 이야기보다 더 무서운 비밀이 숨어 있습니다. 애당초 아버지에게 말하지 않으려고 했던 비밀 이야기입니다. 그런데 지금 아버지와 기약 없이 떨어져 있어야 한다고 생각하니, 아버지가 그 비밀 이야기를 알고 있는 편이 더 나으리라는 예감이 듭니다."

"처음엔 왜 밝히지 않으려고 했던 이야기란 말이냐?"

"그 비밀은 허종기 집안 전체를 파멸시킬 내용이기 때문입니다. 저는 파멸시킬 대상을 허종기 한 사람으로 국한시키고자 했습니다. 그 아들 허송조까지 무너뜨리고 싶지는 않았습니다. 그러나 복수로 얽힌 악연은 아들에게까지 미칠 수 있는 모양입니다."

"그럼, 그 비밀을 들어보자!"

옥희는 허송조에게서 들은 '탁란조의 비밀' 이야기를 풀어놓는다. 용국은 경악을 감추지 못하면서 그 끔찍한 비밀을 경청한다. 간간히 눈물을 흘리며 하던 이야기를 마치자 옥희는 출국장으로 향한다.

"이 이야기는 판도라의 상자 안에 머물러 있어야 해요. 사실 어느 누구도 그 상자를 열어서는 안 되었어요! 그런데 허 원장의 아들 송조가 내게 판도라의 상자를 열어보였고, 이제는 제가 아버지에게 열어보였습니다. 아버지는 부디 그 상자를 열어 보이는 일이 없기를 바랍니다.”

딸은 오른 손으로 아버지의 뺨을 한참 쓰다듬고 나서 출국장 안으로 들어간다. 아버지는 고개를 떨구고, 공항청사 바닥에 굵은 눈물을 뿌리고 있다.


은행감독원장 허종기가 원장실에 앉아 있다. 그는 뭔가 사태가 이상하게 돌아가는 느낌을 받는다. 드디어 오늘 자신의 은닉 자금을 고심 끝에 결정한 투자처에 모두 던지려고 하는데, 강희옥 비서가 아프다고 하면서 결근했다. 동북아투자회사의 스티브 사장은 아침 일찍 출근했다가 외출 중이라는데, 도통 연락이 되지 않는다. 뭔가 일이 꼬이려는가 불길한 예감이 든다. 오후 3시가 넘어 비서가 들어오더니 낯선 전화를 받았다고 한다. 원장님께 다음 전갈을 당부하더란다. 허 원장은 그 전갈을 듣는다. 섬뜩하다. 먼저 동북아투자에 전화하여 자금담당 부장을 찾아 사정을 알아보도록 한다. 조금 후 부장의 놀란 목소리가 귀를 따갑게 한다.

“회사의 운전자금 5백억 원과 오리엔탈투자에서 송금되어 온 2억 1천만 불이 사라졌습니다. 원장님!”

순간 종기는 머릿속이 하얘지면서 고개가 발딱 뒤로 젖혀진다.

“사라지다니? 어디로 갔단 말이야?”

“스위스와 바하마의 비밀계좌로 송금되었는데, 그 이상은 알 수 없습니다.”

종기는 들고 있던 전화기를 떨어뜨린다. 뭔가 이상하다고 생각했던 것의 실체가 어렴풋이 잡힌다. 업무에 관한 한, 가장 신뢰하던 두 사람, 강 비서와 스티브 사장이 자신을 배신하고 돈을 모두 가로챈 것이라는 생각이 섬광처럼 스친다. 순간 분노로 말미암아 두 손을 부들부들 떨다가, 조금 후에는 온몸을 부들부들 떤다. 이윽고 전갈 내용의 두 번째를 확인해 보려고, 때마침 일진구리광산에 내려가 있다는 이동철 사장에게 전화를 한다.

"이 사장! 날세. 갱도 안의 비밀금고 셋을 열어봐 주게! 애들이 온전한가 알아야겠어!"

삼십분도 안 되어, 이 사장의 놀란 목소리가 전화를 받는 그의 귀를 따갑게 한다

"영감! 난리 났네! 금고 속이 텅 비었어. 어떻게 된 영문인지 모르겠어."

"셋 다 비었어?"

"응, 셋 다 그래, 검은 덩어리만 그대로 있고."

종기는 들고 있던 전화기가 저절로 떨어지자마자 온몸을 와들와들 떤다. '누가 한 건가? 어떻게 했을까?'라는 의문 이외에, 뭔가 더 생각을 하긴 해야겠는데, 머릿속이 하얘져서 아무런 생각을 할 수가 없다. 난생 처음 경험하는 일이다. 그는 꼼짝 않고 의자에 앉아 있다가 연희동 어른의 전화가 왔다는 비서의 말에 화들짝 놀라면서 수화기를 귀에 가져간다.

"각하! 허종깁니다."

"임자! 날세!"

"자주 연락드리지 못해 죄송합니다."

"요즘, 별일 없나?"

"경제위기라서 나라 형편이 어렵다는 점 말고는 별일 없습니다."

"오늘 저녁 퇴근하는 즉시 내 집으로 꼭 와주어야겠어!"

"혹시 무슨 일이신지, 제가 알 수 있겠습니까? 가지고 갈 준비물이라도 있나 해서 말씀드리는 것입니다. 각하!"

"임자가 보관하고 있는 내 돈 이야기를 좀 해야겠어. 저녁에 만나도록 하지!"

각하가 전화를 끊어버린다. 허종기의 머릿속이 또 한 번 하얘진다. 이럴 때일수록 침착해야 한다고 마음속으로 다짐하면서, 각하의 엄한 지시를 되새겨 본다. 지진이 일어나기 전에는 전조 현상이 있다. 그는 그 전조를 감지한다. 그리고 지진이 가져올 궤멸도 감지한다. 연희동에서 각하를 만난 후 자신에게 닥칠 궤멸은 죽음일 것이다. 그는 최상단에 위치한 정치권력의 생리를 잘 안다. 통치권력이란 한 권력의 핵심 집단에게 죽고 죽이는 쟁취물이다. 빛바랜 과거의 통치권력이라고 하더라도 분명히 할 것은 분명히 짚고 넘어갈 것이다. 천문학적 액수의 통치자금을 착복하려다가 몽땅 잃었다는 배신행위에 대한 처벌은 죽음일 것이다. 어찌하든 이 난국을 모면해야 한다. 죽지 않고 살아나야 한다. 연희동 호랑이 굴에 들어가면 호랑이에게 잡아먹힌다. 자신이 호랑이를 잡아 죽일 재간은 없다. 호랑이가 자신을 물기 전에 도망가야 한다. 도피하는 것이 상책이다. 그는 머리를 굴려 도피할 방책을 모색한다. 마침내 구체적인 계획이 섰다. 먼저 태국 주재 한국대사관의 재무관으로 나가 있는 그의 심복 홍순명에게 전화를 한다. 한국경제가 급박하게 돌아가는 통에 난처한 일이 생겨 내일 태국으로 출국하게 되었다고 이른다. 은신처를 마련해두라고 당부한다. 그 다음에 이동철 사장에게 연락한다. 피치 못할 사정이 생겨, 내일 태국으로 출국했다가 위조여권을 만들어 필리핀에 가서 장기간 도피생활을 할 것이니, 도피 자금을 비롯하여 자신에게 만반의 지원책을 강구해줄 것을 당부한다. 필리핀에서 대포 전화를 구해 연락할 예정인데, 구리광산 비밀금고의 아홉 자리 비밀번호 중 맨 처음과 맨 끝 번호가 언급되면 정상 통화로 알기 바라고, 그 번호가 거꾸로 언급되면 심상치 않은 연락임을 눈치 채도록 밀약한다. 그 정상 숫자는 5 다음에 9이다. 이 사장과의 통화가 끝나고, 그는 아들 송조에게 전화해서 내일 태국 행 비행기표를 급히 구입하도록 지시한다. 그는 도피에 필요한 행장(行裝)을 꾸려 서둘러 집으로 간다. 집에 도착해서는 오랜 기간 집을 비울 대비책을 세운다. 이럭저럭 밤이 되자 처와 아들을 앞에 놓고, 부득이 외국으로 도피해야 할 사정이 있음을 알린다. 그러나 은닉 자금 사고만큼은 감춘다. 앞으로 가족들과도 대포 전화로 연락하게 될 것이다. 밤이 이슥해서 그는 처자의 배웅도 마다한 채 허술한 옷을 걸치고 집을 나선다. 마침내 도피 행각을 결행하는 것이다. 허종기의 집을 내려다보는 위치에 전셋집을 구해 살고 있는 유용국에게, 이 날 밤은 종기의 동태를 관찰하는 일생일대의 시간이다. 종기는 집을 나서 택시를 잡으려고 큰 길을 향해 바쁜 걸음을 한다. 갑자기 누군가가 그의 앞길을 막아선다. 경계심을 돋우고 걷던 종기는 놀란 눈으로 앞을 막아선 남자를 쳐다본다. 한밤중 어두운 길 위에서 그 남자가 모자를 벗고 자신의 얼굴을 허종기의 눈앞으로 들이민다.

"종기야! 나야, 나, 용국이야! 너는 나를 밀고한 죄값을 지금 치르고 있는 거야!"

종기가 용국을 알아본다. 새파랗게 질린 종기를 내버려두고, 그 남자는 순식간에 사라져버린다. 종기는 전봇대에 몸을 기대고선, 한참 동안이나 가쁜 숨을 몰아쉰다. 종기가 구슬피 내뱉는다. '오늘은 무서운 날이야! 정말 무서운 일이 벌어지고, 끔찍이 무서운 전화를 받고, 가장 무서운 얼굴을 보게 된 날이야!' 이윽고 그는 옷매무새를 여민다. '살아야 해! 이 무서운 날을 떨치고, 이 무서운 나라를 벗어나야 해! 모든 건 그 다음의 문제야!'

종기는 다시금 발걸음을 재촉한다. 골목길에 숨어 사태를 계속 지켜보던 용국에게 종기의 뒤를 따라가는 장년의 두 남자가 포착된다. 그리고 가로등 빛을 받아 순간적으로 눈에 들어온 그 두 남자의 얼굴이 선명하다. 그 얼굴은 18년 전 남산 밑 군용 바라크 안에서 용국을 취조하며 사정없이 두들겨 패던 보안부대원 두 사람의 것이었다. 이름은 몰라도, 18년이란 세월이 흘렀어도, 유용국이 어찌 그 얼굴을 잊으랴! 그 두 사람은 이제 연희동의 닌자가 되어, 허종기의 뒤를 쫓고 있는 것이다.

## 제37화
## 오뚝이 허종기가 탁란조의 비밀 이야기를 듣고 무너지다.

　우주선 아칸투스호의 함장실로 클라네스 대원과 헤레스 대원이 들어선다. 센타크논은 두 사람에게 자리를 권하고 나서, 지구인 유용국과 허종기에게 벌어질 다음 이야기를 독촉한다. 클라네스 대원이 말문을 연다.

　"대장님! 오늘은 허종기가 완전히 무너지는 장면을 보여드리게 됩니다. 그런데 그가 무너지는 시점은 그가 도피생활을 시작한지 15년이 경과한 때입니다."

　"그 긴 세월을 왜 건너뛰는 거지요?"

　"허종기는 태국에서 마련한 위조여권을 가지고 필리핀으로 가서, 단지 살아남기 위해서 꼭꼭 숨어 지내는 생활을 15년이나 하게 됩니다. 돈이 필요하면, 친구인 이동철 사장에게 은밀히 연락하는 게 고작이지요. 두드러지게 이야기할 거리가 없습니다."

　"그럼 헤레스 대원은 어떻습니까? 헤레스 대원이 맡은 유용국과 그의 딸도 15년을 건너뛸 만큼 수수한 생활을 하게 되나요?"

　"예, 그 두 사람도 그렇습니다. 수수하다고나 할까 무사평범한 세월을 보냅니다."

　"그래도 어떤 삶인지 궁금합니다."

　"간략히 말씀드리겠습니다. 유용국은 대전으로 내려가, 아내 심보경이 하는 청과물 도매사업을 도우며 살아갑니다. 평범한 남편으로서 평범한 일상을 보내는 생활이지요. 그러다가 5년 전쯤 연로한 그 부부는 장사를 접고, 서울로 올라와 태릉 인근에 정착합니다. 그의 딸 유옥희는 런던에서 1년 정도 은신하고 있다가 위조여권에 기재된 신분으로 금융가에 취업하여 평범한 은행원으로서의 생활을 하게 됩니다. 또 다시 신분을 세탁하여 제3의 인물로 살아가기 때문에 결혼도 하지 않고 지냅니다."

"달리 궁금한 점이 있습니다. 허종기의 비밀금고에서 엄청난 재화를 거머쥔 유용국이 잠잠히 살아간다는 것을 언뜻 이해하기 어렵지 않겠습니까?"

"유용국이 허종기의 비밀금고를 턴 것은 복수에 목적이 있었지, 거부가 되려고 한 것은 아니었습니다. 사기꾼 김봉달도 자신이 제작한 금고의 비밀설정장치를 시험 삼아 열어보는 게 주된 관심사였습니다. 두 사람 다 유복한 형편이었으므로, 구태여 훔친 보물상자를 열어 긁어 부스럼을 만들고 싶지 않았을 것입니다. 그러니까 그 두 사람이 비밀금고에서 챙긴 재물은 15년이란 세월동안 잠자고 있은 것입니다. 딸 옥희가 빼돌린 1억5천만 불이라는 거금은 아들 철민의 손에 놓여있었습니다."

"그런대로 흘러간 15년간의 세월을 이해할 수 있겠습니다. 그런데 왜 15년이 지난 시점에서 변고가 일어나는 거지요?"

"그것은 허종기가 한국에 돌아가기 때문입니다."

"그가 연희동의 닌자에게 당할 수도 있다는 죽음의 공포를 떨친 것인가요?”

“예, 그는 15년간 은신하면서 닌자의 추적에서 벗어났다는 안도감을 갖게 되었습니다. 그리고 자신의 은닉 자금과 비밀금고 안의 재화를 모조리 잃은 사건의 배후에 유용국이 있다는 확신을 갖게 되었습니다. 그래서 한국에 숨어들어가 빼앗긴 재화를 유용국으로부터 되찾고 그를 죽여야겠다는 복수심이 끓어올랐습니다. 되찾을 거금과 이제 아들 허송조의 차지가 된 요업회사의 재력을 바탕으로 해서 한국의 금융재벌이 되고자 하는 노욕(老慾)도 꿈틀거렸습니다. 한국의 모건 가문을 일구어보겠다는 것은 그의 숙명처럼 되어버린 야심이었습니다.”

“허종기가 오뚝이처럼 일어서서 그의 금융왕국을 일으켜 보겠다는 것이네요?”

“예, 그렇습니다. 그는 금융인으로서 자신의 뛰어난 자질과 능력을 믿어 의심치 않습니다. 그리고 자신은 어쩌다 나락에 떨어졌을 뿐, 천운의 점지함을 받아 틀림없이 한국의 금융황제가 될 것이라고 맹신하고 있습니다.”

“그토록 심한 파멸을 맛보고서도 그런 믿음을 갖는 것은 그의 밑바탕에 하늘을 찌르는 교만이 자리 잡고 있어서 그런 것입니다.”

“대장님! 인간의 교만은 하늘의 재앙으로도 꺾이질 않는 모양입니다. 그는 귀국하기로 결심하고 필리핀에서 잘 사귀어둔 살인청부업자 두 사람을 대동하고 한국에 숨어듭니다.”

“살인청부업자라고요? 하긴 유용국으로부터 잃은 돈을 되찾자면 무슨 수가 있긴 있어야겠지요! 그리고 만일 필리핀의 살인청부업자 둘과 연희동의 닌자 둘이 맞붙게 되면, 볼만한 장면이 연출될 것 같습니다."

"대장님, 그런데 일이 그렇게 진행되지는 않습니다. 이제 15년이 경과하여 허종기가 귀국한 시점부터 저희들의 이야기를 들려드리겠습니다."

허종기는 인천공항에 도착하는 길로 미리 이동철 사장으로 하여금 준비케 한 안가(安家)에 잠입한다. 그는 이 사장에게 '밤 9시에 들어가 새벽 5시에 나올 장소가 필요하다'는 말로 안가를 구해줄 것을 암시하였다. 그는 안가에서의 숙박뿐만이 아니라 활동하는 동선까지도 필리핀의 두 살인청부업자와 함께 한다. 그가 귀국해서 제일 먼저 풀어야 할 숙제는 유용국의 거처를 알아내는 일이다. 자신이 짝사랑하던 대학 동기생 심보경과 유용국이 결혼했으니, 보경의 거처가 바로 용국의 거처일 것이다. 용국은 자식 둘의 신분을 세탁했으나 아내의 신분은 그대로 두었다. 이게 실수라면 실수일 수 있다. 보경의 서울 주소를 알아낸 종기는 두 암살자를 데리고 태릉 인근의 집으로 찾아간다. 용국을 족치는 자리에 보경이 있으면, 혹시 자신의 마음이 약해지든가 또는 예측 못한 돌발변수가 작용할 여지를 염려하여, 용국이 혼자서 집을 지키고 있는 시간을 틈타 기습한다. 용국은 거실에 앉아 있다가 험상궂은 외국인 두 사람과 함께 불시에 침입한 허종기를 맞는다. 서로 천적지간인 원수를 15년 만에 만났으나 용국의 표정은 의외로 담담하다. 험악하게 쳐들어오는 종기를 맞이하며, 용국이 운을 뗀다.

"어이, 종기! 어서 오게."

"이 놈! 용국이! 네가 나를 피해 살 수 있을 것 같았어?"

"무슨 소리! 난 언제고 이런 날이 올 줄 알았어!"

"네가 감쪽같이 나를 나락에 빠뜨렸지! 오늘은 내가 볼일을 감쪽같이 번개처럼 해치우고 갈 거야!"

"그래, 네 볼일이 뭐지? 내 목숨인가?"

"먼저 내가 받아낼 게 있어. 나한테서 빼앗아 간 것을 순순히 돌려주지 그래! 그대로 움켜쥐려 한다면, 네 처자식을 모두 없애버릴 거야! 너는 어차피 죽을 목숨이라 하더라도 네 가족은 구해야 하지 않겠어?"

그 순간 용국은 수틀리면 자신의 가족을 모조리 죽이겠다는 허종기의 협박에 사그라졌다고 믿었던 분노가 다시금 솟구친다. 종기의 말이 용국의 원천적인 분노를 건드린 것이다. 분노의 화산폭발이다. 웬일인지, 15년 전 출소하여 종기에게 복수할 때 품었던 분노보다도 더 큰 분기가 몰아쳐온다. 종족보존의 본능에서 촉발된 분노심이 더해진 것이다. 탱천(撐天)하는 분노가 그의 얼굴을 벌겋게 물들인다. 인간의 밑바탕에는 끝도 없는 복수심이 DNA로 잠복해있는 모양이다. 용국이 말한다.

"나는 네가 돌려받고 싶어 하는 것을 고스란히 갖고 있지. 거액의 외화와 비밀금고 속에 있던 막대한 금괴, 유가증권, 골동품 등등을 고스란히 갖고 있단 말이야. 그걸 네게 돌려줄 수 있어. 그러나 내가 내 가족을 살려달라고 그걸 네게 돌려줄 것으로 생각한다면, 큰 오산이야!"

허종기는 용국의 말을 듣고, 엄청난 은닉 자금과 비밀금고에 보관했던 보화를 떠올리자마자 물욕이라고 하는 본능이 충천(衝天)한다. 인간의 밑바탕에는 끝도 없는 물질욕이 DNA로 잠복해있는 모양이다. 더구나 그는 남보다 물욕이 갑절이나 큰 인간이다. 물욕도 노욕(老慾)과 겹쳐 작용하면 무섭게 팽창한다. 그는 잠시 볼일을 잊어버리고, 자신이 누릴 부를 눈앞에 그려본다. 태평로 일대에 금융왕국을 창건할 야욕이 부글부글 끓어오른다. 바로 이 순간이 아칸투스호를 떠난 모듈 1호기가 서울 상공에서 분노 에너지와 탐욕 에너지가 극심한 지구인을 탐색하고 있던 시점이다. 올림포스인이 보유한 제3의 인체에너지 감지기가 추적 관찰 대상이 될 지구인으로 유용국과 허종기를 선정했고, 그 즉시 레이저 광선 발사기로 그 두 사람의 두뇌에 나노 칩을 심어 넣은 것이다. 용국이 잠깐 동안의 정적을 깨뜨린다.

"내가 죽기 전에 한 가지만 물어보자! 나이 일흔이 다 된 너는 내가 돌려줄 그 막대한 부를 갖고 무얼 할 거야?"

"그건 네가 상관할 바 아니야!"

"네가 나로부터 돌려받을 재산은 결국 너의 하나뿐인 아들에게 가겠지?"

"그걸 말이라고 해? 내가 아들 말고, 누구에게 주겠어? 내가 재산을 사회에 바칠 재단이라도 만들 것 같아?"

"종기야, 너는 네가 믿고 있는 진실이 실은 허위라는 것, 네가 보고 있는 현상이 실은 허상이라는 것, 네가 딛고 있는 반석 지반이 실은 진흙 수렁이라는 것, 네가 이루고자 하는 욕심이 실은 허욕이라는 생각을 해 본 적이 있는가?"

"네가 무슨 수작으로 날 홀리려는 거야? 이 요망한 놈!"

"너는 네가 꿈꾸는 금융재벌의 유일한 후계자인 아들이 실은 네 아들이 아니라는 생각을 해 본 적이 있는가?"

"무슨 개수작이야? 이 요사스럽기 짝이 없는 놈! 당장 네 입에 총알을 박아 넣어주겠다."

"종기! 너, 혹시 탁란조(托卵鳥)라는 새 이야기를 들어본 적이 있는가?"

"무슨 해괴망측한 소리를 하는 거야!"

"새가 죽기 전에 한바탕 울고 나서 죽는다는데, 내가 죽기 전에 새 이야기나 한바탕 늘어놓고 가는 걸 받아줄 수 있겠지?"

"정 그렇다면 한 번 떠들어 봐!"

"뻐꾹새는 말이야! 다른 새의 둥지에 날아가서 알을 낳아놓고 사라져 버려. 뻐꾹새 알은 먼저 부화하여 둥지의 주인인 어미새가 낳은 알이나 새끼들을 어미새가 없는 사이에 모조리 둥지 밖으로 밀어 떨어뜨려서 죽게 만들지. 가짜 어미새는 부화한 새끼 뻐꾸기를 자기 자식인 줄 알고 정성을 다해 키우는 거야. 그런 몹쓸 짓을 하는 뻐꾸기를 탁란조라고 해. 어떤 종류의 탁란조 새끼는 어미새가 없는 사이에 둥지 안에 있는 다른 새끼들을 자기 부리로 직접 쪼아 죽이기도 하지. 천진(天眞)한 자연계에서 그런 끔찍한 일이 벌어지는 거야. 하물며 인간계에서도 그런 일이 벌어지지 않는다고 어떻게 장담할 수 있겠어?"

"그 새 새끼 이야기가 나와 무슨 상관이 있어?"

"네 마누라가 탁란조이고, 네가 애지중지 키운 하나 뿐인 아들이 뻐꾸기 새끼라는 거야! 이 불쌍한 자식아!"

"너, 무슨 미친 소리를 하고 있는 거야?"

"네 마누라가 너와 결혼하기 직전에 밴 다른 녀석의 알을 네 둥지에 낳았단 말이야. 네 장인 장모는 그걸 알면서도 뻐꾹새를 네게 날려 보냈지. 그래서 네 장인은 네 아들 이름을 송조(送鳥)라고 지은 거야! 너만 모르고 있었어. 이 가련하고 멍청하기 짝이 없는 놈아!"

"너, 비열하고 치사한 새끼야! 네가 죽음을 모면하려고 얼토당토 않은 나발을 부는 거지?"

"종기! 네 마누라가 네 앞에서 그저 '예, 알겠어요!'란 말을 염불처럼 되뇌면서 네게 엎드려 살아온 이유를 알기나 해? 그리고 네 아들 송조가 너의 어느 구석과 닮았는지 지금이라도 한 번 잘 생각해 봐! 송조는 너와는 정반대의 인간이야. 생긴 거나 생각하는 거나! 아마 닮았다면 발가락이 서로 닮았겠지!"

"도대체 너는 어떻게 그런 말을 지어낼 수 있는 거야? 설사 그게 사실이라면, 나도 모르는 내 집안의 비밀을 어떻게 네가 안단 말이냐?"

"네 하나 뿐인 아들이 내 딸에게 털어놓았지!"

"네 딸이 누군데?"

"네가 비서로 데리고 있었고, 네 아들과 사귀었던 강희옥이가 내 딸이다."

"무슨 소릴하고 있어? 강 비서가 어째 네 딸이냐? 그 앤 성이 강 씨고, 넌 성이 유씬데."

"널 잡으려고 강 비서가 성을 갈은 거야."

"설마! 그건 거짓말이야!"

"강 비서는 네가 좋아하던 심보경을 닮았다고 생각하지 않아? 네가 내 딸이 아니라고 생각한 강 비서가 실은 내 딸이고, 네 아들이 아닌 송조를 너는 네 아들이라고 생각하며 살아온 거야. 탁란조의 비극이 네게 일어난 거지! 이젠 내 이야기를 알아들을 텐데."

그 순간 허종기의 머리가 '펑'하고 터져버린다. 용국의 말에 '아니야! 아니야!'하고 온 정신의 힘을 다해 극력 부정해오던 대뇌 신경세포가 뇌압을 더 이상 견디지 못하고 한꺼번에 붕괴된 것이다. 쓰러졌다가 한참 후 입가에 침을 흘리며 다시 일어서는 그는 완전 백치로 변해 있다. 눈동자의 초점이 희미하고, 고개를 휘저으며 '헤헤! 헤헤!' 소리를 연발한다. 탁자에 놓인 바나나를 보더니, 두 개를 집어 들고 껍질을 벗기지 않은 채로 우적우적 먹어버린다. 서가 위에 놓인 보경의 사진틀을 들더니, 한참을 뺨에 비비다가 웃옷을 제치고 가슴 속에 집어넣는다. 실성한 사람이 하는 이러한 광경을 보고 있던 두 필리핀사람은 서로 눈짓을 교환하고 나서 조용히 거실을 나가

버린다. 용국은 종기의 호주머니에서 휴대폰을 꺼내, 검색해낸 이동철 사장의 전화번호를 누른다. 기별 받은 이 사장은 한두 시간 후면 종기를 데리러 도착할 것이다.

허종기가 국내에 들어온 이상, 연희동 닌자의 더듬이를 피할 수는 없다. 허종기가 입국한 것을 냄새 맡은 두 늙은 닌자는 사냥개처럼 허종기를 찾아다니다가, 마지막 판에 이동철 사장의 집으로 들이닥친다. 그 둘은 이 사장 집에 와 있는 백치 상태의 허종기를 목도한다. 한 닌자가 연희동으로 비상 전화를 한다.

"주군(主君)! 그 자가 완전히 실성했습니다. 무슨 큰 정신적 충격을 받은 모양입니다. 어떻게 할까요?"

"실성하다니? 돌아버렸단 말이야?"

"예, 그렇습니다."

"정말이야? 일시적인 거 아냐?"

"아닙니다. 제 닦달질에 미쳐버린 놈을 여럿 보아서 잘 압니다. 미심쩍으시면 해치우겠습니다."

"아냐! 그냥 두고 가!"

각하는 혼자서 생각에 잠긴다. '다 업보야! 그 자가 미친 거나, 내가 옥살이를 한 거나, 모두 다 업보야! 나무아미타불!'

이 사장이 허종기를 데려가고 난 후, 용국은 서재로 가서 생각에 잠긴다. '2차에 걸친 복수가 대단원의 막을 내렸다. 허종기는 완전히 무너졌다. 자신과 허종기의 악연은 끊어졌다.' 그런데 복수를 마감한 용국이 자신을 재발견한다.

그는 자문한다. '나는 이제 홀가분한가? 통쾌한가? 나는 참으로 악의 연기(緣起)에서 벗어난 것인가? 내가 그토록 소원하던 분노의 연기, 복수의 연기를 끊은 것인가? 나는 앞으로 평정지심을 누리면서 살아갈 수 있을 것인가?' 이런 자문을 하다가, 용국은 기나긴 탄식을 쏟아낸다. '타인을 향해 복수를 완수한 자신의 분노가 과연 무엇을 가져왔는가? 딸의 소망을 저버리고 판도라의 상자를 열어보였던 자신의 분노, 탁란조의 비밀을 밝힘으로써 허종기의 모든 가족을 파괴한 복수의 뒤끝은 무엇인가? 그토록 좋아하던 옥희에게 배신당하고, 집안이 풍비박산 나버린 서상희의 아들 허송조에게 분노와 복수심을 심어주지는 않은 것인가? 그렇다! 자신은 송조에게 복수의 인과율을 심어준 것이다.' 끊임없이 이어질 분노와 복수의 연기가 눈에 보인다. 분노와 증오심이라는 어미는 자비, 사랑, 용서와는 정반대 편에서 이를 갈고 있었던 처참한 복수라는 자식을 낳았다. '자신이 진정 종기보다 더 나은 인간인가? 이제 종기는 더 이상 악을 범할 능력이 없는 백치, 계산할 줄 모르는 어린이가 되었다. 그러나 자신은 아직도 악을 저지를 수 있는 계산적인 인간에 머물러 있다.'

어이없게도 용국은 자신을 향해 분노한다. '내 인생은 이것밖에 되지 않는가? 나는 이 정도 인간밖에 되지 않는가? 내게 왜 그런 분노와 복수가 닥치고, 왜 남에게 더도 덜도 못한 분노와 복수심을 재차 안겨주는가? 혜안을 가졌다고 자부하는 내가 왜 그러한 연기에 포박되어, 옴짝달싹할 수 없는 운명의 농간에 넘어 갔는가? 나는 내가 싫다. 내 운명이 싫다. 내가 밉다. 나는 나 자신을 증오한다. 나는 내게 분노한다.' 용국은 자신의 머리를 짓뜯는다. 감옥에서 오봉스님이 베풀어준 가르침이 또렷이 떠오른다. "복수를 하고 나면, 타인을 향했던 분노의 마음자리에 자신을 향한 분노가 들어서게 됩니다. 아미타불!"

그 다음날로 용국은 통각산(統覺山)의 한 암자에 은거하고 계시다는 오봉(五峰)스님을 찾아간다. 오봉암(五峰庵)이라는 암자이다. 스님을 뵌 용국은 큰 절을 삼배(三拜) 올린다. 스님은 용국의 얼굴을 잔잔히 뜯어본다. 저간의 사정을 다 짚어내는 시선이다. 그러더니 스님이 입을 연다.

"유선생, 잘 오셨소이다. 소승이 오봉암이 품고 있는 다섯 봉우리로 안내하겠습니다. 소승을 따라 오시지요."

스님은 첫 봉우리로 올라간다. 운봉(雲峰)이다. 봉우리 자락에는 뭉게구름이 듬뿍 걸쳐있다. 봉우리에 오르니 하계에서 상계로 들어간 듯하다. 구름에 상서로운 기운이 가득하다. 때 묻은 속인은 범접할 수 없는 신선계가 펼쳐진다. 스님은 다음 봉우리로 발걸음을 옮긴다. 향봉(香峰)이다. 봉우리에 오르니 온갖 신묘한 향기가 콧속으로 스며들더니, 머릿속 통각(統覺)으로 이어져서 황홀경에 도취한다. 간신히 정신을 차려 스님을 따라간다. 이제 스님은 세 번째 봉우리 다봉(茶峰)에 들어선다. 봉우리에 심어진 차나무가 울창하다.

스님이 잠시 쉬어가잔다. 동자승(童子僧)이 끓여 내온 차를 마신다. 눈같이 흰 자기 찻잔에 담긴 투명한 호박 빛 찻물을 바라본다. 눈이 시원하다. 찻잔에서 올라오는 차 향기에 코를 맡겨본다. 코가 시원하다. 눈을 감고 차를 한 모금 입안에 넣어 살며시 혀로 돌려본 다음에 목구멍으로 넘긴다. 입과 목이 시원하다. 함께 어우러진 시각, 후각, 미각은 통각으로 이어져 온몸을 시원하게 한다. 몸이 선경에 들어선다. 이윽고 작은 차 주전자가 비워지자, 두 한인(閑人)은 다음 봉우리로 오른다. 망봉(忘峰)이다. 봉우리에 오르니 서서히 머릿속이 지워진다. 억울했던 18년간의 옥살이가 잊혀지고, 허종기를 파멸시킨 두 차례의 복수극도 잊혀진다. 아내와 두 자식이 잊혀진다. 분노도 원한도 시름도 슬픔도 모두 다 잊혀진다. 자신이 망봉에 오른 것도 잊는다. 스님이 손으로 용국을 잡아 이끌어 마지막 봉우리 지봉(智峰)에 접어든다. 봉우리에 올라 산 아래를 굽어보면서 스님이 묻는다.

"무엇이 지혜입니까?"

용국이 대답한다.

"모든 것을 잊는 것이 지혜입니다."

스님이 상체를 깊이 숙여 절하면서, 용국에게 잔잔히 말한다.

"이제 하산하시지요."

용국은 오봉스님께 큰 절로 삼배하고, 산을 내려온다.


산을 내려오던 용국은 문득 떠오르는 생각이 있어 몸을 돌려 스님을 찾는다. 스님은 아직 지붕 언저리에서 용국을 굽어보고 있다. 용국은 스님을 향해 손을 흔들며 큰소리로 외친다.

"스님! 잠간만 계세요! 제가 드릴 말씀이 있습니다."

그는 나는 듯이 스님에게 달려간다.

"스님, 제가 모든 것을 잊는 것이 지혜임을 깨달았사오나, 딱 한 가지 잊지 못할 것이 남아 있습니다."

"그것이 무엇입니까?"

"마음의 교만입니다. 어떻게 하면 마음의 교만을 물리칠 수 있겠습니까? 부디 그 길을 일러주십시오."

스님이 잔잔히 대답한다.

"교만은 다스리기 어려운 무서운 마음의 병입니다. 그러니 그 처방도 극약일 수밖에 없습니다. 항상 스스로를 죄인이라 생각하고 살아가십시오. 우리가 먹고 마시는 일조차 식물과 동물에게 죄를 짓고 살아가는 것입니다. 자연에 대한 죄의식과 부채의식은 교만을 잡는 약입니다."

용국은 스님의 가르침을 한동안 곱씹는다. 깨우친 바 있어 고개를 들고 앞을 보니 스님이 보이지 않는다. 두리번거리며 주위를 둘러보아도 스님이 없다. 홀연 스님이 사라진 것이다. 아쉬운 심정에 용국은 먼 곳까지 휘휘 내다본다. 저 멀리 운봉 위 뭉게구름에 앉아 빙그레 웃고 계신 오봉스님이 눈에 들어온다. 그는 스님을 향해 합장 배례로 하직 인사를 올린다.

〈지구인 두 사람의 이야기를 끝낸 대원들과 대화를 나누는 센타크논〉

"대장님, 제가 추적 관찰을 맡았던 지구인 유용국에 관한 이야기는 이로써 마감합니다." 헤레스 대원의 말이다. 연이어 클라네스 대원도 같은 말을 한다.

"제가 맡았던 지구인 허종기에 관해서도 이쯤에서 막을 내리겠습니다."

"지구인 두 사람을 둘러싸고 얽히고설킨 이야기를 다 들은 것이네요. 두 대원의 그간의 노고에 감사합니다. 이제까지 내가 듣고 또 우리가 나눈 이야기는 지구인을 멸종시킬 것인가 하는 최종적인 논의에서 다시금 음미될 것입니다. 마지막으로 하고 싶은 이야기가 있는지요?"

클라네스 대원이 질문한다.

"예, 대장님, 제가 궁금하게 여기는 문제가 있습니다."

"그게 무엇이지요?"

"유용국과 허종기 두 사람에게 여러 가지로 비극의 씨앗이 뿌려집니다. 분노, 복수, 출세욕, 물욕, 기만, 교만 등등의 고약한 인간 DNA가 심어져 있습니다. 저는 그 중에서도 인간의 밑바탕에 자리한 교만이라는 괴물에 관심이 쏠렸습니다. 교만에 대해서 대장님께 여쭙고 싶습니다."

"좋습니다. 질문을 계속하세요."

"화가 장업이 최후를 맞고 난 후, 대장님이 다음과 같이 말씀하셨습니다.

'지구인이 자본주의니 마르크시즘이니 하면서, 모든 이가 골고루 잘 사는 풍요롭고 공평한 사회를 꿈꾸지만, 그런 세상이 도래하더라도 질투가 빚어내는 갈등, 암투, 살육은 피할 수 없을 것입니다. 부, 권력, 지위, 명예 등등에 대한 욕구를 충족한다고 하더라도, 질투와 시기심, 독점욕만큼은 지구인에게 영원히 해결하지 못할 숙명적인 문제로 남을 것입니다. 질투는 영성이 높은 우리 올림포스인도 손대기 어려워하는 고르디아스의 매듭입니다.'

그런데 대장님! 인간의 교만도 질투만큼이나 떨치기 어려운 DNA 인가요?"

"그렇습니다. 오봉스님이 지구인 유용국에게 교만을 다스릴 처방을 내렸는데, 그것은 종교적 해법입니다. 범인으로서는 따르기가 쉽지 않습니다."

이번에는 헤레스 대원이 묻는다.

"대장님이나 올림포스국의 최고지도자는 나름대로 교만에 대처하시는 것으로 짐작하고 있습니다. 대장님이 갖고 계신 지혜는 무엇입니까?"

"내게 지혜라든가 종교적 해답이라고 할 만한 것은 없습니다. 나는 오봉스님이 일러준 것처럼 내 자신을 죄인으로 생각함으로써 교만을 누르고 있지는 못합니다. 그러나 숱한 우주항해를 통해서 얻은 깨달음은 있습니다. 우리 모두는 '티끌 행성 위에서 찰나를 살아가는 티끌 인간'에 불과하다는 깨달음입니다. 미물에 불과하다는 깨달음이 교만을 사그라뜨리게 할 수 있습니다. 그러면서도 불사조 같은 교만이 언제든 마음속에서 치고 올라올 수도 있다는 사실이 문제를 어렵게 합니다. 내게도 꿈틀대는 교만이 잠복해 있겠지요. 그런데 아마 우리의 최고지도자께서도 그러하겠지만, 내게는 사명감과 책임의식이 교만을 막아주고 있습니다. 아칸투스호의 지구탐사 임무와 대원 개개인의 안전, 건강, 평안, 기쁨, 자부심 등등에 대하여 내가 항상 노심초사하는 밑바탕에는 탐사대장의 책임이라고 하는 공인(公人)의식이 자리 잡고 있습니다. 그렇게 마음이 무장되어 있으면 교만함이 고개를 들고 일어날 틈이 없습니다. 공직에 있는 사람에게는 언제나 공동체 전체를 위한 봉사정신 그리고 공동체 구성원 개개인에 대한 책임감과 배려심을 가지고 자신을 가다듬을 때 교만이 나서지 못하게 되는 것입니다.

그 밖에 탐사대장으로서가 아니라, 내가 한갓 인간으로서 교만에 대처하는 마음가짐도 일러주고 싶습니다. '교만을 항상 숙제로 안고 살아가라! 교만의 문제를 해결했다고 생각하는 순간 우리는 가장 교만해진다. 교만과 질투는 내려놓을 수 없는 인간의 숙명이다. 교만을 평생의 숙제로 의식하면서 살아갈 때만이 자기도 모르게 고개 드는 교만을 떨칠 수 있을 것이다.'라는 경각심입니다.

클라네스 대원! 그리고 헤레스 대원! 답을 내기 어려운 문제는, 문제를 그대로 문제로 품고 살아가는 것이 답이 될 수 있습니다."

"대장님, 감사합니다. 깊은 가르침이 저희들 뇌리를 파고듭니다. 그동안 저희들의 지구인 이야기를 들어주신 대장님이 푹 쉬셔야 할 시간이 되었습니다!"

"밤이 깊었네요. 두 대원도 돌아가서 휴식을 취하도록 하세요."

함장실에 혼자 남은 센타크논이 비감에 젖어 시를 읊조린다.

"쓸쓸한 곳에 가서
슬픔을 즐기자.
외딴 곳에 가서
외로움을 키우자.
마뜩찮은 곳에 가서
마음을 내리자.

내가 없는 곳에 가서
새벽을 맞이하자.

밝아오는 새벽에
슬프고 외로운 마음은
너나 없는 우리를 잉태하리라!"

〈센타크논 제2권 제1편 끝〉

CENTAKNON

제2편

센타크논과 심해 공룡

## 제1장 심해 공룡의 출현과 난동

제38화
심해 공룡이 출현하다.

센타크논은 거의 열흘 동안 매일 저녁시간을 이용하여 두 대원으로부터 지구인 유용국과 허종기에 관한 이야기를 들었다. 이제 우주선 아칸투스호가 심해에서 심하게 흔들린 원인을 마로스 대원으로부터 보고받을 때가 되었다. 센타크논이 마로스 대원을 호출한다.

"마로스 대원, 예정된 열흘이 지났습니다. 그동안 우주선이 세 차례 크게 요동쳤던 원인을 알아내었나요?"

"예, 대장님! 드디어 어제 밤늦게 그 원인을 밝혀냈습니다. 퓨타고스 대원의 노력이 대단했습니다. 퓨타고스 대원과 페터스 부함장님이 자리를 함께 할 필요도 있고, 대장님께 보여드릴 대형사진을 띄울 화면도 필요하기에, 그 두 사람이 지금 함교 지휘 타워에서 대기하고 있습니다. 그리로 모시겠습니다."

지휘 타워에 들어선 센타크논은 페터스와 퓨타고스의 인사를 받자마자 마로스에게 보고를 재촉한다.

마로스 대원: "우주선이 크게 흔들린 시점에 우주선의 외부 관찰 카메라에 어렴풋이 포착된 물체의 명암을 분석·판독한 후 복원해서 그 정체를 제대로 밝히는 데 일주일 이상이 소요되었고, 그 물

체가 어떻게 우주선을 흔들어 놓았는지를 알아내는 데 또 여러 날이 필요했습니다. 이렇게 늦어서야 보고 드리게 되어 면목이 없습니다."

센타크논: "궁금한 이야기부터 합시다. 그 물체가 무엇입니까?"

마로스 대원: "놀랍게도 거대한 공룡이었습니다. 두 마리가 포착되었습니다. 이들은 바다에서 살고 있는데, 그것도 심해이니까 '심해 공룡'이라고 말할 수 있겠습니다. 지구인이 안킬로사우루스(Ankylosaurus)라고 명명한 육상 공룡과 익티오사우루스(Ichthyosaurus)라고 명명한 수중 공룡이 교묘히 조합된 형체 모양을 하고 있습니다만, 체구는 이들보다 월등히 큽니다. 앞의 두 공룡은 지구의 지질연대로 중생대에 서식하고 있었으나 지금은 멸종되었습니다. 중생대의 다른 모든 공룡도 지구에서는 멸종되어 있습니다. 앞의 두 공룡을 그린 지구인의 상상도와 우주선 외부 카메라에 어렴풋이 찍힌 물체를 판독 처리하여 실물에 가깝게 살려본 심해 공룡 한 마리의 사진을 보여드리겠습니다. 지휘실의 항해 스크린을 보아주시기 바랍니다."

마로스 대원이 심해 공룡의 사진을 스크린에 올린다. 센타크논은 상상도 하지 못했던 일이 펼쳐지자, 그 사진을 보면서 연달아 질문을 퍼붓는다.

센타크논: "저 동물의 크기와 몸무게는 어느 정도입니까?"

마로스 대원: "몸길이 약 80m, 체중은 500톤 정도입니다."

센타크논: "중생대의 모든 공룡이 멸종했는데, 수심 10,000m나

되는 이 심해의 엄청난 수압과 차가운 수온에, 게다가 암흑천지이고 먹이란 찾아보기 어려운 극한 환경에 저 거대한 공룡이 적응하여 살아남을 수 있었다는 말입니까? 어떻게 가능합니까?"

마로스 대원: "아직은 모르겠습니다. 그러나 심해에 정박한 우주선 창 앞으로 갯지렁이, 발광 해파리, 전기 가오리, 대왕오징어와 같은 심해 동물이 가끔 눈에 뜨였던 것을 보면, 극한 환경의 이면에 비밀스런 열쇠가 있을 것으로 추측하고 있습니다."

센타크논: "그래요? 그 비밀스러운 열쇠를 반드시 찾아야겠지요! 그런데 저 공룡의 꼬리 끝에 뭉쳐진 망치 같은 큰 돌기물은 무엇입니까? 무슨 기관인지요?"

마로스 대원: "그것도 모르겠습니다.."

센타크논: "저 녀석의 서식지는 어디쯤 될 것 같습니까? 몇 마리나 서식하고 있을까요?"

마로스 대원: "대장님, 죄송합니다만, 현재로선 전혀 알 수가 없습니다. 아직은 모르는 것투성이입니다."

센타크논: "저 녀석이 어떻게 해서 이 우주선을 요동치게 했습니까? 그 원인은 알아내었다면서요?"

마로스 대원: "예, 그것만큼은 알아냈습니다. 공룡 한 마리가 우주선 부근에서 육중한 몸을 흔들어 심해 바닥에 큰 파랑(波浪)을 일으켰고, 다른 한 마리가 또 다시 그 파랑이 번지는 방향으로 자신의 몸을 흔들어서 파랑의 세기를 증폭시켰습니다. 세찬 파랑이 세 차례 거듭되었습니다. 공룡의 몸부림이 가져온 엄청난 세기의 수파(水波)

가 우리 우주선을 덮쳐서 선체를 크게 흔들었던 것입니다.

센타크논: "저 공룡의 크기를 보니, 능히 그럴 수 있겠습니다. 궁금한 것은 지구인의 지식·정보에 저 공룡이 알려져 있는가 하는 점입니다."

마로스 대원: "저 공룡의 정체를 파악하고 나서, 지구인의 지식·정보를 검색해 보았는데, 전혀 올라있지 않았습니다."

센타크논: "그렇다면 지구인은 저 공룡의 존재를 모르고 있다는 게 되네요. 또 하나 궁금한 것은 우주선이 이곳에 정박한지 상당한 시일이 경과하였는데, 왜 그 동안은 심해가 고요했던가요? 이제 와서 심해 공룡이 몸부림을 치게 된 원인이 있을 텐데요?"

마로스 대원: "아직은 모르겠습니다. 그러나 원인이 있긴 틀림없이 있을 것입니다. 우리가 알아내야 할 문제입니다. 원인을 알아야만 우주선의 안전이 확보될 수 있습니다."

센타크논: "모르는 것투성이인데, 내가 자꾸 질문만을 퍼부을 수는 없습니다. 우리가 알아내고 해결해야 할 사항을 정리해야겠습니다. 맨 먼저 저 심해 공룡을 수색해서 찾아내야 하고, 그 다음 그들의 서식지를 알아내야 합니다. 그 서식지를 알게 되면, 공룡들이 어떻게 심해의 극한 환경에서도 생존할 수 있는지를 알 수 있을 것입니다. 그리고 조용히 지내던 그 녀석들이 왜 몸부림치기 시작했는지를 밝혀내야 합니다. 공룡의 수색·발견, 서식지 탐색, 몸부림친 원인규명, 이 세 가지 문제를 최우선적으로 해결하도록 합시다. 먼저 공룡을 어떻게 찾아낼 것인가요?"

퓨타고스 대원: "몸부림칠 당시에 공룡이 수중에서 낸 소리가 우주선의 집음기에 녹음되어 있습니다. 캄캄하고 광활한 바다 속에서는 음파 탐지기(sonar)를 사용하여 녹음된 소리와 동일한 소리를 발성하는 동물을 찾아내는 수색 작업을 하는 것이 효율적입니다."

페터스 대원: "그 수색 작업은 우주선 정 북쪽을 0도로 하고, 거리 100km까지의 360도 시계방향 지역을 60도씩 6등분해서, 1차로 우주선으로부터의 거리 100km까지 여섯 지역을 순차로 탐색하는 것이 어떻겠습니까? 1차 수색에서 발견되지 않으면, 거리를 200km까지로 넓힌 2차 수색에 들어갑니다."

퓨타고스 대원: "그리고 수색 작업에 동원할 모듈은 3호기가 적합합니다. 모듈 3호기에는 수중 항해에 필요한 여러 가지 기능이 특별히 탑재되어 있어서, 우주 비행뿐만이 아니라 심해 탐사까지도 염두에 두고 제작된 기종입니다."

센타크논: "여러분이 내놓은 제안대로 진행하기로 합시다. 수색 작업은 내일 오전 8시에 개시하기로 하고, 오늘은 그 준비에 만전을 기해 주기 바랍니다. 모듈 3호기에 탑승하여 수색 작업을 할 대원은 여러분 세 사람과 헤레스 대원입니다. 페터스 대원이 수색 작업을 지휘합니다. 그리고 수색할 공룡의 종(species)을 명명하겠습니다. 이 우주선이 정박한 해구의 이름이 마리아나(Mariana)이니까, 이곳 지명을 따서 '마리아나사우루스'(Marianasaurus)라고 합시다. 궁금한 점이 많지만, 지금은 이 정도로 끝내고, 내일 아침에 모듈 3호기를 출동시키기 바랍니다. 수색 작업 중 모듈 3호기는 전면 광경

을 실시간 화면으로 우주선에 보내고, 음파 탐지기 상황도 모선이 함께 청취할 수 있도록 조처하기 바랍니다. 퓨타고스 대원은 이 회의 내용을 모든 대원들에게 알려 주세요."

4명의 회의는 이렇게 끝났다. 그리고 아칸투스호 대원들 모두가 심해 공룡의 존재를 알게 되었다.


모듈 3호기가 심해에서 공룡을 수색하고자 우주선을 떠나는 첫 날이다. 앞으로 수색하게 될 여섯 구역 중 첫 날에는 1구역과 2구역을 찾아보기로 되어 있다. 하루 12시간 수색작업을 한 후에 우주선으로 귀환할 예정이다. 모듈에는 페터스, 퓨타고스, 헤레스, 마로스 등 네 대원이 타고 있다. 이들은 모선과 수시로 통신 연락을 취하면서 시시각각 상황을 보고한다. 모듈 3호기는 수중에서 최고 시속 50노트의 속력을 낼 수 있으나, 공룡의 음파 탐지를 위해 속도를 늦추어 시속 10노트로 잠항하고 있다.

모듈의 전조등이 캄캄한 바다 속을 밝히며 길을 열어준다. 퓨타고스 대원이 모듈을 조종하고 있다. 헤레스 대원은 공룡이 내는 소리를 탐지하고자 소나(sonar)에 정신을 집중한다. 페터스 대원은 모듈 전면에 있는 창을 통해 심해 지역의 지형을 관찰하면서 혹시 마주칠지도 모를 생명체를 찾아 두리번거린다. 모듈은 1구역에 있는 마리아나 해구 지대를 서서히 훑어나간다. 해구 지대를 넘어가서, 인근 심해 지역도 찬찬히 살펴본다.

육지와 마찬가지로 바다 속에도 산이 있고 강이 있고 평원이 있다. 바다 속의 산이 겹겹이 포개져 산맥을 이루기도 한다. 가파른 산들로 이루어진 해령(海嶺)도 있고 밋밋한 산들이 연이어진 해령도 있다. 산이 있으니, 바다 속에 계곡과 분지도 있다. 육지의 강에는 물이 흐르지만, 바다 속의 강은 물이 흐르는 강이 아니라 흙이 흐르는 강이다. 바다의 강은 진흙과 모래 그리고 침전물을 실어 나르고, 인간이 버린 쓰레기가 흐르기도 한다. 바다 속에도 화산이 있어서 가끔 폭발한다. 지진도 일어난다. 그럴 때에는 지형이 바뀐다. 바다 속에도 마을이 있다. 바다 생물들이 모여 사는 마을이다. 다양한 생물들이 버글대는 도시도 있다. 생명체를 찾아보기 어려운 황량한 사막이 바다 속에도 존재한다. 심해는 사막에 가깝다. 바다 속에 동굴도 있다. 큰 아가리를 벌리고 있는 무시무시한 동굴, 입구가 산호초로 둘러싸인 앙증맞은 동굴 등 갖가지이다. 육지에 바람이 불 듯 바다에는 해류가 흐른다. 철새가 창공의 기류를 타고 대륙을 이동하듯, 물고기는 해류를 타고 대양을 이동한다. 바다는 육지와 흡사하면서도, 공기가 아닌 물로 이루어진 거창한 세계이다. 바다에는 독과 해충이 가득한 지옥도 있고, 젖과 꿀이 넘치는 천국도 있다. 바다에는 쾨쾨하게 썩어있을 정도로 인간이 개발한 영역이 있는가 하면, 전인미답의 원시세계도 있다. 바다에서 인간은 한없이 잔인해지기도 하고, 끝없이 꿈을 펼치기도 한다. 바다는 인간을 밀쳐내기도 하고, 인간을 기다리기도 한다. 인간은 바다를 모른다. 그래서 바다는 신비롭다.

우주선을 출발한 모듈 3호기는 12시간에 걸친 수색작업을 펼쳤으나 공룡의 흔적을 발견하지 못했다. 빈손으로 모선에의 귀환 길에 오른다. 돌아오는 길에 모듈은 2구역의 마리아나 해구에 접어든다. 모듈의 외부관측 카메라가 해구의 지형을 샅샅이 비추어 모선으로 전송한다. 센타크논은 모선의 항해 스크린에 드넓게 펼쳐지는 생생한 해구 영상을 응시한다. 그의 내면에 마리아나 해구에 대한 호기심이 쑥쑥 자란다. 마리아나 해구에 있다는 지구 지각층의 최심부는 어디일까? 그 최심부는 어떤 모습일까? 그 최심부의 환경은 어떨까? 그 최심부에는 무엇이 있을까? 그 최심부에 과연 공룡이 살고 있을까?

해구는 바다 속에 펼쳐진 깊고도 넓은 계곡이다. 이 계곡의 모양은 좁고 길고 깊은 도랑을 닮았다. 말이 좁고 긴 도랑이지, 너비가 대략 2km, 길이는 100km 이상으로 길게 파여져 있다. 해구의 수심은 6,000m가 넘는다. 해구 중에서도 '마리아나 해구'는 규모가 으뜸이다. 마리아나 해구는 평균 수심이 7,000-8,000m이고, 가장 깊은 수심 지대는 11,000m를 넘나들며, V자형 심해저 계곡의 너비가 위쪽은 70km, 아래쪽은 10-20km이고, 길이는 2550km에 달한다. 계곡 지형이되, 엄청나게 광활하다.

모듈의 카메라 렌즈가 마리아나 해구의 최심부인 챌린저 해연(Challenger Deep)을 담는다. 그곳은 바다 속 최악의 사막이다. 황량하고 음산한 곳이다. 육지의 사막은 강렬한 햇살이 눈부신 모래 바다이다. 챌린저 해연은 빛이라곤 모조리 끊겨진 암흑의 바위 사막이다. 그곳은 바람이 쌩쌩 부는 모래사막이 아니라, 가파른 암벽이 고요와 적막을 두텁게 둘러싸고 있는 거대한 성채(城砦)이다. 그곳은 전갈과 선인장조차 용납하지 않는 죽음의 사막이다. 그곳은 대기가 감싸고 별빛이 찾아드는 사막이 아니라, 물이 짓누르고 추위가 파고드는 사막이다. 그곳은 대상(隊商)과 낙타가 발자국을 남긴 사막이 아니라, 그 어떠한 생명체의 흔적도 찾아볼 수 없는 지구 안의 또 다른 행성처럼 보인다. 그곳은 외계인의 침입을 철벽 방어하는 견고한 요새이다. 그 어떠한 동물도 그곳에 발을 들여놓을 엄두를 내지 못한다. 그곳에서는 누구도 겪어보지 못한 별세계(別世界)가 펼쳐진다. 그 별세계는 센타크논의 호기심과 혈기에 도전한다. 센타크논은 그 별세계에 꼭 가보고 싶어졌다. 그래서 귀환한 모듈 3호기의 네 대원에게 이른다. 내일은 자신도 모듈을 타고 수색작업에 나서겠다고!

# 제39화
## 공룡이 사는 심해의 신비한 동굴세계로 들어가다.

　다음 날은 모듈 3호기가 우주선을 떠나 공룡을 수색하는 둘째 날이다. 센타크논도 동승하였으니, 모듈의 탑승자는 총 다섯 명이다. 센타크논은 조종석 옆자리에 앉아 감각과 지각을 총동원하여 마리아나 해구를 살펴본다. 모듈은 수색지역 중 제3구역을 훑어나간다. 맨 먼저 수색해나갈 지역은 3구역에 속한 챌린저 해연이다. 모듈은 최심부가 11,000m에 달하는 협곡 지형의 하단 평탄면을 침로(針路)로 하고 있는데, 이 하단의 폭이 12km에 이른다. 따라서 모듈은 해저의 평탄면을 지그재그 방향으로 전진한다. 협곡의 좌우측에는 가파른 암벽이 연이어 솟구쳐 있어서 높다란 돌병풍을 쳐놓은 피오르드(fjord)를 통과하는 듯하다. 병풍 암벽은 봉우리 모양으로 솟아 있기도 하고, 때론 석영이나 금속성의 단괴 병풍이 겹겹이 이어지기도 한다. 해저 바닥면은 주로 암반이다. 가끔 진흙과 돌덩어리가 깔린 바닥이 나타나기도 한다. 음파탐지기에는 모듈에서 보내는 발신음만이 들릴 뿐, 사위(四圍)의 어둠과 정적은 한밤의 공동묘지만큼이나 음산한 기운을 뿜어낸다.

　모듈은 이러한 지대를 6시간가량 잠항한 후, 우주선에서 대략 80km 떨어진 지점에 도달한다. 순간 헤레스 대원이 나직이 소리친다.

"대장님, 소나에 색다른 소리가 잡힙니다."

대원들 모두가 아연 긴장한다.

"지금 잡히는 소리가 우주선이 요동칠 당시 공룡이 냈던 소리와 일치하는지 확인하겠습니다."

헤레스 대원은 신중한 작업 태도로 10여분을 넘기고 나서, 자신 있는 어조로 보고한다.

"대장님, 마리아나사우루스의 소리임에 틀림없습니다. 드디어 심해 공룡을 찾아냈습니다."

센타크논은 감격에 겨워 자리에서 벌떡 일어선다. 그리고 공룡이 바로 모듈 옆에 있기라도 한 듯 주위를 두리번거리며 말한다.

"공룡을 발견했단 말이지? 아직은 소리로만 발견한 것이야. 이제 그 녀석을 직접 만나보아야겠어! 퓨타고스 대원은 소나의 반응에 따라 공룡을 찾아서 조심스레 접근하도록! 그리고 모듈 안과 밖의 조도를 10% 수준으로 낮추도록 한다."

반시간 정도가 지났다. 어두컴컴한 바다 속이긴 해도 모듈의 약한 전조등을 받아 어슴푸레한 물체가 앞에 어른거리기 시작한다. 퓨타고스 대원이 말한다.

"전면의 저 물체가 우리가 찾고 있는 공룡입니다. 조금 더 접근하여 공룡의 후미 500m 거리를 유지하면서 공룡을 뒤쫓도록 하겠습니다."

센타크논이 정정 지시를 한다.

"퓨타고스 대원! 공룡을 좀 더 가까이에서 관찰하고 싶으니, 전조

등의 조명을 최대한 낮추고 공룡의 300m 후미에서 따라가도록 한다. 우리 모듈이 공룡에게 들키지 않도록 조심해야 한다. 대원들 모두는 불필요한 소리를 내지 말고, 몸짓으로 소통한다."

전면에 보이는 공룡은 한 마리이다. 모듈이 공룡 가까이 접근하자, 모두들 공룡의 거대한 체구와 유영하는 모습을 한참이나 감상한다. 그리고 나서 센타크논은 관찰 카메라의 줌(zoom)기능을 사용하여 공룡의 여기저기를 면밀히 뜯어본다.

모듈 전방에 있는 공룡 마리아나사우루스는 체구가 엄청나게 커서 몸길이 80m, 몸통높이 20m, 꼬리 길이 25m에 달한다. 머리는 전형적인 공룡의 모습인데, 꼬리 끝은 망치 모양으로 뭉쳐진 덩어리로 되어 있어서 독특한 외관을 보인다. 몸의 피부색은 암갈색이다. 그리고 놀라운 사실은 몸 전체가 거북의 등껍질처럼 장갑(裝甲)으로 덮여있다는 사실이다. 그 장갑의 성분은 당장 밝혀지지 않으나, 느낌이 탱크의 강철판 외피와 같다. 끝이 망치 같은 꼬리부위는 탱크의 포신과 흡사하다. 피부가 강판과 비슷하니, 공룡의 체중은 500톤은 족히 나갈 듯하다. 머리에는 두 개의 눈과 네 개의 콧구멍이 있다. 몸통에는 다리라고 해야 할지, 지느러미라고 해야 할지 모를 네 개의 기관이 좌우로 둘씩 달려 있다. 바다사자의 발 모양을 닮은 물갈퀴 같기도 하다. 퓨타고스 대원은 관찰 카메라의 스캔(scan)기능을 작동시켜 공룡의 골격, 근육, 장기 등 체내를 상세히 훑어보면서, 그 내용을 고스란히 저장한다. 스캔한 내용은 차후 면밀히 분석될 것이다. 공룡의 유영 모습은 돌고래와 흡사하다. 체격이 유선형인데, 몸의 뒷부분을 힘차게 흔들면서 전진하는 유영 방법을 사용하는 것을 보면, 유영 속도가 매우 높을 것으로 추측된다. 지금은 산책하듯 시속 10km 정도의 속도로 유유히 헤엄치고 있다.

이 공룡을 따라 모듈이 20여분 나아갔을 때이다. 공룡의 전방에 어스름하게 빛이 새어나오는 동굴의 입구가 포착된다. 규모가 큰 대형 동굴로 보인다. 공룡은 서슴없이 이 동굴 안으로 헤엄쳐 들어간다. 모듈 3호기도 공룡의 뒤를 좇아 서서히 동굴에 들어선다. 마로스 대원은 잠시도 경계를 늦추지 않는다. 동굴 입구의 폭은 대략 1200m이고 높이는 500m가량 된다. 입구의 크기로 보아 비록 바다 속이라고 하지만 엄청나게 거대한 동굴임을 짐작할 수 있다. 이 동굴이 어디까지 이어질지 아직 그 길이는 알 수 없다. 굽이굽이 완만하게 휘도는 동굴 길을 따라 모듈이 십리 정도 나아간다. 그런데 바로 이곳에서 놀라운 광경이 펼쳐진다. 여기에 광활한 광장이 자리하고 있었다. 이 동굴 속 광장은 바닥면이 가로 2.5km, 세로 1.4km, 높이는 800m에 달하는 직육면체의 공간이다. 바닥과 좌우의 벽, 천장은 진회색 암석으로 구성되어 있는데, 바닥에서 위로 그리고 천장에서 밑으로 군데군데 석순과 종유석 같은 수중석주(水中石柱)가 돌출되어 있다. 그 돌기둥 대부분은 어른 세 팔 둘레의 밑동에 열길 정도의 높이로, 위로 솟구쳐있거나 아래로 내리꽂혀 있다.

정작 대원들이 깜짝 놀란 광경은 광장 무대에서 펼쳐지고 있는 공연이었다. 심해, 그것도 동굴 속은 완전히 캄캄해야 마땅한 곳인데, 모듈이 이 동굴 광장에 도착한 즈음에 때맞추어 그곳에서는 눈부신 빛의 향연이 벌어지고 있었던 것이다. 그것은 넓디넓은 무대에서 다양하고도 수많은 심해 생물들이 내뿜고 있는 생물발광(biolumi-nescence)과 생물형광(biofluorescence)의 현란한 쇼(show)였다. 대원들이 목도한 그 광경을 어떻게 묘사할 수 있을 것인가?

몸체가 투명한 수만 마리의 발광 해파리들이 너울너울 헤엄치면서 옅푸른 빛을 쏟아낸다. 해파리들의 춤추는듯한 유영에 따라 푸른빛이 무대 위에서 일렁인다. 해파리들 사이사이로 형광 왕새우들이 인광 머리띠를 두른 이마를 리드미컬하게 까닥거린다. 무대 뒷편에서는 발광 플랑크톤과 발광 박테리아가 무수한 우윳빛 발광 미립자를 방출한다. 은하의 무수한 별들이 멀리서 반짝이며 별의 강물을 연출하는 무대 배경에 흡사하다. 무대 중앙의 바닥 공연은 발광 해삼과 형광 불가사리가 맡고 있다. 해삼은 검푸른 빛을 꿈틀꿈틀 쏟아 내고, 불가사리는 온몸을 붉은 형광으로 치장하고 있다. 해삼의 발광은 꿈틀대는 네온사인이고, 불가사리의 형광은 토인 얼굴의 분칠이다. 인간은 생물형광을 본떠서 문신을 한다. 1급의 문신은 형광물질을 이겨 넣는 기법이다. 이곳에서 심해의 형광생물들이 제1급의 문신을 마음껏 자랑하고 있다. 무대 좌우측의 바닥면에서는 대합조개가 형광 공연을 하고 있다. 스멀스멀 기어가는 조개들의 껍질에 새겨진 적갈색과 회백색의 아롱무늬는 이동 형광판이다. 심해 문어들은 하얀 대머리에 청녹색 발광 다리를 휘젓고 있는데, 세찬 다리의 놀림은 광선검을 휘두르는 듯하다. 심해 해마의 몸에는 샛노란색을 내는 발광 박테리아가 잔뜩 기생하고 있다.

발광 물고기들의 공연은 더욱 찬란하다. 큼직한 크기의 전기 가오리와 전기 바다뱀이 내는 발광은 아주 밝다. 전기 가오리는 꼬리에서만 발광하는데, 분홍빛 꼬리를 이리저리 흔들어 댄다. 전기 바다뱀은 몸 전체에서 보랏빛을 내쏘고 있다. 대물(大物) 곰치는 눈에 발광기관이 있어서 두 개의 황색 서치라이트로 앞을 밝히고, 눈을 껌뻑일 때에는 점멸 신호등이 되어 번쩍거린다. 흑룡어(black drag-onfish)는 기다란 몸에 새파란 발광 색소를 점점이 박아놓고, 입으로는 붉은 형광 물질을 간간이 뱉어낸다. 육중한 심해 상어는 배 아랫면에 은빛 발광색소가 빛을 방출하고 있다. 다른 생물들의 발광은 이 심해 상어의 은빛 배에 반사되어 눈부시게 증폭된다. 심해어의 발광 중에서 으뜸은 심해 아귀(anglerfish)의 공연이다. 아귀의 몸에서는 청회색과 자주색의 발광이 번갈아 깜빡이는데, 머리 위로 뻗친 가느다란 안테나 끝의 미끼 촉수에서는 황금빛 발광체가 좌우로 흔들거린다. 이곳의 아귀는 금빛으로 반짝이는 미끼 촉수를 1개가 아니라 3개씩 달고 있다. 이따금 벌리는 아귀 입에서는 하얀 형광체의 무시무시한 이빨이 위아래로 끄덕댄다. 무대 언저리, 그러니까 동굴광장 바닥면의 언저리는 오색영롱한 산호들이 장식하고 있다. 산호의 형광물질은 하양, 파랑, 빨강, 노랑, 검정 등이 어울려져, 크리스마스트리에 온갖 조명을 해놓은 마냥 장관을 이룬다.

심해생물들의 개체 발광은 제각기 제멋대로 발광하는 것이 아니라, 집단 발광을 한다. 심해생물 개체는 속한 종에 따라 일률적으로 또 율동에 맞추어 발광한다. 어느 한 종의 발광은 다른 종의 발광에 화답하는 발광을 한다. 그들은 빛의 방출을 즐긴다. 모두들 함께 화광(和光)하는 빛의 향연을 즐긴다. 모든 종들은 서로 서로 어울려 합창하듯 빛의 조화를 이루어낸다. 지속적으로 방출하는 빛, 단속(斷續)적으로 내쏘는 깜빡이 빛, 채찍을 휘두르는 모양 또는 칼로 내리치는 모양 또는 빙글빙글 굽이치는 모양 등 다양한 방향으로 움직이는 빛, 폭발하듯 번쩍번쩍 쏟아지는 빛! 한 쪽으로 우르르 몰려가서 일제히 쏟아내는 빛, 그러다가 갑자기 산지사방으로 제각각 흩어지면서 방출하는 빛, 모두들 곧장 위로 치달아 올라가다가 우산처럼 옆으로 둥글게 서서히 낙하하는 빛의 덩어리들! 이들은 장구한 세월 동안 이러한 공연을 즐겨 왔음에 틀림없다. 이 동굴 광장에서 생물발광과 생물형광이 펼치는 빛의 향연은 인간이 펼치는 그 어떠한 불꽃놀이보다도 화려하다.

모듈의 소나에는 이 공연에서 벌어지는 갖가지 소리도 들어온다. 심해 상어는 흡사 고래의 울음소리같이 넓게 번지는 저음을 쏟아낸다. 해파리들은 명랑한 속삭임을 조잘조잘 뱉어낸다. 아귀들은 이빨을 부딪쳐 아작아작 볶아대는 소리를 풀어낸다. 심해 문어는 삐르륵 삐르륵 피리소리를 불어댄다. 이 소리들이 모두 어울려 나름대로 심해 생물들의 교향악이 연주되는 듯하다.

반시간 가량 펼쳐진 눈부신 공연은 대왕오징어의 먹물 방출로 마지막을 장식한다. 심해생물의 모든 발광이 꺼져 버리고, 모든 형광은 무대 뒤로 숨어 버리고, 모두가 숨죽인 후, 드디어 광장 무대는 수백 마리의 대왕오징어들이 내뿜는 엄청난 양의 먹물로 칠흑같이 깜깜해진다. 그들의 공연이 끝난 것이다. 그 공연의 마지막은 흡사 우주의 암흑물질계가 도래한 것 같다.

이 심해 동굴 속의 잔치는 한 달에 한 번 보름달이 뜰 때 열린다. 모듈이 동굴에 들어간 날 밤, 동굴 위 바다 창공에는 만월이 교교하였다.

동굴 광장무대에서의 집단 발광, 집단 형광, 집단 발성은 별세계에서 베풀어지는 심해생물들만의 은밀한 연예이고, 놀이이고, 잔치이다. 아칸투스호의 대원 다섯 명은 우연히도 이 은밀한 빛과 소리의 잔치를 엿보게 된 것이다. 그들이 마주한 우연은 그야말로 열락의 극치였다. 그래서 그들은 자신의 행운에 진정 감사하였다.

센타크논은 심해 동굴에서 펼쳐진 심해생물들의 장려한 공연을 보고, 가슴 벅찬 감흥을 이기지 못해 그윽이 읊조린다.

"무릎 꿇으라, 우주 앞에서!
고개 숙이라, 하늘 아래서!
허리 꺾어라, 땅 위에서!

숨 죽이라, 바다 속에서!

가슴 쓸어라, 인간 옆에서!

손 저어라, 삶 뒤에서!

끌어안아라, 모든 것을!


외치라! 가슴을 치라! 발을 굴러라!

머리를 뜯어라! 몸을 떨어라!


마지막에,

찬미하라, 우주를!

경배하라, 생명을!

기도하라, 섭리를!"


그는 우주의 신묘한 조화에 비틀거린다.


공룡은 광장 무대 앞에 엎드려 심해생물들의 공연을 조용히 감상하고 나더니, 공연이 끝나자 동굴 안쪽을 향해 서서히 몸을 옮긴다. 모듈도 몰래 공룡 뒤를 따라간다. 공룡이 10km쯤 나아간 후, 중앙 동굴 벽에 중형 규모의 동굴이 가지치기를 하고 있는 지점이 나타난다. 주굴(主窟)에서 옆으로 파여 들어가는 지굴(枝窟)의 입구는 폭 500m, 높이 200m쯤의 제법 크다고 할 만한 동굴이다. 공룡은 동굴 안에서 또 한 번 형성된 옆 동굴로 진입한다. 측면 동굴로 1km

가량 들어가서 공룡은 크게 한번 포효한다. 우렁찬 소리가 모듈 소나에 진동한다. 그 포효가 있은 조금 후에 어디선가 공룡 세 마리가 나타난다. 이제 마리아나사우루스는 네 마리가 포착된 것이다. 네 마리의 공룡은 서로 목을 한참이나 부비고 나서 동굴 안쪽으로 서서히 헤엄쳐 나간다. 또 1km쯤 나아가니, 구릉 모양으로 융기한 누런 암벽이 나타난다. 공룡들은 이 암벽에 다가가, 모두가 입으로 암벽을 갉아먹기 시작한다. 한 마리 당 2입방m 정도의 암벽을 갉아먹은 후, 조금 더 동굴 안으로 들어가서 움푹 파여진 바닥에 이르러 몸을 누이고 휴식을 취한다. 보아 하니, 여기가 바로 심해 공룡들의 서식처다.

대원들은 다른 세 마리의 공룡과 서식처를 세심히 관찰하고 필요한 촬영과 스캔을 마친 후, 오던 길을 되돌아 동굴을 벗어나기로 한다. 귀로에 오르기 직전에 퓨타고스 대원이 센타크논에게 묻는다.

"대장님, 공룡의 서식지와 동굴 광장 등 몇몇 곳에 자동송신 관찰 카메라를 설치해놓고 가는 것이 어떻겠습니까?" 센타크논은 한동안 곰곰이 생각하더니 진중하게 대답한다.

"그럴 이유는 충분하지만, 아직 이 신비한 심해동굴에 아무런 인공물의 흔적을 남기고 싶지 않습니다. 이곳을 우리가 들어오기 전의 상태 그대로 보존함이 마땅합니다. 차후 이곳을 재차 탐사하러 오게 되면, 그 때 생각해보기로 하지요."

돌아오는 길에 맨 먼저 해야 할 작업이 있다. 공룡이 갉아 먹던 암벽 물질을 채취하는 일이다. 모듈에 장착된 로봇 팔을 조종해서, 누런 암벽의 상당 부분을 떼어내어 모듈의 보관함에 옮겨 담는다. 동굴에 진입할 때에는 앞서가는 공룡에 정신을 쏟고 경계심이 작동하여 동굴 환경을 제대로 조사하지 못했었다. 그러나 돌아 나올 때에는 동굴을 찬찬히 뜯어보고, 과학적 탐사에 신경 쓸 여유가 생긴다. 동굴 군데군데에 특이한 암석층이 보인다. 모듈은 그리로 다가가 로봇 팔로 암석 시료를 채취한다. 동굴 안 여기저기에서 수압, 수온, 광도, 산소농도, 염분농도 등을 몇 차례 측정한다. 그 평균적인 측정 수치를 우주선이 정박한 주변의 심해에서 측정한 것과 비교한다. 엄청난 수압은 이곳이나 그곳이나 1000기압 내외로 서로 간에 별 차이가 없다. 그런데 우주선 외부 심해의 수온이 1도C 정도인데, 동굴 안은 13-14도C의 수온으로 현격한 차이를 보인다. 동굴 안의 수온이 비교적 온화하게 유지되는 것은 무척이나 신기한 일이다. 그 수온의 비밀이 궁금해진다. 우주선 밖 심해의 광도는 제로인데, 이곳 광도는 인근 환경을 그런대로 식별할 정도는 된다. 이 광도의 비밀은 조금 전 빛의 공연에서 보았듯이 생물 발광과 생물 형광에 있다. 별 의문 없이 동굴 안 희미한 빛의 비밀이 풀린다. 산소와 염분의 농도는 우주선 외부보다 조금 높다. 염분이 있긴 하지만 바다 물도 물이니까 그 기본 화학분자식은 $H_2O$이고, 바다생물이 이 O에서 필요한 산소를 섭취할 것이다. 아칸투스호도 무진장한 바다 물을 정제하여 식수와 생활용수로 조달하고, 바다 물을 분해하여 호흡할 기체와 필요한 에너지를 생산한다. 아직도 풀리지 않는 비밀은 동굴 안의 수온이다. 그런데 모듈이 되돌아 나오는 길에 그 비밀이 풀리는 현장을 목격하게 된다.

　동굴 속 환경을 유심히 살피던 페터스 대원은 동굴 한쪽에서 뜨거운 물이 부글부글 끓어 오르고 회색 가스가 치솟아 오르는 높이 20m 내외의 돌기둥 대여섯 개를 발견한다. 그 돌기둥 꼭대기에서 온천수와 가스가 뿜어져 나오는 모습이 지상의 간헐천이 분출하는 현상과 흡사하다. 바다 속에서는 그 분출력이 수압에 눌려 다소 약화되니까, 물과 가스를 연이어 뿜어내는 돌기둥은 마치 굴뚝(chimney)을 닮았다. 이른바 '열수(熱水) 분출공'이다. 페터스 대원의 이러한 발견 소식을 접하자, 센타크논은 퓨타고스 대원에게 열수 분출공이 빚어내는 해양 생태를 분석하도록 지시한다. 모듈은 열수 분출공에 가까이 접근하기도 하고 멀찍이 떨어지기도 하면서, 로봇 팔로는 분출공 시료를 채취하여 즉시 과학적 분석을 실시하고, 관찰 카메라로는 필요한 장면을 촬영하여 영상 분석도 시도한다. 모듈의 지형 탐색기는 한곳만이 아니라 동굴의 도처에 열수 분출공이 널려 있음을 알린다. 지형 탐색기에 뜬 화면은 다음과 같이 정리한다. '열수 분출은 서너 개 혹은 예닐곱 개의 수중 굴뚝이 무리를 지어 형성된 지역에서 행해지고 있으며, 이러한 지역은 동굴 내에 산재되어 있다.'
　모듈은 열수 분출지대 중 몇 곳을 더 찾아본다. 열수 분출공 주위의 수온은 높게는 300-400도C, 낮게는 70-80도C이다. 해저 틈으로 하강 침수하여 심해 아래에 자리 잡고 있는 마그마 층에 도달한 해수는 마그마의 초고온에 들끓여져 해저 위로 세차게 역류하게 되는데, 이렇게 형성된 특수 지형이 바로 열수 분출공 지대이다. 굴뚝 주위에는 그 열기와 기체를 호조건으로 하여 플랑크톤, 조개, 산호, 새우와 게 같은 갑각류 등 몇 가지 심해생물이 서식하고 있다. 열수 분출공에서 멀어질수록 수온은 내려간다. 그런데 동굴 안은 순환하는 해류 덕택에 끊임없이 뿜어져 나오는 열수의 뜨거움이 냉각되어 전체적으로 평균 13-14도C라는 비교적 안온한 수온이 유지된다. 이 심해 동굴은 사시사철 봄이나 가을의 쾌적한 상온을 누리는 생그릴라(Shangrila)였던 것이다.

이제 동굴 안 수온의 비밀이 풀렸다. 그러나 센타크논에게는 커다란 의문이 또 하나 남아있었다. 심해는 먹이라곤 찾아보기 어려운 척박한 환경이다. 열수 분출공 주위에 서식하는 생물은 다른 심해 동물들의 먹잇감으로는 너무나 미미하다. 이 동굴 안의 그 많은 심해생물들은 어디에서 먹이를 얻는가? 그들의 에너지원은 어디에 있는가? 동굴 안에서 본 그 숱한 심해생물들은 서로 서로 잡아먹지 않고, 모두들 평화롭게 공생하며 심지어 빛의 향연까지도 함께 즐기고 있지 않은가? 그 비밀은 어디에 있는가? 약육강식의 먹이사슬을 찾아볼 수 없는 이 신비한 동굴세계가 어떻게 존재할 수 있는가? 아직은 알 수 없는 수수께끼가 언제나 풀리려나?

## 제40화
## 심해 공룡의 놀라운 비밀이 서서히 벗겨지다.

모듈 3호기가 우주선에 귀환한다. 우주선에 남아 있었던 대원들도 우주선의 항해 스크린에 실시간으로 전송된 영상을 통해 오늘의 역사적인 수색작업을 보고 있었다. 그래서 모듈에서 내려오는 센타크논과 대원 4명을 열렬한 환호로 맞이한다. 다른 한편으로는 동굴 광장에서 펼쳐진 현란한 빛의 향연을 직접 관람했던 수색 대원들을 몹시 부러워한다. 젊은 아포티 대원이 같은 나이 또래의 마로스 대원에게 말을 건넨다.

"마로스, 얼이 빠진 표정이네요. 생물발광의 쇼가 그렇게 대단했나요?"

마로스 대원: "정말 장려무비(壯麗無比)했습니다. 그 빛의 제전을 보고 넋을 잃지 않을 사람은 없을 겝니다. 다음번 동굴 수색에는 꼭 참여해보아요. 그때 나는 빠지도록 할게요."

아포티 대원: "대장님에게 졸라서 다음 수색엔 우리 둘이 같이 갈 수 있도록 해요!"

센타크논은 우주선에 도착하자마자 함교에 전 대원을 모아놓고 앞으로 있을 일정을 알린다.

"모든 대원들은 오늘의 수색작업 경과와 그 성과를 숙지하고 있을 것입니다. 네 명의 수색 대원은 공룡이 사는 심해동굴의 지리환경, 생태환경 그리고 공룡을 비롯한 심해생물들의 특성에 관한 연구를 닷새 안으로 완료해서, 그 연구결과를 회람할 수 있도록 선내 통신망에 올리기 바랍니다. 연구결과를 두고 1주일 후에 모든 대원이 참석하는 집담회(colloquium)를 개최합니다. 이상입니다."

센타크논은 집담회를 즐긴다. 그는 대원들이 문제를 파악하고 해결할 필요가 있을 때 우주선 통신망을 통해 서로 질의·응답(QA)을 주고받는 소통방식보다는 대원 모두가 한자리에 모여 이야기보따리를 펼쳐내는 집담회를 좋아한다. 그는 사이버세계에서 열리는 언로(言路)보다는 생생한 언어가 현물로 오가는 시장 바닥에서의 언로를 선호한다. 그는 집담회에서는 지식·정보의 단순한 충족과 교환에 그치는 것이 아니라, 질문이 질문을 낳고, 좋은 아이디어가 암시될 수 있는 장점이 있다고 생각한다. 대원마다 분야에 따른, 또 수준에 따른 직관력의 차이가 있어서 문제해결의 실마리와 미해결 문제가 가져올 예상위험에 대해 다양한 관점이 집담회에 등장한다. 대화 중에 튀어나온 즉흥적인 발상이 찾아 헤매던 해결책일 수 있다. 집담회에서 피어오르는 대화의 불씨는 대원 상호간에 지적 도전과 자극이 되어 집단적 지혜와 창의가 발휘될 수 있다. 집담회는 지식, 의견, 아이디어의 도가니(melting pot)이다.

일주일 후 집담회가 열린다. 심해 동굴 안의 수압, 수온, 밝기, 산소와 염분의 농도 등은 오늘 모임에 필요한 전제지식이다. 센타크논은 여기서 더욱 나아가 생산적 가치를 유발하는 대화와 질문이 있기를 기대한다. 먼저 수색 대원 4명을 상대로 질문이 쏟아진다.

로지티 대원: "챌린저 해연에 있는 심해 동굴의 존재를 지구인은 알고 있습니까?"

페터스 대원: "우리가 마주한 심해 동굴을 편의상 '공룡동굴'이라고 명명하겠습니다. 공룡이 살고 있는 동굴이기 때문에 그렇게 이름 지었는데, 물론 대장님과 의논했습니다. 이 공룡동굴의 존재는 지구인의 어떤 기록에도 등장하고 있지 않습니다. 아직 지구인은 심해 공룡과 공룡동굴에 대하여 전혀 아는 바가 없습니다. 지구인은 챌린저 해연으로 유인 잠수정이나 무인 잠수정을 몇 차례 내려 보낸 적이 있습니다만, 그저 다녀왔다는 정도이지, 탐사라고 할 만한 성과는 없습니다. 지금까지 해낸 지구인의 달 탐사 업적보다도 훨씬 못한 수준입니다. 지구인의 심해 탐사기술은 수심 11km 바닥을 제대로 훑어보기에는 아직 턱도 없습니다. 그들에겐 높은 수압이 가장 큰 장애요인입니다."

디렉소스 대원: "공룡동굴의 규모는 어느 정도입니까? 대략 동굴의 폭은 1200m, 높이는 500m라고 하는데, 그 길이가 어떤지 궁금합니다."

퓨타고스 대원: "공룡동굴은 지금 말씀하신 폭과 높이로 220km가량 이어집니다. 보다 좁아지는 동굴 길이는 무척 복잡해서 현재로선 정확한 측정이 어렵습니다. 그리고 220km를 뻗어나가는 중앙 동굴의 벽에서 가지치기하는 지굴(枝窟)의 수도 대단히 많습니다.

폭과 높이가 각각 100m 이상이고 길이는 1km가 넘는 크기의 측면 동굴만을 말하는 것입니다."

디렉소스 대원: "동굴에 관해 또 궁금한 게 있습니다. 동굴 안의 벽과 바닥을 구성하고 있는 암석의 경도는 어떤가요? 우리 레이저 광선무기의 파괴력은 어디까지 미칠 수 있을까요?"

퓨타고스 대원: "공룡동굴의 암석은 석회암, 이암(泥岩), 사암(砂岩), 혈암(頁岩, shale)과 같은 수성암(水成岩), 화강암과 현무암을 포함한 화성암(火成岩) 등 매우 다양하게 구성되어 있습니다. 우리의 레이저 총을 동굴 수중에서 발사하면 화강암의 경우에 암석 깊이 60cm까지 파괴될 정도의 경도입니다."

디렉소스 대원: "동굴의 끝이 암벽에 막힌 폐쇄형 동굴인지, 이 동굴에 출구가 있어서 동굴 반대편이 바다로 통하는 열린 동굴인지 궁금합니다."

퓨타고스 대원: "동굴 길이가 220km 정도라는 것은 동굴의 입구만한 크기의 폭과 높이로 뻗어나가는 경우를 염두에 두고 관측한 수치입니다. 동굴 출구를 자그만 구멍이 숭숭 뚫려있는 지형으로 예상한다면, 무어라고 단정 짓기 곤란합니다. 동굴 안에서 해류가 순환하는 현상에 비추어 동굴 끝 편이나 동굴 천장 쪽으로 일정 규모의 통로가 형성되어 있을 것으로 추측하고 있습니다. 확인된 관측은 동굴의 한쪽 끝에서 해수가 유입되고 다른 한쪽 끝으로 해수가 유출되는 해류의 흐름 현상입니다."

클라네스 대원: "열수가 분출되는 동굴이라면 동굴 해저 가까이

에 마그마가 위치하고 있다는 것입니다. 이 마그마가 동굴 해저를 뚫고 나올 가능성, 그러니까 동굴 안에서 화산이 폭발할 가능성은 어떤가요? 지진이 일어날 가능성도 짚어보아야 하지 않을까요?"

퓨타고스 대원: "아주 좋은 질문입니다. 우리의 고향 올림포스행성이 다가올 화산폭발로 죽음의 별이 될 운명이기에, 클라네스 대원은 피부에 와 닿는 질문을 하셨습니다. 올림포스국에 특히나 발달한 과학 분야는 지질학과 지각변동학인 만큼, 우리의 화산·지진 관련 예측도는 매우 정확합니다. 우리 수색 팀이 예측한 바에 의하면, 수십 년 내에 공룡동굴에서 지변(地變)이 일어날 가능성은 희박합니다."

클라네스 대원: "동굴 내의 열수 분출공에서 분출되는 물과 가스에 유독성분이 함유되어 있지는 않나요? 유독하지 않다면 그 물과 가스를 우리가 활용할 여지는 없는가요?"

페터스 대원: "내가 답변하지요. 동굴 내에서 분출되는 열수와 가스를 관찰 카메라가 스캔한 성분 분석결과는 비교적 양호합니다. 가스에 다소 유해한 기포가 섞여 있긴 합니다. 그러나 열수 분출공 근처에 호기성 심해생물이 다량 서식하고 있는 실태는 유독 가스가 아니라는 추측을 자아냅니다. 현재 우주선 내의 물자 조달에 별 어려움이 없기에 열수 분출공에서 나오는 물과 가스를 활용할 필요는 없습니다. 그리고 동굴 내에 물과 가스를 활용할 인공시설물의 설치에 대해서 대장님은 반대하십니다."

아포티 대원: "이제부터는 공룡동굴 안의 심해생물에 관하여 질

문하고자 합니다. 그 심해생물들은 동굴 안 1,000기압에 달하는 수압을 어떻게 이겨내고 있는가요? 무엇보다도 공룡이 그 엄청난 수압을 어떻게 이겨내는지 궁금합니다."

이번에는 센타크논이 대답에 나선다.

"나도 그 점이 궁금해서 심해와 심해생물의 특성을 알아보았습니다. 물속에서 수압의 짓누르는 힘을 받는 것은 기체와 고체입니다. 물속에서 물은 수압의 엄청난 힘에 영향을 받지 않습니다. 수심 1,000m에 있는 물이나, 수심 10,000m에 있는 물이나, 물은 자신의 위에 쌓여있는 물의 압력을 받지 않으며, 물은 물 그대로일 따름입니다. 우리는 기체가 유연한 물질인줄 알고 있습니다만, 물이 더욱 유연한 물질인 것이지요. 그래서 심해생물의 대부분은 체내에서 기체를 제거하고, 최대한 물과 기름 같은 액체성분으로 채웁니다. 심해어는 부력을 받을 공기주머니, 즉 부레조차 없는 쪽으로 진화했습니다. 심해생물의 몸 안이 거의 물로 채워져 있다면 엄청난 수압은 별 문제가 되지 않습니다. 심해생물의 대부분은 그런 방법으로 수압 문제를 해결하고 있습니다. 동굴 안에서 사는 해파리, 해삼, 문어, 아귀, 곰치, 상어, 가오리 등등이 그렇습니다. 심해생물이 수압을 이기는 또 다른 비결은 엄청난 수압을 물리칠 정도로 외피를 단단하게 진화시키는 방법입니다. 마리아나사우루스가 심해의 수압을 이기는 비밀은 바로 이 방법에 있습니다. 공룡의 체내에는 공기층이 있습니다만, 강철 보다 강하고 질긴 특수 피부가 두텁게 외피를 형성하고 있어서 1,000기압에 이르는 수압을 견뎌내고 있는 것입니다. 이러한 피부는 오랜 진화의 산물일 것이고, 외피가 강해지는 것에 비례하여 살아갈 수 있는 수심도 깊어져 갔을 것입니다. 심해 조개가 그렇고, 심해 산호도 그렇습니다. 그러나 심해 갑각류는 두 가지 방법을 모두 택하고 있습니다.

아포티 대원: "흥미로운 이야기입니다. 그런데 부레 없는 심해어는 부력을 어디서 얻나요?"

센타크논: "부레 없는 아귀는 체내에 큼직한 지방낭을 가지고 있어서 지방낭의 지방성분을 조절해서 부력을 얻습니다. 그러나 아귀가 부상할 때에는 원래 위쪽 방향으로 헤엄치면 되는 것입니다. 다만 부레가 없으니 부상 속도가 그만큼 느릴 뿐입니다. 물 아래쪽으로 잠수할 때에는 반대로 유리하다고 할 수 있습니다."

로지티 대원: "동굴 안에서 심해 생물들이 벌인 빛의 잔치가 화려했습니다. 유독 공룡동굴에서 생물발광과 생물형광이 극성하고, 또 그렇게 진화하게 된 나름대로의 까닭이 있겠지요?"

헤레스 대원: "저는 그 신비로운 체험을 하고 나서, 그 신비를 풀고 싶은 생각이 간절했습니다. 일반론입니다만, 빛이 전혀 없는 심해 동굴에 사는 생물들은 시각이 퇴화합니다. 빛이 다소라도 있으면 시각은 퇴화하지 않고, 오히려 비상하게 발달합니다. 캄캄한 심해 동굴 안에서 서식하는 생물이 시각에 의존하기보다는 스스로 빛을 낼 이유로 다음 몇 가지를 열거할 수 있습니다. 자가 발광으로 주위를 밝혀서 먹이를 발견하는 데 유리하다든가, 번식을 도모할 짝에게 신호를 보내고 찾아내기에 유리하다든가, 강한 불빛으로 적을 격퇴

하거나 경고를 보낼 수 있다든가, 유혹적인 광선을 내보내어 먹이를 유인한다든가, 빛으로 자신을 위장한다든가, 빛을 다른 개체들과 통신하는 수단으로 사용한다든가 하는 용도를 들 수 있습니다. 심지어는 다른 종의 모습을 흉내 내려고 비슷한 빛을 조성하는 경우도 있습니다. 그런데 공룡동굴에 서식하는 생물들이 한 달에 한 번씩 모여 집단 발광, 집단 형광을 공연하는 이유만큼은 알아내기가 쉽지 않았습니다. 제가 최종적으로 내린 결론은 여러 대원들이 선뜻 동의하기 어려운 내용일 것입니다. 저는 그 빛의 공연을 함께 하는 동굴 거주 생물들이 빛의 축제를 즐기고 있다는 결론에 도달했습니다. 그들은 빛의 집단 공연에 참여함으로써 화광(和光)을 연출하는 기쁨을 맛보고, 발광 생물로서의 동질의식, 공동체의식을 공유하는 것입니다. 이 공유의식은 그들에게 내적 안정감과 평화를 선사합니다. 빛의 공연을 하지 않는 평상시에도 서로 서로 빛을 내어 동굴 안을 밝혀서 눈으로 식별할 수 있는 환경을 만든다는 것은 지금 구구하게 설명하지 않아도 능히 짐작할 수 있는 이점이 많습니다. 비유하자면, 캄캄한 심해가 장님 세상인데, 공룡동굴은 장님이 눈을 뜨게 된 세상인 것입니다. 그들이 다함께 다시금 눈뜨게 된 기쁨이 얼마나 크겠습니까! 그 기쁨을 축제로 표출하는 것이지요.”

로지티 대원: “그 환희의 축제에 공감할 수 있겠습니다. 그런데 다른 심해생물들은 둘째라 치고, 그 동굴에 함께 거주하는 공룡도 눈을 뜨게 되었나요?”

헤레스 대원: “예, 마리아나사우루스도 자가 발광기관을 가지고

있습니다. 앞의 두 다리 아래, 달리 표현하자면 두 군데 겨드랑이 아래 부분에 발광기가 있습니다. 발광기의 밝기는 그리 세지 않은 편입니다."

마로스 대원: "공룡동굴 안에서 벌어진 빛의 향연에 관해 제가 부언할 이야기가 있습니다. 우리 수색 팀이 공룡동굴에 들어선 날은 달의 타원형 천문 궤도가 68년 만에 행성 지구에 가장 가까이 접근하는 날이었습니다. 두 천체 사이의 거리가 평균 38만km정도인데, 그날은 떨어진 거리가 35만km에 불과했습니다. 그날 밤 바닷물에 미치는 달의 조석력과 월광(月光)이 68년 만에 최고조에 달했습니다. 동굴 안의 발광생물들은 그 슈퍼문(supermoon)의 충효과(衝效果)로 인하여 유달리 흥분하게 되었습니다. 만월에 펼쳐지는 그들의 빛 공연이 오랫동안 행해져왔겠지만, 우리가 엿보게 된 그날 밤은 68년 만의 대축제로 유독 화려하게 진행되었던 것입니다."

센타크논: "이제 공룡동굴의 핵심적인 의문, 그러니까 가장 신비한 비밀을 캐보아야 할 차례입니다. 나는 그 공룡동굴 안에서 살아가고 있는 수많은 심해생물들이 어떻게 먹이를 조달하고 있는가 하는 점이 제일 궁금했습니다. 빛의 공연에서 보았듯이 그 공룡동굴이 잡아먹고 잡아먹히는 약육강식의 살벌한 세계가 아니라, 어떻게 평화로운 공생의 세계로 남아있을 수 있는가요? 그들은 과연 무엇을 먹고 살아가는가요?"

퓨타고스 대원: "제가 말씀드리겠습니다. 그 공룡동굴은 하늘이 축복을 가득히 내린 그야말로 천혜의 호조건을 가지고 있습니다. 놀

랍게도 동굴 안에는 단백질이 듬뿍 함유된 암석이 널리 분포되어 있습니다. 심해생물들은 단백질이 돌처럼 굳어진 덩어리를 갉아먹거나 분해·섭취해서 살아가고 있는 것입니다. 이 놀라운 사실은 수색 팀이 동굴에 진입했을 때 공룡이 갉아먹던 구릉 암벽에서 채취해온 시료, 그 밖에 특이한 동굴 벽이 보일 때마다 채취해 온 암석 시료를 초고속원심분리기와 방사연대측정기로 분석하고, 동굴 암벽을 스캔 촬영한 관찰카메라의 화면 분석을 통하여 밝혀진 것입니다. 외부로 노출되어 있는 순도 높은 단백질 노다지는 공룡동굴에 무진장 매장되어 있습니다. 그 식용 노다지는 큰 구릉을 형성할 만큼 숱하게 쌓여 있기도 하고, 무수한 측면 동굴의 벽을 수십 km 길이로 메워 나가고 있을 정도로 엄청나게 널려 있기도 합니다. 마리아나사우루스를 포함해서 동굴 안 심해생물 모두가 천만 년을 먹어도 소진되지 않을 막대한 매장량입니다. 현재로서는 그 양을 측정하기 어렵습니다."

센타크논: "기가 막히도록 신기한 사실입니다. 퓨타고스 대원! 그 막대한 양의 고품질 단백질 암석이 어떻게 동굴 안에 형성될 수 있었습니까?"

퓨타고스 대원: "지구인의 지질시대 구분에 의거하여 정리해보겠습니다. 중생대에 조개의 일종인 암모나이트가 바다 밑에 무성하게 번식했었습니다. 산더미로 쌓인 암모나이트 껍질이 습기, 물곰팡이, 효모균의 영향을 받아 단백질 덩어리로 분해된 후 깊숙이 퇴적되어 있으면서, 심해동굴의 1,000기압에 이르는 수압, 해저 마그마

층이 데워준 300도C가 넘는 지열(地熱)을 받는 가압·건류 작용이 수만 년 동안 일어나면, 마침내는 단백질의 암석화 현상이 발생합니다. 마리아나사우루스가 갉아 먹던 단백질 암석의 근원물질이 바로 암모나이트입니다. 암모나이트 이외에 단백질의 근원물질이 다양하게 존재했으므로 공룡동굴에 암석화되어 있는 단백질 성분도 여러 가지로 나누어집니다. 동굴 안에 매장된 단백질 암석의 근원물질을 보자면, 고생대의 해생 생물로 플랑크톤, 삼엽충, 완족류, 산호류, 해조류가 있고, 고생대의 육생 식물로 고사리, 이끼 같은 양치식물이 있습니다. 공룡이 번성한 중생대에는 양치식물 이외에 은행나무, 소철, 잣나무 등이 무성했습니다. 신생대에 발생한 대규모의 지각 변동으로 인하여 고생대와 중생대의 육생 식물까지도 심해에 퇴적되어, 부식 → 식물성 단백질로 분해 → 가압·건류 작용 → 암석화의 과정을 거치게 되었고, 그 생성물이 현재 공룡동굴에 매장되어 있는 것입니다. 마리아나사우루스는 근원물질이 육생 식물인 단백질 암석도 즐겨 갉아 먹습니다. 동굴 안 심해생물들은 식성에 따라 찾아 먹는 단백질 암석의 종류가 다릅니다. 예컨대, 해파리는 플랑크톤 단백질 암석을, 해삼은 해조류 단백질 암석을, 문어는 산호류 단백질 암석을, 아귀는 완족류 단백질 암석을, 심해 상어는 삼엽충 단백질 암석을 주식으로 삼고 있습니다. 단백질이 성분 별로 산적하여 암석더미를 이루고 있으므로, 심해생물도 선호하는 성분의 단백질 암석이 매장된 지역에 떼를 지어 모여 살게 마련입니다. 그래서 공룡이 사는 동굴도시는 해파리 동네, 새우 동네, 문어 동네,

아귀 동네, 산호 동네 등으로 나누어집니다. 동굴 안의 암석은 흰자질뿐만 아니라 비타민과 같은 유기물, 그리고 칼슘, 인, 철 등의 무기질도 풍부히 함유하고 있어서 심해생물이 생육하고 활동할 영양소와 에너지원으로서 하등 부족함이 없습니다."

센타크논: "암석 시료에서 추출한 단백질의 맛은 어떤가요?"

퓨타고스 대원: "제가 조금 시식해보았는데, 곤충의 번데기를 구운 맛이 납니다. 씹을수록 제법 고소한 맛이 우러납니다."

센타크논: "공룡동굴은 온화한 수온에 고소한 단백질 먹이를 풍부히 저장하고 있으니, 한마디로 '심해 사막에 동굴 오아시스가 있다'라는 말이 딱 들어맞는 표현입니다."

마로스 대원: "그곳이 말 그대로 아름답고 평화로운 낙원이지만, 심해생물들이 서로 싸우는 일이 전혀 일어나지 않는 낙원이 있을 수 있을까요?"

클라네스 대원: "싸움에 뛰어난 마로스 대원이라서 그런지, 역시 싸움에 관심이 많구만요! 제가 보기에 심해생물 개체 간에 다툼이 없는 것으로 여겨집니다. 그러나 동굴 안의 공생조건이 교란되거나 심해의 생태환경이 악화되면 싸움이 일어날 수도 있으리라고 생각합니다."

센타크논: "일어날 수 있는 그 싸움에 마리아나사우루스도 끼어든다면, 동굴 오아시스는 엉망이 되고 말텐데요! 앞으로는 공룡이야기를 해보기로 합시다. 마리아나사우루스의 먹이, 체구, 외관, 유영방법에 관해서는 모두들 훤하게 알고 있으니, 그 외피와 골격, 근

육, 장기 등 체내를 관찰 카메라로 스캔한 내용 분석에 관하여 퓨타고스 대원이 설명해주기 바랍니다."

퓨타고스 대원: "수색 팀이 동굴 밖에서 최초로 조우하게 된 공룡을 1호 마리아나사우루스라고 지칭하겠습니다. 1호 공룡의 외피를 먼저 보도록 하겠습니다. 그 외피는 정말 경이로움의 극치입니다. 공룡의 피부를 스캔해서 분석한 결과를 알려 드리겠습니다. 동굴 공룡은 심해의 살인적인 수압을 이겨내는 방향으로 진화를 거듭해왔습니다. 그 결과 현재는 1,000기압의 수압을 견딜 정도로 막강한 표피를 갖추고 있는 것입니다. 그 장구한 진화 과정을 간추려 보자면 다음과 같습니다. 공룡은 생존 전략상 수심이 낮은 곳에서 점차 깊은 바다 속으로 서식지를 이동하게 되었는데, 점점 심해지는 수압과 낮아지는 수온에 적응하기 위하여 피부가 두터워지고, 피부 조직은 질기면서도 단단해져 갔습니다. 비약적 진화는 공룡 동굴에서 성취되었습니다. 물론 이 진화에 실패하고 사멸한 공룡도 많을 것입니다. 그러나 네 마리의 공룡은 동굴 내 열수 분출공 옆의 뜨거운 수온과 동굴 밖의 차가운 수온 사이를 빠르게 오가면서 표피를 담금질하는 방법으로 피부의 마텐자이트(martensite) 조직화를 이루어냈고, 여기에 더하여 1,000기압이라는 수압이 피부를 압축하면서 피부 조직이 미세하고도 촘촘한 바이오 나노 탄소섬유와 동질의 것으로 진화하였습니다. 더욱 경이로운 사실은 1호 공룡의 표피가 거의 300겹의 피부 층으로 구성되어 있다는 것입니다. 피부 1개 층(layer)의 두께가 1mm 정도이니까 300겹이면 30cm 두께의 외

피가 되는 셈입니다. 극심한 수압을 1겹의 피부로 고스란히 받아 내는 게 아니라, 겹겹의 층으로 수압의 충격을 점감(漸減)시켜 받아내는 것이 효율적이기 때문에, 다층(多層) 피부구조로 진화하게 된 것입니다. 이러한 피부 진화는 수압과 수온 문제를 해결하게 된 것 말고도, 예상치 못한 경이로운 성능까지도 갖추게 되었습니다. 섬유처럼 가벼우면서 타이타늄(titanium)보다도 더 질기고 견고한 피부가 300겹으로 쌓여 공룡에게 천문학적 강도의 장갑 외피를 선사하게 된 것입니다. 공룡은 천하무적인 30cm 두께의 막강한 전신(全身) 갑옷을 입고 있습니다. 최신 병기로도 뚫리지 않는 전무후무한 방탄복을 입고 있습니다. 철갑탄이나 포탄 혹은 레이저 광선 무기로도 파괴할 수 없는 초고강도의 방패를 몸 전체에 두르고 있는 기적의 동물이 탄생한 것입니다. 화염이나 결빙체 같은 공격 물질로도 그 철벽에 손상을 입힐 수 없습니다. 벼락을 맞아도 끄떡없는 제우스신의 방패 '이지스'(aegis)에 비견할 만합니다.

그리고 장탄식을 자아낼 정도로 놀라운 또 하나의 사실이 있습니다. 이렇게 막강한 피부 층의 형성은 장구한 시간이 필요하기 때문에 1겹의 외피가 생성되기까지 10년의 세월이 소요됩니다. 1호 공룡은 300겹의 외피를 갖고 있으니, 모두 합해 3,000년이 소요된 것입니다. 나무의 나이테 숫자가 나무의 나이가 되듯이, 공룡 체표(體表)가 몇 겹인가 하는 계산이 바로 공룡의 나이를 알려주는 것이지요. 그렇다면 1호 공룡의 나이는 거의 3,000살이 됩니다. 스캔 분석한 바에 의하면, 2호 공룡의 체표는 285겹이니까 2,850살 먹은 녀석이고, 3호 공룡은 293겹에 2,930살이며, 4호 공룡은 312겹에 3,120살입니다. 정말 놀랍지 않습니까? 동굴 속에서 4마리 이외의 공룡은 관찰되지 않았습니다. 동굴에 서식하고 있는 공룡은 4마리라고 단정할 수 있습니다."

아포티 대원: "정말 믿기지 않을 만큼 기나긴 진화의 역사, 놀라운 생명의 역사가 드러나는 이야기입니다. 1호 공룡의 현재 나이가 3,000살이라면, 기대 수명은 얼마나 될까요? 동굴 공룡들이 장수하는 신비한 원인은 무얼까요?"

로지티 대원: "지구의 척추동물 중 최장수 동물에 관한 지구인의 지식·정보를 검색해 본 적이 있습니다. 그것은 대서양의 그린란드상어로서 400년 이상을 산다고 합니다. 변온동물인 그린란드상어의 장수 비결은 낮은 체온에 있는 것으로 밝혀졌습니다. 수온이 낮은 곳에 적응한 동물의 낮은 체온은 체내의 생화학적 반응과 대사가 전반적으로 느려지는데, 그만큼 노화도 늦어져서 수명이 길어지는 것입니다. 지구의 무척추동물로서 북대서양에 서식하는 대합 조개는 500년 이상 장수한 것이 발견되었다는 기록도 있습니다. 그린란드상어가 서식하는 바다의 수온은 1도C 정도인 것으로 알려져 있습니다. 마리아나사우루스가 현재 살아가는 동굴 안의 평균 수온은 13-14도C이지만, 동굴 밖 심해의 1도C 수온에 적응하며 살아온 진화의 역사를 DNA에 간직하고 있는 동물입니다."

클라네스 대원: "맞습니다. 공룡을 극세(極細) 스캔한 분석 결과는 그 종의 수명 관여 염색체까지도 규명하였는데, 기대 수명을

5,000살로 추정하고 있습니다. 중생대의 중량급 공룡들은 육상에서는 몸동작이 불편했겠지만, 거구라고 하더라도 물속에서는 부력을 받아 몸을 움직이기가 쉬워지고 따라서 수중 공룡의 거대화가 진척되었을 것입니다. 마리아나사우루스의 체구가 80m 길이에 500톤 체중에 이를 만큼 거대해진 것은 수중 환경의 이점 때문입니다. 심해 거대증이라는 이 진화현상은 적(敵)과의 싸움에서도 유리하지만, 일정한 대사 조건하에서는 큰 동물일수록 장수하는 경향을 보인다는 사실과도 연관이 있다고 봅니다. 그 외에 단백질 암석에서 쉽게 먹이를 구할 수 있어서 생존하기 위한 경쟁과 투쟁이 없는 평화로운 생태 환경도 장수에 큰 몫을 할 것입니다. 그리고 그들이 살아가는 동굴 오아시스는 그야말로 슬로시티(slow city)입니다. 느림의 삶을 살아가는 그들은 물질대사도 느려지고 죽음도 느리게 올 것은 당연합니다.”

로지티 대원: “마리아나사우루스가 나이를 3,000살이나 먹다 보니, 재미있는 일화도 있습니다. 지금으로부터 1,340년 전쯤 마리아나사우루스 4마리가 원행(遠行)을 나갔습니다. 1호 공룡의 나이가 1,660살 정도일 때인데, 이 녀석이 한국의 동해 바다에 출현하였습니다. 그 당시 한국 영토는 국호가 신라였고, 문무대왕이 통치하고 있었습니다. 신라는 동쪽 바다 멀리 있는 일본국의 해적들이 자주 출몰하여 약탈당하는 일이 빈번했습니다. 그 노략질이 자심했던 까닭에 문무왕에게는 일본 해적을 퇴치하는 일이 숙원 사업이었습니다. 앞서 말한 시기에 신라의 동쪽 해안에 침입했던 해적선들은 때

마침 수면에 부상한 1호 공룡을 보고 놀란 나머지 모두 도주하고 말았습니다. 이 사실을 알게 된 문무왕은 죽은 후에 자신이 공룡이 되어 일본 해적들을 물리치겠다는 염원으로 동해 바다에 수중릉을 만들어 안장하라는 유언을 남겼습니다. 그래서 문무대왕릉은 수중에 조성되어 있습니다. 저는 이 일화를 접하고 나서, 극히 드물게 해수면으로 출현하는 마리아나사우루스를 목격한 지구인들에게 적어도 중세시대까지는 이 공룡들이 신격화되어 있었을 것으로 짐작하고 있습니다."

아포티 대원: "3천 년 전이라면 지구인에게는 아득한 옛날입니다. 고대로부터 공룡을 직·간접으로 둘러싸고 일화나 신화가 많이 만들어졌을 것입니다. 동·서양을 막론하고 지구인들은 용을 숭배해 왔습니다. 그런데 이 신비한 동물이 어떻게 번식하는지 궁금합니다. 우리에게 아직 어린 공룡은 발견되지 않았지요. 네 마리 공룡의 남녀 성비(性比)가 어떻게 되는지도 알고 싶군요."

퓨타고스 대원: "공룡 넷은 수컷과 암컷이 각각 두 마리씩입니다. 1호와 3호가 암컷이고, 2호와 4호가 수컷입니다. 나이가 가장 많은 4호 공룡이 무리 중에서 우두머리로 판단됩니다. 마리아나사우루스는 파충류인데, 난생(卵生)으로 번식하는 보통의 파충류와는 달리, 이 녀석들의 번식은 태생(胎生)입니다. 1호와 3호의 체내에서 자궁이 관찰되었습니다. 그 외의 번식 관련 지식은 유전 정보를 분석해도 알아낼 수 없었습니다. 번식 주기도 모르고 있습니다."

디렉소스 대원: "파충류는 폐호흡을 하는 동물인데, 파충류인 마

리아나사우루스는 심해 동굴 안에서 어떻게 호흡하는가요?"

퓨타고스 대원: "아주 중요한 질문을 하셨습니다. 이 기적의 동물은 파충류로서 원래 폐로만 호흡하였으나, 수중생활을 하면서 아가미가 발생하였습니다. 이 아가미의 발생은 진화가 아니라 돌연변이의 산물인 것으로 결론짓고 있습니다. 그러니까 마리아나사우루스는 폐와 아가미를 병용하여 호흡하고 있는 수중동물입니다. 이 점에 있어서도 기적의 동물이라고 칭할 수 있습니다. 이들 체내에 허파뿐만 아니라 조류의 것과 흡사한 기낭(氣囊)이 존재합니다. 공룡 머리에서 보이는 콧구멍 4개도 실은 폐호흡에 필요한 두 개의 구멍과 몸속 아가미로 해수를 흘려보내는 두 개의 구멍인 것입니다."

마로스 대원: "스캔한 화면을 분석한 결과 중 또 한 가지 사실을 말씀드리겠습니다. 공룡의 위 안에서 다량의 위석(胃石)이 발견되었습니다. 어른 주먹만한 자갈도 있지만 대부분은 직경 수십 cm 크기의 위석인데, 수백 개씩 들어 있습니다."

아포티 대원: "위석의 용도는 무엇인가요?"

마로스 대원: "위석의 원래 기능은 소화를 돕는 것인데, 마리아나사우루스가 수중 생활을 하면서는 부상(浮上)하거나 잠수할 경우 부력과 밸러스트(ballast)의 조절용으로도 기능하고 있습니다. 이 위석과 앞서 말한 기낭이 공룡의 부상 및 잠수에 사용됩니다. 그리고 1호 공룡이 동굴 안에서 단백질 암석을 갉아 먹을 당시의 관찰 화면을 유심히 살펴보니까, 그 녀석은 이따금 위석을 목구멍으로 세차게 뱉어내어 위석의 충격력을 이용하여 암석을 부스러뜨리는 장면

이 포착되었습니다. 수중에서의 그 위력을 관측해보았는데, 바위를 깨뜨릴 정도로 대단한 힘이었습니다. 공룡이 위 안에서 위석을 끄집 어내어 입을 통해 몸 밖으로 힘껏 발사한다면 굉장한 공격무기가 될 것입니다."

퓨타고스 대원: "그와 관련하여 대장님께 말씀드릴 것이 또 있습 니다. 대장님은 공룡의 꼬리 끝에 뭉쳐진 망치 같은 덩어리가 무엇 인지 궁금해 하셨지요? 그것은 공룡의 무기입니다. 중생대의 공룡 인 안킬로사우루스(Ankylosaurus)가 꼬리 끝에 곤봉 모양의 뼈 뭉 치를 달고 있었습니다. 그런데 공룡 마리아나사우루스의 두터운 표 피는 강철보다도 단단하기 때문에 강철 덩어리라고 할 꼬리 망치는 가공할만한 파괴력을 발휘할 수 있습니다. 꼬리 부위의 뼈 · 근육 · 껍질을 스캔 분석한 바로는 괴력을 지닌 철퇴에 비유됩니다. 수천 톤급 잠수함이라고 하더라도 길이가 25m나 되는 공룡 꼬리의 일격 에 두 동강이 나고 말 것입니다."

센타크논: "그 꼬리 망치가 예사로운 기관이 아니군요. 혹시나 그 꼬리 망치의 공격이 아칸투스호에게 행해진다면 어떻게 대처해야 할지 한 번 연구해 보아야겠습니다. 오늘 대원들의 집담회에서는 심 해동굴과 심해 공룡을 파악하고 우리에게 미칠 수 있는 예상위험을 짚어보기에 유익하면서도 흥미로운 대화가 충만했습니다. 이제 시 간이 많이 경과했으므로 집담회를 마치도록 하겠습니다. 미진한 이 야기와 궁금증은 다음 기회로 넘기기로 하고, 모두들 돌아가서 휴식 을 취하기 바랍니다."

제41화
해양 오염에 분노한 심해 공룡이 난동을 부리기 시작하다.

　집담회가 있은 다음날 낮이다. 갑자기 우주선의 거대한 선체가 몇 차례 요동친다. 그 즉시 센타크논은 전 대원을 회의실로 비상소집한다. 자리에 착석한 대원 모두가 놀란 얼굴이다. 하루 전날 대원들은 동굴 공룡의 신비한 비밀과 가공할만한 위력을 알게 되었으므로 놀랄 수밖에 없다. 센타크논이 말문을 연다.

　"공룡이 심해에서 몸부림치는 원인에 대한 연구가 이미 되어 있고 그 내용도 선내 통신망에 올라 있기 때문에, 어제 집담회에서 이에 관한 논의를 하려면 얼마든지 진행할 수 있었습니다. 다만 어제 회의가 너무 늦도록 계속되는 바람에 훗날로 미루고자 했던 것입니다. 그러나 오늘 갑자기 우주선이 크게 흔들리는 사건이 발생했기에 긴급회의를 개최하게 되었습니다. 더구나 공룡들이 우주선 부근에서 선체를 흔들 만큼 격랑을 일으키는 것에 그치지 않고, 우리 우주선을 인지한 후 적으로 간주하여 공격을 가해온다면, 우주선이 심대한 타격을 받을 위험도 있습니다. 이 위험을 사전에 해소하기 위해서라도 한시 바삐 그 대책을 논의할 필요가 있습니다. 먼저 공룡들이 몸부림치는 원인을 재검토해 봅시다. 그 연구를 담당했던 퓨타고스 대원이 보고를 겸해서 좋은 의견도 내주기 바랍니다."

　퓨타고스 대원: "공룡이 몸부림친 원인은 한 마디로 해양 오염에

있습니다. 좀 더 자세히 분석해보겠습니다. 무엇보다도 지구인이 바다에 버리는 쓰레기가 문제입니다. 양의 측면에 있어서 해양 투기 쓰레기는 바다의 자정능력을 넘어선지 오랩니다. 질의 측면에 있어서 유독성 쓰레기뿐만 아니라 잘 분해되지 않는 쓰레기, 특히 바다에 유입되는 플라스틱 쓰레기는 심각한 해양 오염을 일으키고 있습니다. 플라스틱이 집적된 쓰레기 더미는 바다 위에 떠다니는 섬을 형성하고 있으며, 이 광대한 면적의 플라스틱 쓰레기 섬(plastic trash island)들은 대양에 사해(死海) 지역(dead zone)을 확장해나가고 있는 재앙으로 인식되고 있습니다. 지구 온난화도 바다에 직격탄을 날리고 있습니다. 수온 상승으로 야기되는 바다 온난화 문제가 지구인의 시급한 해결 과제로 대두하였습니다. 북극과 남극의 빙산이 빠른 속도로 녹으면서 기상 이변을 가져올 뿐만 아니라 바다의 염분이 희석되고 있습니다.

지구인의 원자력 발전소 가동이 활발해지면서 원전으로부터의 방사능 오수 배출은 불안한 미래를 경고하고 있습니다. 바다로 배출된 방사능 오수는 회복 불가능한 피해를 낳고 있기 때문입니다. 최근에 터진 일본의 후쿠시마 원전 사고는 지구인들에게 끔찍한 경험을 안겨 주었습니다. 그리고 심해는 세계 각국이 방사능 폐기물을 암암리에 무단 투기하는 곳으로 되어버렸습니다. 방사능 폐기물의 반감기가 수만 년이라는 점을 염두에 둔다면, 그 무책임한 투기는 천인공노할 만행을 저지르는 것입니다. 대양의 외딴 무인도에서 행해진 핵실험이 해양에 미치는 파장은 별 논의조차 불러일으키지 못하고 있습니다.

지구인은 수심 7천m에 이르는 심해에서도 유전을 개발하고 있는데, 심해 석유채굴이 야기하는 대형 석유누출사고는 복구하기 어려운 심대한 피해를 바다에 끼칩니다. 최근 미국 멕시코 만에서 심해 석유채굴 중 발생한 원유유출사고는 유출 규모에 있어서나 유출 기간에 있어서나 지구인에게 섬뜩한 충격을 주었습니다. 그 밖에 숱한 유조선 사고, 석유시추선 사고, 수중 송유관 사고 등으로 바다는 중증의 환자가 되지 않을 수 없습니다.

제가 지금까지 언급한 해양 오염원들이 겹쳐 쌓이고 쌓여, 마침내 심해 공룡이 도저히 참을 수 없을 정도로 악화된 오염 단계에 접어들었습니다. 마리아나사우루스의 심해에서의 요동은 해양 오염에 대한 분노의 발현입니다. 아니! 분노 정도가 아니라 심히 격분해서 심해에서 몸부림치고 있는 것입니다. 그들의 몸부림은 해양 오염에 대한 본능적 반응이고, 자연스런 저항입니다. 앞으로 그 몸부림이 더욱 심해져서 공룡들은 바다에서 난동을 부리고, 심지어 해양 동물들을 살육하면서 마주치는 물체를 닥치는 대로 파괴해 나갈 가능성이 다분하다는 것이 저의 전망입니다. 그 어느 대상보다도 해양 오염의 주범인 지구인을 향해서 난리를 피울 수 있다고 봅니다. 지구인에 대한 난동은 그들의 분풀이로 이해해야 합니다. 어찌 보자면 그 난동은 바다를 정복하고 약탈하고 유린하는 인간의 교만에 대한 처절한 응징입니다. 저는 동굴 오아시스에서 온순하게 살아오던 녀석들에게 육식공룡 원래의 공격성과 난폭함이 되살아 날 것으로 예측하고 있습니다. 그렇다면 공룡이 일으킨 지금까지의 요동은 전주곡에 불과할지도 모릅니다. 공룡들과 함께 심해에 서식하고 있는 대형 해파리, 대형 문어, 대왕 오징어들이 요동치는 소리도 우주선 소나에 잡힌 적이 있습니다. 이 녀석들까지 난동을 피운다면 해양 오염에 대한 심해 동물들의 민중봉기가 일어나는 격입니다. 이러한 차원에서 마리아나사우루스의 요동을 이해하고 그 대비책을 마련해야 할 것으로 생각합니다."

센타크논: "잘 들었습니다. 그런데 마리아나사우루스의 난동이 점차 포악해질 것이라는 퓨타고스 대원의 전망은 어째 불길한 예언으로 들립니다. 그들이 부리는 난동이 장차 우리 우주선에 미치지 않는다는 보장이 없습니다. 그 예상 위험이 어떤지? 그리고 어떤 대비책을 마련해야 할런지를 논의해 봅시다."

헤레스 대원: "공룡이 지닌 위력에 비추어 만약 그들이 꼬리로 아칸투스호를 때린다면 그 가격하는 힘과 이곳의 엄청난 수압이 더해져서 우주선에 치명적 위험을 줄 것이라고 예상합니다. 결코 방심할수는 없습니다. 그 위험에 대한 대비책으로서 일단 공룡들의 뇌에 나노 칩을 심어서 그들의 행동을 감시하고 예측할 필요가 있지 않겠습니까?"

퓨타고스 대원: "공룡을 감시할 나노 칩을 심는 방안은 두 가지 기술적인 난점을 안고 있습니다. 나노 칩에 의한 뇌신경 움직임의 포착과 그 정보 분석은 일정한 수준에 달한 고등 동물의 경우에만 가능합니다. 대뇌 활동이 상당히 다양하고 복잡하며 규칙성을 띠는

수준에 이르러야만 해당 동물의 정신계에 대한 과학적 분석과 체계적 이해가 가능합니다. 이를 테면 개구리의 뇌에 나노 칩을 심어보아야 아무 것도 알아내지 못합니다. 그러니까 마리아나사우루스가 일정 수준의 고등 동물이라는 점이 전제되어야 합니다. 이 전제는 현재로서는 미지수입니다. 다음 난점을 말씀드리겠습니다. 이 녀석들은 30cm 두께의 강철섬유 피막(皮膜)으로 온 몸을 덮고 있기 때문에 우리의 레이저 광선발사기로 발사된 나노 칩이 그 피막을 뚫고 들어가는 것은 거의 불가능합니다. 설령 뚫고 들어간다고 하더라도, 칩이 온전하게 목표지점에 안착한다고 장담할 수 없습니다. 이 사실이 우리로선 해결할 수 없는 기술적 난점입니다."

마로스 대원: "그렇다면 공룡 네 마리를 없애 버리는 것이 화근을 근본적으로 제거하는 방법인가요?"

페터스 대원: "그것은 최후의 수단으로 고려해야 할 방안입니다. 최선의 방어는 공격이라지만, 공룡으로부터의 임박한 위험이 있기도 전에 그들을 공격해서 멸종시킨다는 것은 지구인 멸종 논의만큼이나 숙고해야 할 문제입니다. 아직은 방어 수단에 머무는 대비책을 강구함이 타당하다고 생각합니다."

로지티 대원: "제게 좋은 아이디어가 있습니다. 공룡의 본능을 검토해봅시다. 어떤 동물도 자신의 보금자리를 어지럽히지는 않습니다. 공룡도 본능적으로 자신의 서식처인 동굴과 그 가까운 곳에서 난동을 부리지는 않을 것입니다. 해양 오염에 대한 분풀이도 동굴에서 먼 바다로 나아가 한바탕 설치고 돌아오는 식으로 행해질 것입니

다. 그러니까 우주선을 지금 정박하고 있는 자리에서 그들의 보금자리 가까운 지점으로 한 60km 이동하는 것이 아주 간단하면서도 안전한 해결책이 된다고 봅니다."

센타크논: "그렇게만 된다면, 매우 기발한 착상입니다. 헤레스 대원은 공룡들이 요동친 기록을 지금 검색해서 그들이 이상 행동을 한 지점이 동굴로부터 얼마나 떨어져있는가 하는 것을 알아볼 수 있나요?"

헤레스 대원은 센타크논의 문의 사항에 대하여 즉각 검색하고 나서 대답한다.

"공룡들이 서너 차례 요동친 기록이 있는데, 모두 동굴로부터 7-80km 이상 떨어진 지점에서 벌어졌습니다. 로지티 대원의 예견이 맞아 들어갈 것으로 봅니다. 대장님, 그 방책을 한번 시도해 보는 것이 어떻겠습니까?"

페터스 대원: "공룡의 위험을 피하려고 멀리 도망갈 수도 있겠지만, 공룡 가까이에서 숨어 지내자는 역발상도 한 가지 방책이 될 듯합니다."

센타크논: "그러면 그 방법을 한번 시험해봅시다. 잘 안되면, 우주선의 정박지를 멀찍이 옮기면 되겠지요. 내 개인적으로는 동굴 가까이에서 공룡들의 동태를 살펴보고 싶어서, 로지티 대원의 제안이 마음에 와 닿습니다. 현재 우주선이 공룡 동굴로부터 80km 정도 떨어져 있으니, 동굴 입구 전방 20km 지점까지 이동해서 정박하기로 합시다. 디렉소스 대원은 헤레스 대원과 함께 내일까지 적당한

은폐 장소를 물색해서 아칸투스호를 이동할 수 있도록 필요한 조처를 취해주기 바랍니다. 우주선 이동은 모래 새벽에 개시하겠습니다. 이만 해산해도 좋습니다."

그 다음 다음날 아칸투스호는 공룡 동굴 입구에서 20여km 떨어진 후미진 장소로 이동하여 정박 작업을 완료하였다. 그로부터 또 사흘 후 마리아나사우루스 두 마리가 동굴을 나오더니 수면 위로 부상한다. 2호와 4호 공룡이다. 우주선의 모듈 3호기가 출동하여 몰래 공룡을 뒤따른다. 그들이 부상한 바다는 미국령 괌(Guam) 해역이다.

공룡 두 마리가 가는 길에 여덟 마리의 백상어 떼와 마주친다. 크기 9m급의 상어들이다. 백상어는 거칠 것 없이 바다를 휘젓고 다니는 난폭한 포식자이다. 몸길이 25m 짜리 흰수염고래도 잡아먹는다. 이 백상어 떼가 공룡에 접근한다. 초면인지라 잠시 공룡을 탐색한다. 백상어는 워낙 겁이 없는 녀석이어서 곧바로 2호 공룡의 몸체를 건드려본다. 주둥이와 꼬리로 툭툭 쳐본다. 공룡을 흰수염고래의 덩치 큰 친척 정도로 알았는지 점차 우습게 여긴다. 장난이 지나쳐, 아가리를 벌리고 무서운 이빨을 공룡 눈앞에 들이댄다. 그 거친 행동이 드디어 공룡의 신경을 거스른다. 순간 2호 공룡이 거구를 날려 백상어 떼 가운데로 뛰어든다. 흩어지는 백상어 중 한 마리를 향해 돌진하더니, 몸에 붙어 있는 앞발 물갈퀴를 세차게 내밀며 백상어의 동체를 물갈퀴의 날로 그어버린다. 단번에 상어의 몸이 둘로 갈라진다. 이번에는 달아나는 또 한 마리의 백상어를 향해 2호 공룡의 뒷발 물갈퀴가 날아간다. 공격받은 상어의 꼬리 부위 3m 가량이 단번에 잘려나간다. 남은 여섯 마리의 백상어는 줄행랑을 놓고 만다. 격투라고 할 만한 것도 없다. 공룡의 물갈퀴질 두 번에 흉포한 백상어 떼는 궤멸되고 만다.

반시간 후 공룡의 눈앞에 참치 잡이 어선 열다섯 척이 나타난다. 이 어선들은 주낙으로 참치를 잡는 것이 아니고, 어망으로 잡는다. 이들이 바다에 쳐놓은 어망이 공룡의 진로에 방해가 된다. 백상어를 처치하느라 흥분한 2호 공룡이 어선을 향해 서슴없이 몸을 날린다. 조업 중인 참치 잡이 배들은 200톤 내외의 소형 어선이다. 500톤이나 되는 쇳덩어리 공룡이 덮치자마자 수박 쪼개지듯 배가 부서진다. 4호 공룡까지 가세하여 닥치는 대로 어선들을 박살낸다. 어망에서 풀려난 참치들은 공룡을 구세주로 반긴다. 순식간에 어선 15척을 수장시킨 공룡 두 마리는 괌 연안을 향해 계속 유영한다. 이 사고로 죽은 참치 잡이 선원이 100여명이다.

한편 참치 잡이 선단의 SOS를 받은 괌 해안 경비정 1척이 쏜살같이 출동한다. 20여분 후 공룡과 해안 경비정이 조우한다. 경비정에 승선하고 있는 경비대원들은 공룡을 발견하고는 모두들 눈을 의심한다. 처음 보는 거대한 괴물이다. 영화에서나 보던 공룡을 닮았다.

괌 해안 경비대 본부요원들은 경비정의 추적 카메라가 송신하는 현장 화면을 보고 눈을 비빈다.

해상에서 경비정이 내는 요란한 경보사이렌과 회전경광등은 공룡의 신경을 자극한다. 공룡은 내친김에 경비정에 돌진한다. 300톤급 경비정은 아예 공룡의 적수가 되지 못한다. 대원들이 공룡을 보고 어안이 벙벙한 사이에 수면 위로 솟구쳤다가 내리꽂히는 80m 길이의 공룡 몸통에 맞아 경비정은 여러 조각으로 갈라지면서 침몰한다. 조각나는 경비정 인근 하늘로는 물보라가 자욱하고, 바다로는 비명소리가 애절하다. 대원 10명이 순식간에 목숨을 잃었다. 총이나 포 한번 발사하지 못하고 당한 일이다. 이 광경을 실시간 화면으로 목격한 해안 경비대 본부요원들은 혼비백산한다. 이 사태는 괌 주둔 미군사령부에 급보되었고, 곧 이어 TV 긴급뉴스를 통해 괌 주민, 나아가 전 세계에 알려졌다. 이제 지구인이 마리아나사우루스의 존재를 인지하게 된 것이다. 미군사령부는 공룡의 체구와 위력에 비추어 바다를 제패하는 지위를 부여한다는 의미에서 출현한 공룡을 '넵튠사우루스'(Neptunesaurus)로 명명하였다. 지구인은 아직 공룡의 서식지에 대하여는 아는 바가 없다.

해안 경비정의 침몰소식을 접한 괌 미군사령부는 공격용 무장 헬리콥터 1대를 사고 지역에 급파한다. 아파치 헬기이다. 헬기가 출동한 시각은 한바탕 소동을 치른 공룡이 보금자리를 향해 귀로에 오르는 저녁 무렵이다. 공룡이 어선과 경비정을 침몰시키고 다수 인명을 살상했다는 보고를 재차 확인한 사령부는 출동한 헬기 조종사에게 공룡을 사살하라고 명령한다. 헬기는 이내 괌에서 방향을 돌린 공룡 두 마리를 발견한다. 발견한 물체를 확인하고 사살을 허가하는 교신이 사령부와 헬기 사이에 오간 후에 아파치 헬기의 사격수는 4호 공룡을 향해 30mm 체인건(Chaingun) 20여발을 연속 발사한다. 발사된 총탄은 정확히 공룡의 상체를 맞추었다. 그런데 웬일인가? 30mm 체인건은 두꺼운 장갑을 격파할 수 있는 고성능 화기인데, 공룡의 몸에 맞은 총탄이 그대로 튕겨져 나오지 않는가? 총탄이 닿은 피부가 가렵다는 듯 공룡은 상체를 흔들어 한 번 털어본다. 헬기의 조종사와 사격수는 자신의 눈을 믿지 못한다. 이들은 좀 더 냉정히 사실을 알아보기 위해 공룡 가까이로 저공비행을 감행한다. 이때 4호 공룡은 긴 목을 늘여, 접근하는 헬기 방향으로 정조준하더니, 갑자기 입으로 볼링공 두 배 크기의 돌덩어리 네댓 개를 발사한다. 놀라운 일이 벌어진다. 공룡 입에서 쏜살같이 튀어나간 돌덩어리 중 한 개는 헬기의 조종석 전면 방탄유리를 깨부수고, 두 개는 헬기의 회전 날개를 쳐서 부러뜨린다. 입으로 발사된 돌덩어리는 공룡의 위석(胃石)이었다. 이 위석 발사 시스템은 고대 로마군의 투석기를 월등히 능가하는 공룡의 비밀병기였던 것이다. 공룡 동굴 안에서 단백질 암석을 깨뜨리기 위해 위석을 세차게 내뱉어 왔던 공룡의 평소 습관이 정교하고도 강력한 무기 개발을 초래한 것이다. 한편 날개 잃은 헬기는 곧장 바다로 처박혀 심해에 가라앉는다. 승무원 세 사람은 헬기에서 탈출하지 못하고 물귀신 신세가 된다. 귀로에 오른 공룡 두 마리는 유유히 사라진다. 괌 미군 사령부는 무엇이 어떻게 된 것인지 도통 영문을 파악하지 못한다. 훗날 불의의 사고를 당한 헬기에서 블랙박스를 회수하여 데이터를 분석하더라도, 위석을 발사하는 공룡의 병기만큼은 그 비밀을 밝혀내지 못할 것이다. 고대 투석기의 부활을, 그것도 멸종된 동물인 공룡이 현대에 실연(實演)해서 최첨단 공격용 헬기를 단번에 격추시킨 사실을 지구인이 상상이나 할 수 있었겠는가? 이야기는 점입가경으로 들어간다.

## 제2장 심해 공룡의 전면전(全面戰)과 그 최후

제42화
심해 공룡이 지구인을 상대로 전면전을 펼치다.

괌 미군의 앤더슨(Andersen) 공군기지 한 장교 관사에서 맞는 일요일 아침이다. 제임스(James) 소령의 가족이 늦은 아침을 먹고 있다. 휴일 아침 식탁에서는 가족이 모처럼 밀린 이야기를 도란도란 나눌 수 있는 여유를 누린다. 제임스는 제36비행단에 속한 서른여덟 살의 전투기 조종사이다. 따끈한 바게트 빵을 집어 드는 그에게 부인 몰리(Molly)가 잼을 권한다.

"옆집 수잔이 만들었다고 하면서 어제 가져온 블루베리 잼을 발라 보아요. 요즘 동네에 슈퍼푸드(superfood) 열풍이 식지를 않네요. 당신은 슈퍼푸드를 먹은 효과가 정말 있는 것 같아요?"

"슈퍼푸드가 아무리 좋기로서니, 마음 편한 게 제일이지! 슈퍼푸드는 몰라도, 당신의 슈퍼케어(supercare)는 확실히 마법의 효과가 있어."

"고마워요. 그런데 당신! 어제부터 걱정꺼리가 있어 보여요."

"맞아. 그저께 갑자기 출현해서 말썽을 피운 공룡 때문이야. 어제 부대 브리핑 룸에서 전투 비행단 소속 장교 모두가 공룡이 부린 난동을 찍은 동영상을 보았어. 공룡이 신기하기는 했지만, 그 위력에 심상치 않은 예감이 들었어. 비행단장은 그 공룡을 쉽게 처치할 수 있을 것이라고 말했지만, 나는 은근히 걱정이 돼."

"당신은 걱정이 많은 게 걱정이에요."

"쓸데없이 걱정하는 사람도 있긴 하지만, 원래 걱정은 책임감에서 나오는 거야. 무책임한 사람은 걱정을 하지 않아. 안전불감증도 책임의식 결핍에서 나오는 거지. 요즘 인간이 어쩌지 못하는 재앙이 속출하고 있어. 슈퍼병원체가 그렇고, 지진 같은 자연재해도 그렇고, 슈퍼 급의 태풍 같은 기상이변도 그래. 출현한 공룡도 그런 게 아닌지 막연한 걱정을 하고 있어."

그때 여덟 살 된 딸 제니(Jenny)가 대화에 끼어든다.

"그런데 아빠가 말하는 공룡은 나쁜 녀석이야? 아니면 좋은 녀석이야?"

"많은 사람들을 죽였으니 나쁜 녀석이라고 해야겠지."

"그러면 아빠가 비행기를 몰고 가서 그 녀석을 죽여 버리면 되잖아? 뭐가 걱정이야?"

"어째 그렇게 쉽게 될 것 같지 않아서 걱정이란다."

"아빠가 못 하는 게 뭐가 있어? 아빠 작년에 최우수 조종사로 표창 받은 슈퍼파이터(Superfighter)인데."

"그래 네 말이 맞다. 제니, 너는 걱정할 필요가 없어. 이 아빠가 그 공룡들을 해치울 테니까!"

가족이 식사하고 있는 식탁 밑에는 강아지 대시(Dash)가 엎드려 있다. 여덟 달 된 암컷이다. 대시를 낳은 어미는 금발의 요크셔테리

어인데, 이 강아지는 아직 어려서 그런지 털색이 은발, 금발, 흑발의 혼합이다. 눈이 이쁘다.

"그런데 제임스, 그저께 했던 대시의 불임수술이 별 탈 없이 잘된 모양이에요. 어제 하루 종일 제니와 활발히 놀았어요."

"어 참, 그 수술이 걱정이었는데. 경과가 좋다니 이제 걱정을 놓았네."

"당신은 내가 알아서 대시의 불임수술을 결정하라고 했지만, 대시에게 못 할 짓을 한 건 아닌지 걱정이에요."

"내 걱정 증상이 당신에게 옮아갔구먼. 이제 끝난 수술인데, 걱정하면 뭣 하겠어! 나는 아침 먹고 나서 욕조에 뜨끈한 물 받아 탕욕을할 거야."

"욕조에 물은 내가 받아 놓을 테니, 당신은 제니와 대시하고 좀 놀아주어요."

식사를 마친 제임스는 거실에서 제니와 대시에게 장난감을 던지고 빼앗는 장난을 건다. 물고 있던 장난감을 제니한테 빼앗긴 대시는 으르렁 소리를 낸다. 제임스는 바닥에 엎드려 어깨를 낮추고 엉덩이는 치켜 올린 채로 대시를 향하여 역시 낮은 으르렁 소리를 낸다. 그는 엉덩이를 좌우로 흔들어대기도 한다. 제니는 대시와 아빠의 그런 모습을 보고 깔깔거리며 재미있어 한다.


몰리는 아침식사 뒷설거지를 하면서 생각에 잠긴다. 대시에게 시킨 불임수술이 마음에 걸리는지 생각이 자꾸 그리로 미친다.

대시가 다니는 동물병원의 수의사가 불임수술을 권하였다. 강아지가 태어난 지 8개월쯤 되면 사춘기에 접어들면서 생리를 시작하고 심리적으로도 불안정해진다고 했다. 그러면서 8개월 된 대시에게 불임수술을 하자고 제안하였다. 대시의 자궁과 난소를 들어내는 수술이란다. 이 수술은 암컷인 강아지의 생리와 생식능력을 없애버린다. 자연의 이치에 따르자면, 강아지도 기본적 권리가 있어서 새끼를 배고 낳고 기르고 해야 할 것이다. 그래서 처음에 몰리는 강아지의 불임수술은 못 할 짓이라고 생각하였다. 대시를 입양하기 전에 강아지를 키우는 사람이 불임수술을 시켰다고 하면 참으로 비정한 사람이로구나 하고 속으로 한탄했었다. 그러나 그녀에게 문제가 닥치고 보니 대시를 위하여 어떻게 하는 것이 더 나은지 심사숙고하게 되었다. 개 키우는 친구들에게 물어보기도 했다. 고민 끝에 몰리는 불임수술이 대시에게 더 낫다는 결론을 내렸다. 개가 임신하여 출산과 새끼 양육을 하는 일은 본능적으로 하는 고생인데, 인간의 의술로 그 험한 고생을 면해주는 것이 은혜를 베푸는 처사로 이해될 수도 있다는 것과 낳은 새끼를 두세 달 키우다가 다른 집에 분양하게될 때 그 억지 이별이 새끼를 낳은 어미에게 줄 몹쓸 상처를 애당초 막아버릴 수 있다는 것이 불임수술을 수긍한 이유였다. 강제로 새끼를 빼앗긴 어미 고양이가 시름시름 앓다가 죽었다는 TV보도를 보고 나서 그런 결론이 더욱 굳어졌다. 그 밖에 새끼를 잔뜩 낳아 다른 집에 분양하기까지 몰리 부부가 할 수고를 피해보자는 계산이 전혀 없는 것도 아니었다. 그리하여 대시의 불임수술을 단행하였다. 수술이 잘 될 것인지 또 잘 회복해서 수술의 부작용은 없을 것인지 하는 걱정이 끝나고는 대시를 볼 때 가끔 불쌍한 생각이 들기 시작하였다. 이 녀석이 스스로의 의사와는 무관하게 몰리의 독단적인 결정으로 영원히 새끼 낳을 능력을 상실하게 되었으니, 딱하기 짝이 없었다. 자기가 과연 올바른 결정을 내린 것인가 하고 자꾸 자문하였다. 그런데 대시는 암컷으로서의 돌이킬 수 없는 운명을 전혀 모르는 채로 몰리를 원망하지 않고 그녀 앞에서 재롱을 잘도 부린다.

한편 제임스는 욕조에 몸을 푹 담그고 나름대로 생각에 잠긴다. 그저 공룡 생각이 떠나질 않는다. 어제 동영상에 비쳐졌던 공룡의 난동 장면이 머리에 떠오른다. 거구의 공룡이 수면 위로 솟구쳤다가 경비정으로 내리꽂히면서 몸을 뒤칠 때 꿈틀대던 그 우람한 근육, 휘돌리며 갑판을 강타하던 망치 꼬리의 무지막지한 힘, 경비정 포신을 노려보던 공룡의 부릅뜬 눈, 옛 기차의 굴뚝에서 뿜어져 나오듯 두 개의 콧구멍에서 세차게 분출하던 수증기, 이렇게 심어진 공룡의 인상이 아직도 머리에 생생히 펼쳐진다.

그 공룡은 내가 모는 F-15 이글(Eagle) 전투기보다 더 멋진 놈 같다. 그리고 나보다 더 능력 있는 슈퍼파이터일지도 모른다. 그 유선형으로 쭉 빠진 몸체는 F-15보다 더 날렵하지 않은가? 내가 곡예비행을 할 때보다도 더 자유자재로 몸을 놀리는 그 유연성! 그들의 체내에 뻣뻣한 뼈라곤 없단 말인가? 내가 수직 급상승, 급강하 비행을 할 때보다도 더 기세 좋게 위로 치닫고 아래로 곤두박질치는 그 기동성! 그들에게서 현기증이라곤 찾아볼 수 없단 말인가? 내가 벌컨포를 퍼부을 때보다도 더 화끈하게 입에서 발사물체를 내쏘던 그 자신만만함! 그들은 머리에 레이저 조준경이라도 달고 있단 말인가? 바다 위로 솟구치는 한 마리를 다른 한 마리가 밑에서 받쳐주며 밀어 올리던 일심동체의 팀워크! 내 편대의 협동작전보다도 더 환상적인 콤비가 아닌가? 이들은 예사 놈이 아니다. 신비한 괴력을 지닌 동물임에 틀림없다. 내가 언제고 이들과 대결하게 되는 날이 오고야 말 것 같은 예감이 든다. 온몸에 전율이 흐른다. 욕실 밖에서 자신을 부르는 몰리의 소리를 듣고서야 제임스는 상념에서 깨어난다.

아칸투스호 모듈 3호기는 공룡들을 뒤따르다가 그들이 동굴로 들어서는 것을 확인하고는 우주선에 귀환한다. 그날 공룡이 난동을 부린 녹화기록은 공룡의 파괴력을 분석할 자료로 쓰일 것이다. 이틀 후 공룡 동굴의 입구에 설치해놓은 감시카메라가 동굴을 나서는 공룡을 포착한다. 이번에는 공룡 네 마리가 모두 길을 나선다. 모듈 3호기가 우주선을 이륙하여 이들을 뒤쫓는다.

공룡 무리는 수면 위로 부상하지 않고, 해저를 잠영하여 빠른 속력으로 필리핀 해로 나아간다. 해상에서보다 오히려 해저에서 하는 유영이 더 빠른 속도를 낸다. 파도와 마주칠 때의 수파(水波) 저항이 수중에는 없기 때문이다. 유영하는 품새로 보아 원행(遠行)을 할 모양이다. 이들은 한 달쯤은 먹지 않고도 활동할 수 있다. 필리핀 해에 도달한 이들은 수심 1,400m의 심해에서 향유고래 다섯 마리를 만난다. 몸길이 16m 정도의 수컷 세 마리와 12m 크기의 암컷 두 마리가 떼를 지어 공룡 반대편에서 다가오고 있다. 수컷 향유고래는 싸움 실력이 대단하다. 꼬리로 강타하는 힘이 굉장하지만, 웬만한 적은 박치기로 승부를 낸다. 수컷 향유고래 중 가장 큰 녀석이 맨 앞에 오는 2호 공룡을 두려워하지 않고 곧바로 접근한다. 길을 비키라고 텃세를 부리는 기미가 엿보인다. 이 고래가 거구의 공룡에 당당히 맞선다. 2호 공룡도 길을 비킬 리가 없다. 두 짐승의 정면 박치기가 벌어진다. 공룡은 온몸에 30cm 두께의 강철섬유 외피를 두르고 있는데, 특히 이마 부위는 50cm 이상의 두터운 강철섬유로 뭉쳐져 있다. 마리아나사우루스의 박치기는 천하무적이다. 그 어마어마한 힘을 모르는 채로 향유고래가 덤볐으니, 결과는 처참할 수밖에 없다. 고래의 머리가 단번에 으스러진다. 머리가 으깨진 고래에게 공룡 네 마리가 달려들어 머리부터 꼬리까지 먹어치운다. 다른 향유고래들은 정신없이 달아난다. 식사를 마친 공룡 무리는 잠영을 계속한다. 그들은 필리핀 해 서편의 필리핀 해구에 접어든다. 수심 10,030m의 엠덴 해연(Emden Deep)을 스쳐보고 나서, 필리핀 해역에 있는 보홀(Bohol) 해와 술루(Sulu) 해를 거쳐 계속 서진(西進)한다. 그 다음에 싱가포르 해협을 통과하더니, 말라카(Malacca) 해협에 이르러 해상으로 부상하면서 유영 속도를 늦춘다. 그들의 목적지는 말라카 해협이었나 보다. 이 해협은 극동을 중동이나 유럽과 연결하는 중요한 항로로서 선박 왕래가 매우 붐비는 바다다.

공룡이 말라카 해협에 부상하자, 마침 그들 앞에 유조선 한 척이 항해하고 있다. 15만 톤급의 슈퍼탱커(super tanker)이다. 중동에서 원유와 액화가스를 가득 싣고 한국의 여수항으로 가는 중이다. 2호와 3호 공룡이 작정이라도 한 듯 세찬 기세로 유조선을 향해 돌진한다. 이들의 공격목표 선정은 기이하기 짝이 없다. 공룡 두 마리가 거대한 유조선의 선체 중앙부 중 동일한 곳을 이마로 차례차례 들이받는다. 한 마리가 들이받은 지점을 다음 한 마리가 연이어 받아버린다. 유조선은 이중선체구조로 되어 있다. 2호 공룡의 처음 박치기로 바깥쪽 선체가 뚫리고, 뚫린 부위를 3호 공룡이 두 번째 박치기로 쳐서 마침내 안쪽 선체까지 구멍이 난다. 마리아나사우루스는 유조선의 선체가 이중으로 되어 있다는 사실을 알고 있는 것일까? 두 번에 걸친 강철섬유 이마와의 충돌로 선체에 직경 8m의 구멍이 나고 만다. 유조선의 원유적재 공간은 격벽에 의해 다수의 칸으로 분리되어 있지만, 공룡이 가한 충격이 워낙 강력한지라 구멍이 난 격벽 칸 이외에 다른 격벽에도 균열을 일으켜 무시무시한 원유 유출이 시작된다. 더욱 무서운 불행은 공룡과 선체가 충돌한 시점에 튀어나온 스파크(spark)로 인하여 대형 화재가 발생한 사고이다. 원유에서 타오르는 불길은 유조선의 액화가스 저장 칸으로 옮겨 붙는다. 더 이상 손쓸 수 없는 엄청난 가스폭발이 일어난다. 15만 톤의 선체는 거대한 불덩어리로 변한다. 단시간에 일어난 사고로 유조선 선원들은 모두 목숨을 잃었다. 구명정을 내릴 시간적 여유가 없기도 했지만, 바다에 뛰어내린 선원조차 유조선 폭발로 소사(燒死)하고 말았다.

　말라카 해협은 왕래하는 선박이 줄을 잇는다. 폭발한 유조선의 지근(至近) 거리에서 컨테이너선 한 척이 항해 중이었다. 전자기기와 가전제품을 싣고 일본 요코하마 항을 출발하여 중동 두바이로 향하고 있는 5만 톤급 화물선이다. 공룡 네 마리는 이 선박을 다음 공격 목표로 삼는다. 1호와 4호 공룡이 컨테이너선을 향해 치닫는다. 잠수함에서 발사된 어뢰가 목표물을 향해 달려 나가듯 세차고 빠른 기세로 돌격한다. 1호 공룡이 선박의 좌측 선수를 들이 박고, 4호는 좌측 선미를 이마로 두드린다. 두 마리가 모두 선체 좌현의 아래쪽을 친다. 배가 좌측으로 심하게 기울자, 선적한 컨테이너들이 우르르 선박 좌측으로 쏠린다. 맨 좌측에 실렸던 컨테이너들은 바다로 쏟아져 떨어진다. 마리아나사우루스는 어떻게 좌현만을 공격하여 무게 균형을 잃은 배가 순식간에 기울어지도록 할 줄 아는가? 그들에겐 전술·전략상의 본능적인 지능이 있는 것인가? 기우뚱했던 컨테이너선이 왼쪽으로 엎어지더니 이내 가라앉기 시작한다. 선원들이 탈출을 시도한다. 1호와 4호 공룡은 침몰하는 컨테이너선을 그대로 두고, 2km 후방에서 항진하는 화물선을 향해 전속력으로 달려든다. 이 1만5천 톤급의 화물선은 중국 상하이항에서 곡물을 싣고 터키 이스탄불 항으로 가는 중이다. 화물선 갑판에 서있던 중국 선원들은 접근하는 공룡을 손으로 가리키며 야단법석을 떤다. 중국인은 용을 무척이나 숭상한다. 중국선원들은 마리아나사우루스를 전설의 동물인 용으로 알았던지 무릎을 꿇고 공룡을 향해 수없이 절을 하면서 기도를 올린다. 1호와 4호는 이번에 박치기가 아니라 꼬리 공격을 시도해 본다. 4호가 먼저 화물선을 망치꼬리로 때린다. 선체가 찌그러든다. 찌그러든 부위를 이번에는 1호가 또 한 번 망치꼬리로 힘차게 가격한다. 선체에 큰 구멍이 난다. 침수가 시작되고, 선창에 산적(山積)된 곡물의 유출사태가 벌어진다. 산더미 같은 밀, 콩, 옥수수가 뒤범벅인 채로 바닷물에 밀려들어가 뒤섞이면서 해협 일대는 곡물 수프 바다가 된다. 잡식성 물고기들은 신이 났다. 수프를 먹으려는 물고기들이 떼 지어 몰려들어, 침몰한 화물선 부근 바다는 물 반 고기 반이다. 바다 속에서 잘 버무려진 중국 음식은 물고기들에게도 포만감을 선사한다.

공룡 4마리는 이번에 부린 난동으로 기분도 풀고 몸도 풀렸는지 개선장군처럼 의기양양하다. 그들은 말라카 해협에서의 화물선 공격을 끝내자마자 곧바로 바다 밑 깊숙이 잠수해버린다. 그들이 벌인 해전은 1시간이 걸리지 않았다. 그야말로 전광석화와 같은 전격 작전이었다. 그들은 방향을 돌려, 왔던 길을 되돌아간다. 서식처인 동굴로 향한다. 동굴을 출발한지 한 달 만에 무사히 보금자리에 귀환한다. 공룡 부대(unit)의 이번 원정(遠征)에는 한 달이 소요되었다. 지구인은 말라카 해협의 변고(變故)를 속수무책으로 당했다. 변고가 있은 후, 세계 각국 정상들은 긴급히 전화통화를 주고받으면서 공룡을 퇴치하기로 공동 결의하였으며, 공룡 퇴치작전에 국제적 군사협력을 다하기로 약속했다. 이제 공룡과 지구인과의 세계전쟁이 일어난 것이다.

　원정에서 돌아온 공룡 무리는 동굴에서 긴 휴식을 취한다. 지구인의 심해 잠항 능력으로는 챌린저 해연에 있는 공룡의 서식처를 알아낼 도리가 없으니, 대대적인 공룡 수색작전을 펼쳐보았댔자 바다 속에서 바늘 찾는 격이다. 공룡이 처음 출몰한 지역이 서태평양이기에, 이 일대에서 공룡을 찾아내려는 지구인의 입체적 군사작전이 펼쳐진다. 바다 위로는 군함과 해안 경비정이 동원된다. 바다 아래로는 괌 미군사령부의 잠수함이 출동한다. 하늘 위로는 정찰기가 뜬다. 공룡은 파충류이니까 양서(兩棲)할 가능성이 있다고 보아, 육지도 샅샅이 뒤진다. 미크로네시아의 여러 섬들을 비롯하여 수색대가 서태평양의 무인도를 이 잡듯 훑어나간다. 호주, 뉴질랜드, 필리핀 등 3국의 연합군이 미군 주축의 공룡 수색에 가세한다.

　지구인의 공룡 수색작전이 시작된 지 열흘이 지나도록 아무런 성과가 없자, 연합군의 긴장이 이완되었을 때였다. 열흘간 휴식을 취한 공룡이 또다시 지구인 공격에 나선다. 2호와 3호 두 마리 공룡이 동굴을 나선다. 우주선의 모듈이 몰래 이들을 따라 나선다. 공룡은 해저로 한참을 유영해서 뉴질랜드 남섬 해역에 이르러 돌연 바다 위로 부상한다. 이들의 눈에 천천히 항진하는 유람선이 들어온다. 승객과 승무원 모두 3800여명이 탑승한 대형 크루즈선이다. 대부분의 승객이 갑판이나 객실 베란다에서 뉴질랜드 해안의 비경을 감상하고 있는 중이다. 이들은 유람선 가까이에 홀연히 돌출한 공룡 두 마리를 발견하고는 잠수함이 부상한 줄로 알았다. 그러나 그 육중한 물체가 위 아래로 출렁거리고 꼬리를 좌우로 휘저으며 다가오는 것을 보고서야 살아있는 괴물임을 깨닫는다. 사태가 심상치 않다는 것을 느낀 승객들은 비명을 지른다. 승무원들도 사태를 파악한다. 급히 SOS 조난 신호를 보낸다. 위급한 사태는 찰나에 파국으로 치닫는다. 유람선으로 전력 질주한 공룡 두 마리는 동시에 선수 부위를 머리로 힘껏 받아버린다. 그리곤 몸을 뒤로 빼서, 이번에는 선체 중앙부로 달려가 사정없이 망치 꼬리로 뱃전 아래를 내리친다. 대여섯 차례의 꼬리 공격을 받고 선체 여기저기에 구멍이 난다. 침수와 함께 침몰이 시작된다. 공룡은 배가 침몰하는 반대 방향으로 가서 온몸으로 선복(船腹)을 밀어 올린다. 공룡이 밀치는 괴력을 받아 13만 톤급의 유람선은 급속도로 침몰한다. 그 찰나에도 몇 척의 구명정이 내려지긴 했다. 그러나 요행히도 구명정에 타게 된 극소수의 승객이거나 구명조끼라도 착용하고 해상에 떠 있는 승객이거나 간에, 재난 지역을 온몸으로 휘젓고 다니면서 몸체를 수면 위아래로 첨벙거리는 공룡의 난동에 살아남은 사람이 거의 없다. 천국에서나 맛볼 지복(至福)을 누리던 지구인의 선상 유람생활은 하루아침에 비탄이 가득한 지옥으로 화하고 만다. 인간은 자신의 운명을 한치 앞도 내다보지 못한다. 운명의 여신 클로토(Clotho)가 자아내는 실 한 가닥에 행과 불행이 자리바꿈을 한다.

유람선의 조난신호를 받고 뉴질랜드 해군의 원양초계함 한 척이 재난현장으로 달려온다. 공룡 두 마리는 자리를 피하지 않고 초계함을 마주한다. 정면으로 치닫는 양측의 속도는 엇비슷하다. 뉴질랜드 초계함은 공룡과 조우했던 괌 해안경비정이 총 한번 쏘아보지 못하고 격침되었다는 뉴스를 접하였기에 사정거리 안에 들어오는 공룡을 선제 타격하려고 만반의 준비를 갖추고 있다. 양측이 근접하자 먼저 초계함의 76mm 함포와 30mm 쌍열 기관포가 불을 뿜는다. 공룡 바로 앞에 포탄이 쏟아진다. 공룡 두 마리는 날쌔게 수중으로 잠수한다. 시야에서 목표물이 사라지자 함정의 사격이 잠시 주춤한다. 조금 후 초계함 전방 400m 거리에서 공룡 한 마리가 갑자기 부상하더니 입으로 무언가를 토해내듯 내뿜는다. 공룡의 입에서 뿜어져 나온 것은 강력한 전자기파(EMP; Electro Magnetic Pulse)였다. 이 전자기파는 초계함의 전자기 환경을 교란한다. 함정의 전자기기는 모조리 무력화된다. 물위로 떠오른 공룡을 향해 함포를 발사하려고 시도했으나 화기가 전혀 작동하지 않는다. 현대전은 전자전이다. 현대의 함정은 운항이든 전투든 모두 전자기기로 작동한다. 이 전자기기가 공룡의 전자기파 방출로 인하여 무용지물이 된 것이다. 초계함의 전투, 운항, 통신, 레이더 탐지 등의 기능이 한꺼번에 마비된다. 공룡과 전투를 벌이기 시작한 1800톤의 초계함은 이제 고철 더미에 불과한 해상 부유물이 되어 버린다. 믿기지 않는 일이 발생한 것이다. 지구인의 전자장비를 무력화시킬 수 있는 전자기파를 공룡이 방출하다니! 공룡에게 어떻게 그런 능력이 있을 수 있는가? 초계함에 탑승한 장병 모두는 함정의 전자장비 일체가 마비되었다는 사실을 알고 얼음처럼 얼어붙었다. 아칸투스호의 모듈 3호기를 수중에 은폐시킨 채로 공룡과 초계함의 전투를 고스란히 관망하고 있던 대원 세 사람도 이 이해할 수 없는 사태에 놀라움을 금치 못하고 있다. 공룡 두 마리가 고철 더미에 불과한 군함을 격파하는 것은 그야말로 식은 죽 먹기이다. 함상에서 부들부들 떨고 있는 장병들 모습을 즐기기라도 하는 듯, 두 공룡은 유유히 유영하여 접근하더니, 망치 꼬리로 함정을 사정없이 강타한다. 가격한지 2-3분도 안되어 선체의 허리 부위가 꺾어지고 만다. 사람으로 치면 척추 부위에 해당하는 함정의 용골(keel)에 공룡이 정타(正打)를 날린 것이다. 격침된 함정의 장병 100여명을 공룡이 그대로 놓아둘 리가 없다. 공룡은 이선(離船) 후 해상에서 필사적으로 목숨을 부지하려는 군인들을 입으로 물어버리거나, 몸통으로 덮쳐버리거나, 꼬리로 쳐가면서 전투를 마무리한다. 살아남은 장병이 기껏해야 서너 명이나 될까?

두 공룡은 유람선과 초계함을 상대로 한 격침 작전을 완료하고 보금자리로 귀환한다. 모듈 3호기도 모선으로 귀환한다. 센타크논은 우주선의 전자기기를 전담하는 퓨타고스 대원으로 하여금 공룡이 지닌 전자전(電磁戰) 능력을 즉시 규명하도록 지시한다. 아칸투스호 대원들에게는 마리아나사우루스가 지구인의 최신예 군함의 전자 장비를 무력화시킬 만큼 강력한 전자기파를 방출한 사건이 기절초풍

할 충격이었다. 그런 만큼 공룡이 보여준 전자무기의 작동원리와 성능에 대한 연구는 초미의 과제였다. 한 시간 가량이 지나서 선내 통신망에 퓨타고스 대원이 연구 결과를 보고하겠다는 메시지가 올라온다. 대원 9명이 모두 모인다. 퓨타고스 대원은 연구의 요지를 발표한다.

"공룡의 전자전은 다음 순서로 진척됩니다. 공룡은 맨 먼저 외피를 구성하고 있는 300겹 내외의 탄소섬유 조직을 주기적으로 진동시켜 체내에서 전자기파를 생성합니다. 진동은 겹(layer)과 겹 사이에서 발생하는데, 300겹 150쌍으로 증폭된 진동파는 시너지 효과로 말미암아 막강한 힘으로 뻗어나갑니다. 그 다음에 생성된 전자기파를 목을 통해 입으로 방출하는데, 사출 표적만이 파괴되거나 무력화되는 것은 아닙니다. 방출하는 전자기파의 힘, 즉 전자기력은 사출 방향의 좌우 45도 범위 내에 이르기까지 전자기장을 형성합니다. 각도 90도 범위 내에 뻗친 전자기장의 장력(場力)은 대기 중에서는 5-6km 거리에 이르기까지, 수중에서는 2-3km 거리에 이르기까지 지구인의 전자 장비를 완전히 무력화시킬 수 있습니다. 그들은 상상을 초월할 정도로 고출력의 전자기파를 방출하는 무기 시스템을 갖추고 있습니다."

퓨타고스 대원의 보고로 마리아나사우루스가 구비하고 있는 무기 체계의 전모가 드러난다. 그들은 지구인이 포탄으로 뚫을 수 없는 장갑 외피를 두르고 있고, 괴력의 망치 꼬리를 지니고 있으며, 지구인의 전자 장비를 무력화시킬 수 있는 전자기파 방출 시스템을 갖추고 있다. 그밖에 위석을 사용하는 고성능 투석기도 구비하고 있다. 공룡은 고대 무기에서부터 현대의 전자무기까지 갖추고 있는 것이다. 정말 놀라운 사실이 아닌가? 아칸투스호 대원들은 행성 지구에 이토록 가공할 능력을 지닌 공룡이 실재하리라는 것을 전혀 예상하지 못했다. 대원들은 이제부터 지구를 달리 보아야 할 필요성을 느꼈다. 센타크논은 대원들에게 사고 체계와 학습 체계의 일대 변혁을 주문한다. 그는 무엇보다도 올림포스인이 개명(開明)했다는 정신적 우월함에서 아직도 미개(未開)하다는 비움과 열림의 자세로 내려갈 것을 주문한다. 대원들은 자신을 더욱 갈고 닦는다. 위대한 힘 앞에서 겸손해진다. 위대한 힘 앞에서 분발한다. 올림포스인에게는 필요하다면 언제든지 과거와 현재를 훌훌 털어버리고 흔연히 미지(未知)의 미래에 도전하는 훌륭함이 있다. 그들은 미래에 닥칠 수 있는 불안과 고난과 공포를 피하지 않는다. 그들은 앞날에 실패가 온다면, 그 원인은 불안과 고난과 공포를 피하려고 하는 두려움에 있다는 것을 잘 알고 있다.

지구인들은 혼란에 빠졌다. 지구인들은 마리아나사우루스로 인하여 불안과 공포에 떨게 되었다. 그들은 어찌할 바를 몰랐다. 그래도 그들은 무언가를 해야 했다. 아무 것도 안할 수는 없었다. 공룡과의 전면전이 바위에 계란 던지기라고 하더라도, 던져보아야 했다.

지구인들은 공룡의 잠항 능력을 파악했으므로 최신예 핵잠수함을 가능한 한 많이 동원하여 한시바삐 공룡을 격멸하기로 한다. 핵잠수함을 보유하고 있는 강대국들이 기꺼이 첨단 핵잠수함을 출동시킨다. 미국이 다섯 척, 러시아가 두 척, 영국, 프랑스가 각각 한 척씩, 도합 아홉 척이 대공룡작전에 투입된다. 서태평양 해저로 핵잠수함들이 집결한다. 심해 공룡들은 자신들의 보금자리 부근 해역을 지구인의 핵잠수함들이 휘젓고 다닌다는 것을 감지한다.

마리아나 해구 인근 해역을 맨 처음 수색하게 된 핵잠수함은 괌 해군기지에서 발진한 미국 함정이다. 공룡은 이 잠수함을 성가시게 여긴다. 2호와 3호 공룡이 공격에 나선다. 당연히 모듈 3호기가 이들을 뒤따른다. 핵잠수함의 잠항심도는 700m를 넘기기 어렵다. 지구인의 잠수함이 심해를 항해한다고 하더라도 보통 수심 200m 내외에서 잠항한다. 공룡이 서식지에 머물러 있는 한, 핵잠수함 측이 공룡을 먼저 발견할 방법은 없다. 공룡 측이 수심 11,000m에서 200m 정도까지 상승해서 일찌감치 자신의 존재를 요란하게 알린다. 수중에서도 괴성을 발하면서 온몸을 흔들어 세찬 파랑을 일으킨다. 핵잠수함의 소나가 접근하는 공룡 두 마리를 탐지한다. 공격에 앞장선 공룡은 2호이다. 핵잠수함은 사정거리에 들어온 2호 공룡을 향해 어뢰 두 발을 발사한다. 어뢰가 전방 500m 가까이에 이르자 공룡은 입을 벌려 전자기파를 방출한다. 공룡의 전자기파는 수중에서도 작동한다. 전자기기로 조종·제어되는 어뢰는 공룡의 전자기장에 걸려 진로가 교란된다. 어뢰 두 발의 항진은 엎치락뒤치락 미친 듯하다. 고주망태가 된 술꾼이 비틀거리는 것처럼 어뢰는 수중에서 이러 저리 날뛰더니 다시는 찾아볼 수 없는 곳으로 사라져 버리고 말았다. 2호 뒤를 바싹 따라 오던 3호 공룡이 속도를 내어 2호를 제치고 잠수함 공격에 나선다. 잠항하는 선박은 수압에 눌려 선체가 취약하다. 핵잠수함의 2중 선각(船殼) 중에서 수압을 견디기 위해 300mm 두께의 강재(鋼材)로 만들어진 내각(內殼)조차도 공룡의 꼬리 망치 한 방에 파열을 일으키고 만다. 선각 파열에 따른 침수의 여파가 커서 핵잠수함은 걷잡을 수 없는 침몰사태를 맞는다. 함선 안에 구간별로 침수를 차단하기 위하여 설치한 격벽도 아무런 소용이 없다. 공룡의 공격을 받아 미국 핵잠수함이 침몰하고 승조원 전원이 익사한 참사 소식은 지구촌 곳곳에 알려진다. 공룡 두 마리는 내친 기세를 몰아 서태평양 해저를 여기저기 휘젓고 다니면서 아직도 작전 중인 지구인의 핵잠수함 다섯 척을 더 침몰시킨다. 공룡의 공격과 잠수함의 침몰은 동일한 방식으로 되풀이 된다. 살아남은 핵잠함 세 척은 대공룡작전을 포기하고 서둘러 발진 기지로 되돌아가서 은신한다.

# 제43화
## 심해 공룡의 전면전이 심화되다.

제임스 소령 가족이 살고 있는 괌 공군기지의 관사이다. 오늘은 일요일이다. 연합군의 대공룡작전이 개시되면서 괌 공군기지에는 1급 비상사태가 발령되었으므로, 제임스 소령은 일요일임에도 불구하고 일찍 출근한다. 제임스의 소속 부대인 제36비행단은 공군 장교 부인들에게도 비상시 행동요령을 숙지시킬 필요가 있다고 판단하여, 오늘 오전 일찍 부대에서 교육을 받도록 부인들을 초치한 바 있다. 그래서 제임스의 부인 몰리는 딸 제니가 먹을 아침을 식탁에 차려놓고 대시의 밥통에 사료를 가득 채워준 후에 남편과 함께 공군기지로 출발한다. 집에는 제니와 대시 둘이 남는다.

제니가 일어나 거실로 들어와 강아지 대시에게 아침 인사를 한다. "대시야! 잘 잤어?"

정이 담뿍 담긴 어조다. 그리곤 대시를 끌어안고 여기저기에 뽀뽀를 한다. 손으로 대시의 몸통 위아래와 엉덩이를 쓰다듬는다. 대시는 컹컹 몇 번 짖고 나서 제니의 손과 얼굴을 마구 핥는다. 그게 대시의 아침인사다. 아침을 먹고 식기를 싱크대로 옮겨 놓은 제니는 대시를 무릎에 뒤집어놓은 채로 강아지용 안약을 넣어준다. 조금 지나 대시의 눈가를 닦아 주고 강아지 털을 정성스레 빗질한다. 대시는 이러한 보살핌을 약간 귀찮아하지만, 제니의 관심과 사랑이 느껴지기에 잠잠히 몸을 내맡기고 있다.

대시를 입양했을 때 제니는 '강아지와 대화하는 법'이라는 책을 샀다. 여자 아이는 그 책에서 가르쳐주는 대로 대시와 대화하려는 별난 노력을 다해 보았다. 여러 가지 톤으로 개짓는 소리도 내보고, 손짓이나 얼굴표정을 여러 모로 시도해 보고, 자신의 의사를 전달해 보고자 온갖 연기를 부려 보았다. 대시의 언어를 이해하고자 유심히 관찰하는 시간도 할애하였다. 대시의 짖기, 앞발로 긁어대기, 벌렁 뒤집어 눕기, 꼬리치기 등등의 거동을 연구하였다. 아무리 노력해도 그렇지, 인간과 개 사이에 어떻게 대화가 통하겠는가? 인간과 개는 DNA에 각인된 소통수단이 다르다. 앞의 동물은 언어와 문자로 대화하는데, 나중 동물은 소리와 몸짓 그리고 냄새로 소통한다. 그렇지만 제니의 끈질긴 노력은 놀라운 결실을 보았다. 대시가 변한 것이었다. 대시는 비록 제니가 하는 말을 못 알아들었으나, 제니가 자신과 대화하고 싶어 한다는 열망을 감지했다. 그래서 대시도 항상 제니와 대화하려는 자세를 취했다. 제니와 대시는 언제나 대화하려는 자세로 함께 했다. 둘은 말이 통하지 않았지만, 끊임없이 말을 주고받았다. 사실 둘이 나눈 것은 말이 아니라 소리였다고 하더라도, 둘은 말소리로 마음을 전달하고자 애썼다. 서로 알아들을 수 없는 말을 수도 없이 나눈 시간이 흐르고 흘렀다. 그렇게 시간이 쌓이다 보니, 제니와 대시는 온몸으로 말하고, 온몸으로 알아듣고, 온몸으로 공감하는 관계가 되었다. 아무도 그 둘을 이해하지 못했지만,

그 둘만은 서로 서로 이해했다. 대화에서 가장 중요한 것은 대화하려는 자세였다. 그게 없으면 아무리 뛰어난 언어구사능력을 지닌 두 사람이라고 하더라도 서로 하는 말을 오해하고 흘려듣고 잔소리로 여긴다. 대화하려는 자세가 없으면 대화가 통하지 않는 관계가 되어 버린다. 비록 인간과 개 사이라고 하더라도 대화하려는 자세만 놓지 않으면 뜻과 뜻이 통한다. 제니와 대시는 신통하게도 대화가 통했다. 의사뿐만 아니라 감정, 소망, 신뢰까지 오가면서, 마침내 둘 사이는 굳센 사랑으로 뭉쳐졌다.

제니는 학교 다니는 시간을 빼고는 대시와 대부분의 시간을 보냈다. 부모 자식 간의 사랑, 연인 사이의 애정, 친구 간의 우정! 도대체 이런 것들은 어떻게 나누는 것인가? 그것은 시간을 함께 보내는 것이다. 최고의 사랑은 그저 시간을 함께 하는 것이다. 제니는 대시와 거의 모든 시간을 함께 했다. 그 둘 사이의 사랑은 시간에 스며들었다. 인간과 동물이 순수한 사랑으로 하나가 되었다. 제니는 거의 친구들과 어울리지도 않고, 게임에 빠지지도 않고, 스마트 폰에 매달리지도 않았다. 대시는 제시의 전부였고, 제시는 대시의 전부였다. 제시 부모는 제시의 대시 사랑이 큰 걱정이었다. 제시가 엄마보다도 대시를 더 사랑하는 것이 아닌가 걱정하였다. 저러다가 덜컥 대시가 죽기라도 한다면 제시가 시름시름 앓다가 따라 죽게 되지나 않을까 걱정하였다. 사랑도 성숙해야 하는데, 아직 어린 제시가 강아지를 상대로 유치한 사랑을 보이는 것이라고 생각하면서 부모는 걱정을 털었다. 제시가 자라면 강아지 사랑의 도(度)가 균형을 찾게 되리라고 부모는 굳게 믿었다. 부모는 여덟 살 된 소녀와 여덟 달 된 강아지 사이의 사랑을 간과하였다.

그런데 이 둘 사이를 비집고 들어선 존재가 생겼다. 제니가 다니는 학교의 같은 반 남학생 찰리(Charlie)였다. 제시가 찰리를 좋아하게 된 것이다. 제시는 대시에게 속마음을 이야기한다.

"대시야! 내가 말이야, 같은 반의 찰리에게 마음을 빼앗겼어. 그 아이가 왜 그리 좋은지 나도 모르겠어. 안 그러려고 해도, 교실에서 내 시선이 자꾸 그 아이에게 가. 그 아이가 나를 쳐다보기만 해도 내 심장이 쿵쾅거려. 그 아이가 공책에 쓴 글씨만 보아도, 그 아이가 벗어둔 운동화만 보아도, 그 아이가 던진 공을 보기만 해도 내 마음이 울렁거려. 누가 내 마음을 알아챌까봐 두려워. 며칠 전 체육 시간에 선생님이 두 명씩 손잡고 달리기를 하라는데, 우연히 나와 찰리가 같이 뛰게 되었어. 내겐 황홀한 순간이었지. 그 아이는 달리면서 자기 손가락으로 내 손바닥을 간질였어. 나는 기절할 뻔 했어. 대시야, 나는 말이야, 내가 백설공주가 되고, 찰리는 나를 구하러 오는 왕자가 되는 꿈을 꾸어. 그 아이가 나를 구하러 오기만 한다면, 내가 100년 동안 잠자면서 기다린다고 해도 아무 것도 아니야. 그런데 말이야. 대시! 여기엔 정말 가슴 아픈 이야기도 있단다. 찰리는 내가 아니라 바바라를 좋아해. 옆집 아줌마 수잔의 딸, 바바라를 좋아한단 말이야. 찰리는 수잔의 집을 뻔질나게 드나들어. 바바라의 집에 그렇게 자주 오면서도, 우리 집엔 오는 법이 없어. 옆

집에서 찰리와 바바라가 웃고 떠드는 소리를 들을 때 내 마음은 찢어지는 듯 아파. 너는 내 마음 아픈 것을 이해할 수 있겠어? 대시, 너는 찰리를 좋아하면 안 돼, 바바라도 절대 좋아하면 안 돼, 너는 나만을 좋아해야 돼! 그러면 나도 너만을 좋아할 거야. 너만 있으면 찰리는 없어도 돼!"

대시는 귀를 쫑긋, 머리를 갸우뚱하면서 제니의 이야기를 듣고 있다. 제니는 이야기 하다가 결국 눈물을 흘리고야 만다. 대시는 측은한 눈빛으로 제니를 쳐다본다. 그리고 제니의 흐르는 눈물을 핥아준다. 누구에게도 털어놓지 않았던 마음의 비밀을 대시에게 이야기 한 후 제니는 다소 후련한 생각이 들었던지, 거실 바닥에 누워 스르륵 잠이 든다. 대시는 잠든 제니의 등 뒤로 가서 자신의 등을 가벼이 붙인다. 등과 등 사이로 온기가 흐른다. 그 온기로 아마 제니의 찢어진 마음이 조금은 아물었을 것이다.

괌 해군기지에서 이지스함 세 척이 출항한다. 핵잠수함을 동원한 공룡섬멸 계획이 실패한 후, 연합군은 최신예 전투함을 출동시켜 보기로 한다. 군함 중에서도 첨단 함정인 이지스함이 태평양으로 발진한다. 미국은 이지스 순양함 5척과 이지스 구축함 3척을, 일본과 프랑스, 영국이 이지스함 한 척씩을, 도합 11척이 태평양을 순시한다. 이 함정들은 작전구역을 나누어, 마리아나 해역에 5척, 괌 해역에 2척, 필리핀 해역에 2척, 호주와 뉴질랜드 해역에 2척이 깔린다. 해상의 함정으로는 심해 깊숙이 누비고 다니는 공룡을 발견하여 먼저 공격하는 것이 불가능하다고 판단한 연합군은 공룡이 먼저 공격해 오도록 유도할 방책을 짜낸다. 공룡이 있을 만한 곳을 선정해서 해 저로 폭뢰를 마구 투하하고 폭발시켜 수중 교란을 일으킨다. 지구 인의 이러한 소동에 화가 난 공룡이 폭뢰를 투하하는 군함을 공격해 올 것이라는 전략이다. 그러지 않아도 해양오염으로 인하여 난폭한 공격성이 촉발된 공룡 무리는 지구인의 수중폭발 소동에 노기가 도 도해진다. 이지스함들을 쳐부수고자 공룡 네 마리가 기동한다.

공룡 무리는 연합해군의 허를 찌르는 공격을 감행한다. 폭뢰 투하 가 가장 요란한 마리아나 해역을 뒤로 하고, 수색전이 비교적 느슨 한 필리핀 해역으로 나아간다. 이들은 필리핀 해역을 담당하고 있는 프랑스 해군의 이지스 구축함을 공격목표로 삼는다. 공룡 두 마리는 멀찍이서 관망하고, 2호와 3호 공룡이 해저 잠항을 하다가 함정의 선체 바로 밑에 도달하자 곧 바로 수직 상승하여 이지스함 아랫배 부분에 달라붙는다. 공룡의 작전이 개시된 시점은 12월 31일 밤 10 시경으로, 아쉬운 한 해가 막바지를 고하고 희망찬 새해가 밝아오는 들뜬 순간이었다. 엄한 군기로 소문난 프랑스 해군도 군기가 풀어 지는 허약한 때가 드물게 있다. 대공룡작전의 최전선은 마리아나 해 역이고 필리핀 해는 후방으로 취급되는 데다가, 신바람 나게 축하해 야 할 오늘 하루 저녁쯤이야 별일 없겠지 하는 프랑스인 특유의 낙 관주의가 작용하여, 함상에서는 새해맞이 이브(Eve) 축제가 한창이 었다. 알맞게 구운 소고기 안심·등심 스테이크에 푸아그라 요리를 곁들여서 노래하며 쉴 새 없이 마셔댄 일등급 포도주는 프랑스 해군 장병 모두를 몽롱하게 만들어 놓았다. 하필이면 이 시점에 공룡의 공격이 시작된 것이다. 함정의 관측 장교도 술에 취하여 배 밑바닥에 달라붙은 공룡 두 마리를 알아채지 못했다. 이 함정에서 유일하게 술을 못하는 관측 사병 하나가 경계에 나섰다가 소나를 듣고 수중탐지기를 확인하여 배 밑에 있는 공룡의 존재를 알게 된다. 비상 사태는 즉각 축제 현장에 보고된다. 화려한 새해맞이 파티는 순식간에 아수라장으로 변한다. 함정 바로 밑의 공룡을 떼어내기 위해 함장은 모든 수단을 다 써본다. 맨 먼저 이지스함을 전속력으로 달리게 해서 공룡을 떨쳐보려고 애쓴다. 그러나 공룡의 수중 유영 속력은 이지스함의 최고속도를 능가하니, 그 방법은 실패다. 그 다음 함선을 지그재그 코스로 고속 항진하여 공룡을 털어보고자 시도해본다. 그 방법은 술 취한 장병들의 구토를 유발했을 뿐, 별 소용이 없다. 공룡 두 마리는 함정의 배 밑에 거머리처럼 착 달라붙어 있다. 선체 바로 밑으로 기뢰, 폭뢰, 어뢰와 같은 수뢰를 발사하는 것은 불가능할 뿐만 아니라, 발사하더라도 자폭하는 결과를 가져오게 된다. 함장은 해군에 입대한지 30년이 넘고, 산전수전을 다 겪은 베테랑이다. 그는 듣도 보도 못한 기이한 일을 난생 처음 겪는다. 함장은 환장할 지경이다.

속수무책이 된 프랑스 최신예 5천8백 톤급의 이지스함을 이제 공룡이 타격할 차례가 되었다. 2호 공룡이 앞장선다. 무지막지한 쇠뭉치꼬리가 함정의 키를 치자, 육중한 키가 선미로부터 떨어져나간다.

함정은 조타능력을 상실한다. 이번에는 3호 공룡이 나선다. 꼬리로 스크루(screw)를 직접 치는 것은 꼬리가 감길 우려가 있으니, 공룡은 현명하게도 스크루에 동력을 전달하는 축(軸) 부위를 세차게 두드린다. 두세 번의 꼬리 가격에 동력축이 찌그러져 함선은 추진력을 상실한다. 예인선이 오지 않으면 이 이지스함은 오도 가도 못하는 해상 부유물 신세를 면하지 못한다. 함정의 장병들은 우거지상이 된다. 그래도 다행인 것은 공룡 무리가 옴짝달싹 못하는 식물(植物)함정을 그냥 내버려 두고 사라져버린 일이다. 함상의 프랑스 해군은 바보가 된 듯한 무력감에서 포도주를 계속 마시며 위안을 찾는다. 얼마 후 엉망으로 취한 프랑스 장병들은 공룡을 대상으로 마구 욕지거리를 퍼붓기 시작한다. 그들은 욕지거리로 한 해를 마감하고, 욕지거리로 새해를 맞았다. 마리아나사우루스는 재미있는 녀석들이다.

프랑스 이지스함이 당한 우스꽝스러운 패배는 태평양에 집결한 다른 열 척의 이지스함 장병들의 입에 오르내렸다. 그들은 더 이상 중생대의 공룡으로부터 희롱당하는 바보가 되고 싶지 않았다. 그리하여 열 척의 함정은 각자 소속한 해군기지로 회군한다. 기지에 정박해서 꼼짝을 하지 않는다. 정박하고 있는 부두를 공룡이 기습해서 함정을 침몰시킬지 몰라 불철주야 경계를 늦추지 않는다. 연합군 수뇌부는 다음에 취할 대공룡작전을 짜내느라고 고심한다. 공룡이 방출하는 전자기파가 함정의 모든 전자기기를 무력화하는 경험을 했기에, 전자장비를 도입하기 이전 시대에 사용했던 구식 군함을 동원하는 방안까지 고려해본다. 가령 증기선인 군함의 운항을 수동으로 조종하고, 함포를 수동으로 발사하는 시스템이라면, 공룡의 전자기파는 아무런 영향을 주지 못할 것이다. 그러나 이런 구식 군함들은 벌써 퇴역해서, 폐선으로 고철 분해되었거나 물고기 집으로 수장되었거나 박물관에 박제품으로 전시되어 있을 따름이다. 새로이 구식 군함을 건조하는 사업은 장기간 소요될 뿐만 아니라 감내할 수 없는 치욕으로 받아들여진다. 그래서 연합군 수뇌부는 공룡을 격멸할 해상 작전은 모조리 포기하기로 한다. 이제 남은 수단은 공중 공격, 즉 공군력 투입밖에 없다. 앞으로의 대공룡작전은 전적으로 공군에 의존하기로 한다.

연합군이 해군력 사용을 포기한 결정은 지구인의 해상 활동이 봉쇄되는 사태를 초래한다. 지구인은 더 이상 바다를 지배하지 못하고, 육지의 지배자로만 남게 된다. 바다는 공룡이 지배하는 세상이 된다. 마리아나사우루스는 바다를 제패한 제왕이다. 공룡은 지구인을 상대로 한 해전에서 승리를 거두었다. 공룡은 지구인의 최후 수단인 공중전을 기다리고 있다. 기다리는 동안 바다에서는 지구인의 반격이 없으므로 그들은 마음 놓고 지구인을 유린한다. 연합해군은 물러갔으나 국가별로 부분적인 저항이 있을 수 있다. 공룡 무리는 정복한 대양 전역에 왕권의 위엄을 보이고자 대대적인 순행(巡行)에 나선다. 두 마리는 남태평양을 건너 대서양까지 순행한다. 다른 두 마리는 서태평양을 넘어 인도양까지 순행한다. 대서양과 인도양으로 원정을 하는데, 이들은 해류를 타고 유영한다. 빠른 물살이 이들을 머나먼 바다로 실어 나른다. 두 마리씩 조를 짠 공룡은 순행 중에 마주치는 선박을 무차별 공격한다. 화물선을 많이 만난다. 바나나를 가득 실은 필리핀 화물선, 선창에 의류를 빽빽이 채운 중국 화물선, 가전제품이 즐비하게 쌓인 한국의 컨테이너선, 자동차를 산적한 일본 화물선, 어창에 냉동생선이 꽉 들어찬 칠레 운반선, 목재를 만재한 캐나다 수송선, 선박 부품과 항공기 부품을 촘촘히 선적한 독일 화물선, 냉동고에 소고기를 잔뜩 채운 호주 화물선… 이들이 모두 공룡의 공격을 받아, 숱한 화물이 수장된다. 공룡의 진격에 맞선 함선도 있다. 멋모르고 출동했던 인도의 해안 경비정, 국가적 위신을 세우려고 출동한 미국의 구축함, 상황을 오판하고 출동한 캐나다의 초계함 등이 희생된 제물이다. 그 다음은 어선이다. 노르웨이의 대구 잡이 어선, 멕시코의 오징어 잡이 어선, 러시아의 명태 잡이 어선, 주로 원양어선들이 공룡의 정면 박치기돌격을 받고 침몰한다. 여객선과 유람선도 격침되어 무수한 인명 피해를 본다. 하와이의 호놀룰루에서 미국 LA를 향하던 대형 여객선, 도버해협을 사이에 두고 런던항과 칼레항을 오가는 페리(ferry)선, 북극 빙하 관광에 나선 스페인 유람선, 이들이 바다 속으로 가라앉는다. 인도양을 순행하던 두 공룡은 더욱 멀리 나아가 수에즈 운하에 출몰하여 운하 연안의 둑을 망치꼬리로 두드려 큰 손상을 입힌다. 대서양으로 향하던 공룡 두 마리는 파나마 운하에 이르러 갑문을 파괴한다. 이들이 공항 연안의 바다를 통과할 때에는 하늘에 떠 있는 비행기를 향해 전자기파를 생성해 쏘아보기도 한다. 그럴 때마다 기내의 정교한 전자기기가 마비되어 추락사고를 일으킨다. 굴지의 국제공항은 대부분 바다에 연해 있다. 국제공항 인근 바다에 공룡이 출현하면 항공기 이착륙이 전면 중단된다.

초토전술이라고 할 만한 공룡무리의 해상 공격으로 인하여 지구인은 공포에 사로잡힌다. 화물선 수송과 여객선 운항은 거의 다 끊기어 버리고, 설사 있다 해도 한밤중에 도둑질하듯 행해진다. 원양어업은 모두 중단되고, 연근해어업 정도가 명맥을 유지한다. 이들의 정복전쟁과 대양 일주 순행은 알렉산더 대왕이나 칭기즈칸이 해낸 세계 원정보다도 더 웅대하다. 그것도 단지 네 마리가 단기간에 성취한 과업이다.

지구인은 공룡의 무차별 공격을 더 이상 좌시할 수 없다. 연합군은 아직 남은 수단인 공군력 투입에 집중하기로 결정하고, 대양 원행에서 귀향한 공룡무리를 노리기로 한다. 연합군은 우주 상공에 띄운 인공위성의 관측 카메라를 이용하여 태평양 해상을 주시하면서 공룡이 출현하기만을 초조하게 기다린다. 드디어 인공위성이 몸길이 80m나 되는 거구의 넵튠사우르스 네 마리가 타히티섬 해역에서 해수욕을 즐기고 있는 광경을 포착한다. 곧바로 괌의 미 공군 제36 비행단에 속한 F-15 전투기 4대가 타히티섬을 향해 발진한다. 전투기 편대는 목표지점에 도착하여 어렵지 않게 공룡무리를 발견한다. 공룡들은 하늘에서 요란한 폭음을 내며 접근하는 비행기무리를 보고서도 대수롭지 않게 여긴다. 해수면에서 멀뚱히 바라보고만 있다. 전투기 편대장이 공격명령을 내린다. 자신이 앞줄 왼쪽 공룡을 맡고, 2번 기가 오른쪽, 3번과 4번 기가 뒷줄 공룡 두 마리를 맡아, 급강하 공습을 하기로 한다. 맨 먼저 벌컨포 사격을 시도한다. 전투기 한 대가 공룡 한 마리씩을 맡아서 1분에 가까운 사격을 퍼붓는다. 거의 4000발이 쏟아지는 엄청난 화력이다. 4대 모두가 목표한 공룡의 몸에 총탄을 명중시킨다. 그러나 명중한 총탄은 공룡의 외피에 부딪치자 산지사방으로 튀어나가 버린다. 작렬하는 총탄이 공룡의 외피를 뚫고 들어가지 못한다. 사격을 가한 조종사 4명은 의외의 사태에 깊숙이 신음소리를 낸다. 편대장은 오래 전에 미군 공격용 헬기가 괌 섬 인근에 출현한 공룡을 향해 체인건을 발포했으나 맞은 총탄이 그대로 튕겨져 나왔던 사실이 자신에게 재현되는 것을 목도한다. 급강하 사격을 마친 4대는 급상승한다. 편대장은 전투기에 장착된 화기 중 가장 강력한 무기인 미사일을 사용하기로 결정한다. 전투기의 미사일 공격이 시작된다. 편대의 하강 순서대로 기체에서 한 발씩의 미사일이 미끈하게 뿜어져 나온다. 공룡은 비행기에서 벌컨포의 포탄보다는 훨씬 큰 물체가 자신을 향하는 것을 보더니, 이것만큼은 그대로 둘 수 없다고 판단했는지, 입으로 거세게 전자기파를 방출한다. 발사된 미사일의 목표물 자동추적 전자장치는 공룡 네 마리가 형성한 4중의 강력한 전자기장에 걸려 진로가 교란된다. 4발의 미사일은 이리저리 요동치며 상공을 맴돌더니, 한발은 해수면 아래로 꽂혀버린다. 다른 한 발은 타히티섬 해안 절벽에 부딪쳐 폭발한다. 또 하나는 수면 위에 조금 솟아 있는 암초를 치받으면서 폭발한다. 네 번째 미사일은 미친 듯이 항로를 뒤바꾸더니 편대장의 기체를 향해 돌진한다. 졸지에 편대장기가 미사일에 맞아 폭파된다. 오래 전에 마리아나 해역에서 핵잠수함이 공룡을 향해 발사한 어뢰가 공룡의 전자기장 영향으로 엎치락뒤치락하며 사라져버린 사태보다도 훨씬 더 불행한 참극이 연출된다. 다른 세 대의 전투기는 공룡의 전자기장에 빠져 들어가서 조종기능이 마비된다. 조종사들은 자동 비상탈출 버튼을 누른다. 그러나 전자기기로 작동하는 비상탈출 장치까지 마비되어, 세 조종사는 캐노피가 열리지 않는 불행에 처한다. 그들은 그대로 추락한 3대의 애기와 운명을 같이 한다. 이 믿기어려운 참사는 고스란히 괌 공군기지에 영상으로 송출된다. F-15기 출격 후의 사태 진전을 부대에서 생생한 화면으로 지켜보고 있던 장병들은 깊숙이 신음소리를 내뱉는다. 이들 사이에 한동안 침묵이 흐른다. 넵튠사우루스의 위력은 지구인이 예상할 수 없을 정도로 엄청나다.

괌 공군 제36비행단의 1차 출격은 실패이다. 비행단장은 2차 출격 준비를 지시한다. 이 2차 출격에는 부대의 베테랑 조종사 네 명이 선발된다. 그 중 한 사람은 제임스 소령이다. 편대 편성을 끝낸 비행단장은 작전참모와 선발된 조종사 4명 등, 총 6명으로 구성된 대공룡 공습 작전회의를 연다. 무엇보다도 공룡의 약점을 찾아내려고 숙의에 숙의를 거듭한다. 작전회의에서 여러 가지 제안이 속출한다. 공룡이 포탄을 막아내는 전신 갑옷을 두른 듯하지만 어딘가 약한 부위가 있을 터이니, 그곳을 찾아내서 벌컨포를 명중시키면 공룡을 죽일 수 있을 것이라는 제안이 맨 먼저 검토된다. 공룡의 아킬레스건을 찾자는 것이다. 모두가 갖가지 각도에서 공룡을 촬영한 영상을 면밀히 검토한다. 약한 부위로 추정된 곳은 눈과 콧구멍 두 군데뿐이다. 그런데 눈은 강철 탄소섬유로 된 눈꺼풀을 보호막으로 달고있다. 콧구멍은 위에서 아래쪽을 향하고 있으니, 상공에서 수면으로 벌컨포를 사격해야 하는 방향을 염두에 둔다면 코 안으로 포탄을 쏘아 넣는 것은 불가능에 가깝다. 그래서 이 제안은 폐기된다. 그밖에 여러 방안이 검토되었으나 실현가능성이 없다는 판단이 내려진다.

갑론을박하는 회의가 종일 계속되다가, 최종적으로 채택된 제안은 급강하 공습조와 초저공 공습조로 나누어 공룡을 공격하자는 작전이었다. 공룡이 지닌 전자기파 방출 무기는 전투기의 모든 전자장비를 무력화하기 때문에, 공룡의 전자기장 세력권을 피할 수 있는 방법은 해수면 위 초저공비행밖에 없다는 것이 아이디어의 핵심이었다. 이 작전은 출격한 네 대의 전투기 중 두 대는 상공에서 급강하 공습으로 미사일을 연속 발사하여 공룡이 전자기파를 방출하도록 유도하고, 그 동안 다른 두 대의 전투기가 공룡의 전자기장 세력권을 피할 수 있는 초저공비행을 하면서 미사일을 연속 발사하는 것이다. 이 때 급강하 공습을 담당하는 두 대는 공룡의 전자기장에 걸려 분명 추락을 면치 못한다. 그러니까 두 대의 급강하 공습조는 희생되는 역할을 맡는 셈이고, 그 두 조종사는 죽음을 각오한 결사대가 된다. 급강하 공습조는 죽음의 조이고, 초저공 공습조는 생명의 조이다. 비행단장은 죽음의 결사대를 감수할 수밖에 없다는 번민을 수차 거듭한 끝에, 이 작전을 실행하기로 최종 결정을 내린다. 죽음의 조가 애석하기에, 그는 이 공습계획을 가미카제작전이라고 명명한다.

다음으로 해결해야 할 어렵고도 미묘한 숙제는 네 명의 조종사 중 누가 급강하 공습조를 맡을 것인가 하는 결정이다. 그것은 비행단장의 입장에서는 누구를 죽음으로 몰아넣을 것인가 하는 결정이고, 조종사의 입장에서 보면 누가 죽음을 각오하고 불구덩이에 화약을 지고 뛰어들 것인가라는 운명의 마주침이다. 누가 죽음을 달가워하겠는가? 죽음을 면하고자 하는 것은 인지상정이다. 그러기에 죽음의 조를 선발하는 데 묘안을 짜내기란 지난하다. 침통한 분위기가 회의실을 가득 드리운 가운데 비행단장은 좌중을 응시할 뿐이다. 한참 후에 평소 성경을 즐겨 읽는 작전 참모가 입을 연다.

"대장님, 쉽지 않은 결정을 내리셔야 할 터인데, 제가 꺼내는 방안이 어떨지 모르겠습니다. 저는 어려움에 처하면 성경말씀에서 지혜를 구합니다. 지금 우리가 처한 어려움에서 떠오르는 지혜는 '제비 뽑는 것은 다툼을 그치게 하여, 강한 자 사이에서 해결케 하느니라'라는 성경구절입니다. 제비뽑기로 결정하는 것을 고려해보시지요."

작전 참모가 하는 의외의 말을 듣고, 비행단장이 묻는다.

"아니, 제비뽑기를 권장하는 성경구절이 있단 말입니까?"

"예, 있습니다. 방금 말씀드린 구절은 잠언 18장 18절입니다."

이 대답을 듣고 단장은 곰곰이 생각에 잠긴다. '죽음과 삶을 결정하는 데, 인간이 무슨 기준을 내세울 수 있으며, 또 어떤 우선순위를 내놓을 수 있는가? 그래, 제비뽑기에 맡기자. 운명에 맡기자. 솔로몬의 지혜를 따르기로 하자.'

비행단장은 네 조종사에게 제비뽑기에 대한 의견을 묻는다. 침묵의 시간이 흐른다. 이윽고 네 명 중에 제일 고참인 조종사가 다른 세 명의 얼굴을 차분히 훑어보고 나서 대답한다.

"대장님, 저희들은 조국과 국민을 위하여 언제든지 목숨을 바쳐 싸워야 할 군인입니다. 군인이 어찌 죽음을 두려워하겠습니까? 저희들의 운명을 기꺼이 제비뽑기에 맡기겠습니다. 그 준비를 해주시기 바랍니다."

비행단장은 30분 후에 다시 모여 제비뽑기를 하기로 하고, 작전참모와 더불어 그 준비작업에 착수한다.


4명의 조종사는 회의실 옆 휴게실에 들어가, 제각기 생각에 잠긴다. 제임스 소령은 의자에 앉아 눈을 감는다. 감은 눈앞으로 아내 몰리, 딸 제니, 애견 대시를 떠올린다. 조종사로 임관된 후 지금까지의 군대생활이 파노라마로 스쳐 지나간다. 그리곤 자신이 처한 임무를 새겨본다. 기도하고픈 마음이 솟는다. 그는 하나님에게 죽음을 간청하는 기도를 올린다.

"하나님, 간구합니다. 저를 급강하 공습조에 넣어주십시오. 제가 떨어져 죽는 한 알의 밀이 되어, 인류를 살릴 수 있도록 은총 내려 주시옵소서. 저의 죽음으로 저희 편대가 역사적 승전을 할 수 있도록 허락하여 주시옵소서."

기도를 마친 후, 요한복음 12장 24-25절을 경건하게 되뇐다. '한 알의 밀이 땅에 떨어져 죽지 아니하면 한 알 그대로 있고, 죽으면 많은 열매를 맺느니라. 자기 생명을 사랑하는 자는 잃어버릴 것이요, 이 세상에서 자기 생명을 미워하는 자는 영생하도록 보존하리라.'

마지막으로 제임스 소령은 무릎을 꿇고 모든 것을 하나님에게 맡긴다. "하나님의 뜻에 따르겠나이다."


다시 회의실이다. 네 명의 조종사는 죽음과 삶의 제비뽑기에 들어간다. 모두들 담담하다. 네 명은 회의실 탁자에 놓여 있는 4개의 제비를 하나씩 골라 가지고 의자로 돌아간다. 의자에 앉아 각자 자신이 뽑은 제비의 안쪽 면을 들여다본다. 제임스 소령의 눈에는 '초저공 공습조'라는 글자가 들어온다. 그의 소망과는 다른 제비가 뽑혔다. 그는 생명의 조에 들게 된 것을 전혀 기뻐하지 않는다. 그러나 그는 만사가 하나님의 뜻이라고 생각하고, 제비를 받아들인다. 그는 초저공 공습에 최선을 다하기로 한다. 비행단장은 공습조의 편성이 확정되자, 불편한 심정을 보이지 않으려고 곧 바로 회의를 종결한다.

다음 날 아침부터 선발된 네 명의 전투기 조종사가 공룡을 공습하는 혹독한 훈련에 돌입한다. 급강하 공습조는 급강하하면서, 또 초저공 공습조는 수면 위를 초저공 비행하면서 해수면에 설치해놓은 가상 공룡물체를 향해 거의 동시에 미사일을 연속 발사하는 훈련을 쌓는다. 초저공 공습조는 두 대가 공룡무리를 향해 동일한 방향에서 공격하는 것이 아니라, 서로 반대 방향에서 공룡무리의 중심으로 돌진하는 훈련을 한다. 수면에 닿을 듯 말 듯 아슬아슬하기 짝이 없는 저공비행을 감행한다. 이들은 1주일 간 맹훈련을 거듭한다. 시뮬레이션 훈련에서는 미사일을 모의 발사하지만, 이들이 실제 발사한 미사일 개수가 48발이 될 만큼 실전을 방불케 하는 훈련을 한다. 공룡의 전자기장으로 전투기의 전자장비가 무력화되었을 때, 기체로부터 조종사가 비상 탈출하는 장치를 수동으로 작동하는 훈련도 거듭한다. 수동으로 캐노피를 개피(開皮)하고, 수동으로 조종석을 기체 밖으로 돌출하게 하는 훈련은 그들의 생명과 직결된 사항에 속한다.

피를 말리는 훈련이 실시된 지 일주일이 지났다. 인공위성의 관찰 카메라는 타히티섬 해역에 네 마리의 넵튠사우루스가 출현했음을 알린다. 공룡들은 타히티섬 연안에서의 해수욕에 재미를 붙인 모양이다. 괌 공군기지에서 네 대의 F-15 이글 전투기가 이륙한다. 공룡을 발견한 후에 편대장은 공격 목표와 진로를 정하고자 공룡 무리에서 멀찍이 떨어진 채로 그 주위를 한 바퀴 돌아보는 편대 비행을 하도록 지시한다. 제임스 소령은 멀리 기체 아래로 햇빛을 받아

번쩍거리는 공룡의 철갑 피부를 감상한다. 그는 저렇게 찬란하게 빛나는 몸체를 가진 공룡이 내 미사일에 맞아 죽는다면 불쌍할 거라는 생각을 한다. '죽이더라도 큰 상처 없이 죽여서 공룡박물관에 박제·전시할 수 있다면 좋을 텐데'라는 생각도 한다. 이내 연민을 떨쳐 버리고 냉정한 군인의 자세로 돌아간 그는 초저공 공습작전을 개시하라는 편대장의 명령을 수행한다. 드디어 가미카제작전이 실제 상황으로 전개된다. 두 대의 급강하 공습기가 공룡무리를 향해 내리꽂히는 수직 하강비행에 들어간다. 두 대의 초저공 공습기는 양 쪽으로 흩어지면서 하강 비행한 후에 수면 위를 날아 서로 반대 방향에서 공룡무리를 향해 돌진한다. 급강하 전투기는 공룡을 향해 미사일을 거푸 발사한다. 공룡은 지구인 전투기의 미사일 공격을 한번 격퇴한 경험이 있다. 네 마리의 공룡은 날아오는 미사일 쪽으로 일제히 머리를 돌려 입으로 전자기파를 쏟아낸다. 이 전자기파는 사출 방향의 좌우 45도의 각도 범위로 6km 거리에 이르기까지 강력한 전자기장을 형성하여, 이 세력권 안의 대기층은 마치 거대한 진공방전지대로 변해버린 듯하다. 공기조차 꼼짝 못하고 전자기권에 갇혀버린 세계가 된다. 이 전자기장 안에 들어온 미사일과 전투기 두 대는 마취약을 먹고 취한 듯 비틀거린다. 그 시간을 틈타 초저공 공습기는 해수면에 바싹 붙은 수평비행으로 공룡 중심부로 뛰어들면서 미사일을 연이어 발사한다. 미사일은 정확히 목표물을 향한다. 그 때 1호와 4호 공룡 두 마리가 수면 위로 빠르게 날아오는 미사일과 전투기를 감지한다. 체구가 거대하다고 해서 감각기능과 지능이 떨어지고 행동이 둔할 것이라고 생각한다면 큰 착각이다. 1호는 좌측으로 돌진해오는 초저공 공습기를 향해, 4호는 우측의 공습기를 향해 재빨리 머리를 돌려 힘껏 전자기파를 방출한다. 지구인은 공룡이 대기층에서 방출한 전자기파가 수중에까지 전자기장을 형성한다는 것을 모르고 있다. 그 장력은 무려 수중 2-3km의 거리에 미친다. 초저공 공습기와 여기에서 발사된 미사일도 마취제에 취한 듯 비틀거린다. 제임스 소령은 미사일 공격이 실패한 것을 깨닫고, 애기를 한 마리 공룡에 충돌시켜 자폭하기로 결심한다. 가미카제작전에 마땅히 발휘될 군인정신이다. 그러나 공룡의 전자기장에 걸려 전투기의 조종기능이 마비되었으니, 정신은 훌륭하되 기체가 말을 듣지 않는다. 전투기 조종사 4명은 수동으로 비상탈출장치를 작동시킨다. 미사일과 주인 없는 전투기는 이리저리 날뛰다가 바다에 꽂히면서 폭발하기도 하고 먼 하늘로 날아가기도 하면서, 결국 모두 사라져버리고 만다. 비상탈출한 급강하 공습조의 두 조종사는 낙하산으로 해수면에 안착하자마자 성난 공룡의 이빨에 씹히고 만다. 초저공 공습조의 두 조종사는 거의 해수면에 붙어서 비행하다가 탈출하였기에 낙하산이 제대로 펴지지도 않은 채 수면 위에서 버둥거린다. 낙하산을 펴고 내려오는 장면이 없었던 덕택에 초저공 공습조의 조종사 두 명은 공룡무리의 눈에 뜨이지 않는 행운을 누린다. 제임스 소령은 거추장스러운 장비와 옷을 모두 벗어버리고 필사적으로 헤엄쳐 가까운 뭍에 기어오른다. 생명의 조에 속한 두 명의 조종사는 가미카제작전에서 목숨을 건져 공군기지로 귀환한다.

## 제44화
## 심해 공룡의 전면전으로 지구인의 삶이 곤핍해지다.

마리아나사우루스 네 마리는 천하무적이다. 바다를 호령하던 지구인의 최첨단 전투함도, 하늘을 장악해온 지구인의 최신예 전투기도 이들에게 무릎을 꿇었다. 바다를 빼앗긴 지구인의 패배와 손실은 통렬했다. 지구인의 삶이 변했다. 시간이 갈수록 지구인의 삶의 질은 악화일로를 걸었다. 대양의 해상항로가 거의 단절되면서 지구인은 식량, 연료, 생필품의 부족에 시달리게 되었다. 처음에는 아시아, 아프리카, 남미의 빈국(貧國) 국민이 타격을 받았다. 다음 단계에는 북미, 유럽, 오세아니아, 동아시아 부국(富國)의 취약계층이, 그 다음으로는 중산층이, 그리고 마지막에는 부유층까지 곤핍한 삶을 맞았다.

마리아나사우루스는 지구인의 곤고한 삶에 최후의 결정타를 날린다. 그것은 유조선 격침작전이다. 지구인은 대양을 오가는 화물선의 운행을 중단했으나, 석유를 운반하는 유조선의 운송만큼은 강행해왔다. 지구인은 석유로 공장을 돌리고, 석유로 발전소를, 그리고 자동차·선박·열차의 엔진을, 난방보일러를 돌린다. 대체에너지를 열심히 찾고 있지만, 아직은 석유가 에너지원의 대종을 차지하고 있다. 석유 없는 지구인의 삶은 참담하다. 석유가 없으면, 어둠에 갇히고, 추위에 떨며, 발이 묶이고, 배를 곯으며, 마치 금욕주의 수도 사처럼 고행하는 나날을 살아가게 된다. 편하고 넉넉한 생활을 지 속가능하게 하려고 유조선만큼은 위험을 무릅쓰고 대양을 항해하고 있다. 이제 공룡은 이 유조선을 무차별로 공격하여 지구인의 에너지 원을 끊어놓으려 한다. 지구인을 비참한 생활에 밀어 넣으려 한다. 그리고 유조선이 격침되면 막대한 양의 석유가 유출되어 해양을 오 염시킨다. 무엇보다도 유출된 석유가 해수면에 유막(油膜)을 형성하 여, 이로 말미암아 닥쳐올 재앙이 어느 정도일지 헤아리기 어렵다. 공룡은 항해 중인 십만 톤급의 초대형 탱커와 만 톤급의 대형 탱커 를 예고 없이 마구잡이로 기습하여 침몰시키기로 작정한다. 그리하 여 바다 생태계에 치명상을 입히고자 한다. 바다 생태계가 무너지면 그들의 보금자리인 동굴세계도 온전할 리가 없다. 그들은 이 유조선 공격작전으로 자멸의 길을 가고자 하는 듯하다. 의식적이든 무의식 적이든 마리아나사우루스는 바다 생태계와 자신을 공멸시킴으로써, 지구의 모든 생태계를 원점(zero)상태로 되돌리고, 몇 만 년이 지나 서야 지구에 식물계와 하위 동물계가 번성하며, 몇 십만 년 후에 후 기 신인류(Post-homo sapiens sapiens)가 출현하고, 이 후기 신 인류가 진화에 진화를 거듭하여 영성 높은 신품종의 인간이 되고, 이들이 지구를 지배하는 시대가 도래하기를 의도하는 것이 아닐까? 오염된 지구는 공룡의 이 파국초래 행동을 통하여 자연치유력을 발 휘하고자 하는 것은 아닐까?

공룡무리는 오대양을 누비면서 항해 중인 수십 척의 초대형 탱커를 격침시킨다. 석유시추선도 마구 파괴한다. 바다에 연하여 설치된 석유비축 탱크도 닥치는 대로 깨부순다. 여기서 유출된 엄청난 양의 석유가 해양을 뒤덮는다. 태평양은 해수면의 16분의 1이, 대서양은 19분의 1이, 인도양은 12분의 1이 유막으로 뒤덮인다. 대규모 유막 형성으로 인하여 바다가 숨을 쉬지 못한다. 서서히 바다 환경 전체가 질식한다. 해조류와 플랑크톤이 사라진다. 바다의 먹이사슬이 깨진다. 지구인을 먹여 살릴 수산물이 고갈된다. 해수면에서 생성되는 수증기의 양이 격감한다. 그에 따라 강우량도 격감한다. 지구에 심한 가뭄이 닥친다. 농업이 타격을 받는다. 지구인을 먹여 살릴 농산물이 바닥난다. 한발과 기근이라는 재앙이 닥친다. 비축한 석유와 연료가 거덜난다. 북반구에 겨울철이 찾아온다. 지구인의 대부분이 몰려 사는 북반구 주민에게 추위라는 시련이 덮친다. UN은 남은 물자를 육상운송과 소규모의 항공운송으로 지구인들에게 공평히 분배하려고 전력을 다하지만, 턱도 없이 적은 양이다. 캐낼 석탄과 베어낼 나무도 오래 지탱하지 못한다. 지구인은 최후의 날이 온 것이 아닌가 하고 공포에 사로잡힌다.

그러나 최후가 오기까지 아직 시간이 있다. 지구인의 유막 방제 작업은 그 최후의 시계를 멈추게 하거나 늦출 수 있지만, 공룡의 공격이 무서워서 아무런 손을 쓰지 못하고 있다. 공룡 네 마리는 해양 생태계의 결정적 파국이 닥쳐오기 전에 아직은 아름다움을 간직하고 있는 바다를 관조하고자 수중 나들이를 한다. 바다 속에서 싱그

럽게 너울대는 해초들을, 보석 조각을 다채롭게 박아놓은 듯한 산호초를, 이리 저리 몰려다니는 인형처럼 귀여운 물고기들을, 그리고 자신들이 3천여 년 동안 뛰놀던 짙푸른 바다를 행복과 감사와 아쉬움이 가득한 마음으로 음미한다. 그들의 마지막 수중 나들이는 1년의 임기를 마친 미스 유니버스가 다음 미스 유니버스에게 왕관을 넘기기 전에 최후로 무대 위를 한 바퀴 도는 발걸음과 흡사하다. 그들은 두어 시간에 걸친 감격스런 수중 나들이를 끝내고, 눈물을 흘리며, 콧물을 삼키며, 울음을 토하며, 그들의 보금자리인 공룡동굴로 돌아간다.

아칸투스호에서는 올림포스국이 건국된 지 2만2천5백년이 되는 날을 맞아 기념식이 거행되었다. 기념식을 마치고 대원 9명이 모여 점심식사를 한다. 식사자리에서 센타크논이 우주선의 물자를 담당하는 클라네스 대원에게 지시한다.

"지구 생태계가 급변하고 있어서 충분한 식량을 마련해 둘 필요가 있습니다. 모듈을 모두 출동시켜 식량과 생필품을 확보하고 우주선에 최대한 비축하기 바랍니다. 서두르는 것이 좋습니다."

다음으로 좌중을 둘러보면서 묻는다.

"지구인을 상대로 한 공룡의 전면전으로 인해 지구인의 삶이 매우 곤고해졌습니다. 그런데 여기 앉아서 그들의 비참한 삶을 막연히 듣고 있는 것만으로는 실감이 나지 않습니다. 뉴스나 통신망으로 들어오는 소식은 격화소양입니다. 지구인이 당하는 고통을 생생하게 느껴보고 싶다는 것이 내 솔직한 심정입니다. 나는 지구인 개개인이 어떤 어려움에 처해있으며, 또 이 난관을 어떻게 헤쳐 나가는가를 알고 싶습니다. 그 구체적 삶을 들여다보고 싶은 거지요. 대원 여러분들은 어떻게 생각합니까?"

로지티 대원이 먼저 대답한다.

"지구인이 당하는 곤고한 삶의 생생한 모습을 전반적 개론(槪論)으로 인지하기 어려울 때에는 구체적 개론(個論)으로 들어가서 친견(親見)해보자는 대장님의 말씀에 전적으로 동의합니다. 저희들도 특정한 지구인 개인의 고난을 듣고 보고 느끼고 싶습니다. 개론(槪論)은 골격에 불과하고, 생동하는 피와 살과 숨은 개론(個論)에 담겨 있습니다."

센타크논이 또 다시 묻는다.

"특정한 지구인의 고난을 생생하게 모니터링하기 위하여 우리가 우주선 안에서 취할 수 있는 방법은 그 사람의 뇌에 나노 칩을 심는 것입니다. 심어진 칩을 통하여 우리는 그 사람의 사고, 감정, 의욕 등 일체의 정신작용을 고스란히 포착하고 느낄 수 있습니다. 우리는 이미 화가 장업과 교수 윤태수에게 그런 칩을 심어본 적이 있습니다. 문제는 이번에 당하는 지구인의 고난을 누구를 통해서 실감할 것인가에 있습니다. 그 특정 지구인으로 누구를 선정하는 것이 적합할까요?"

이번에는 디렉소스 대원이 대답한다.

"대장님, 화가 장업이 사망한 후에, 그를 비참한 죽음으로 몰아넣은 그의 부인 손마마에게 심어둔 나노 칩을 어떻게 처리할 것인지 대장님에게 문의하였습니다. 그 때 대장님은 나중에 알아볼 일이 생길 수도 있으니, 그 칩을 그대로 놔두라고 말씀하셨습니다. 지금 특정한 지구인 선정문제로 번잡한 논의를 하느니, 벌써 뇌에 나노 칩이 심어져 있는 손마마를 모니터링하는 것이 어떻겠습니까? 손마마의 칩에 작동신호만 보내면, 당장이라도 원하는 작업을 시작할 수 있습니다."

부함장인 페터스 대원이 거들고 나선다.

"저는 화가 장업이 애석한 삶을 마친 후에 질투의 화신인 그 부인이 어떻게 살아가는가를 퍽이나 궁금해 했습니다. 차제에 손마마를 선정하는 것이 괜찮다고 봅니다."

센타크논은 항법사 디렉소스 대원과 부함장 페터스 대원이 내세우는 손마마를 구태여 거부할 이유가 없다고 생각한다.

"그렇게 합시다. 디렉소스 대원은 내일부터 손마마의 일상을 모니터링해서 쓸 만한 장면과 해설을 선내 통신망에 올려주기 바랍니다. 대원들 모두가 지구인의 핍박한 삶을 실감해 볼 기회입니다."


다음은 디렉소스 대원이 들려주는 손마마의 이야기이다.


〈손마마의 곤핍한 삶: 제1주〉

손마마는 부유층이 모여 사는 서울 강남지역의 한 아파트에 거주하고 있다. 그녀의 집은 35층 높이의 건물 29층에 위치한다. 공룡

무리가 일으킨 지구 대파국의 행진에서 지구인은 살아남기 위해 몸부림친다. 이제 지구인에게 유일한 덕목, 최상의 미덕은 살아남는 일이다. 손마마가 사는 아파트 주민들이 부산하게 움직인다. 모두들 생존의 기본조건을 미리 확보해두려는 햄스터(hamster)가 된다. 앞으로 굶주림과 추위가 생존을 위협할 것이다. 식량과 난방·보온용품을 '사재기'해야 한다.

손마마는 자동차 트렁크를 비우고 여기에 여행용 대형 가방을 넣은 후, 비상식량과 비상연료를 구입하고자 집을 나선다. 대형 할인마트에 가서 먼저 큰 용량의 쌀 두 포대, 라면 세 박스, 참치 통조림 30개, 담요 세 장, 버너용 가스 20통을 산다. 시장의 가격체계는 이미 무너졌다. 정상 가격의 5배, 6배를 주고 물품을 구입한다. 동이 난 생필품이 많아서, 라면은 한 박스밖에 손에 넣지 못했다. 1차 구입품을 우선 자동차 트렁크와 가방에 넣고, 다시 마트 매장에 들어간다. 물이나 기름을 넣을 18리터짜리 플라스틱 통 3개, 휴지와 생리대 꾸러미도 카트에 싣는다. 비누와 치약도 집어넣는다. 무엇이 더 필요한가를 머리에 떠올려 보는데, 그 품목이 끝이 없다. 더 사더라도 운반할 여력이 없어 발길을 돌린다. 마트에는 꼭 챙겨야 할 김치가 떨어져서 재래시장으로 향한다. 가는 길에 주유소에 들러 휘발유 탱크를 가득 채우고, 플라스틱 통 2개에 등유를 넣는다. 주유소 앞은 기다리는 차량이 길게 늘어서서 두 시간이 지나서야 차례가 왔다. 차례가 되기 전에 주유소의 저유 재고가 동날까 보아 가슴을 졸였다. 재래시장에 다행히 김치가 있다. 여덟 포기의 김치를 싸달라고 하고 값을 치르려 하니, 김치가게 주인은 현금이나 신용카드 결제를 거절한다. 외화도 통하지 않는다. 이곳 시장질서는 물물교환체제로 돌아선 모양이다. 손마마는 무엇을 주면 김치를 살 수 있느냐고 물으니, 상인은 만약 돼지고기 반 근을 가져오면 김치 한 포기를 줄 수 있다고 대답하면서, 손마마의 목부위를 바라보며 야릇한 웃음을 짓는다. 마마는 걸고 있던 순금 목걸이를 풀어 상인에게 내어준다. 그리고 김치 여덟 포기를 얻어간다. 금 시세로 치자면 넘겨준 목걸이가 김치 값의 50배는 족히 나갈 것이다. 물품의 교환가치 비율이 돌변한 것이다. 장업이 그린 걸작도 이 시대엔 맥을 추지 못할 것이다. 재래시장 잡화점에 들러 양초와 소금, 식용유를 찾아 바구니에 담는다. 그 값으로 잡화점 주인에게 큼지막한 김치 두 포기를 내어준다. 아파트 이웃 주민의 얼굴에서 웃음이 사라지고 발걸음에서 여유가 없어졌다. 손마마는 무서운 시대가 온 것을 온몸으로 받아들인다.

그녀는 귀가하고 나서 아파트 거실에 혼자 앉아 생각에 잠긴다. 그녀 부모는 이미 작고했고, 여섯 형제가 살아 있지만, 모두 자기 자식들과 살아남기에 급급해서 손마마의 안위는 안중에 없다. 하나 있는 아들은 장업이 세상을 떠난 후 자신을 극력 피해 혼자 살아간다. 이 절박한 생활고에도 아들은 집에 돌아올 생각이 없다고 한다. 홀몸 단신으로 생존 투쟁을 해나가야 하는 앞날이 처절하게 느껴진다.

'나를 이 비참한 삶에 밀어 넣은 공룡은 도대체 어떻게 생겨먹은 동물일까? 도대체 그놈들이 무슨 짓을 했기에 다들 이 고통을 당하는 것인가? 그것도 네 마리밖에 안된다는데. 중생대에 이미 멸종했다는 공룡은 쥬라기공원 영화에서나 등장했고, 꼬마 아이들의 캐릭터 인형상품으로나 나돌았으며, 우스꽝스런 모습으로 만화에서나 눈에 띄는 가상 동물이었는데, 어떻게 대명천지에 실물로 나타나 난동을 부리고 모든 것을 때려 부술 수 있는 것인가? 우리는 정녕 꿈속에서 살아가는 것임에 틀림없어! 꿈이 현실이고, 현실이 꿈이야. 사이버세계가 현실세계이고, 현실세계가 사이버세계야. 인간 세상은 이제 뒤죽박죽이야. 공룡의 출현은 뒤죽박죽인 이 세상을 확인시켜준 것뿐이야!'

'이런 생활이 얼마나 오래 지속될까? 이 생활이 얼마나 더 어려워질까? 이 생활을 나는 잘 견디어낼 수 있을까? 이런 판국에도 그림 그리는 화가가 있을까? 이런 파란에도 소설 쓰는 작가가 있을까? 이런 난리에도 한 그루 과수를 심는 농부가 있을까? 사람들의 얼굴에 다시 웃음이 찾아오는 것을 볼 수 있을까? 예전의 풍족한 생활로 되돌아갈 수 있을까? 언제나 정상생활로 되돌아갈 수 있을까?'

골똘히 생각에 잠겼던 손마마는 라면 한 개를 끓여 늦은 저녁을 먹는다.


〈손마마의 곤핍한 삶: 제2주〉

손마마는 아파트 복도 맞은 편 집 문을 두드려본다. 문이 열린다.

"어떻게 지내시는가 해서, 들렸어요."

"아이가 아파서 걱정이에요. 독감이 심해요. 동네 병원은 다 문을 닫았고, 큰 종합병원에 가보았는데 진료를 기다리는 환자가 너무 많아서 그냥 돌아왔어요."

아이가 칭얼대는 소리가 들리자, 옆집 여자는 실례하겠다면서 돌아선다. 손마마의 방문을 달갑게 생각지 않는다. 병원은 제 기능을 잃었다. 얼마쯤 남아 있는 약품은 분배기능을 잃었다. 직장과 학교는 무기한 휴업에 들어갔다. 상설 시장은 생산물 교환기능을 잃었다. 정규 시장에서 생필품이 사라졌다. 길거리에 즉석 좌판을 깔고 그때그때 열리는 노점상이 서울 시민의 막다른 목구멍을 채워준다. 서울 근교에서 농사짓는 사람들이 약간의 농산물을 갖고 서울로 와서 좌판을 벌인다. 귀중품을 들고 나온 손님에게나 달걀 한 꾸러미, 채소 몇 다발이 주어진다. 그 대가로 한 돈 반짜리 순금반지가 노점상의 손가락에 끼워진다.

서울 시민에게 제한 급수와 제한 송전이 시작된다. 수도물은 아침저녁 1시간씩 두 차례 공급된다. 전력은 아침저녁 두 차례 2시간씩 공급된다. 자가발전기를 구하여 개인적으로 전력을 생산하고자 해도 발전기를 돌릴 연료를 안정적으로 조달해야 한다는 쉽지 않은 문제가 남아있다. 아파트 고층에서 엘리베이터를 타고 오르내려야 하는 주민은 전기가 들어오는 시간을 이용해야 한다. 무거운 짐을 들고 걸어서 29층을 출입한다는 것은 허기진 손마마에게 난감한 일이다. 전기가 끊기는 시간이 길어져서 외부 소식을 TV에 의존하는 것이 답답해진다. 손마마는 전원이 배터리인 트랜지스터 라디오를 구해야겠다고 생각한다. 없는 것 빼고는 없는 게 없다는 남대문 도깨비시장으로 간다. 발품을 꽤나 팔았지만 원하는 라디오를 찾을 수 없다. 어떤 상인이 황학동 벼룩시장에 가보라고 한다. 또 다시 황학동으로 향한다. 이번에는 전기상 주인으로 하여금 라디오를 내놓게 할 만한 미끼상품을 준비해간다. 최고급 금장 만년필과 진주 목걸이 그리고 혹시나 싶어 장업이 그린 10호 크기의 유화를 한 점 싸가지고 간다. 중고 전기상 여섯 군데를 뒤졌으나 헛수고이다. 일곱 번째로 들른 점포 주인은 예술적 안목이 있는 사람이었다. 황학동 시장은 원래 골동품상의 집결지였던 만큼, 아직도 예술품 애호가들이 숨어있는 모양이다. 점포 주인은 장업의 작품을 알아보고, 골방에서 트랜지스터 라디오를 꺼내온다. 배터리도 넉넉히 내어준다. 파국의 시대에도 죽은 장업의 예술혼이 상인의 마음을 불러냈다.

전기가 끊기는 하루 20시간 동안에는 아파트 29층 계단을 걸어서 오르내려야 하기 때문에 체력이 떨어진 손마마는 거의 외출을 하지 않는다. 자의 반 타의 반 외부와 차단된 고립생활에 들어간다. 아파트의 난방공급도 늦은 저녁 한 차례 잠깐 들어올 뿐이다. 새벽녘엔 추위가 심해서 잠을 깬다. 실내에서 외투를 입고 그 위에 담요를 두르고 지낸다. 식품도 아껴 먹는다. 아침저녁 두 끼만 먹되, 그 양도 줄인다. 친지와 휴대폰으로 소식을 주고받는 일도 점차 잦아든다.

나누는 이야기는 뻔하고 우울을 더해줄 뿐이다. 모두들 동면에 들어가는 듯하다. 라디오에서는 조용한 음악이 나오다가, 이따금 정부의 대국민 담화발표가 되풀이해서 방송되는 게 고작이다. 정부는 이 국가적 난국을 타개하기 위하여 온갖 노력을 다하고 있으니, 국민은 애국충정의 마음으로 참고 기다려달라는 틀에 박힌 호소가 지겹도록 방송된다.

손마마는 기르고 있던 강아지를 거추장스럽게 생각한다. 자기 한 몸도 건사하기 어려운데 개까지 먹여 살린다는 것은 언어도단이라고 생각한다. 손마마의 비정한 인간성은 남편 장업이 자식처럼 사랑했던 강아지를 집 밖으로 내치고야 만다. 버림받은 강아지는 아파트 건물 앞 철쭉덤불 속에서 나흘 동안이나 엎드려 있으면서 주인이 다시금 자신을 데려가기를 기다린다. 아들이 이상한 예감이 들어 어머니가 사는 아파트로 왔다가, 반갑게 달려오는 강아지를 발견한다. 아들은 밖에서 떨며 초라한 몰골을 하고 있는 강아지를 보고, 어머니를 한번 만나보고 가려 했던 마음을 눅여버린다. 그는 강아지를 데리고 곧바로 자기 거처로 되돌아간다.

무료한 시간에 고민거리가 독버섯처럼 머리에 피어올라, 손마마는 안되겠다 싶어 그림이나 그려보기로 한다. 화지를 펴고 4B 연필을 들어, 거울에 비친 자기 모습을 스케치하고자 자리를 잡고 앉는다. 거울 속의 손마마는 고약하게 늙어가는 초로의 여인이었다. 뭔가 불만이 있는 떨떠름한 표정에 거만과 심술기가 담겨 있는 얼굴,

그리고 주름지며 메말라가는 피부는 마마의 심사를 뒤틀어놓는다. 결단코 자화상을 그리고 싶지 않다. 침실 천장의 격자 무늬 안에 그려진 조그만 꽃봉오리 개수를 세면서 낮잠을 청한다.

〈손마마의 곤핍한 삶: 제3주〉

아파트에 완전 단수가 실시된다. 사흘에 한번 아파트 중앙광장으로 급수차가 와서 세대 당 한 양동이 정도의 식수를 배급하고 간다. 아파트의 난방공급도 완전히 중단된다. 서울시민이 겪는 악화일로의 삶은 속도를 더한다. 취사용 가스공급도 끊긴다. 손마마는 휴대용 가스버너로 물을 끓여 차를 마시고 인스턴트 음식을 조리해 먹는다. 속이 불편하다. 기침이 잦고, 손과 발에 가끔 경직증상이 온다. 있어야 할 생리가 없다. 가정의학사전을 뒤져본다. 사전으로는 건강이상의 원인을 알 도리가 없고, 이 참담한 생활에 올 것이 오는구나 하고 받아들일 따름이다. 집안에서 보내는 나날에 다리 근육이 물러진다. 힘내어 외출을 시도한다. 붐비던 거리에 통행인이 거의 없다. 서너 달 전만 해도 손마마가 럭셔리한 삶을 즐겼던 강남땅은 황량한 폐허로 변해버렸다. 그녀는 낙엽이 떨어져 땅위에 이리저리 뒹굴고 문을 닫은 상점이 줄지어 있는 을씨년스런 겨울철 강남거리를 천천히 걸어가면서 옛날을 회상한다. '저기 저 이태리 식당에서 치즈와 휘핑크림 그리고 토마토가 환상적으로 배합된 따끈한 소스에다가 해물이 듬뿍 얹어져 있는 스파게티를 맛나게 먹었었지. 그 일품이었던 음식을 언제 다시 먹어보려나? 저기 저 찜질방에서는 저리고 아린 오십견 신경통을 절절 끓는 황토바닥에 지져 달래주었지. 지금의 팔다리 저림 증상도 저 집의 한 식경 찜질이면 다 나을 텐데. 저 호텔 꼭대기 층의 뷔페식당은 기가 막혔지. 그야말로 산해진미가 그득했어. 친구들과 수다 떨며, 먹고 또 먹었어. 어떻게 그리도 먹어댔는지! 내 복부비만은 그때 온 걸 거야. 그 뷔페를 한 번 더 토하도록 먹어봤으면! 저 프랑스 명품점은 내가 좋아하던 브랜드의 옷과 핸드백을 팔던 곳이지. 내가 들어서면 젊은 남자 직원이 달려와 어떻게나 아양을 떨었던지. 그 좋던 시절이 이리도 빨리 일장춘몽이 될 줄이야!'

손마마의 산책은 청담동 화랑가로 접어든다. 지금은 문을 닫았지만 여기서 갤러리를 하던 화랑주 한 사람이 저쪽에서 걸어온다. 잘 알고 지내던 사이여서 반가운 마음에 다가간다. 그런데 웬 일인가? 그는 손마마를 보더니 멀리 꺼져버리라는 듯 세차게 손사래를 치면서 바삐 지나가버린다. 그는 장업의 그림을 취급해 볼 수 있을까 해서 극력 접근해오던 화랑주였다. 사회적 동물이라는 인간의 사교성은 생존목적 이외의 영역에서는 불필요해졌다. 서로 이용당할까 보아, 서로 해를 끼칠까 보아 사람이 사람을 경계하고 피한다. 서울에 평화로운 공존질서는 깨지고, 각개약진의 전쟁터가 자리 잡았다. 사회연대의식은 팽개쳐졌다. 자기보존의 개체본능이 서울을 지배했다. 강한 자가 살아남고, 살아남는 자가 강한 자였다. 정사(正邪), 선악, 진위(眞僞), 호오(好惡), 미추(美醜), 귀천(貴賤), 잘 잘못, 이러한 가치기준들이 땅속에 묻혀버리고, 오로지 살아남겠다는 맹목적인 의지만이 인간을 끌고 갔다. 생존을 저지하고 생존을 방해하는 것은 제거 대상이 되었다. 바르고 착하고 예쁜 것도 '생존에 도움이 되는가, 아니면 장애가 되는가'라는 척도에서 고쳐 재단되었다. 천년 사찰의 희귀한 고목은 땔감으로 잘려나가고, 워터파크(water park)의 재롱둥이 돌고래는 먹이로 찢겨나갔다.

그동안 꽉 억눌려 지낸 날이 길었나 보다. 손마마는 냅다 자동차를 몰아, 질주본능에 몸을 내맡겨 보고 싶은 충동을 느낀다. 아파트 지하주차장으로 간다. 마마의 차는 멀쩡하게 서 있다. 그러나 자동차 배터리가 방전된 모양으로 시동이 걸리지 않는다. 자동차 시동을 걸어줄 서비스 업체의 비상출동 연락망은 불통된 지 오래다. 분통이 터져 제 차를 몇 번 걷어찬다. 집에 올라간다. 무언가 화풀이를 해야만 직성이 풀릴 것 같다. 굵은 유성펜을 잡고 거실 벽면에 마구 낙서를 한다. 욕설도 잔뜩 휘갈긴다. 뿔 달린 악마의 심장에 칼을 꽂아 넣는 그림을 벽에 큼지막하게 그린다. 벽화를 그리니까 분이 좀 풀리는 듯하다. 역시 자기는 타고난 화가라고 생각한다. 물을 끓이려고 가스버너를 켜는데, 달칵달칵 소리만 나고 점화가 되지 않는다. 10여분을 버너와 씨름해보지만 켜지지 않는다. 고장이 난 것이다. 또 분통이 터진다. 분을 참지 못해 옆에 치워둔 담요를 북북 찢어 본다. 손힘으로 찢어질 리가 없다. 가위를 가지고 와서 담요를 마구 자르고 식칼로 난도질을 한다. 성질이 못된 손마마의 화풀이는 점차 이상행동으로 치닫는다.

〈손마마의 곤핍한 삶: 제4주〉

손마마가 물로 몸을 씻어본 지가 보름이 넘었다. 설거지를 못해 음식찌꺼기가 덕지덕지 말라붙은 식기가 식탁과 싱크대에 그득하다. 생활쓰레기도 점차 다용도실을 점령해 나간다. 청소를 해본 지 오래다. 세탁은 엄두도 못 낸다. 몸과 옷, 이불에서 퀴퀴한 냄새가 풀풀 날리고, 집안에 악취가 진동한다. 집안을 기어 다니는 벌레가 징그러워 방충제를 뿌려보지만, 벌레의 번식속도를 당하지 못한다. 아파트 안 밖에 쥐가 들끓는다. 완전 단수가 실시된 이후로 대소변 처리가 심각한 고민거리로 사람을 괴롭힌다. 양변기의 필수적 기능은 물내림인데, 물이 없으니 인간의 배설물은 고대로 쌓일 뿐이다. 소변은 따로 받아서 욕실 하수구로 내려 보낸다. 문제는 대변이다. 악취의 원흉인 대변을 집안에 그냥 둘 수는 없다. 아파트 주민들은 배설한 대변을 화장실에 둔 채로 이삼일 참고 견디다가, 드디어 최후 수단을 강구한다. 대변을 비닐봉지에 담아 캄캄한 밤에 아파트 창문 밖으로 투척하는 것이다. 멀리 던져본다고 해도 아파트 단지 내 보도 바닥이나 건물 바로 밑 풀밭에 떨어져 봉지가 터지고 대변은 땅위로 퍼져나간다. 너도 나도 그 짓을 안 할 수 없으니, 며칠 사이에 아파트 건물은 얼어붙은 똥 덩어리로 포위된 형국이다. 낮에는 햇볕에 녹은 똥 덩어리가 지독한 구린내를 사방으로 뿜어대고, 똥으로 질퍽거리는 길은 발 디딜 곳을 찾기 어려울 정도이다. 아파트 저

층에 사는 주민 중에는 이 악취의 고통을 견디다 못해, 달리 거처를 구해 도망가는 경우가 많다. 인간이 매일 쏟아내는 배설물이 이토록 끔찍한 것인가 하고 모두들 놀란다.

손마마는 비축해 둔 비상식량이 얼마 남지 않은 것을 보고 불안해한다. 하루에 한 끼만을 먹기로 한다. 덕택에 몸매가 날씬해졌다. 그러나 영양부족이 심해서 피부는 푸석푸석하고, 운동부족까지 더해져 근육은 무르기 짝이 없다. 정부가 비상 급식소를 운영한다고 해서 찾아가 본다. 그곳에는 굶주린 사람이 인산인해로 모여 있다. 줄서기가 있을 수 없다. 식사 배급이 시작되면, 알량한 양의 배식이 힘센 사람 차지가 된다. 그녀는 얻어먹을 엄두를 못 낸다. 손마마는 음식은커녕 조금 남은 체력조차 소모하고 힘없이 귀가한다. 거기에 오래 머물러 있다간 비썩 마른 자신이 잡혀 먹힐 수도 있겠다는 기막힌 상상을 하면서 집으로 돌아온다. 생존하려면 먹을 것을 구해야 한다. 한강 둔치에 열린 장터로 나간다. 곡식을 파는 노점상에 다가가 1캐럿 다이아몬드 반지를 내밀며 쌀을 달라고 한다. 상인은 매서운 얼굴로 진짜 다이어인지를 캐묻고는, 쌀 두 되 이상을 줄 수 없다고 잘라 말한다. 주위를 둘러보니 형편이 고만고만하다. 쌀 한 되를 준다고 해도 손마마는 그 반지를 넘겼을 것이다. 쌀 두 되를 들고 오면서 손마마는 중얼거린다.

"다들 미쳤어! 미쳤다구!"

집에 도착한 손마마는 멍하니 생각한다. 농촌으로 나가면 먹을 것을 구할 수 있을까? 서울에는 뜯어먹을 풀뿌리도, 벗겨먹을 나무껍질도 없다. 모닥불을 피울 만한 말라빠진 잔가지도 뜨이지 않는다. 남편 장업이 살아생전 시골 구석진 곳에 오두막 딸린 밭 한 뙈기를 그토록 원했었는데, 그 소원을 극구 막았던 것이 후회막급이다. 그이가 선견지명이 있었지!

아파트는 하루 24시간 종일 단전에 들어간다. 그동안 잠시나마 전기가 공급되던 서울에 에너지가 완전히 차단된다. 휴대폰도 불통이 된다. 전력 없이는 이동통신 기지국이 가동되지 않기 때문이다. 집집마다 촛불로 밤을 밝힌다. 서울이 어둠의 도시가 되니 좋은 점도 있다. 별빛이 제자리를 찾은 것이다. 한밤에도 눈부신 서울의 전깃불에 별빛이 바래어, 그동안 서울사람들은 밤하늘에서 별다운 별보기가 어려웠다. 이제 촛불이 간당이는 서울에 별빛이 다시 찾아들었다. 깊은 밤에는 촛불마저도 꺼진다. 이른 새벽 손마마는 아들 방에 들어가 아들의 어린 시절을 홀렸던 천체망원경을 꺼내본다. 샛별이 육안으로 보는 보름달만큼이나 훤하게 망원경에 들어온다. 훤한 샛별은 장업의 얼굴을 닮았다. '그런 장업이에게 왜 내가 그토록 몹쓸 짓을 했을까? 모르고 한 내 잘못, 어쩔 수 없이 저지른 내 잘못, 알 수 없는 힘에 끌려들어간 내 잘못, 그게 바로 기독교에서 말하는 원죄인가? 내 몸에 이브의 간특하고 교만하고 시기하는 몹쓸 피가 흐르고 있는 것일까? 내 스스로도 어쩌지 못하는 잘못이 피에 피를 타고 전승되면서, 그 피가 피를 흘리고, 그 피가 피를 부르는 사바세계를 만들어낸 것이 아닌가? 내가 아예 태어나지 않았으면 좋았을 것을! 그렇지만 이브에게는 자식을 생산해야만 하는 원죄도 함께 주어졌지! 그래, 인간은 꼼짝 못하고 잘못을 대물림하는 것이야! 단지 나는 악마인 깡패 역할을 맡았을 따름이고, 장업이는 신사인 천사역할을 맡았을 따름이야! 너와 나의 역할은 거역할 수 없는 운명이었어. 공룡이 획책하는 인류 최후의 날은 신사든, 깡패든, 천사든, 악마든, 공평하게 죽음을 가져다 줄 거야. 이 사바세계에 유일하게 공평한 것은 죽음이야!'

인간은 처참한 파국에 처해야만 원초적인 모습을 볼 수 있게 되는 것인가?


〈손마마의 막다른 삶: 제5주〉

아파트촌은 적막 세계다. 그런데 밤이 되면 바쁘게 움직이는 사람들이 있다. 그동안 살얼음판 위에 놓인 듯한 치안을 그나마 지탱해 주던 경찰이 제 살길 찾기에 돌아설 만큼 사정이 절박해졌다. 서울의 치안이 무너진다. 치안 부재를 틈타 밤중에 약탈이 행해진다. 폭도들이 날뛴다. 강도가 떼 지어 몰려다니며 재물 탈취뿐만 아니라 강간도 마다하지 않는다. 서울은 적어도 한밤에는 만인의 만인에 대한 투쟁상태에 들어가 무법천지로 변해버린다. 폭력이 횡행한다. 시민들은 쥐죽은 듯이 집안에 꽁꽁 숨어 지낸다. 원시시대와 달리 그래도 국가와 법은 존재한다. 정부는 계엄령을 선포하고 군대를 동원하여 치안을 회복하고자 한다. 오후 4시부터 오전 10시까지의 통행 금지가 발령되고, 서울시민의 권역 간 이동도 통제된다.

군대가 치안을 맡은 후 공공시설과 대로변은 그런대로 안전지대라고 하지만, 주택가는 치안취약지역이다. 서울의 부유촌은 떼강도의 약탈목표이다. 서울 강남의 부유촌 아파트가 본격적으로 털리기 시작한다. 서울 강남 주민에게 대공포(大恐怖; grand fear)가 내습한다. 손마마의 아파트촌에도 한밤중에 폭도가 들이 닥친다. 식구들이 와들와들 떨고 있는 집 현관에 설치된 이중 자물쇠를 깨부수고 들어간다. 손마마도 자기 아파트의 강철 현관이 부서지는 소리를 듣자, 황급히 금붙이 패물과 보석 반지·귀걸이를 에어컨 실외기 틈으로 밀어 넣는다. 이윽고 들어온 폭도들에게 손마마가 온힘으로 저항하지만, 그들이 머리에 내리친 몽둥이 한 대를 얻어맞고 정신을 잃는다. 깨어보니, 식량과 귀중품이 모조리 털렸다. 감춘 패물만이 남았다. 손마마는 그 다음날로부터 굶주림에 시달린다.

손마마에게 굶주림보다 몇 갑절 무서운 공포가 몰려온다. 그 동안은 불안의식에 잠을 설치고 입안이 말랐었다. 그런데 폭도가 들이 닥친 경험을 하고 나서는 불안의 자리에 공포가 들어섰다. 불안은 공포에 비하면 별 것 아닌 심리상태이다. 불안은 앞으로 닥칠 알 수 없는 위험에 대한 의식이다. 그러나 공포는 눈앞에 분명히 펼쳐진 급박한 위험에 대한 의식이다. 불안에는 눈동자가 흔들리지만, 공포에는 전신이 전율한다. 불안에는 손아귀에 힘이 가지만, 공포에는 손바닥에 땀이 흥건하다. 불안에는 말이 중얼거림으로 나오지만, 공포에는 말이 비명소리로 질러진다. 공포가 장기화되면 드문드문 발작을 일으키다가 마지막에는 정신이 돌 수 있다. 손마마는 혼자 살아가기에 더욱 그러하다.

손마마는 자신에게 정신적 위기가 다가옴을 예감한다. 그녀는 깊은 잠을 자지 못하고, 선잠을 잔다. 밤이고 낮이고 선잠을 잔다. 선잠을 자면서 꿈을 꾼다. 장업이 땅 밑에서 튀어 올라오고 세라가 하늘에서 떨어져 내려오는 꿈이다. 장업은 마마의 얼굴에 피를 흥건히 토하면서 덮쳐오고, 세라는 마마의 얼굴에 고름을 바가지로 퍼부으면서 달려든다. 업은 흉칙한 송곳니로 마마의 목덜미를 물어뜯고, 세라는 강포한 손톱을 세워 마마의 젖가슴을 후벼 판다. 업이 마마에게 손을 저으니 징그러운 지네 떼가 떨어져 마마의 전신을 기어다니고, 세라가 마마에게 고개를 저으니 시커먼 박쥐 떼가 몰려와 너도나도 마마의 귀에 매달리려고 발버둥 친다. 손마마가 이런 악몽을 꾸는 것은 그녀의 의식 밑바닥에 엄청난 죄책감이 자리 잡고 있기 때문이다. 손마마가 정신을 통제하는 능력을 상실하자, 그 죄의식이 뚫고 올라와 마음껏 환각을 일으키고 온갖 흉칙한 마물의 형상으로 탈바꿈해서 그녀를 괴롭히고 있는 것이다. 가위눌림에 몸부림치다가 잠에서 깨면, 그 잠속의 공포가 너무 끔찍해서 손마마는 잠들지 않으려고 허벅지를 가위 끝으로 찌르는 고문을 가한다. 꿈을 꿈으로 치부하면 된다지만, 꿈속에서는 꿈이 현실이기 때문에 꿈속의 고통이 현실의 고통이나 다름없이 손마마를 괴롭힌다. 꿈속의 기막힌 고통은 현실세계의 기막힌 고통이나 다름없다. 마침내 섬망이 오고, 병증은 심화된다. 공포와 고통에 짓눌린 밤낮이 장기화되다가, 임계 시점에 이르자 손마마의 정신이 붕괴된다. 실성한 손마마는 집을 나가 서울 거리를 떠돌기 시작한다. 서울 거리를 떠도는 실성한 사람들이 적지 않다. 유기견들이 그들을 뒤따르며 마구 짖어댄다. 손마마는 "업이야! 업이야!"를 외치며, 떠돌아다닌다. 그러다가 중얼거린다. "이게 다 내 업이지, 다 내 업보이지!" 실성한 사람도 제 정신이 들 때가 있는 모양이다.

센타크논과 아칸투스호 대원들은 실성해서 떠돌아다니는 손마마를 더 이상 추적 관찰할 필요성을 느끼지 못한다.

## 제45화
## 강아지를 살린 소녀의 죽음이 센타크논을 감동시키다.

구사일생으로 목숨을 건져 타히티섬에 올랐던 제임스 소령은 괌 공군기지에서 급파된 군용기를 타고 괌으로 귀환한다. 그는 가족과 재회한 후, 곧바로 군 병원으로 옮겨져 정밀 건강진단을 받는다. 별 부상을 입지는 않았으나, 가미카제작전수행에서 받은 트라우마가 커서 입원치료에 들어간다. 제36비행단은 제임스가 정신건강을 회복하기에 괌의 여건이 좋지 않다고 판단하여, 그를 미국본토로 후송해서 치료를 계속하기로 결정한다. 군 병원 당국은 그의 가족과 협의하는 과정에서 제임스를 하와이 미군병원으로 후송하기를 희망하는 부인 몰리의 청원을 받아들인다. 하와이에는 몰리의 친부모님이 살고 있어서 제임스를 잘 보살펴줄 수 있다. 그리고 몰리는 고향 하와이가 그리웠다. 제임스 소령은 군용기를 타고 먼저 하와이로 날아간다. 그의 가족은 제니의 학교문제, 이삿짐을 꾸리는 일 등으로 당분간 괌에 남아 있다가, 추후 형편이 되는 대로 하와이로 건너가서 제임스와 합류하기로 되어 있다. 공룡이 벌인 전면전으로 지구인은 전세계적인 궁핍에 시달리지만, 괌 미군기지의 군인가족에게는 생필품이 비교적 양호하게 공급된다. 특히 대공룡작전의 첨병이자 죽음을 불사하고 출격하는 전투기 조종사의 가족에게는 그에 걸맞는 대우가 주어진다. 그러나 강아지 사료까지는 기대 난망이다. 제니는 자기 몫으로 배급된 레이션(ration)을 대시와 나누어 먹는다. 식사를 함께 하는 제니와 대시는 그야말로 형제 같다. 난세를 만나 오히려 그 둘은 정이 새록새록 깊어간다. 더구나 다니는 학교가 휴교 중이니 제니는 하루 종일 대시와 붙어 지낸다.

제임스 소령이 하와이로 후송된 지 보름이 지나, 괌 미군기지에서는 하와이를 경유하여 미국 본토로 향하는 해군 수송함 한 척이 출항한다. 군 병력과 군수품을 수송하는 이 함정에는 1개 대대 병력을 수용할 수 있는 선실이 있다. 이번 출항은 군인 가족 240여명을 태우고, 괌에 비축해두었던 무기, 폭탄, 탄약의 상당량을 안전상의 이유로 본토에 수송하는 임무를 띠고 있다. 마리아나사우루스는 괌 미군 주둔지를 지구인 연합군의 일선 보급기지로 인식하였는지, 두 번씩이나 기습 공격해서 정박 중인 함정 다섯 척을 침몰시키고 갔다. 한밤중에 그 거대한 체구를 끌고 해안에 인접한 공항 활주로까지 올라와서, 몸통을 휘젓고 다니면서 군 시설물을 파괴하고, 군용기의 태반을 망치꼬리로 때려 부쉈다. 심지어 계류 중인 B-52 폭격기와 B-1B 폭격기에 위석을 마구 발사하여 십여 대에 큰 손상을 입히고 물러갔다. 꿍음을 내며 하늘을 날아가던 B-52 폭격기를 공룡이 기억하고 타격을 가한 모양이다. 괌 미군기지는 결코 안전지대가 아니다.

마리아나사우루스가 바다를 항해하는 선박을 무차별 공격하기 시작한 이래, 수송함을 출항시키는 것은 크나큰 위험을 예상하고 감행되었다. 괌 기지의 군용수송기 중 절반 이상이 파손되었기 때문에 부득이 함선을 사용하려는 결정을 내린 것이다. 수송선에 호위함을 딸려 보내는 방안이 검토되었으나, 두 척이 한 척보다 공룡의 주의를 더 끌 것으로 우려되어 단독 출항한다. 사실 말이 호위함이지, 공룡의 전자기파 방출에 걸리면 무력화될 운명이니까 그저 노파심에서 나왔던 방안에 불과하다. 마리아나 해역은 공룡의 출몰 빈도가 아주 높으므로, 수송함은 이 해역을 우회하는 항로를 잡아 나아간다. 선실에는 몰리와 제니 그리고 애견 대시가 앉아 있다. 제니가 대시에게 말을 건다.

"대시야! 우리가 이 배를 타고 하와이로 가는 거야. 거기서 아빠를 만나는 거야."

대시는 아빠라는 말을 듣자, 반가움에 몇 번 컹컹 짖더니, 혹시 주위에 제임스가 있나 싶어 연신 머리를 좌우로 돌려 찾아본다. 세 가족은 오래 헤어져 있던 제임스를 만날 기쁨에 들떠 있다. 제니가 엄마에게 묻는다.

"엄마, 우리가 얼마 만에 하와이 외가 집에 가는 거지? 그런데 나중에 다시 괌으로 와야 하는 거야?"

"3년 만에 가는 거로구나! 네가 다섯 살 때 가보고 처음이다. 할머니와 할아버지가 너를 보고, 잘도 자랐다고 좋아하시겠다. 괌으로 다시 오게 될지는 아빠 의사에 달려 있지만, 이번에 짐을 다 싸가지고 이사하는 거란다. 네가 다닐 학교도 하와이에서 찾아 볼 작정이다.”

제니는 찰리와 바바라를 다시 못 보게 될 것 같아, 이게 잘된 일인지, 잘못된 일인지를 가늠할 수 없어 심란해진다.

출항한 지 반나절이 지난 시각이다. 수송함 옆으로 돛을 활짝 편 요트가 한 척 지나간다. 이 요트는 공룡의 전자전에 무력해질 전자 장비를 전혀 갖추고 있지 않다. 바람의 힘으로 항해하고, 장거리 석궁을 여러 대 설치하여 공룡의 눈과 코를 노리고자 한다. 순전히 수동으로 발포하는 화기도 장착하였다. 태국에서 제작하여 지금 시험 항해 중이다. 기이한 동물 공룡은 지구인으로 하여금 중세시대에나 있을 법한 해전을 준비하게 만들었다. 신예함에서 보자면 우습기 짝이 없는 전투용 요트이지만, 지구인이 머리를 짜내어 고안한 범선이다.


출항한 다음 날이다. 이 날은 바람과 파도가 매우 거세다. 수송함의 함장은 혹시나 공룡이 출현할까 걱정하면서 초조한 마음으로 항로 앞 전면을 주시한다. 한편 마리아나사우루스 두 마리가 격침시킬 선박을 찾아 태평양을 누비고 다닌다. 아칸투스호에서도 모듈 3호기가 출동하여 들키지 않을 거리를 두고 공룡을 뒤따른다. 최근에는 선박의 운항이 거의 끊기어, 공룡은 사냥감을 찾기가 어려웠다. 공룡 두 마리는 한참 동안 해저를 뒤져보고 나서, 해상으로 올라와 이리저리 휘둘러본다. 모듈 3호기도 해상으로 올라와 상공 먼 거리에서 내려다보면서 공룡을 관찰한다. 두 마리 공룡의 시야에 꽘을 출발한 미군 수송함이 들어온다. 함장의 망원경에도 공룡이 들어온다. 함장은 마음이 철렁한다. 천우신조가 있기를 기도하면서 여기까지 왔는데, 이제 죽었구나 싶다. 선내에 비상령을 내리고, SOS를 타전하도록 한다. 공룡이 접근하자 함장은 발포명령을 내린다. 수송함의 소형 함포 2기가 불을 뿜는다. 공룡의 몸에 명중한 포탄은 공룡 외피에서 폭발한 후, 그 탄피가 불꽃 파편이 되어 사방으로 튀겨나간다. 공룡의 300겹 강철 섬유피부는 말 그대로 온전하다. 이 정도 포격에는 전자기파를 방출할 필요조차 없다는 듯, 공룡 두 마리는 유유히 다가와서 함정 주위를 맴돈다. 선실에서 공포에 떨며 바라보는 승객들과 몸이 얼음처럼 굳어버린 해군 장병들을 응시하며, 공룡은 한 차례 위석을 뱉어낸다. 큰 바가지만한 돌덩이가 우수수 갑판 위로 떨어져 내리면서 여기저기 구멍을 낸다. 그러다가 갑자기 두 마리가 잠수하더니, 무기저장고의 선체 외벽을 쇠뭉치 꼬리로 강타한다. 이 선체부위는 흘수선 아래 물속에 위치한다. 선실의 승객은 선박 아래쪽에서 강철 망치꼬리가 강철 선체를 두드리는 강하고 둔탁한 소리를 걱정스레 듣고 있다. 몇 차례 타격이 있자 선체의 강철판이 찢겨 나간다. 바다물이 소용돌이치며 저장고 안으로 밀려들어 온다. 무기저장고에 있던 폭탄의 일부가 소용돌이에 휩쓸려 선체의 뚫린 구멍을 통해 밖으로 빠져나간다. 그 폭탄이 공룡이 휘두르는 망치꼬리에 맞아 큰 폭발을 일으킨다. 이 폭발은 수송함에 고스란히 충격을 주어 참사가 일어난다. 선내 여러 곳에 불길이 일고, 밑창으로 밀려드는 바닷물 유입으로 함선은 침몰하기 시작한다.

함장은 선실에 있는 승객들에게 갑판으로 올라가도록 지시한다. 부하들에게는 퇴선 준비를 명령한다. 도처에 불길이 치솟고 있는 갑판에 수시로 강한 너울성 파도가 덮쳐 온다. 공룡이 발사한 위석에 맞아 갑판 여기저기에는 큼직한 구멍이 숭숭 뚫려 있다. 갑판은 불과 물과 구덩이로 아수라장이 되어 있다. 승객들이 갑판 위로 올라간 즈음에 갑판 바로 아래에서 큰 폭발이 일어난다. 배가 휘청한다. 그 요동이 심해서 갑판 위 승객들이 이리저리 내팽개쳐진다. 갑판에 올라와 있던 몰리 가족도 갑자기 배가 기우뚱하는 바람에 몸을 가누지 못하고 흩어진다. 함선의 좌현으로 미끄러져 내려간 제니가 정신을 다잡아 엄마를 찾았으나 보이지 않는다. 그 때 어디선가 강아지 짖는 소리가 들린다. 대시 소리다. 대시가 갑판 좌현 구덩이 속에서 짖어댄다. 제니는 몸을 일으켜 구덩이로 달려가 그 안을 들여다본다. 짐작컨대, 속이 빈 폭약상자 하나가 갑판 위를 이리저리 나뒹굴어 다니다가 대시에게 덮쳐, 강아지를 상자 속에 가둔 채로 미끄러지면서 갑판 위에 뚫린 구덩이 안으로 틀어박힌 것이다. 대시는 상자와 구덩이 틈새로 제니가 온 것을 보고 더욱 맹렬히 짖는다. 제니가 대시를 진정시킨다.

"대시! 대─시! 내가 너를 구해줄게. 잠깐만 기다려. 내가 꼭 구해줄 테니, 가만히 있어."

아칸투스호의 모듈 3호기는 공룡이 수송함을 공격하는 모습을 정밀 촬영하여 실시간으로 모선에 전송한다. 3호기는 야기된 참사에서 터지는 폭발음, 비명소리, 갑판 위로 몰아치는 파도소리, 함선에 울려 퍼지는 경보음 등등의 소리도 고성능 집음 증폭기로 청취하면서 모선에 생중계한다. 우주선에서 이 참사를 고스란히 보고 있던 센타크논은 참극의 와중에 강아지의 맹렬한 울부짖음과 어린 소녀가 쏜살같이 달려가는 광경에 눈과 귀가 쏠린다. 무슨 일이 벌어지는 것일까 하는 궁금증이 인다. 센타크논은 모듈에 탑승한 대원들에게 지시하여, 소녀와 강아지 사이에 벌어지는 사태에 관찰 카메라와 집음기를 고정시키도록 한다. 센타크논은 사태의 진전을 유심히 살핀다.

제니는 대시를 가두고 있는 폭약상자를 구덩이에서 빼내보려고 애쓴다. 폭약상자는 강판으로 만들어져 있고, 이 상자가 워낙 구덩이에 꽉 끼어버린 통에 그 자리에서 요지부동이다. 이 때 승객의 퇴선을 독려하기 위해 갑판 위를 뛰어다니던 사병 하나가 제니를 발견한다. 그 사병은 이내 사태를 파악하고, 구덩이에서 폭약상자를 빼내고자 전력을 다한다. 20대 건장한 남자의 힘으로도 상자는 끄떡을 하지 않는다. 포기한 사병은 제니만이라도 구해야 한다고 생각한다. 생명을 구하려는 승객의 탈출은 시간을 다투는 문제이다.

"얘야! 나와 함께 가자. 불쌍한 강아지를 단념해라!"

"안돼요! 나는 강아지와 함께 가야만 해요."

이 사병은 제니를 달랜다.

"시간이 없단다. 이 배는 곧 침몰할거야. 언제 폭발이 일어날지도 몰라. 네 엄마가 더 예쁜 강아지를 얻어줄 거야. 빨리 나와 같이 가야 해!"

"안된단 말이에요. 나는 대시를 꼭 구해야 해요. 아저씨 혼자 가세요!"

사병은 더 이상 말이 필요 없다고 생각하고, 제니를 강제로 안아서 끌고 가려 한다.

사병의 팔에 안긴 제니는 벗어나려고 발버둥 치다가 사병의 팔을 사정없이 물어뜯는다. 얼마나 세게 물었는지 사병은 비명을 지르며 제니를 던져버린다. 그가 사라진다. 제니는 다시 대시에게 다가간다. 제니는 혼잣말을 한다.

"침착해야 해! 이럴 때일수록 침착해야 해!"

제니는 영리한 아이다. 어떻게 대시를 살릴 수 있을까 궁리하면서 주위를 둘러본다. 좋은 꾀가 떠오른다. 또 혼잣말을 한다.

"그래, 지렛대를 사용해야 해! 지렛대로 쓸 막대기를 찾아야 해!"

제니의 눈이 예리하게, 또 분주하게 움직인다. 드디어 좌현 가장자리에 놓여 있는 쇠막대기 한 개를 발견한다. 직경 2cm, 길이 2m쯤 되는 쇠막대이다. 지렛대로 쓰기에 안성맞춤이다. 어린 소녀가 들기에 무거워, 제니는 그 철봉을 구덩이로 질질 끌고 간다. 철봉을 구덩이 안으로 밀어 넣는다. 한 끝이 폭약상자 밑으로 들어간 철봉은 구덩이 가장자리에 걸려있어야 한다. 철봉 끝은 상자의 두 면 모두를 받칠 수 있게 들어가야 한다. 그리고 나서 철봉의 다른 한 쪽 끝을 잡고 내리눌러야 한다. 그러면 철봉 아래쪽이 폭약상자를 들어

올릴 수 있다. 제니는 지레의 원리대로 열심히 작업한다. 뜻대로 잘 안되어 나가자, 제니는 쇠막대기 아래 끝을 오른쪽으로 15도 정도 틀어서 다시 작업한다. 땀을 뻘뻘 흘린다. 마침내 미동도 하지 않던 폭약상자가 들리면서 구덩이 위로 삐죽이 올라온다. 그 순간을 틈타 대시가 잽싸게 상자에서 빠져나온다. 성공이다. 빠져나온 대시는 연신 꼬리를 흔들며, 땀에 찬 제니의 손을 핥아준다. 그런데 찰나에 비극이 발생한다. 구덩이 위로 잠시 올라왔던 폭약상자가 털컥 내려가면서 제니의 청바지를 물고 구덩이 아래로 끼어버린다. 이번에는 제니가 상자의 불행에 걸린 것이다. 지렛대의 다른 쪽 끝을 잡고 내리누르면 되겠지만, 바지가 구덩이 쪽에 물려 있어서 다른 쪽 쇠막대기 끝을 팔로 잡아 내리누르는 동작을 취할 수가 없다. 대시는 진퇴양난으로 상자에 사로잡혀 있는 제니의 주위를 뱅뱅 돌면서 맹렬히 짖어댄다. 도와줄 사람이 눈에 뜨이지 않는다. 남은 방법은 바지가 찢겨나가게 하거나 바지를 벗어버리는 것이다. 먼저 제니는 구덩이에 끼인 바지 부위를 찢어보려고 온힘을 다 쓴다. 영리한 대시도 제니의 바지 단을 물어뜯는다. 그러나 질기기 짝이 없는 청바지는 찢어지지 않는다. 무시무시한 사투에 제니의 손톱이 빠져 나간다. 바로 그 순간 세찬 파도가 갑판을 덮친다. 이 파도에 쓸려 대시가 해수면으로 풍덩 떨어진다. 제니는 이 파도에 맞아 잠시 정신이 얼얼해지고, 들이킨 해수를 토해내기에 바쁘다.

수송함 바로 옆에는 구명보트가 최후의 퇴선 승객을 구출하고자

대기하고 있다. 구명정에는 몰리가 타고 있다. 몰리는 안절부절 수면을 살피기도 하고 함정 위를 뚫어지게 올려보기도 하면서, 딸아이 이름을 외쳐댄다. 순간 바다로 떨어진 대시를 발견하고 구명정의 사병을 재촉하여 대시를 구출한다. 구명정에 올라온 대시는 수송함의 갑판을 향해 맹렬히 짖어댄다. 몰리가 알아챘다. 갑판에 딸아이가 아직 남아 있다는 것을. 그러나 망연자실 어쩌지 못하고, 제니 이름만을 외쳐 부른다. 구명보트를 책임진 사병은 더 이상 지체할 시간이 없음을 안다. 침몰하는 선박으로부터 퇴선하고 현장을 벗어나는 조치는 시간과의 싸움이다. 사병은 구출할 사람이 있는가 하고 주변을 한 번 더 훑어본 후에, 시동이 걸려있던 엔진을 한차례 크게 공회전 시키고 나서 사고현장을 빠르게 이탈한다. 몇 분 후 수송함에서 우렁찬 폭발이 일어나며 선체가 여러 조각으로 쪼개진다. 함선은 순식간에 침몰한다.

불쌍한 제니, 용감한 제니, 영리한 제니, 강아지를 죽도록 사랑했던 제니는 쇠 지렛대를 손에 꼭 쥔 채로 수중고혼이 된다. 몰리는 울부짖고, 대시는 신음한다. 바다에 슬픔이 가득하다.


센타크논은 이 참극을 처음부터 끝까지 지켜보았다. 사랑하는 강아지를 살리고 제니가 죽음을 맞이한 자초지종은 센타크논에게는 자신이 지구에 도착한 이래, 지구인이 보여준 가장 감동스런 광경이었다. 센타크논의 마음 속 깊은 곳에서 어린 제니를 기리는 시가 우러나온다.

〈제니의 지렛대, 사랑의 지렛대〉

"공룡의 마법에 걸려
지구는 만 년의 잠에 빠질 운명이었지.
만 년 동안 잠들게 될 지구에
제니라는 이름의 백설공주가 잠들어 있어.
이 공주가 사랑한 것은
왕자가 아니라
어린 강아지였어.
공주는
강아지의 생명을
영원한 잠으로 맞바꾸었지.
잠자는 이 공주는
마법의 지렛대를 갖고 있어.

제니의 지렛대는
강아지의 생명을 들어 올렸어.
제니의 지렛대는
공룡을 들어 올리고,
지구를 들어 올리고,
나를 들어 올리고,
사랑을 들어 올렸어.

제니의 지렛대

마법의 지렛대

사랑의 지렛대

지구를 잠에서 깨우는 지렛대

지구인을 살리는 지렛대


사랑의 지렛대는

모든 것을 들어 올리지.”


　시를 읊고 나서, 센타크논은 공룡을 죽이기로 결심한다. '더 이상 제니의 죽음과 같은 마음 아픈 일이 일어나서는 안 된다.' 센타크논은 단호하게 아칸투스호 대원 모두에게 고한다.

　“지금까지 우리는 지구인이 당하는 참상을 관망하는 입장이었습니다. 그러나 이제 우리가 나섭시다. 공룡이 연출하는 참극에 종지부를 찍어 줍시다. 나는 또 하나의 불쌍한 제니를 만들게 놓아두고 싶지 않습니다. 공룡에게 죽음을 주어야겠습니다!”

# 제46화
## 아칸투스호 대원들이 심해 공룡을 처치하다.

　대원들에게 공룡을 없애기로 선언한 센타크논은 함장실에 앉아 그동안의 사태 진전과정을 골똘히 생각한다. 지구 심해에 공룡 네 마리가 평온하게 살고 있다가, 지구인이 저지르는 해양오염이 심해지자 그 본능적인 반응으로 난동을 부리기 시작하고, 그 후 지구인을 상대로 전면전을 벌이는 단계로까지 발전하며, 나중에는 지구인의 삶이 곤핍해지고 지구생태계가 위협받는 지경에 다다른다. 그런데 공룡의 공격을 받아 침몰하게 된 어떤 수송선에서 자신을 감동케하는 광경을 목격하게 된다. 그것은 반려견을 극진히 사랑하던 어린 소녀가 위험에 처한 강아지를 극적으로 구출하고 자신은 죽음에 이르게 되는 가련한 사건이었다. 그 소녀가 보여준 깊은 동물사랑의 메시지가 자신으로 하여금 공룡을 죽이고자 하는 결단을 내리게 한 것이다.

　그리고 센타크논은 이 사태와 엉켜있는 문제도 머릿속에서 정리해본다.

　'공룡의 해양생태계 파괴행동이 종국적으로는 지구인의 멸종을 초래할 수 있다. 그런데 자신은 지구인을 멸종시킬 것인가 하는 초미의 숙제를 놓고, 지구 심해에 우주선을 장기간 정박시키고 있으면서 대원들과 논의하고 있는 중이다. 자신이 이 숙제를 풀기 전에, 지구인 멸종이라는 종말을 공룡무리가 앞당길 수 있다. 과연 이 사태를 그대로 방치할 것인가? 그건 아니다. 올림포스인이 지구인의 멸종에 대한 최종 판단을 내릴 때까지 지구인은 생존을 지속해야 한다. 지구인에 대한 생사여탈권은 올림포스인이 쥐고 있는 것이지, 결코 공룡의 몫이 아니다. 그렇다! 공룡 네 마리를 처치해야 한다. 그런데 기적의 동물, 막강한 힘과 능력을 지닌 이 동물을 어떻게 죽일 수 있을까? 대원들과 더불어 묘수를 찾아내야겠다.'

깊은 사색을 마친 센타크논은 선내 통신망을 통하여 대원 모두가 마리아나사우루스를 처치할 수 있는 방법을 연구하여 사흘 후 개최할 회의에서 함께 묘책을 안출해내기로 고지한다. 사흘 후 9명의 대원이 한 자리에 모인다. 센타크논이 먼저 퓨타고스 대원에게 질문한다.

"공룡이 방출하는 전자기파가 지구인의 전자장비뿐만 아니라 우리 우주선과 모듈의 전자기기까지도 무력화시킬 수 있습니까?"

퓨타고스 대원이 한숨을 쉬며 대답한다.

"그렇습니다. 대장님! 아쉽게도 사실이 그렇습니다. 우리가 사용하는 모든 전자기기가 무력화될 수 있습니다."

센타크논: "정말로 대단한 녀석들이구먼요. 이 녀석들을 처치할 묘안을 가진 대원들은 이야기 좀 해보세요!"

혈기가 넘치는 마로스 대원이 발언에 앞장선다.

"대장님, 마리아나사우루스의 서식처인 동굴을 함몰시켜버리는 것이 어떻겠습니까? 동굴 입구를 폭약으로 무너뜨려 공룡이 출입할 입구를 봉쇄함으로써 녀석들을 동굴에 가두어버리는 방법입니다. 녀석들이 탈출하지 못할 정도로 동굴 입구를 철저히 봉쇄해야 합니다."

헤레스 대원: "굉장한 생각입니다만, 다소 문제가 있습니다. 공룡 동굴의 입구는 대략 폭이 1200m, 높이가 500m에 달하는 엄청난 크기입니다. 수심 11,000m의 깊이에서 이 정도 규모의 동굴 입구를 폭약으로 함몰시켜 밀봉한다는 것은 기술상 거의 불가능합니다. 설령 입구를 무너뜨린다고 하더라도, 괴력을 지닌 마리아나사우루스는 함몰된 입구 어딘가를 뚫고 탈출할 수 있습니다. 그리고 이 동굴 반대편에 또 다른 출입구가 존재할 가능성도 염두에 두어야 합니다."

마로스 대원: "제 생각의 스케일이 너무 거창했나 봅니다. 헤레스 대원이 지적하신 문제점 이외에 또 한 가지 더 걱정되는 점도 있습니다. 동굴 입구를 완전히 봉쇄할 정도로 폭약을 터뜨리는 것은 동굴 안 열수 분출공 밑에 있는 마그마층에 충격을 주어, 해저 화산폭발이나 해저지진을 유발할 위험도 있습니다. 대장님, 제 방책을 거두어들이겠습니다."

이번에는 아포티 대원이 발언한다.

"전신을 강철섬유 갑옷으로 두르고 있는 공룡에게 아킬레스건이 있다면, 눈과 코 부위입니다. 이 약점을 집중적으로 공격하는 것이 분명 효과가 있을 것입니다. 심해의 수압에도 불구하고 이 방책을 수행해 낼 수 있는 것은 우리가 보유하고 있는 인공지능 로봇입니다. 로봇을 출동시켜 공룡과 싸우게 하는 것이 묘책이긴 합니다만, 로봇 역시 전자장비를 장착하고 있어서 공룡의 전자기파 방출에는 무용지물이라는 문제점이 있습니다."

아포티 대원의 말이 끝나자, 이 방책을 한동안 곰곰이 생각해보던 마로스 대원이 정색을 하고 또다시 발언한다.

"대장님! 아포티 대원의 제안에 문제 해결의 열쇠가 숨겨져 있습니다. 열쇠는 공룡의 눈과 코를 로봇이 아니라 우리가 직접 나서서 공격하는 것입니다. 우리 몸속에는 아무런 전자장비도 장착되어 있는 것이 아니므로 공룡의 전자기파의 영향을 받지 않으며, 또 전자기기를 사용하지 않는 재래식 무기로 싸운다면, 단연 승산이 있다고 봅니다."

마로스 대원의 아이디어를 듣고, 다른 대원들 모두의 눈이 번쩍 뜨인다.

디렉소스 대원: "대장님, 진지하게 검토해볼만한 방안입니다. 심해에서는 우리가 수압 문제로 공룡과 싸우기 어렵지만, 공룡이 해수면 가까이에 있을 때에는 마로스 대원의 아이디어대로 전투를 치러볼 승산이 있습니다."

페터스 대원: "공룡의 눈과 코를 공격할 재래식 무기로는 우리 올림포스인이 능숙하게 사용하는 창이 어떻겠습니까?"

센타크논: "맞습니다. 올림포스인은 창술에 뛰어나고, 나도 어려서부터 창술로 몸을 단련해왔습니다. 더구나 고국에서 내가 맞춤 제

작해서 가져온 성능 좋은 창 네 자루가 지금 함장실에 보관되어 있습니다. 그 창끝은 특수금속으로 제작되어 다이아몬드도 뚫을 만큼 강력합니다. 그리고 파괴력이 대단한 레이저 광선의 발사장치도 달려 있습니다. 그 창으로 공룡의 약한 부위를 공격하는 방책을 연구해봅시다."

로지티 대원: "공룡의 몸뚱이 중에서도 가장 취약하고 급소가 되는 부위를 창으로 공격한다고 하더라도 단숨에 숨통을 끊어 놓을 방법을 찾아야 합니다. 약한 부위지만 오래도록 공격해야 한다면, 공룡의 반격을 받아 실패할 가능성이 높습니다. 공룡이 반격할 여지를 주지 않고, 일격에 무너뜨릴 수 있는 공룡의 부위와 공격방법을 강구해야 합니다."

센타크논: "드디어 묘책이 나왔습니다. 내 머리에 떠오른 것은 공룡이 숨을 쉴 때 사용하는 폐호흡용 콧구멍 2개와 해수를 들이키는 아가미용 콧구멍 2개, 도합 4개 중 하나를 대원이 타고 들어가서 공룡의 체내에서 가장 치명적 부위인 심장을 창으로 찔러 죽이는 방안입니다. 공룡의 눈 하나를 창으로 찔러 보았댔자, 실명하는 것으로 그치고야 말 것입니다. 공룡의 콧구멍 크기는 직경이 1m 가까이 되지 않습니까? 콧구멍 안으로 공격해 들어갑시다."

퓨타고스 대원: "대장님, 보관하고 계신 창이 살상용 레이저 광선을 발사할 수 있는 무기라고 하셨지요? 마리아나사우루스의 전자기파는 방출하는 전면 방향으로만 작용합니다. 그 전자기력은 공룡의 몸 밖으로 방출되기 때문에 체내 방향으로는 영향을 미치지 않습니

다. 그러니까 공룡의 체내에 들어간 대원이 창으로 심장을 찌를 때에는 레이저를 발사하는 전자기기가 작동할 수 있습니다. 창에 장착된 레이저 광선 발사장치의 단 한번 가동으로 공룡의 심장은 완전히 파손됩니다."

센타크논: "마로스 대원의 아이디어가 점점 실현 가능한 묘안이 되어갑니다! 대원 여러분들은 공룡 콧구멍 돌입작전을 과학적으로 검토해서 실행가능한 해결책으로 입안해주기 바랍니다. 그리고 함장실에 있는 창 네 자루를 무기로 해서 공룡 네 마리를 공격할 대원 네 사람을 지금 이 자리에서 선발해보기로 합시다."

대원들의 시선은 일단 가장 젊은 마로스 대원과 아포티 대원에게 향한다. 그 시선을 의식한 두 대원은 뒤로 물러설 분위기가 아니라는 것을 깨닫고 감연히 나선다. 마로스 대원이 아포티 대원에게 눈짓을 하면서 짧게 말한다.

"젊은 저와 아포티 대원이 기꺼이 창을 들겠습니다."

그러자 헤레스 대원이 자원하고 나선다.

"대장님, 제게 부족한 점이 있을지 모르겠습니다만, 허락해 주신다면 공룡과의 육탄 싸움에 일조하고 싶습니다. 저를 보내 주십시오!"

클라네스 대원도 작전수행에 기여하기를 희망한다.

"대장님, 제가 대장님 눈에 들지 모르겠습니다만, 저도 최선을 다해 공룡을 처치하겠습니다. 저를 선발해주십시오."

센타크논: "매우 어렵고 또한 잘못되면 목숨을 잃을 수도 있는 싸

움에 기꺼이 나서겠다는 대원 네 명에게 진정 감사합니다. 네 명 모두는 뛰어난 우주항해사인 동시에 올림포스국 최고의 전사(warrior)입니다. 출전하기만 한다면 반드시 공룡을 무찌르고 돌아올 것이라고 확신합니다. 그러면 네 대원에게 공룡 공격의 임무를 맡기겠습니다. 공격 팀의 지휘는 클라네스 대원이 담당하도록 하고, 앞으로 수행할 작전 계획을 세워주기 바랍니다."

다음 날로부터 공룡 콧구멍 돌입작전의 세부 계획이 입안되고, 네 대원은 강도 높은 훈련을 시작한다. 센타크논은 자신이 아끼는 네 자루의 창을 대원 네 명에게 건넨다. 공격 팀은 그 창을 들고 맹훈련을 거듭한다. 공룡이 해수면 위에서 호흡을 할 때에는 공격 대원이 공룡의 눈에 뜨일 위험이 있기 때문에, 공룡이 수면에 인접한 해저에서 아가미용 콧구멍 호흡을 할 때 공격하기로 계획을 짠다. 공격 팀은 공룡이 콧구멍으로 해수를 흡입하는 동안에 재빨리 콧구멍 안으로 헤엄쳐 들어가야 한다. 흡입하는 해수에 이물질이 섞여 들어오는 것을 공룡이 느끼게 되면 콧구멍 안의 해수를 힘차게 배출해 버릴 수 있기 때문에, 콧구멍을 통한 체내 진입은 단시간에 해내야 한다. 공룡 체내에 진입하면 아가미 호흡기관의 새궁(鰓弓, gill arch) 정맥을 타고 심장에 접근한다. 공룡의 심장부위에 도착하는 즉시 창을 심장벽에 최대한 깊이 박아 넣고 나서, 창에 장착된 레이저 광선을 발사한다. 이 광선이 심장을 파손하면 이내 근육의 급격한 수축·이완이나 경련이 올 수 있다. 공룡은 매우 특이한 동물이므로 만일 사후경직현상이 일찍 발생한다면, 대원들의 퇴로인 아가미에서 콧구멍까지의 통로가 좁아지거나 막힐 수도 있다. 대원들이 공룡 체내에 갇히지 않으려면 퇴각작전도 신속하게 수행되어야 한다. 공격 팀은 공룡의 해부도를 놓고 체내에로의 진입로와 체내에서의 퇴로를 숙지한다.

닷새 후 공룡동굴 입구에 설치해 둔 관찰 카메라가 공룡 네 마리의 출타 장면을 전송한다. 우주선을 출발한 모듈 두 대가 몰래 공룡무리를 따라간다. 모듈 3호기는 공격 대원 네 명을 태우고 있고, 5호기는 필요한 시점에 공룡을 작전에 유리한 심도의 해저로 유도할 예정이다. 공룡무리는 인근 해저를 이리저리 돌아다니다가 해상으로 올라간다. 모듈 5호기가 해수면에서 유영하는 공룡의 시선을 사로잡은 후, 바다 밑 백 미터 아래 지점으로 유인한다. 이 지점에서 대기하고 있던 3호기에서 심해용 잠수헬멧을 쓰고 특수 잠수복에 창을 꽂고 있는 대원 네 명이 나오더니, 각자 공룡 한 마리씩을 맡아 전속력으로 헤엄쳐 아가미 호흡용 콧구멍으로 향한다. 공룡무리는 앞에서 요란을 떨며 달아나는 모듈에 눈이 팔려, 대원들의 접근을 알아채지 못한다. 공격 팀은 공룡이 콧구멍으로 해수를 들이키는 순간을 틈타 재빠르게 구멍 안으로 빨려 들어간다. 콧구멍 안에서도 수영 솜씨를 발휘해서 속력을 내어 아가미 부위에 도달하고, 그후 아가미의 새궁 정맥에 들어가서는 전력 질주하여 심장 부위에 접근한다. 네 명 모두 비슷한 시각에 동일한 행동을 취하고 있다. 겁도 없이 용감무쌍하게 공룡 체내로 돌격한 공격 대원들은 최후의 목표지점인 심장 앞에 이르자, 잠수복에 부착된 창을 떼어내 두 손으로 모아 쥐고, 있는 힘을 다해 공룡의 심장 벽에 창끝을 꽂아 넣는다. 창이 두 자 깊이로 밀려들어간 후, 레이저 광선 발사 단추를 누른다. 공룡의 심장 안에서 레이저 광선이 번쩍 빛을 발한다. 그 순간 공룡의 심장이 파열되면서, 200L 드럼통 아홉 통 분량의 엄청난 피가 심장에서 뿜어져 나와 산지사방으로 흩어진다. 대원의 잠수복도 피투성이가 된다. 지체할 시간이 없다. 피가 흥건한 퇴각로를 달려 마침내 공룡의 콧구멍에서 공격 대원이 툭 튀어나온다. 그 뒤로 몸을 뒤틀던 마리아나사우루스의 거대한 몸집이 무너진다. 대양을 지배하던 제왕 공룡 네 마리가 최후를 맞았다.

아칸투스호 대원들의 공룡격멸작전은 대성공이다. 용맹한 네 명의 공격 팀은 모두 공룡을 해치우고 무사히 모듈 3호기로 귀환한다. 3호기를 조종하던 대원은 귀환한 네 명을 얼싸안고 펄쩍펄쩍 뛰면서 기뻐한다. 이 작전을 실황 화면으로 지켜보던 5호기와 모선의 대원들은 승리의 환호성을 지른다. 작전지역 일대는 공룡의 피바다가 된다. 센타크논은 모듈 두 대를 작전지역으로 더 급파하여, 도합 네 대의 모듈이 죽은 공룡 네 마리를 끌고 가서 사체를 공룡동굴 깊숙이 그들의 서식처에 안장하도록 지시한다. 그리고 쇠망치 꼬리부위만큼은 절단하여 가지고 오도록 한다.

심해동굴에 거주하는 모든 바다생물들은 영면에 들어간 공룡 네 마리를 비통한 심정으로 맞이한다. 바다생물들에게 네 마리 공룡은 네 분의 용왕이다. 심해동굴은 용왕이 다스리는 용궁이다. 바다 국민들은 바다 왕국을 공동 통치하던 네 분 국왕의 죽음을 애도하는 국장을 치른다. 국민들 모두가 눈물 흘리며 곡을 한다. 대를 이을 국왕이 없기에 국민들은 더더욱 슬프고 참담하다. 어느 때 보다도 어두운 동굴 속에서 장례식이 거행된다. 너무도 슬프기에 생물발광이 빛을 발하지 못하고 어두울 수밖에 없다. 장례식이 끝나자 국민들은 네 분 용왕을 추모하는 생물발광 공연을 시작한다. 공연은 그 어느 때보다도 어둡고 장중하게 진행된다.

아칸투스호에 모듈이 도착한 후, 대원들은 네 개의 공룡 꼬리를 우주선 안으로 입하한다. 대원들은 그 괴력의 꼬리를 감상한다. 망치로 뭉쳐진 외피를 손으로 만져본다. 모두가 감탄에 감탄을 거듭한다. 센타크논은 꼬리 셋을 소독한 후 방부처리해서 올림포스국으로 귀향할 때 가져가기로 한다. 남은 꼬리 하나는 냉동처리해서 모듈 한 대가 하와이 해변으로 운반하여 지구인이 모르게 해안에 올려놓고 오도록 조처한다. 1호기가 대장의 지시대로 공룡 꼬리 한 개와 죽은 공룡 네 마리의 사진을 담은 금속함을 하와이 해변에 두고 온다. 정박한 우주선에 괌 해변이 더 가까이 위치하고 있지만, 센타크논은 제니의 부모가 죽은 공룡의 꼬리를 직접 볼 수 있도록 모듈 1호기를 하와이 해변으로까지 멀리 내보낸 것이다. 센타크논은 제니의 거룩한 죽음을 그처럼 기리고 있다.

해변에 큰 금속함이 놓여 있다는 주민의 신고를 받고 출동하여, 그 안의 내용물을 수검한 미군 태평양사령부는 그 함을 하와이 검역소로 운반한다. 그리고 공룡 꼬리를 고생물 학자들과 사령부 소속 감식팀이 면밀히 검사하여, 지구인의 명명으로 넵튠사우루스라고 하는 공룡의 꼬리임을 최종 확인하게 된다. 지구를 파국으로 몰아넣고 지구인을 공포에 떨게 했던 공룡이 전멸했다는 소식은 전 세계에 알려진다. 이 소식에 열광한 지구인들은 도시 도처의 중앙 광장으로 몰려들어 종전(終戰)의 축제를 치른다. 공룡이 어떠한 연유로 죽었는지를 아는 지구인은 아무도 없다. 축제를 마친 지구인들은 대양에 드넓게 펼쳐진 유막을 제거하는 작업에 전력을 기울인다. 파괴되어 가던 해양생태계는 서서히 회복되기 시작한다.

태평양사령부가 소독 · 방부 처리한 공룡 꼬리는 호놀룰루의 폴리네시아 문화센터 1층 로비에 마련된 두터운 유리상자 안에 보관되어 일반 대중에게 공개 · 전시된다. 맨 먼저 하와이 주민이라면 너도나도 전대미문의 공룡 꼬리를 보려고 문화센터로 몰려간다. 하와이에서 재회한 제임스와 몰리도 애견 대시를 데리고 공룡 꼬리를 보러 간다. 부부는 침몰하는 함정에서 대시를 구출하고 죽음을 맞이한 딸 제니의 강아지 사랑이 눈앞에 놓인 공룡 꼬리를 가져오게 한 계기였다는 사실을 전혀 알지 못한 채, 만감이 교차하는 심정으로 유리상자 안을 들여다본다. 이윽고 부부와 대시는 공룡꼬리 전시관을 벗어나 해변으로 나간다. 셋은 제니를 삼킨 태평양 바다를 하염없이 바라보고 있다. 그 이후로 제임스와 몰리는 애견 대시의 이름을 제니로 고쳐 부르기 시작한다.

제니는 죽어 대시가 되고, 대시는 살아 제니가 되었다.


어느 깊은 밤 센타크논은 함장실에 홀로 앉아 심해 공룡을 추도하는 시를 쓴다.


〈마리아나사우루스〉


"지구가 품었던
비밀스런 동물,
어찌 3천년을 살았나!


너, 놀라운 공룡,
마리아나사우루스!
네가 바로
신비한 해수(海獸) 리바이어던(Leviathan),


강철보다 단단한 갑옷
한 마장 성벽처럼 두르고,
입에서 내뿜는 전자기장
사방 십리 얼어붙게 하네,

망치 꼬리 휘두르면

만 명 헤라클레스도 못 당할 타력,

입으로 쏟아내는 위석(胃石) 더미

로마군 만 대 투석기도 못 당할 위력,

거구 한 번 뒤척이면

만 톤 전함 꺾어지네,


위대한 동물

너, 네 마리 마리아나사우루스,


대양 제패하고

지구인 떨게 하네,

네 보금자리 심해의 오염에

분연히 떨쳐나선 지구인과의 전쟁,

너 비록 승리했으나

어린 소녀 동물사랑에

분연히 떨쳐나선 우리 올림포스인,

네 심장에 창 꽂아

너의 신비, 너의 경이, 너의 위대함에

최후 가져왔지,


우리가 너 죽였으나

네 해신(海神)이 보인 위업에
우리 모여
찬미하고 경배하네,
심해 동굴 속 무덤
네 영혼의 평안
우리 모두 엎드려 기도하네."

〈센타크논 제2권 끝〉

## [작가 후기]

이 소설은 7월 10일에 탈고하였다. 더운 여름을 피하여 선선한 가을에 소설을 출간하는 것이 좋겠다는 주위의 충고를 받아들여, 원고를 묵히면서 기다리는 시간을 가졌다. 기다리는 동안 원고를 다시금 가다듬고, 다음 소설이 될 제3권을 쓰는 준비 작업도 병행하였다. 그리고 또 작가가 35년간 형법학을 전공한 결실, 즉 형법교과서 두 권의 개정판을 출간하는 작업도 올해 여름에 이루어 낸 일이다. 여름 뙤약볕에 곡식이 익는다고, 올 여름은 내가 뿌린 씨앗이 열매 맺고 익어가는 계절이었다.

이 소설은 제1편과 제2편으로 나누어진다. 제1편은 순수문학이라고 할 수 있다. 그러나 우리의 시대상황이 짙게 깔려있다. 1편은 작가의 실제 가족 이야기가 발단이 되어 있다. 내 어머니는 결혼하기까지 함경북도 종성군에서 태어나고 자랐는데, 결혼한 남편을 따라 홀홀단신으로 월남하여 평생 고향을 그리워하며 사셨다. 명절 때마다 실향민으로서 또 이산가족으로서 눈물을 뿌리셨다. 40년 전 어머니가 돌아가신 후, 나는 어머니 묘비에 "망향에 살다"라는 비문을 새겨 드렸다. 1편의 주인공 유용국의 어머니가 그런 분이다.

내 아버지는 1961년에, 그러니까 내가 중학생이었던 때, 그리고 반공법의 서슬이 시퍼런 시절에 혼자 중립국 스웨덴에 가서 1년간 원자력 관련 연구생활을 하셨다. 그 간에 중립국에서 온 외국 연구원 동료에게 몰래 부탁하여, 어머니의 북한 가족들과 서신 연락을 시도하셨다. 1편의 주인공 유용국이 영국에서 인도인 연수생에게 부탁하여 어머니의 북한 친가와 서신 연락을 한 사건은 바로 내 아버지가 치른 모험 이야기였다. 북한과 통신한 내 아버지의 행적은 다행히 발각되지 않았지만, 이 비밀을 알고 있는 우리 가족은 혹시 탄로 나면 어쩌나 하는 마음 졸이는 생활을 오래도록 해왔다. 1편에는 분단국의 그러한 시대적 아픔이 스며있다. 그래서 센타크논 제2권인 이 소설 역시 부모님 영전에 바친다.

1편에서 유용국의 옥살이 부분을 쓰면서는 옥중(獄中)문학이 되도록 애썼다. 작가가 35년간 형법학 교수로서 행형(行刑)의 핵심시설인 교도소를 나름대로 이해하고자 했지만, 그것은 정말 피상적인 공부였다. 이 소설을 쓰면서 나는 거의 수인(囚人)에 가까운 옥살이를 체험하였다. 형법학 교수로서의 옥살이 공부는 피상(皮相)이었고, 소설가로서의 옥살이 공부는 실상(實相)이었다. 1편의 주인공 유용국의 옥살이는 작가의 상상 속의 생생한 옥살이였다. 나는 옥중기라든가 유배문학 서적 또는 수용소생활을 눈물겹게 그린 책과 기록물을 무척이나 많이 읽고, 관련 영화들도 실화처럼 보았다.

이 소설의 제2편은 SF소설에 해당한다. 소설 센타크논 제1권의 제1편 역시 SF소설로 되어 있는데, 그 무대는 우주였다. 이번 SF소설의 무대는 해양이고 심해이며, 그 주인공은 공룡이다. 바다에 관한 연구와 공룡에 대한 공부를 많이 하였다.

이제 소설을 쓰는 일은 내게 기쁨을 준다. 자부심도 생겼고, 보람도 느낀다. 센타크논 1권과 2권을 쓰면서, 나는 형법학자에서 소설가로 변해 버린 내 자아를 발견한다.

2017년 10월, 영종도에서
저자 씀